何常在
著

朝堂

中国友谊出版公司

目 录

第一章 ┊ 亡国 / 001

第二章 ┊ 逃亡 / 008

第三章 ┊ 养伤 / 015

第四章 ┊ 狭路相逢 / 022

第五章 ┊ 再战乐羊 / 026

第六章 ┊ 智辩 / 030

第七章 ┊ 顺势而为 / 034

第八章 ┊ 再会乐羊 / 038

第九章 ┊ 瞒天过海 / 042

第十章 ┊ 顺水推舟 / 046

第十一章 ┊ 冤家路窄 / 050

第十二章 ┊ 中山自古出美酒 / 055

第十三章 ┊ 魏国游侠是女子 / 059

第十四章 ┊ 洞中岁月长 / 064

第十五章 ┊ 人生三变，美酒三叹 / 068

第十六章 ┊ 再回中山 / 072

第十七章 ┊ 君子世无双 / 076

第十八章 ┊ 陌上人如玉 / 081

第十九章 ┊ 不争而胜 / 085

第二十章 ┊ 姜家 / 090

第二十一章 ┊ 应时而生，应运而起 / 095

第二十二章 ┊ 时机未到 / 099

第二十三章 ┊ 欲擒故纵 / 103

第二十四章 ┊ 高朋满座 / 107

第二十五章 ┊ 与子同袍 / 111

第二十六章 ┊ 刀光剑影 / 115

第二十七章 ┊ 说服 / 119

第二十八章 ┊ 人前人后 / 123

第二十九章 ┊ 约法三章 / 127

第三十章 ┊ 拜将封侯 / 132

第三十一章 ┊ 姜公 / 136

第三十二章 ┊ 妙关大夫 / 140

第三十三章｜炙手可热 / 144

第三十四章｜司马史 / 148

第三十五章｜计将安出 / 152

第三十六章｜双雄会 / 156

第三十七章｜以画为证 / 160

第三十八章｜识破 / 164

第三十九章｜危机逼近 / 169

第四十章｜其心可诛 / 173

第四十一章｜涅槃重生 / 178

第四十二章｜恩威并施 / 182

第四十三章｜迫在眉睫 / 186

第四十四章｜紧追不舍 / 191

第四十五章｜不可为而为之 / 195

第四十六章｜先声夺人 / 199

第四十七章｜投桃报李 / 203

第四十八章｜同进共退 / 207

第四十九章｜步步为营 / 211

第五十章｜借机布局 / 215

第五十一章｜并非如此 / 219

第五十二章｜富贵荣华 / 223

第五十三章｜人生忽如梦，转眼春到冬 / 227

第五十四章｜有始有终 / 231

第五十五章｜见好就收 / 235

第五十六章｜巧舌如簧 / 239

第五十七章｜一念之间 / 243

第五十八章｜心量 / 248

第五十九章｜此一时，彼一时 / 252

第六十章｜风起云涌 / 257

第六十一章｜周东不死，天下不安 / 262

第六十二章｜物是人非 / 266

第六十三章｜生死两重天 / 270

第六十四章｜退无可退 / 276

第六十五章｜剑拔弩张 / 280

第六十六章｜危在旦夕 / 285

第六十七章｜反手一击 / 290

第六十八章｜不期而遇 / 295

第六十九章｜对策 / 299

第七十章｜天道王道人道 / 303

第一章
亡 国

秋风瑟瑟，战马嘶鸣。群山肃穆，河水翻腾。

残阳如血，将周东的影子拉长。周东一只手牵马，另一只手持剑，来到河边。剑入水，剑上凝血随之流走。白马低头饮水，噗噗几声，尽露疲惫之态。

周东收剑入鞘，坐在岸边的石头之上，抬头望天。暮色将至，群山如千军万马般肃立，他叹息一声，回身问道："王松，王宫还没有消息传来？"

王松是周东手下大将，身材魁梧，宽额大脸，身上盔甲虽有血渍，却整理得一丝不乱，他弯腰施礼，恭恭敬敬地说道："回太子殿下，派去王宫的传令官前后已经三拨了，三天来，无一人回来。"

周东摇了摇头，英俊的脸上流露出一丝忧虑。他额头宽广，人中细长，双耳有轮，若不是微蹙的眉头和眉宇间的疲惫让他平添了几分憔悴之色，面如冠玉的他，俨然是人中龙凤之姿。

作为中山国的太子殿下，周东也确实是让人仰望的王族。中山国虽然只是千乘之国，和周边环伺的万乘之国无法相比，但由于中山国地处秦国以东、赵国以北、齐国以西、燕国以南，被四雄环绕，成为四雄的缓冲地带，因此得以安身，立国百余年来，倒也相安无事。只是谁也料想不到，魏国会突然发难，派出大将乐羊率兵来犯。

太子殿下周东主动请战，和乐羊大军在滹沱河边狭路相逢。双方交战十几日各有胜负，魏国兵强马壮，国力雄厚，远非中山国可比，而随着魏国援军源源不断地到来，周东大军死伤惨重，只好派人前去都城求救。

此地离都城灵寿不过百十里之遥，传令官快马加鞭，一日便可往返。不想接连派出三名传令官，无一人回来，更不见有大军驰援。

周东忧心忡忡："王松，还有多少将士？"

"不足三成。"王松回身望了一眼山坡上东倒西歪的将士以及几匹带伤的战马，眼中闪过浓浓的忧色，"太子殿下，军师说，所有将士愿意誓死追随太子殿下，愿以身殉国。"

十几日的大战，周东带来的人马死伤过半，接连折损了几员大将，他痛心之余，不免有了几分焦躁。若是再无救兵，恐怕连三日都坚持不了了。更让他担心的是，恐怕并非传令官没有传令成功，而是王宫之中出现了什么变故。

军师孙西敢来到周东身后，他一袭长衫上面血迹斑斑，胡须也打了结，肩膀上还中了一箭，只简单包扎了一下，黝黑的脸庞上满是愤懑之色。

"太子殿下，大王迟迟不派救兵，多半还是王后和公子周西从中阻挠。依属下之见，太子殿下应当亲自前去王宫，当面和大王说个清楚。如今形势危急，不可因为王后和公子周西的一己之私而误了大事。"孙西敢须发皆张，双手握拳，"王后和公子周西早就想置太子殿下于死地，太子殿下明知王后偏袒公子周西，却一再退让，太子殿下仁厚，不忍母子相残，但眼下是生死存亡之际，不能再有妇人之仁！"

"军师所言极是，太子殿下，再犹豫不决，全军覆没事小，亡国事大！"王松也劝说周东改变主意。

周东举手制止了二人继续说下去："母后虽偏爱周西，但毕竟是我的母后，我怎能不忠不孝对她不恭？何况我现在身为三军统帅，若是扔下将士不管不顾，独自去搬救兵，必定军心涣散。不行，我不能弃众将士于不顾，我会和众将士共存亡！"

"太子殿下！"王松和孙西敢异口同声，二人一起躬身施礼，想要劝说周东改变主意。

周东摆了摆手："此事不必再议！"他起身来到一处高地，举目四望，只见残阳如血，而通向灵寿城的官道上，空无一人，只有落叶的柳树和杨树相对无言，在夕阳的余晖下呈现出深秋衰败的景象。

"锵——"的一声，周东手起剑落，刺入了一名还在挣扎的魏兵的胸膛之中，魏兵圆睁双眼，颓然死去。他抽出宝剑，在魏兵身上擦了擦鲜血，豪气如云："传令，天亮之时，决一死战！"

王松和孙西敢对视一眼，还想再说什么，却见周东背过身去，扶起了象征中山国的"山"字形礼器，二人知道周东心意已决，多说无益，只好领命而去。

周东背靠"山"字形青铜器，坐在地上，凝望灵寿城方向，心中却是一阵阵寒心。母后偏爱弟弟周西，不但父王周成心知肚明，整个中山国也是尽人皆知。同是亲生儿子，他并不清楚母后为何如此偏心，自小溺爱周西也就罢了，在父王立他为太子后，还一心想要说服父王废掉他的太子之位而立周西为太子，母后如此不喜欢他，难不成就是因为母后生他之时风雨如晦，一声惊雷受到了惊吓所致？

不管母后如何不喜爱他，但母后毕竟是生他养他的母后，周东不敢心生不满，他被立为太子后，心中苦闷，常日夜颠倒，饮酒不停，人称"饮酒太子"。荒废政事，不理国事，被许多人诟病。但在魏军入侵中山国之际，周东幡然醒悟，深知身为太子当以家国为计，于是主动请缨带兵迎战。经历了三战三败、死伤无数之后，他深为以前的荒唐之举而后悔，不管母后如何偏爱周西，他终究是中山国的太子，肩负振兴中山国的重任，在大敌来临时，他若是不能率众御敌，他就愧对中山国百姓的重托。

眼见无数活蹦乱跳的生命转眼间倒在眼前，成为一具具尸体，周东第一次感受到了战争的残酷和身为太子的责任，他一改之前的颓废，和将士们一起浴血杀敌，誓死卫国。

和万乘之国的魏国相比，只是千乘之国的中山国不管是国力还是军力，都相差甚远，几次败北之后，面对来势汹汹不断增援的魏军，周东清楚若是再无增援，他带领的五百战车、三万人马将会全军覆没。而五百战车和三万人马是中山国所有兵力的一半！

可是，接连派出了三拨传令官到王宫请求援军，却都如同石沉大海，全无音信。尽管不愿意恶意猜测背后到底发生了什么，周东却也明白必然是母后从中作梗。

周东不愿猜测自己的生身母亲拒不发兵是为了保存实力还是为了置他于死地，他除了死战到底之外，无路可退。若是真的为国战死沙场，虽壮志未酬，也算值了。只是一想到真有可能是母后和周西为了一己之私不派兵增援，他一死报国也就罢了，却连累了数万将士，这让他感到无比痛心疾首。

难道母后不会深想此事的严重后果？即使在母后眼中，他和数万将士的生命不值一提，那么一旦他全军覆没，魏军长驱直入，中山国将会有亡国之忧。中山国若亡，周西就算成为太子又有何用？母后真如此短见不成？

越想越是烦躁，周东起身，忽然感觉有异，耳边传来刺耳的破空之声，他不及多想，弯腰伸手，堪堪躲过来袭之箭，硬生生地将箭抓在了手中。

远处一河之隔的对岸，有一名男子和几名随从朝周东张望，搭弓的姿势犹在，那人哈哈一笑："可惜了，没能射中。周东小儿，算你命大。"

周东勃然大怒，魏军竟然派人前来偷袭，胆大妄为不说，真当他手下无人？他当即飞身上马，呼啸一声："有种别走，和我大战一百回合！"

对岸男子浓眉大眼，一身盔甲鲜亮，手持长枪，英姿非凡，他不慌不忙地弯弓搭箭，"嗖嗖嗖"连射三箭："周东小儿，吃我三箭再来和我大战。"

周东人在马上，长剑一挥，斩落一箭，侧身一躲，闪过一箭，左手一伸，抓住一箭，三箭一箭未中，他快马如飞，转眼间逼近了男子三丈之内。

若是步兵，三丈之内还有回旋余地，但战马之快，超出步兵无数，主要是对方自以为有滹沱河天险，周东人在对岸，不可能越河而过。他却是不知，周东在此驻扎多日，熟知滹沱河深浅，正好此地水缓河浅，他纵马而过，杀了对方一个措手不及！

对方一时慌乱，周东人在三丈之内，弓箭已是无用，那男子扔了弓，弯腰探身取下长枪，双手一抖，长枪如猛蛇吐芯，直取周东胸膛。

却是晚了一步。

周东宝剑一挥，将对方长枪挡到一边，随后欺身上前，左臂一伸一屈，竟是将对方拦腰抱住，猛一用力，大喊一声："起！"对方再也坐立不稳，身子一晃从马上跌落。

"拿下！"周东回身大喊一声，紧随其后的王松等人脸色冷峻，冲到落马男子的身后，和他的随从打成一团。又有几人下马，将落马男子绑了个结结实实。

男子一行一共三人，悉数被捉！

"你是何人？"大帐中，周东上下打量男子一眼，冷冷地问道，"你既然知道我是太子，必然不是寻常人等，报上名来。"

男子昂首而立："既然落到了你的手中，我也没什么好隐瞒的，我姓乐名风，乃是乐羊之子。"

周东闻之一惊，猛然站起："你是乐羊之子？"他想起了什么，又笑了笑，"没想到竟是活捉了乐羊之子，乐风，你父乐羊为何攻打中山国？中山国虽是小国，但也并非人人可欺的弱国。请转告你的父亲，再不退兵，中山国上下，舍命一战，必让魏军有来无回。"

"哈哈，周东，魏军举兵十万，死伤无数，你以为会空手而归？做梦！不拿下中山国三座城池，不会撤军。"乐风目光轻蔑，"周东，别看你贵为太子，只可惜你左右不了自己的命运，你的下场已经注定，不管胜负，你都难逃一死。"

孙西敢听出了乐风话里有话："乐风，你这话是何意？"

乐风嘿嘿一笑："此地距灵寿城不过百里之遥，为何你们连日来多次求援不见援军前来？周东，季月偏爱周西之事，不只中山国路人皆知，其他诸侯国也是无人不知。你是聪明人，岂能不明白其中必有猫腻？"

连魏军都清楚援军迟迟未到的原因是什么，周东心中一沉，说不出来是悲伤还是凄凉，抑或是无奈，他强自镇静："援军不是未到，而是另有谋划。"

"周东，你就不要自欺欺人了，灵寿城内的军队，按兵不动，都没有出城一步。"乐风一脸傲然，"你我不如做个交易，你放我一条生路，我向父亲求情也饶你不死。不过魏军可以饶你一命，中山国有人想要杀你，魏军就管不了了。"

孙西敢大怒："乐风，你已经是阶下囚，还敢口出狂言？殿下，臣恳请诛杀乐风！"

乐风淡然一笑，昂首挺胸："周东不会杀我，也不敢杀我。"

王松也上前一步："殿下，杀了乐风可以大挫魏军士气。"

周东沉吟片刻，摆了摆手："留乐风一命比杀了他更有大用。来人，送乐风去灵寿城，交由父王处置。"

"殿下，不可。"孙西敢忙上前阻拦，"留乐风在手中，多了和乐羊谈判的筹码。将乐风交由大王，等于放虎归山。"

周东却说："军师此言差矣，乐风留在手中，只会让乐羊为了抢回乐风而不惜拼死一战。但若是将乐风送到王宫，父王可以将乐风扣留在王宫，待之以礼，再派出援军与我等会合，如此我军声势大涨，乐羊投鼠忌器，必会坐下谈判以解决争端。"

王松微一思忖："臣以为殿下计策可行。"

孙西敢虽并不赞同，却也只好说道："既然如此，就依殿下所说行事。"

周东派人将乐风护送到了王宫，同时修书一封，陈述利害关系，恳求父王发兵支援，可以乘机大败魏军。三日之后，王宫派人前来，送来信件一封及食盒一个。

周东展信一看，脸色顿时大变。

书信是父王亲笔所写，信中所言，让周东奋力杀敌，魏军虚张声势，已是强弩之末，支撑不了多久了。为了鼓舞士气，特送乐风肉羹一份，以犒劳将士。另外还有一份乐风肉羹送到了乐羊军中。

　　什么？周东不敢相信自己的眼睛，乐风被杀还不算，还被煮成了肉羹并且送与了乐羊？父王怎会如此残忍、如此糊涂？他不及多想，当即下令："传令三军列阵，准备迎战。"

　　命令刚下，前方传来紧急战报，魏军举全军之力进攻。周东召集众人，登高一呼："诸位将士，中山国本是小国，立身于乱世，只求自保。今有魏国来犯，欺我弱小杀我幼小，身为男儿，当百死不悔，保家卫国。"

　　在周东的激励下，虽群情激奋，但终究不是人多势众的魏军对手，更何况魏军悲愤在胸，哀兵必胜。经过一番殊死战斗，周东全军覆没，他身上多处受伤，倒在堆积如山的尸体之中。

　　战斗足足持续了一天，从朝阳初升到日薄西山。周东醒来的时候，只看到魏军越过他和无数将士的尸体，朝灵寿城的方向进军而去，留下滚滚红尘。他挣扎着想要起来阻止，却有心无力，只能眼睁睁地看着杀气冲天的魏军消失在视线的尽头。

　　周东连吐几口鲜血，仰面躺在地上。天空一碧如洗，有大雁南飞，雁鸣阵阵，他忽然感到了莫名的轻松，只想眼睛一闭就此沉沉睡去。想到此处，他猛然拔出宝剑，就要自刎。

　　"殿下，你不能死！"一只沾满鲜血的手紧紧握住了周东的右手，王松犹如血人一般，也不知浑身上下受了多少伤，"数万将士的鲜血不能白流，殿下不能白白蒙受不白之冤，中山国不能任由魏国践踏，殿下，横剑自刎容易，却换不回数万将士的性命。以剑证道很难，但为了殿下的清白，为了中山国百姓，还是要坚强地活下去。"

　　孙西敢仰天长叹："殿下，臣不惜以死殉国，只是此战不是败在魏军手中，而是败在后宫妇人之手，臣死不瞑目。臣要报仇雪恨！"

　　"你一时还死不了，不要感叹了，赶紧起来，大事要紧。"王松一把拉起孙西敢，打量孙西敢几眼，"你只不过受了几处轻伤，离死还差得远。报仇之事，来日方长，眼下先保命要紧。"

　　周东站了起来，身子一晃险些摔倒，王松和孙西敢忙一左一右搀扶起他，他远望灵寿城方向："现在快马加鞭赶过去，还来得及吗？"

　　"殿下，无力回天了。"孙西敢怎能不知周东心中的愤懑，只能如实相告，"以魏军之势，三日之内就能攻下灵寿城，中山国亡国只在旦夕之间。"

"殿下和齐国太子吕唐颇有交情,我等逃往齐国,可以暂避一时。"王松悄悄一拉孙西敢衣袖,朝他使了个眼色。

孙西敢会意,忙说:"殿下是中山国太子,只要殿下安在,中山国就复国有望。"

周东愣了片刻,却毅然说道:"明知不可为而为之,方是大丈夫本色。你二人若是贪生怕死,可以只管逃命,我要前去灵寿城,和中山国共存亡。"

二人劝不过周东,只好紧随周东身后,三人三马尾随在魏军之后,朝灵寿城奔去。

一天后,在距灵寿城还有五十里的途中,周东一行遇到了逃难的队伍。他拦住一人问后才知,灵寿城破,中山王和王后仓皇带领数千人马逃入太行山,中山国亡!

第二章
逃 亡

安邑本是夏朝都城之一，三家分晋后，魏国定都于此，经过数十年的扩建，安邑已然成为中原之地最为繁华的都城之一。又因魏国身为战国七雄之一，国力强盛，安邑更是吸引了来自诸侯各国的游人、商人和有识之士。

虽魏国、楚国、赵国、秦国、韩国、齐国和燕国为战国七雄，七国之间互有战争，并且边界分明，但七国之间人员来往频繁，并不是魏国百姓不许前去赵国，也不是赵国商人不可来魏国经商。是以安邑的大街上，随处可见魏国人之外的赵国人、韩国人、齐国人以及中山国人。

魏国和中山国的战争因远离安邑，并未对安邑的百姓带来任何不适和影响，安邑依然一片繁华，车水马龙不说，叫卖声、嬉笑声、吵闹声，不绝于耳。

在摩肩接踵的人群之中，有一男二女鲜衣骏马，分外引人注目。几人虽刻意低调，却依然掩盖不住一身的贵气和光芒。

男子年约二十，一袭长衫，英俊洒脱。他牵着一匹枣红马徐徐而行，转身对红衣女子说道："旦妹妹，时候不早了，该回去了。"

被称为旦妹妹的红衣女子明眸皓齿，既有清丽之容又有雅致之姿，俏脸红润如出水清莲，她俏皮一笑，坚定地摇头："不，不要回去，我和任姐姐还没有玩够。好不容易出来一次，不尽兴而归，岂不辜负了大好秋光？"

旦妹妹牵着一匹白马，白马旁边，是一匹乌黑闪亮的黑马，通体如黑缎子一般油亮照人，黑马的主人是一身黑衣的女子，她瓜子脸、柳叶眉，一双杏眼又黑又亮，如雪的肌肤在黑衣的衬托下，更显洁白如玉。只不过和她如花的容颜相比，她冷艳的神情颇有拒人于千里之外的冰冷。

"时候尚早，为何要早早回去？出城！"黑衣女子颇有几分不耐地看了男子一眼，翻身上马，"乐城，你身为大将乐羊之孙、名将乐风之子，为何如此软弱可欺，没有男儿气概？我和你从小一起长大，情投意合，你对我明明有情意，为何在父王将我许配给司马运时，不敢当众一争？"

"就是，哥哥，你也太没用了，明明喜欢任姐姐，为什么不向魏王求婚？"旦妹妹仰起小脸，神色中三分嗔怪七分不满，"若是任姐姐对你无意也就罢了，偏偏她也喜欢你，你二人才是天作之合，平白让司马运得了便宜，真是气人。"

乐城也翻身上马，脸色一哂，低头喃喃说道："魏王一言九鼎，他决定的事情怎会收回成命？况且司马运的父亲司马史是魏国名将，此次征伐中山国，虽屈居爷爷乐羊之下，任职副将，也是因为爷爷熟知中山国地形，由他担任主将攻打中山国胜算更大，并非因爷爷战功力压司马将军之故。再者，我和任公主虽然青梅竹马，但任公主毕竟是魏王爱女，是王女，我一无官职，二无战功，高攀不上。"

魏任气极，扬手一鞭打在了乐城的马上，双腿一夹马腹："驾！"竟自扬长而去。

乐城的马吃疼，猛然人立而起，险些将乐城摔倒。乐城十分狼狈地费力稳住狂躁的马儿，追赶魏任："任公主，等等我。"

乐旦摇了摇头，故作深沉地叹息一声："哥哥怎么跟木头一样？阴柔有余阳刚不足。女子都喜欢有男儿气概的男子，敢作敢当，威武勇猛，才是大丈夫本色。唉，哥哥再这么下去，怕是没有女子喜欢你了。"

说完，她也纵身上马，追赶二人而去。

安邑城共有东、西、南、北四个城门，以北门为主南门为辅，东西城门次之。平常魏王出行或大军出征，都从北门进出，而东西城门多为百姓出入，所以东西城门比起南北城门，要矮小许多。乐城以为魏任要从北门出城，不料追了一气才发现，她竟是朝西门而去。

一出西门就是郊外，有一片树林。魏国虽承平已久，治安良好，魏任毕竟身为王女，是千金之躯，万一林中有歹徒潜伏，伤了魏任，乐城可是无法向魏王交代。他心急如焚，快马加鞭想要追上魏任，奈何他的枣红马远不及魏任的黑马，甚至连乐旦的白马也有所不如，眼见离二人越来越远。

魏任一马当先来到城外,她想用策马狂奔来发泄胸中的愤懑。曾经和乐城一起长大的岁月,以为是以梦为马的诗酒年华可以永远,不想父王的指婚让她成了司马运的未婚妻。更可气的是,乐城始终不发一言,连一丝抗争都不曾流露,让她无比痛恨乐城的软弱,并且心碎。

后面传来了马蹄的声音,她回身一看,是乐旦追了上来。她轻轻一拉马缰,回身说道:"旦妹妹,你说我责怪乐城,是不是太难为他了?"

"任姐姐,你告诉我真心话,你是真的喜欢哥哥,还是因为不喜欢司马运退而求其次才喜欢哥哥?"乐旦心思剔透,同是女子,她多少能猜到魏任的心思。魏任生性要强,哥哥性子优柔寡断,以魏任的眼光,但凡有的选择,她应该看不上哥哥。

魏任信马由缰,任由马儿缓步而行进了树林。她百无聊赖地折了一根树枝,拿在手中晃来晃去:"旦妹妹,你我情同姐妹,我也不想瞒你,对于乐城,我确有几分喜欢,但并没有'既见君子,云胡不喜'的感觉,反倒像是在一起久了,除他之外也不去想别人了……"

乐旦点了点头:"就是,就是,虽然乐城是我哥哥,我也很想任姐姐入我家门,和我成为姑嫂,但身为女子,得一心上人不易,事关一生大事,不可将就。哎呀,不好,有狼!"

不远处有一头灰狼,约有半人高,牙尖齿利,毛发竖起,目露凶光,冲一棵树狂吼不止。树上一人,手持树枝,在和灰狼周旋。

"救人!"魏任毫不犹豫,策马向前,却被乐旦拦住。

乐旦面露怯色:"任姐姐,你我不过是弱女子,斗不过灰狼,不如等哥哥来了再说……"

"等他过来,一切都晚了!"魏任不由分说,飞一般冲到灰狼面前,挺剑朝灰狼便刺。

灰狼受到惊吓,一跃而起,张开大口朝魏任咬下。魏任本就不会武功,只是一时冲动行事,顿时惊慌,只能往后退。但她忘了人在马上,身子后仰,失去平衡,"哎哟"一声就摔落马下。

乐旦大惊失色,想要救人却已然不及,灰狼纵身跃起,一口就朝魏任的脖颈咬去。若是咬中,魏任肯定命丧当场。

"任姐姐!"乐旦只来得及惊呼一声,闭上了双眼。

魏任倒在地上,心中惊骇万分,她从小到大,从未经历如此惊险时刻,脑中一片空白，吓得一动不动。眼见灰狼离她越来越近，腥臭的气息扑面而来，她心中只有一个念头闪过——难道今日就丧命于此？也太可惜了，连她想要救的人到底是谁，长什么样子都不知道。

猛然一道黑影从天而降，结结实实地撞在了灰狼身上，力道之大，传来一声闷响，竟将灰狼撞到了一边。黑影猝然落下，不偏不倚正好压在魏任身上。

魏任惊呼一声，此时和黑影近在咫尺，面对面这才看清黑影的样子，乱如鸡窝的头发、满是泥泞的脸以及臭烘烘的衣服，完全就是一个乞丐，她用力推开黑影："好臭！滚开！离我远点儿！"

黑影尴尬一笑，露出了一口整齐洁白的牙齿，他不及多说，顺势打了一个滚，抓起魏任扔到一边的宝剑，一剑刺入了灰狼的胸膛。

不想灰狼竟也顽强，临死也不肯放过他，拼死一口咬在了他的胳膊上。他却再也没有力气推开灰狼，眼睛一闭，晕死过去。

魏任一跃而起，小心翼翼地踢了灰狼一脚，又试探了一下黑影的鼻息，嘟囔一句："还没死，真是命大。"她又用力摇动黑影几下，"喂，醒醒，你是谁？你刚才虽然救了我，不过不能算是我的救命恩人，因为我是为了救你才落入险境让你搭救的。"

乐旦怯生生地凑了过来："任姐姐，他是不是死了？"

"出什么事情了？"乐城也赶到了，吓了一跳，"谁杀了狼？啊，他是什么人？他有没有伤着你？"

魏任白了乐城一眼："有些人总是在不需要的时候才出现，一生都走在不合时宜的鼓点上。"

"谁？"乐城一脸懵懂，猛然醒悟过来，"你是说他呀？就是，就是，他长得就是一脸的不合时宜。"

乐旦忍住笑："哥哥，你来得正好，帮忙把他带回去。"

"他又脏又臭，会弄脏我的衣服。"乐城皱眉，"我前天才找城东钱裁缝量身定做的衣服，特别合身。你们也知道钱裁缝可是名师，找他定制衣服的人排到了三个月后……"

"少废话！"魏任恼了，踢了乐城一脚，"磨磨蹭蹭，真不像男子汉大丈夫。衣服重要还是人命重要？你什么时候能分清轻重，你才会和你爷爷一样成为一代名将。"

"带就带，有什么了不起？以后不许拿我和我爷爷比。"乐城气呼呼地弯腰扶起地上的人，用力将他放到了马上，"带去哪里？是去你家还是我家？"

"当然是你家了，我一个女子带一个陌生男子回家，你觉得像话吗？父王也不会允许。"魏任气得都不知道该说乐城什么好了，"你不但性子软弱，还没有大局观，比不了司马运。"

"我哪里不如他了？"说到司马运，乐城顿时怒火冲天，"他不就是长得比我白一些、英俊一些，又能怎样？还不是没我高、没我力气大？"

"……"魏任摇了摇头，都懒得和乐城多说了，她牵过马，"乐城，这个人就交给你了，你要救活他，保证他安然无事，等他伤好后，再给他一笔钱送他走，毕竟他刚才舍命救我，也算是有男儿气概。这点事情你能办好吧？如果办不好，以后就不要见我了。"

"我……"乐城岂能听不出来魏任话里话外的嘲讽，他顿了顿，"要是办不好，随你处置，我绝无怨言。"

"能不能让我骑在马上？"乐城和魏任你一言我一语斗个不停，不想横卧在马上之人悠悠醒来，努力支撑身子想要起来，"这样横在马上，颠得难受。"

乐城吓了一跳，上下打量马上之人："你这人倒有意思，还嫌横在马上不舒服是吧？来来来，正好你醒了，是哪里人氏，报上名来。"

马上之人翻身下马，没站稳，一个踉跄又摔倒在地上，他捂着肩膀露出痛苦的神情："在下姓周名方，乃是中山国人氏。因魏国攻打中山国，被士兵所伤，一路逃到魏国。不想遇到了豺狼，若不是这位姑娘施加援手，在下就命丧狼口了……多谢姑娘救命之恩。"

"周方？"魏任暗自思忖片刻，点了点头，"不用谢我，我本想救你，最终却被你所救，说起来还要谢你才对。你的名字倒是不错，周而复始，志在四方。你是中山国人？魏国和中山国的战况如何？"

化名为周方的周东并不知眼前的几人是何许人也，但从他们的穿着打扮以及言谈举止来看，并非等闲之辈。不管怎样，先有了落脚之地再说。

从一名堂堂的太子沦落成为一名亡命四方的乞丐，不，甚至说连乞丐都不如，周东并没有因此沉沦，相反，胸中却有熊熊火焰在燃烧。灭国之恨、被母后意欲置于死地的遗弃之耻，无一不在他胸中激荡，让他恨不得早一日杀回中山国，复国并且还他名声。

"中山国被魏国灭国了……"周东用力站了起来，在乐城和乐旦的搀扶下，上了马，喘了几口气才又说道，"魏军势不可当，中山国全军覆没，太子战死，中山王和王后逃入深山之中。不用几日，乐羊将军就会凯旋。"

他和孙西敢、王松得知中山国亡国的消息后，知道再去灵寿城也是无济于事，就一路风餐露宿逃到了魏国，本来孙西敢和王松劝周东前去和中山国交好的齐国，周东却偏要逃往魏国，二人很是不解，却又只好听从。

好在一路相安无事地来到了魏国，不想路经树林时，被三只野狼围攻。三人各自对付一只，最终走散。周东有幸遇到了魏任几人，孙西敢和王松也不知如何了，周东本来有心让几人帮忙寻找二人下落，不料未等开口，感觉胸口发热，一阵天旋地转，一口鲜血喷出就人事不省了。

乐城忙扶住摇摇欲坠的周东，不满地说道："捡了一个垂死之人，算我倒霉。任公主，万一他伤重不治，可不要怪我没有好好照应……"

魏任没理会乐城的絮絮叨叨，而是自言自语："乐羊将军真的灭掉了中山国？捷报为什么还没有传来？中山国被灭，齐国必然不满，燕国也会有所防范，对魏国来说，其实并非好事。"

"魏国吞并了中山国，扩大了疆土，本是好事才对，任姐姐，你为什么说并非好事？"乐旦不明白魏任为何有此一说。

魏任叹息一声："魏国与赵国、韩国交好，和秦国、燕国、齐国三国互有纷争，南面又有强大的楚国，七国互为制衡又互为倚仗，都不希望邻国过于强盛。魏国本就是中原强国，数十年国力超过赵国、韩国和齐国，如今又吞并了中山国，必定会引起邻国的提防。即使一向和魏国关系交好的赵国嘴上不说，心中也难免会猜测魏国到底想要做什么，更不用说和中山国关系密切的齐国了。"

"任姐姐的意思是，齐国、燕国会因为中山国的事情对魏国出兵？"乐旦从未想过如此复杂的问题，在她看来，魏国虽然只是七雄之一，却足以强大到让天下各国不敢侵犯。

"出兵倒是不会，但肯定会有所行动。"魏任不无忧虑地看了马上的周东一眼，"还有被灭掉的中山国，也不会甘心被灭亡的命运。魏国还要派兵驻扎在中山国，既要防止中山国的残余势力复国，又要提防邻国兴师问罪，吞并中山国之举，恐怕得不偿失。"

"我不这么认为。"乐城昂首挺胸，一脸自得，"吞并了中山国，扬我魏国国威，有何不好？况且爷爷因此一战成名，从此乐氏在魏王眼中更有分量，在魏国的地位更加稳固了。"

魏任没有说话，轻轻摇了摇头，若有所思地望向了前方。前方是安邑西门高大的城墙，城墙虽然高大，但年久失修，有剥落的痕迹。

第三章
养 伤

乐府位于走马巷的尽头，虽不是安邑城内最气派的宅子，也算是大宅了。乐氏祖孙三代百余人住在一起，热闹非凡。

乐城带回一名捡来的乞丐的消息，并没有在乐宅引起什么轰动，一是乐城本来就生性爱玩，二是乐宅一向乐善好施，经常接济穷人和乞丐，对于乐城带人回来的小事，大多数人并未放在心上。

也是乐城为了避免人多嘴杂，从后门进去，并没有多少人看见。他将周方安置在了客房之中，本想安置在柴房，魏任不同意。

乐城让人帮周方洗澡，换上了干净衣服，魏任和乐旦惊呆了——原来周方竟是一个英俊洒脱的男子！乐城有几分不自在，讪讪一笑，请来了大夫为周方医治。

大夫是魏任从王宫请来的妙手神医金甲先生。金甲先生胡须皆白，仙风道骨，他诊治半晌才眉头微锁地说道："公主殿下，此人伤势极重，除了身体遭受利器创伤之外，五脏六腑也各有损伤，臣只能勉力为之，能否保命，全看他的造化了。"

魏任点了点头，也没说什么。金甲先生开了药方就走了。乐城却有几分不快："万一伤重不治，死在了家里，多晦气。任公主，要不扔到外面让他自生自灭好了。"

魏任没说话，乐旦不高兴了："哥，你说的是什么话？爷爷总说要我们多读书，所谓泛爱众，而亲仁，见死不救若是让爷爷知道了，必定会责骂你。"

"好，好，你们说得都对。"乐城忙举两手投降，"不过我可有言在先，万一他是什么来历不明的人，我可是要报官的……"

"若真有什么意外发生，由我向父王请罪！"魏任冷冷地瞪了乐城一眼，转身走了，"只要你安置好他，我自会好好谢你。"

不等乐城相送，魏任的身影已经消失在了门外。乐城呆了一呆，摸不着头脑："任公主怎么生气了？"

乐旦跺了跺脚，叹息一声："哥，也别怪任姐姐不喜欢你，就连我也气你。你好歹也是将门之后，救人于危难之际本是本分，你却推三阻四，毫无风范不说，也气量狭小。任姐姐是恼你既无将门之后的气魄，又没有一个男儿的担当。"

乐城张口结舌，想说什么，却半天说不出话来。

忽然一阵咳嗽声传来，乐城回身一看，周方已然醒来，挣扎着正要起身，他忙上前一步，扶起了周方："周兄不要动，你伤势过重，不要牵动了伤口。"

周方用力推开乐城，在床上跪拜："在下拜谢阁下的救命之恩！未请教阁下尊姓大名？"

"在下姓乐名城，此地是乐府。"乐城扶周方躺下，"你先不要谢我，大夫说了，你能否活命全在自己造化。万一没有救好你，岂不是白谢了？"

乐旦受不了乐城了，一把把他推到了门外："你赶紧出去，病人就算没事也要被你说死了。"

乐城不想走，忽然听到外面传来了喧嚣的声音，爷爷和父亲都出征未归，他是长孙，大事必须出面，就忙朝前堂走去。

周方望着乐城远去的背影，又见到乐旦如花似玉一脸纯真的笑容，一颗紧绷的心才舒缓几分，竟是如此之巧，救他之人竟是乐羊之孙、乐风之子乐城，而他竟然现在身在乐府之中！

若是让乐城得知乐风之死是因他而起，乐城必定会一剑结果了他的性命。不想才逃出生天，却又入了虎穴，怎么办是好？周方心思电闪间，已然想好要逃出乐府。

"你好些没有？"乐旦见周方半躺在床上发愣，上前一步，关切地问道，"看你年纪也不大，像是读书人，怎会被乱兵所伤？你家里还有什么人？"

乐旦轻声细语，语气不缓不急，让周方心中安定了几分。想起中山国与世无争，百姓本来安居乐业，却因魏国来侵，如今国破人亡不说，他也险些丧命，而罪魁祸首正是眼前之人的爷爷，周方心中瞬间闪过一个念头，反正乐城和乐旦也不知道他是何许人，不如就在乐府住下，等伤好之后，再做打算。

"旦姑娘，在下自幼饱读诗书，本来想学成之后为国效力，不想魏国来犯，在下一介草民，只好逃命。途中被乱兵所伤，唉，一言难尽。"周方从一路上几人的对话中听到了几人姓名，"家人没有别人了，在下孤家寡人一个。方才救我的那位姑娘，她是何人？"

"她是魏国国君之女魏任，任公主。"乐旦笑了，眼睛弯成了月牙，她倒了一杯水递给周方，"你一个人孤苦伶仃倒也可怜，就安心住下，好好养伤，伤好之后，可以在乐府谋一个差事。若是遇到了喜欢的女子，不妨就在魏国成家。"

"喀喀……"周方咳嗽几声，一阵剧烈的疼痛传来，他手一松，茶杯失手掉落。乐旦慌乱之下想要接住茶杯，却晚了一步，茶杯掉落到了地上，摔得粉碎。

周方眼前一黑，一头栽倒，正好倒在乐旦的怀中。乐旦顾不上被一个陌生男子抱住的羞赧，急得大喊："大夫，大夫。"

周方再次醒来，已经是三天之后了。

一连昏迷了三天的周方，做了一个长长的噩梦。梦中，他先是被母后遗弃，一个人在荒野中孤单无助，几次差点被豺狼吃掉。好不容易跑出了荒野，来到了滹沱河边，却又陷入了两军厮杀之中。他手起剑落，斩杀敌人无数，却一个失手被人擒拿。拿他之人竟是乐城。乐城狂笑中将他抛入盛有沸水的大鼎之中，将他活活煮死。

奇怪，明明他已经死了，怎么还能看到、听到发生的一切？周方清楚地看见他的肉煮熟之后，被乐城派人送到了母后手中。母后接过，眼中没有一丝悲伤，毫不犹豫地一口喝下，还连连称赞美味无比。

他当时就吐了。

他吐过之后，惊出一身冷汗，然后就醒了。醒来之后，他浑身疼痛，仿佛全身被狼牙棒碾压过一般，蒙眬中睁开双眼，最先映入眼帘的是魏任关切的眼神。

"你醒了？"魏任一脸惊喜之色，"你昏迷了整整三天，还以为你活不了了。"

周方虽然浑身疼痛难忍，不过感觉精力恢复了不少，再闻到房中浓重的药味，以及感受到嘴中的苦涩，他就知道三天来没少被人喂药。他支起身子，冲魏任一拱手："承蒙任姑娘相救，在下感激不尽……"

魏任不耐烦地打断周方的话："不要每见我一次就说一次什么救命之恩无以为报的废话，你能活着就是对我最大的报答。"

周方一头雾水，只好尴尬一笑。

魏任身后的乐城咳嗽一声，来到周方近前，他一脸悲色，眼圈红肿，声音嘶哑："你有所不知，这三天里，可是发生了惊天动地的大事。"

乐羊灭了中山国的捷报传到了魏国，魏王大喜，重赏乐羊。同时，乐风身死被煮成肉羹的消息也传来，乐府上下大悲，乐城哭昏在地。

魏王感念乐风之忠勇，特赐乐城爵位。乐城推辞不受，魏任急得不行，连使眼色让乐城向魏王提亲，乐城几次鼓起勇气，却最终没有说出口。情急之下，魏任主动提出她不想嫁与司马运，想嫁乐城，希望父王成全。魏王听了脸色一黑，默不作声。倒不是魏王轻乐城而重司马运，虽然乐羊此番征伐中山国是主帅，比起司马运的父亲司马史还要官高一级，但乐羊原本是中山国人氏，且又只是相国王黄的门客，出身低微，是以魏王对乐羊始终有提防戒备之心。

若非王黄再三推举乐羊，魏王断然不敢重用乐羊为主帅征伐中山国。现今，虽然乐羊获胜，加官晋爵、赏金赐银自然不在话下，但若要将女儿嫁与乐羊之孙为妻，他却是不愿。之前也有大臣提过要将中山国作为赏地赐封与乐羊，魏王故作不闻，还是相国王黄知道魏王不喜，及时提出可将中山国赐予太子魏作为封地。

魏王当即欣然应允。

魏任怎知魏王心意，她以为魏王重用乐羊就会同意她嫁与乐城为妻。尽管对父王的决定颇为不满，但一向知道父王脾气的她还是不敢再多说什么。

出了王宫，魏任闷闷不乐，对乐城的懦弱恨到了极点。路过相府时，相国王黄正下马车。魏任本不想和王黄说话，在父王要将中山国赐予哥哥魏作而不是乐羊时，王黄随声附和；在父王不许她嫁与乐城为妻时，王黄置身事外。在她看来，王黄就是一个一切唯父王之命是从的傀儡，并无相国之才。

王黄却拦住了魏任，说出了一番让魏任难以置信的话。

"老夫略通易数，夜观天象，有大星坠落城西，主有异人降临魏国。"王黄脸色不变，目光却在魏任脸上迅速扫过，似乎是在暗中观察什么，"只是大星星光暗淡，主此人性命垂危。但星光又似暗还明，应该是此人命数特别，是生是死，全在贵人一念之间。"

魏任顿时屏住了呼吸，她救下周方一事，除了乐城、乐旦之外，并无外人得知。不对，周方只是一个卑微的乞丐，何来异人一说？她张了张口，话到嘴边又咽了回去，淡淡回应："相国说的这些，与我何干？"

王黄气定神闲地一笑："公主殿下，若是王公贵族，命数自然贵不可言。而平民百姓，却也并非全是贱命。人命关天，不论贵贱。且人的命数并非一成不变，朝为上卿暮为囚犯，朝为平民暮为上将，也是常见。命数之中，也包括姻缘。"

魏任听王黄啰唆一大堆，早就没有了耐心，转身要走时，却又停下了脚步："相国是说，人的姻缘也会变？"

"正是。"王黄意味深长地一笑，"人的富贵，全凭贵人一言而定。人之姻缘，也是贵人一念之间。"

魏任听出了王黄的言外之意，忙问："相国可有法子让父王收回成命？"

王黄摇头："老夫是魏王臣子，魏王之命，老夫唯有服从。"

魏任脸色一寒："既然不能，还说那么多废话何用？"

王黄笑道："公主殿下切莫心急，人之命数，随时在变化之间。一变而万变，变在微妙之时。公主的姻缘，落在了异人身上。异人活，则公主殿下的姻缘可活。异人死，则公主殿下的姻缘也死。"

"什么异人？"魏任心中诧异王黄如何知道她救了周方，就故意装傻，"哪里有什么异人，相国不要说笑了。"

"若是公主没有救下一名异人，老夫几十年的观星术算是白学了，哈哈。"王黄拱手告辞而去，"此人生死和公主殿下的姻缘大有干系，生死全在公主殿下一念之间，老夫告辞！"

魏任在王府门口呆立半晌才清醒过来，就急匆匆地跑到了乐府。见到乐城，将此事一说，乐城半信半疑："我也早就听闻相国会夜观天象，只是天象对应的不都是天下大事，怎么一个落魄的乞丐被公主救下，也会观察到？会不会是谁透露了消息让相国知道了？也不对，就算相国知道了，又怎会在意一个乞丐的生死？"

几人讨论半天，都觉得不可能是走漏了消息，因为只有魏任、乐城和乐旦三人知道此事，三人谁也不会去告诉相国。那么岂不是说，相国真的是夜观天象推算而出？

先不管相国是如何得知此事的了，乐城却坚定地认为周方不是什么异人，他的生死更不会和魏任的姻缘有什么干系。魏任却是信了大半，守候在周方身边，非要等周方醒来。

就在几人说个没完时，周方醒来了。

在听魏任几人七嘴八舌说完三天的事情后，周方心中一惊。乐风之死他早已得知。魏任被魏王指婚给司马运，因为事不关己，他也并未在意。让他大为心惊的是两件事情：一是魏王将中山国作为封地赐予了太子魏作，可见魏王要长久占领中山国，是要将中山国完全纳入魏国的版图；二是相国王黄的观星术真有如此神奇，竟能推算出他是流落魏国的异人？

周方努力克制内心的波澜，脸色平静、语气无力地说道："在下只是一个为求活命的亡国之民，什么惊天动地的大事，都与我无关。"虽说睡了三天，恢复了不少，身体却还是十分虚弱，毕竟他身上有十几处创伤，才说几句话，不觉汗出，"若是不嫌弃，请允许在下在贵府养伤，伤好之后，我将做牛做马报答你们。"

"当然不嫌弃了，你必须也只能在乐府养伤，要不你还想去哪里？"魏任现在不怕周方死掉了，却又怕他跑掉，"周方，你真的只是中山国的平民百姓，不是什么王公贵族？"

周方苦笑："你看我的穿着打扮像是王公贵族吗？中山国灭国，王公贵族不是被杀死就是投诚了魏军，剩下的人都跑到了太行山，有哪个王公贵族敢跑来魏国？"

"倒也是。"魏任歪着头想了想，信了五分，却还是存了五分不解，"也不知道相国为什么说你是异人？至少到现在为止，你还是一个除了长得还算可以但并没有什么不同的凡人。好了，不乱猜了，等你养好伤再说。"

"任……"乐城本想说现在乐府有丧事要办，留一个外人在此不太方便，话到嘴边却被魏任不满的眼神顶了回去，他只好嗫嚅而言，"在乐府养伤可以，但要约法三章。第一，不许调戏乐府女眷。第二，不许私自出府。第三，不许打旦妹妹主意。"

周方无奈一笑，拱手答道："能有安身之处，在下已经感激不尽了，怎会还有非分之想？乐公子，你觉得以在下的伤势，有能力、有心思调戏女眷，私自出府并且打旦妹妹的主意吗？"

乐城脸色一晒，魏任失笑出声，乐旦更是咯咯一笑："哥哥你是怎么想的？周方哥哥现在床都下不了，怎会去做这些事情？"

周方朝魏任和乐旦投去了感激的一瞥。

"别听他的，你只管好好安心养伤，伤好之后，自有你的去处。"魏任斜了乐城一眼，"你也不用多想，只管办好丧事。乐风将军死得确实冤枉了些，幸好凶手周东已经战死在沙场，也可以告慰将军的在天之灵了。"

乐城右拳打在左手之上，恨恨地说道："要是周东没死，我一定要亲手杀了他！"忽然想起了什么，他目光凶狠地看向了周方，"周方，你也姓周，他叫周东，你叫周方，东方？会不会……"

周方心中大跳，莫非被乐城认出了他就是周东？又一想，不会，莫说乐城了，就是乐羊也不一定认出他来，乐家唯一和他正面见过的只有乐风，而乐风已经不在人世了。

他不说话，淡然地直视乐城的双眼。乐城顿了一顿又说："你会不会认识他？"

周方摇头："周东贵为太子，我只是一介平民，怎会高攀认识太子？中山国多姓周姓，周方、周圆、周南、周北，比比皆是。"

乐城点了点头，紧握宝剑的右手松了下来："若敢骗我，我能救你，更能杀你！"

外面远远传来急切的声音："乐公子，乐公子，魏王前来吊唁，速速迎接。"

乐城忙整理衣服，转身出去了。

第四章
狭 路 相 逢

池塘边的柳树静默得如一个饱经岁月沧桑的老人,枝条上残留的柳叶仿佛是一个又一个陈年往事。杨树已经落光了叶子,撒落地上一片金黄。风吹过,哗哗作响。

天凉了,秋深了,站在池塘边上,感受凉风阵阵,周方负手而立。一片柳叶落在了发梢,他拿在手中,端详片刻,屈指一弹,柳叶翻转间,落入了水中。

转眼间在乐府养伤已经一月有余了。

一月来,乐羊得胜回朝,乐府先办了乐风的丧事之后,又大宴宾朋,庆祝乐羊的胜利。虽有丧子之痛,却只是家事,庆功宴则是国事,乐羊只好打起精神来迎接一拨又一拨前来府上祝贺的官员。更让乐羊痛心的是,魏王虽然对他嘉奖有加,朝中却有他的流言蜚语,如越来越冷的天气使人冷彻肌骨。有人说他为了贪功不近人情,连亲儿子的肉都吃。有人骂他禽兽不如,虎毒尚不食子。更有人在魏王面前告他一状,将他比作易牙,说他"杀子以适君,非人情,不可",一怒之下,他向魏王提出了辞官。

魏王不许,并严令群臣不得非议乐羊,才让乐羊打消了辞官回家的念头。

易牙本是厨师,擅长于调味,所以深得齐桓公的欢心。一日齐桓公对易牙说:"寡人尝遍天下美味,唯独未食人肉,倒为憾事。"齐桓公本是随口一说,易牙却记在心里,回家后就杀死了自己四岁的儿子,做成肉羹,用金鼎盛与桓公。桓公尝后感觉鲜美无比,问到易牙。易牙哭诉说是儿子之肉,桓公很是感动易牙之举,从此无比宠信易牙。

后来齐桓公重病，易牙假传旨意，将齐桓公软禁，最终齐桓公被活活饿死。

太子魏作被派驻中山国，封为中山国君，中山国君臣逃入太行山深处，魏军本想赶尽杀绝，却因山势过于险要而作罢。逃走的君臣不过数千人，大多是妇幼老人，不足为虑。

周方更关心逃入太行山中的中山国君臣的下落，他很想知道父王、母后以及弟弟周西的情况，只可惜，乐城一无所知，也不关心。乐城现在最关心的是怎样才能赢得魏任芳心，让魏王改变主意将魏任许配给他。

周方恢复得倒也挺快，半个月后下床，又七天可以随意走动，到今天，他虽然多走几步还会大汗不断，却已经能够缓步而行一个时辰以上了。相信再过一月有余，他就可以复原了。

近来一些时日，魏任来乐府的次数越来越少，每来一次都眉头紧锁，一副闷闷不乐的样子。周方从乐旦絮絮叨叨中得知了事情的缘由，只是付诸一笑，并未在意。对他来说，活下来是第一要事，活下来之后，第二要事是复国。至于魏任的婚姻大事，他无暇在意，也无法在意。

"你怎么又一个人出来了？还穿这么少，小心着凉！"正思绪联翩时，身后响起了乐旦清脆的声音，她快步如飞，轻快如一只百灵鸟，不等周方转身，已然将一件长衫披在了周方的身上。

周方笑了笑："有劳旦妹妹了。"

乐旦不快地噘起了小嘴："周方哥哥，你什么时候不和我客气了，你才真当乐府是你家。我总是觉得你心事重重，不是一个人看书就是一个人散步，要不就是一个人想事情，你到底有什么心事，能不能说给我听听？说不定我还能替你出出主意。"

乐旦捡起一根柳条，百无聊赖地抽打柳树。比起初见之时，她憔悴了几分，虽然父亲去世已经一月有余，她还是没有完全从悲痛中走出来。

乐府的后花园并不大，一方池塘，几处假山和亭子，再有错落有致的树木和花丛，放眼望去，方圆不过十几亩。周方回身，见入口处有几个丫鬟侍立，他心念一动，迈步朝远处走去。

乐旦亦步亦趋跟在身后。

"我原本就是一个人，习惯了一个人独来独往……"周方背负双手，缓步而行，"旦妹妹，最近任公主来得少了，是有什么事情羁绊了？"

"还不是因为司马运！"乐旦赌气似的将柳条扔到了水里，并未意识到她和周

023

方离丫鬟越来越远，已经听不到丫鬟和外面的人说话的声音，"任姐姐不想嫁与司马运，但又父命难违。她想让哥哥出面向魏王求亲，哥哥又没有胆子。司马史又因跟随爷爷征战中山国有功，被封为上将军，司马运也因运粮有功，被封了爵位，如今司马家比起乐家，在朝中更有地位。最气人的是，司马运比哥哥更有胆识，敢当着许多人向任姐姐示爱。"

顿了一顿，乐旦微微一笑，拉了拉周方的衣袖："周方哥哥，是不是女子都喜欢有胆有识的男子？我也知道，其实任姐姐并没有那么喜欢哥哥，但哥哥总归好过司马运。可惜了……"

"可惜什么？"周方没有正面回答乐旦的问题，他在一处方亭里面坐下，"女子心思细腻且含蓄，自然喜欢大胆热烈的男子。任公主敢爱敢恨，令人佩服。"

"可惜你不是魏国人，也没有官身爵位，要不任姐姐肯定会喜欢你。"乐旦嘻嘻一笑，低头假装嗅花，脸上飞起一片红云，"周方哥哥比我哥哥更有男儿气概，要是你喜欢一个女子，你肯定会当面告诉她，对不对？"

周方本是太子，又曾率领千军万马在战场杀敌，经历过血与火的考验和生死难关，浑身上下散发的气势自然比从小养尊处优的乐城雄厚许多，他呵呵一笑："你怎么知道我比乐公子更有男儿气概？"

"我也说不清楚，反正就是觉得你不管是说话还是走路，都沉稳有力，让人感觉踏实。"乐旦咬了咬嘴唇，"周方哥哥，你在中山国可有心仪的女子？"

一句话说到了周方痛处，他出神地望向了墙外的远山，远山如黛，却隐隐有肃杀之意。

"立我烝民，莫匪尔极。不识不知，顺帝之则……"一则童谣在耳边响起，眼前浮现一个青衣红裙的少女，她手持竹杖，轻轻敲打竹椅。一个少年长身而立，和着少女的歌声敲打编钟。二人琴瑟和鸣，犹如金童玉女。

"玉姬……"周方在心底深处轻吟一声，想起他和欧阳玉姬一起度过的欢乐时光，心中莫名一阵疼痛，也不知道欧阳玉姬现在怎样了。

身为相国欧阳乐的女儿，若是中山国君臣败退太行山，欧阳玉姬应该也会随行，不会有事。周方轻轻一拍柱子，摇头说道："是有一个心仪的女子，不过现在不知下落，也不知是不是还在人世。"

"她叫什么名字？生得可是美丽？"乐旦一脸好奇，眨动一双亮若星辰的眼睛。

"她叫……"周方顿了顿，"她叫玉儿，生得花容月貌。"

"玉儿……好听，好美。"乐旦坐在了周方的身边，秋风吹来，她长发飘扬，"吉人天相，玉儿肯定不会有事，她会和你重逢。除了玉儿，你还有什么亲朋好友？"

自养伤以来，周方除了国仇家恨之外，更想念的还是王松和孙西敢。二人陪他出生入死，历经千辛万苦，眼见到了魏国都城，却又生死未卜，怎不让他忧心？况且他的复国大计，离不开王松和孙西敢的相助。

"还有两个一路随我逃来魏国的友人，他们本来和我一起到了安邑，却在城外的树林走散。但愿他们安然无事。"周方想了一想，又说，"他们从小和我一起长大，情同手足。"

周方没敢说出二人的姓名，二人身为他手下大将，乐羊虽未谋面，却肯定有所耳闻。

"就在城西的树林呀？你怎么不早说，我可以让人去寻找他们的下落。"乐旦当即起身，却被周方拦住了。

周方比乐旦更想知道二人的状况，但现在并非时候，万一让乐羊得知他和王松、孙西敢的真实身份，只有死路一条，他摆了摆手："此事就不劳旦妹妹了，他二人从小以打猎为生，练就了一身本领，应该不会有事。"

"可是，我左右也是无事……"乐旦还想坚持。

"谁说你无事可做了？"乐城的声音突然响起，人影一闪，他来到周方和乐旦身前，脸色不善："周方，你不守信诺，为何打小妹主意？"

"哥哥莫要乱说，周方哥哥只是和我说话而已。"乐旦脸上微微一红，很是不满地飞了乐城一眼，"哥哥你不要总对周方哥哥有成见，他只是一个流离失所的可怜人而已。"

"可怜人？别忘了，他可是中山国人。"乐城推开乐旦，来到周方身前，"周方，你既然是中山国人，可有听说过中山狼的传说？"

周方态度恭敬："自然听过。是说赵简子在中山打猎，射中一狼，狼负伤而逃，被东郭先生所救。赵简子走后，狼被放了出来，想要吃了东郭先生……"

"知道就好。"乐城冷哼一声，"我怎么知道你不是恩将仇报的中山狼？"

"谁是中山狼？"

周方不及开口作答，一个威严的声音从身后响起，伴随着一阵有力的脚步声，一个须发皆白、威武无比的老者出现在了周方面前。

一瞬间，周方屏住了呼吸！来者不是别人，正是为中山国带来灭顶之灾的乐羊！

第五章
再 战 乐 羊

　　国仇、家恨、屈辱、不甘、愤怒同时涌上心头，想起在奋战中死去的数万将士，想起国破之后仓皇出逃的父王、母后和中山国的臣民，想起生死不知的欧阳玉姬，周方心中蓦然升起一个强烈的、难以抑制的念头，若是他奋起一击，或许可以当场击杀乐羊，一报灭国之仇！

　　只是……周方强忍心中熊熊怒火，深吸一口气，小不忍则乱大谋，乐羊固然是灭掉中山国的将军，但真正想要吞并中山国的是魏王，魏王才是真正的元凶。他想要的是复国，而不仅仅是报仇。

　　"爷爷！"乐城和乐旦同时向乐羊施礼。

　　名震一时的大将乐羊一身便装，却难掩他的大将之风，他冷峻的眼神上下打量周方几眼，眼中有疑惑、有怀疑，还有一丝讶然："你是何人？为何会在乐府内院？"

　　"他叫周方，是中山国的平民，是我和哥哥救了他，安置在了内院。"乐旦邀功一样抢先说道，"爷爷，救他的时候，任公主也在。"

　　"周方？中山国人？"乐羊眼中的疑惑之色越来越浓，周方的举止不像是平民百姓，虽说周姓在中山国人数众多，但还是不由得他不多想，他眉头一皱，"周方，你一身贵气，不像平民，说，你到底何人？"

　　周方心中一惊，他和乐羊大军交战十几日有余，也和乐羊有过几次正面交锋，虽离得远看不清对方面容，却也算是远远见过对方，是以他才一见到乐羊就认了出来。莫非乐羊也认出了他？这么一想，不由得心惊肉跳。

"爷爷，他是中山国百姓，逃亡到了安邑城西，被孙儿救下。孙儿不忍看他流落街头，就带回了府中。"乐城朝乐旦暗中使了个眼色，让她不要再说话，以免惹爷爷不快，"孙儿是想，爷爷灭了中山国，是奉魏王之命行事，是王道。中山国百姓无辜，孙儿救他，是仁道。孙儿记得以前爷爷在路上捡了一块金子回家，奶奶说'志士不饮盗泉之水，廉者不受嗟来之食'，何况捡别人的财物谋求私利玷污自己的品行呢？爷爷听了大生惭愧，扔了金子前去求学，学有所成之后归来，才被相国赏识。孙儿并未捡到金子，却救了一人，不知在爷爷看来，金子和人命哪个要紧？"

乐羊的脸色慢慢舒展下来，他连连点头，一脸赞赏之色："捡来金子是谋求私利，救人一命却是大善之举，乐城，你比爷爷更得仁道之风。"话虽如此，他却还是觉得周方有几分面熟，放心不下，"周方，你可是灵寿城人？"

周方心中一惊，心知乐羊还是起了疑心，知道与其隐藏不如实言相告："在下确实是灵寿城人。"

"伸出手来。"乐羊向前一把抓住周方的胳膊。

周方伸开手掌，任由乐羊打量。周方手指细长，并没有一般农人劳作之后的手茧。乐羊轻轻一点周方右手拇指下面还没有完全愈合的伤口："是剑伤？"

乐羊果然厉害，周方心中大跳。他从小习武，右手握剑，留下了手茧。在战场上对敌时，右手拇指曾被敌军割伤，至今尚未全好。不过也幸好有剑伤将握剑的手茧削去大半，使之不再那么显眼。

"逃亡之时遇到了乱军，被乱军所伤。"周方有意无意地朝乐旦看了一眼，"在下遇到公子和小姐时，浑身伤口不下几十处。若不是他们出手相救，现在恐怕早就抛尸荒野了。"

乐旦连连点头："是了，是了，当时周方哥哥像个血人一样，眼见就快要不行了。哥哥还嫌弃他又脏又臭，不想救他。要不是任姐姐心肠好，哥哥肯定就扔下周方哥哥不管了。"

"我哪里有？"乐城不想乐旦揭他的短，他想在爷爷面前表现出大义的一面，就想争辩几句，却被乐羊摆手制止了。

乐羊微眯双眼，心中闪过疑问，隐约记得在战场上两军对垒时，中山国主帅周东和眼前的周方颇有几分相似。都说周东战死在乱军之中，却并未发现周东的尸体，还有他的军师孙西敢和大将王松，也是活不见人，死不见尸。

只可惜当时交战时，他离周东太远，并未看清周东的长相。眼前的周方，举止和谈吐绝非平民，但若说他是中山国王公贵族，又似乎不太可能。中山国的君臣都逃往了太行山，谁会傻到以身涉险前来魏国？

想通此节，乐羊后退一步，忽然拔剑在手，长剑一挺，朝周方当胸便刺。

"爷爷！"乐旦不解其意，大惊失色，想要阻止，才一迈步，就被乐城一把拉住。乐城摇头，暗示乐旦不要多事。

长剑吞吐如蛇，呼吸间就逼近了周方的胸口。周方傻呆呆地一动不动，竟然不知躲闪。乐旦被乐城抓住，无法动弹，急得大喊："周方哥哥，快闪开！"

就在长剑堪堪刺破周方衣服时，周方动了，动作并不快，也不灵活，他伸开双臂，十分笨拙地朝一侧一让，结果脚步虚浮，没有站稳，摔倒在地。

长剑划过他的胸前，将衣服割开了一个口子，也划破了周方的皮肤，鲜血瞬间浸透了衣衫。乐旦用力甩开乐城，扑上前去："周方哥哥，你有没有事？"又回身怒视乐羊："爷爷，你怎么能如此对待我的客人？我很生气！"

乐羊收回长剑，呵呵一笑："他只是受了皮外伤，无妨，不用三天就会大好。周方，休怪老夫唐突，刚才一剑，你竟能躲开，可是练过武功？"

周方暗道好险，心中怦怦直跳，方才乐羊一剑，他明知是乐羊有意试探，本来不想躲闪。但剑尖离胸口还有一尺之时，脑中迅速闪过无数个念头，万一乐羊失手之下将他刺死，他岂不是死得太冤了？又一想，乐羊既然怀疑他身负武功，索性显露几分身手，也好过全部隐瞒。于是他在最后关头全力躲闪，才总算避开致命一剑。

此时周方心里已经无比明了，乐羊方才的试探一剑，虽说未必真想取他性命，但如果他不躲闪开来，怕是也会身受重伤。既然乐羊起了疑心，索性就让乐羊疑心到底！周方拍打几下身上尘土，整理一下衣袖，微躬答道："中山国人尚武成风，人人习武，在下略通武功。也幸亏在下有几分身手，当时在城西树林中，才能舍死救下公主。"

周方有意说出救了公主之事，是要让乐羊不敢一再故意刁难他。

"哦？你救了公主？"乐羊微有惊讶之色，看向了乐城。

"是他被一头野狼困在了树上，公主前去救他，被野狼扑倒。危急之时，他捡了公主的剑刺杀了野狼。"乐城并不认为周方救了公主，他不满地哼了一声，"周方，是公主救你在先，你不要总以为是你救了公主，哼！"

"是，是。"周方忙唯唯诺诺地应道，"在下自当永记公主的救命之恩。"

乐羊点了点头，心中暗道一声"惭愧"，他就算怀疑周方是中山国的太子周东，也不该贸然出手伤人，且不说周方确实有恩于公主，即使周方和公主素昧平生，他身为魏军三军主帅，也不应该如此气量。

退一万步来讲，哪怕周方真是中山国太子周东，他也要以礼相待才显胸怀。毕竟，是他率军灭掉了中山国。且周东的死活，也要魏王定夺。

周方自是清楚乐羊对他大起疑心，此时若是一味后退，恐怕会更让乐羊耿耿于怀，不如主动出击，当即微微一礼："在下有一事不明，想请教乐将军一二，不知当讲不当讲。"

乐羊抚须点头："但说无妨。"

周方咳嗽几声，捂住了胸口的伤口。伤口不深，却长约半尺，血流不止。乐旦抽出乐羊宝剑，割了乐城的衣袖，替周方包扎。乐城十分不满，想要躲开却没有办法。

"乐将军身为灵寿人，为何攻打灵寿城灭掉中山国？"周方强压胸中怒火，目光平静，语气平和，不让乐羊看到他眼中的悲伤和愤怒。

"食君之禄，忠君之事，老夫虽是灵寿人，却是魏国将军，自然要为魏国效犬马之劳。"乐羊淡淡一笑，目光中流露出倨傲之色。

"说的也是，诸侯相争，国君轮替，本是常事。"周方点头，话锋一转，"乐将军忠君之事为魏国分忧，灭掉中山国也算师出有名。可是为何两军交战，非要对中山国将士赶尽杀绝？乐将军踏着中山国将士的鲜血和尸体迈进灵寿城时，可曾回头看上一看，无数的将士尸骨都是你的同乡！"

乐羊后退一步，眼中迅速闪过一丝震惊："中山国将士不肯投降，死战到底，我身为统帅，只能下令格杀勿论。"

"恐怕是因令公子被中山国煮成肉羹，乐将军盛怒之下，一心为令公子报仇，才大开杀戒。"周方察觉到了乐羊心志微有动摇，步步紧逼，"乐将军非为大局，是为私心。"

"大胆，放肆！"乐城大怒，一推周方，"爷爷做事光明磊落，一生不负于人，你小小鼠辈，怎敢如此辱没爷爷清名？再敢乱说，乱棍打死！"

乐羊摆了摆手："无妨，让他说下去。行得正，站得直，就不怕流言蜚语。"

第六章
智 辩

"乐将军可知你冤枉了周东太子,令公子并非周东所杀,周东擒拿了乐风之后,送回灵寿城中,原本是想让中山国王后善待,不想王后杀死了乐风并且煮成肉羹送到魏军营中。"周方至今想不通为何母后非要如此恶毒,每每想及此事,总是郁积在胸,"按照周东本意,他本想说服乐风,让他前去劝说乐将军收兵。"

乐羊默然不语,心思闪动。他确实疑心周方身份,方才试探一剑险些要了周方性命,他有了几分懊悔,而当周方这番话说出之后,他心中的疑虑再次大起!

若周方真是一介平民,怎会知道中山国王宫之事?即便周方不是周东,他也多半是中山国军中要员或是王公贵族。

且再试探他一二再说,主意既定,乐羊呵呵一笑:"你怎知老夫冤枉了周东?个中缘由,你又怎会清楚!也罢,也不怕告诉你,反正木已成舟。周东兵败,非战之过,乃是中山国王后季月拒不发兵之故。"

周方对母后拒不发兵之事早有猜测,虽未证实,却也能猜到大半,如今亲耳听到乐羊承认,心中还是不免一阵悲凉:"王后为何拒不发兵?她不怕周东兵败会危及中山国吗?"

"怎会不怕?季月又不傻,中山国若亡,她当哪门子王后?"乐羊迈步出了亭子,朝远处的假山走去,周方、乐城和乐旦紧随其后。周方身子依然虚弱,乐旦想要扶他一扶,被他摆手摇头婉拒了。

乐城狠狠地瞪了乐旦一眼。

"季月不喜欢周东，借魏国入侵之际，让周东率军迎战，却又拒不发兵，是想借魏军之手除掉周东，好让她最喜爱的儿子周西上位。季月让中山国相国欧阳乐和老夫手下大将司马史串通，约定割让中山国三座城池为代价退兵。司马史假意应允，暗中却告知老夫一旦周东全军覆没，就直取灵寿城，灭掉中山国。老夫不同意，君子一诺千金，怎能儿戏？既然司马史和欧阳乐有了约定，虽说老夫事先并不知道，也自当遵守。不料……"乐羊叹息一声，回身看了周方一眼，"我儿乐风惨死，还被煮成肉羹，三军将士士气高涨，老夫也只好顺势而为，一举灭掉了中山国。周方，你中山国本是鲜虞族人，世代以游牧为生，如今虽成为一方诸侯，受周天子册封，却终究还是蛮夷之族，多有母子相残之事。"

周方胸中憋闷，母后如此对他，确实大悖人伦。更让他痛心的是，母后为除掉他一人，甘愿牺牲中山国数万将士，其心可诛！

他站稳身形，抱拳一礼，肃然正形："乐将军此言差矣，我中山国虽是鲜虞族人，却世代受周天子册封，秉承华夏之礼，推崇儒术，以华夏文化立国，本是华夏一支。倒是乐将军本来也是灵寿人，却以魏人自居，籍父其无后乎？"

乐羊脸色大变，怒气大涨，右手抚剑，对周方怒目而视。

"籍父其无后乎？"后面还有一句周方没有说出来，是有意为之，因为后面的一句话是"数典而忘其祖"，他是嘲讽乐羊忘本。

周方毫无畏惧地回应乐羊杀意森然的目光，眼神平静而漠然。乐城想要呵斥周方，却被乐旦拦住。

二人僵持片刻，乐羊心中暗暗惊奇，此子年纪不大，竟有如此见识，倒也少见，脸上怒气渐消，心想，若是真的被一个小小的中山国平民激怒，也太有失身份没有城府了，他哈哈一笑："你所言极是，老夫受教了。鲜虞、华夏本是一家，不论蛮夷戎狄，只要以华夏文化立国，就是华夏一支。"

"不过中山国不是只有母子相残，还有父子相杀。"乐羊的目光有意无意地在周方脸上停留少顷，见周方不动声色，就继续说道，"周方你可知道，季月借魏军之手除掉周东之后，中山国灭亡，中山国君臣逃入太行山深处。本该励精图治，季月却逼迫国君退位，传位给周西。中山国君不肯，他认定周东未死，也得知周东战败是季月拒不发兵之故，想要废黜季月。季月唯恐失势，便联合欧阳乐和周西，毒杀了国君，立周西为中山国君。"

周方眼前一黑，身子一晃，几乎站立不稳，若不是乐旦暗中扶了他一把，他肯定一头栽倒了。母后一心置他于死地，只是让他痛心而愤恨，而父王被毒杀的消息如晴天霹雳，让他震惊当场。

要不是硬撑着不肯让乐羊看出破绽，此时的他会仰天长啸发泄胸中的万千悲愤！他紧咬牙关，用尽全力克制自己内心汹涌如潮的悲痛，父王死了？父王竟然也被母后毒杀了？怎会如此！怎能如此！！

周方的心在滴血，他恨不得肋生双翅飞到太行山深处，当面质问母后，为何要下如此狠手？不就是一个中山国君之位？尽管拿去便是。何必杀害至亲骨肉？中山国本来弱小，还如此自相残杀，若不灭国，天理何在？

乐羊察觉到了周方的异常，心中更加笃定周方必有来历，正要继续试探几句时，忽然下人来报，魏王宣他进宫有事相商。

乐羊不敢怠慢，忙匆匆出府。临行前告知乐城，务必小心提防周方，周方此人，绝非平民。乐城大喜，再三在乐旦面前沾沾自喜，说他早就怀疑周方来历不明，乐旦和任公主还以为周方是好人，也幸亏爷爷慧眼识人，识破了周方的伪装。

乐旦自是不信，和乐城争执半天，最后谁也没有说服谁。正好魏任前来乐府，听了乐城所说周方在乐羊面前失态一事，也是心中疑惑，便和乐城、乐旦一起来到了周方房间。

周方正在房间读书，他是在用读书来平息胸中翻腾的怒火和悲痛。他虽是太子，也曾经率领千军万马浴血沙场，但毕竟年龄不及弱冠。被母后陷害，父王又惨遭毒手，国仇家恨一齐涌上心头，他一口鲜血喷出，刚刚复原了几分的身子又遭受了重创。

昏迷倒地之后不久，周方就又苏醒过来，他硬撑着起来，洗净地上血迹，又擦干净衣服上的血渍，他很清楚在乐羊面前被察觉到异常还可以躲过一时，若是让乐城和乐旦不再相信他，他就难逃一死了。他强忍剧痛，迅速整理好房间，努力平息了胸中的翻腾之意，静坐读书，等候乐城和乐旦的到来。

他有足够的理由相信，乐羊私下肯定交代了乐城和乐旦什么。

周方见除了乐城和乐旦之外，还有魏任一同来访，也好，今天索性就说个清楚。

魏任一进房间就察觉到了异常，她嗅到了房间中残留的血腥气息，心中的疑虑就更加重了几分，当下也不绕弯："周方，虽说我救你在先，你救我在后，但你舍命相救，也是于我有恩。养伤月余，你伤势也好了大半，乐府也不是你的久留之地，你有何打算？"

周方猜到了魏任对他也起了疑心，微一躬身："多谢任公主、乐公子和乐小姐的救命、收留之恩，在下在府上叨扰也有一些时日了，想要出去做些小本生意。"

"你想做什么生意？"乐城才不信周方真的想走，顺势说道，"我索性好人做到底，送你一些钱财，省得你没有本钱。"

周方忙诚惶诚恐："乐公子大恩大德，在下铭感五内。"

"你们这是干什么，为什么非要赶周方哥哥走？"乐旦于心不忍，跳了出来，"你们不就是怀疑周方哥哥的来历吗？周方哥哥，你说实话，你到底是什么人？"

周方顺水推舟，朝几人深鞠一躬："亡国之人承蒙各位收留，本不该隐瞒来历，只是丧家之犬难免患得患失，唯恐走投无路。今日被乐将军察觉到在下并非平民，在下惶恐，请各位责罚。"

"啊，你不是平民，那你到底是什么人？"乐旦都快要哭了，她无助地拉住魏任的胳膊，"周方哥哥，你……你……你为什么要骗我们？我们对你那么好，你太不应该了。"

乐城的剑拔出了三寸有余，目光凛然："说，你到底是什么人？"

魏任却一脸平静，目光若有所思。

见火候差不多了，周方不敢抬头，故做胆怯状："在下本是一名粮草商人，从燕国、齐国运送粮草到中山国、魏国。魏国和中山国交战时，在下的粮草车队正好路过，本想借机大赚一笔，不想被魏军抢劫一空，在下差点丧命，一路逃到了魏国。"

各诸侯国之间多有商人来往不绝，并不禁商，只是粮草事关军事，虽未明文禁止，但各国默认不许民间经营粮草。周方的粮草商人的身份，轻则会被盘查，重则会被当成细作，他隐瞒下来假装平民，倒是理由充分。

乐城的剑推了回去，他信了三分："当真？"

魏任信了一分："魏国也禁止民间经营粮草生意，但对粮草商人，也不会刁难，你为何非要隐瞒？"

第七章
顺势而为

乐旦长舒了一口气，只要周方不是中山国的细作或是王公贵族就好，她忙替周方掩护："你们也不想想，周方哥哥死里逃生，又是亡国之人，粮草又被魏军所抢，他逃到魏国，敢说自己是粮草商人吗？"

"就算你真是粮草商人，我且问你，你为何非来魏国？中山国东有齐国，北有燕国，南有赵国，和魏国又不交界，何必非要绕道前来？"魏任向前一步，逼视周方双眼，"你是不是心怀愤恨，才前来魏国，伺机报复？"

"并不是。"周方暗中擦了一把冷汗，只要他们相信他是粮草商人，就意味着最艰难的时刻已经过去了，"正如任公主所说，在下本想逃向齐国，却发现齐国陈兵中山国界。燕国又地处偏远，水土不服，只好南下。到了赵国，本想留下，不料赵国因后悔让魏国借道攻打中山国，又为了提防在中山国的魏军生事，陈兵赵国和中山国界。思来想去，最安稳的地方反倒是魏国，就只好从赵国继续南下，来到了魏国。果不其然，魏国国威大盛，战事在外，国内一片祥和，确实是宜居之地。"

魏任半信半疑，想了一想："我再问你，你的粮草卖给谁家？"

"商人重利，价高者得。"周方猜到了魏任的真正用意是什么，又说，"中山国和魏军交战之时，在下是从中山国运送粮草转卖到燕国和齐国，既没有卖给魏国，也没有卖给中山国。"

话刚说完，周方感觉喉咙发涩，抑制不住地一阵咳嗽。他再也站立不稳，身子一晃，幸亏乐旦手疾眼快，及时扶住了他。

"你们就不要逼问周方哥哥了,他国破家亡,已经够可怜了,你们还要问个没完,非要揭开他的伤疤让他再痛一次?你们真残忍!"乐旦不满地瞪了乐城和魏任一眼,扶周方到床上躺下,"任姐姐,就算周方哥哥隐瞒了真实来历,他也是情有可原,他又不是坏人,你不要为难他了好不好?"

魏任笑了笑:"旦妹妹多虑了,我和乐城并非为难周方,而是要知道他到底是何许人也。既然他是粮草商人,待伤好之后,也好帮他重操旧业,让他可以在安邑安身立命。"

"真的?"乐旦喜出望外。

"当然。"魏任悄悄向乐城使了个眼色。

乐城忙说:"任公主说得没错,等周方伤好之后,我让他帮乐府打理粮草生意。"

"太好了,周方哥哥你快答应哥哥。"

周方费力地点了点头:"如此就多谢任公主和乐公子了,只是在下想自己做些小生意,不想再麻烦各位了。"

"让你留在府上就留下,啰唆什么?"乐城不耐烦地挥了挥手,转身和魏任出去了。

魏任站在一棵杨树下面,微有忧色:"乐城,父王已经答应了司马史的提亲,届时就会宣布将我许配给司马运。我不想嫁他,怎么办呀?"

乐城不知所措:"不嫁就不嫁好了。"

魏任气笑了:"若是我想不嫁就能不嫁就好了,可惜,我是魏国国君的女儿。乐城,司马运并不比你强,你为什么就不能胜过他?"

乐城愕然问道:"怎么胜他?"

魏任无比失望地看了乐城一眼,低头踢了踢脚下的黄草:"你连胜他的想法都没有?"

"何必非要和他一较高低?"乐城不太理解魏任的想法,"只要我能让你开心快乐就好。"

"你只有胜过了他我才会开心快乐。"魏任气得话都不想说了,转身回到了周方的房间,赌气之下说道:"周方,若你能帮我一件事情,我会感激不尽。"

周方急忙站了起来:"公主有事尽管吩咐,在下定当竭尽全力。"

"你能不能想个法子让乐城胜司马运一筹?"魏任是病急乱投医,也是为了气一气乐城,让他知道在她眼里他还不如一个小小的粮草商人。

035

乐城还不算太迟钝，察觉到魏任的意图，他冷笑一声："周方不过是一个商人，哪里有法子帮我胜过司马运？你太高看他了，任公主，要我说，你还不如让他去刺杀司马运，或许还有万分之一的可能。"

"上兵伐谋，其次伐交，其次伐兵，其下攻城，攻城之法为不得已而为之……刺杀更为下下之策。"周方自然明白魏任不过是随口一说，并非真心想让他帮乐城胜过司马运，也是魏任并不认为他有本事助乐城一臂之力，他思忖片刻，"在下愿为公主和乐公子效劳。"

"效劳？你真有办法帮我胜过司马运？"乐城不相信周方，他不无嘲讽地笑道，"你不过是一个小小的粮草商人，莫要信口开河，否则误了我的大事，你可担当不起。"

周方不卑不亢地回应："乐公子所言极是，在下只是一名小小的粮草商人，就算想误也误不了乐公子的大事，更何况对于乐公子来说，既然束手无策，让在下斗胆一试，哪怕败了，输得一无所有的是在下，乐公子还是乐公子，和现在又有什么不同？"

乐城愣了，想了想又笑了："说的也是，真要是不成，我并没有什么损失，好，既如此，姑且让你一试。"

别说魏任一脸无奈，就连乐旦也听出了周方话中嘲讽乐城既无能且又逃避之意，没想到乐城竟然恍然不觉，二人对视一眼，都从对方的眼中看出了悲哀。

又过了半月有余，天气转冷，周方的伤好了大半，他不再卧床，开始每天都在院中练剑。因各国之间争战不断，战事频仍，民间习武之风盛行，乐城见周方的剑法颇有几分功底，也未起疑心。

倒是乐羊对周方的来历依然不很放心，只是近来朝中诸事缠身，他无暇顾及周方。一日上朝，他和司马史、司马运父子因司马史劝魏王攻打秦国和齐国而起了争执。

魏王高坐王座之上，群臣分坐在大殿两侧。相国王黄上奏魏王，太子魏作就任中山国君以来，恪尽职守，未尝懈怠，将中山国治理得井井有条，中山国百姓安居乐业，称颂魏王功德。

魏王听了大喜，司马史见状，及时进言道："大王，臣以为，魏国如今国势正盛，国力大涨，正是拓展疆土的大好时机，可以西拒秦国，东攻齐国。齐国东靠大海，土地丰饶，易守难攻，若魏国吞齐，和齐国疆土相连，则魏国可得齐国得天独厚的地势，尽取齐国之物为魏国所用，非但秦国不敢与魏国为敌，就连赵国、韩国也不敢再对魏国有不轨之心。"

王黄微眯的双眼眨了眨，眼中闪过一丝讶然，默不作声。司马运当即起身："臣附议司马将军所言，魏国吞并中山国，其他诸侯国必有怨言，赵国、齐国和秦国都陈兵边界，意图对魏国施压。依臣之见，各诸侯国都对魏国吞并中山国之事心生不满，若是魏国视而不见，会助长各诸侯国气焰。万一与中山国一向交好的齐国趁机拉上燕国夹击魏国，魏国会腹背受敌、首尾难顾……"

魏王一抚长须，微微点头："司马小将军的意思是……？"

面如冠玉、唇红齿白的司马运，长相俊美，只凭相貌就比乐城强了不少，更何况他在面对魏王和一众大臣时，淡然而立侃侃而谈毫无怯意不说，还一副胸有成竹的样子："大王，不如先发制人。增兵五万到魏国和秦国边境，以防秦国作乱。以肃清中山国残余势力为由，再增兵五万到中山国，各诸侯国不会起疑。再增兵五万到魏国和齐国边界。待时机成熟时，中山国原有的五万，和增兵的五万兵马合为十万，从北面进军齐国，另外五万兵马从南面出击，南北夹击之下，齐国必败。"

魏王听了连连点头，目露赞许之意："司马老将军养出了如此成器的儿子，寡人甚是欣慰。司马小将军所说，诸位意下如何？"

众人都低头不语。

魏王心生不悦："诸卿有话不妨直说，寡人又不是听不进忠言……乐将军，你来说说。"

乐羊向前一步，微微一想："大王，臣以为魏国刚刚吞并中山国，各诸侯国有所异动不足为奇。待过一些时日，各诸侯国自然会安静下来。现在贸然再攻打齐国，并非上策。且不说齐国兵强马壮，远非中山国可比，各诸侯国本来就对魏国吞并中山国有所不满，若再攻打齐国，岂不是为各诸侯国联手围攻魏国制造了借口？"

司马史冷笑一声："乐将军一向骁勇善战，怎么今日如此不济？到底是怕大王派你攻打齐国而战死沙场，还是怕大王派别人打败齐国，立下战功，盖过了你的风头？"

司马运一步迈出，挡在了乐羊和司马史中间，一脸笑意："乐羊将军勿怪，父亲并无恶意，只是一时口快。"又转身对司马史拱手："父亲，乐羊将军乃是魏国功臣，虽是中山国人，却一心为魏国分忧。中山国一战，乐将军的儿子也为国捐躯，魏国上下，都应敬重乐将军才是。"

第八章
再会乐羊

司马运的话绵里藏针，不动声色地暗示乐羊身为中山国人，奉命攻打中山国说不定心有不甘，又因儿子之死，更是对魏君心有怨言。

乐羊暗自愠怒，正要分辩几句，王黄咳嗽一声出列了："大王，魏国将士眼下士气正盛，若是攻打中山国一般的千乘之国，必定手到擒来。齐国虽然安逸放纵多年，毕竟是万乘大国，除非有必胜之策，否则不可轻言开战。"

司马史当即脸色一变："相国的意思是魏国打不过齐国了？"

王黄微微拱手，呵呵一笑："司马将军误会了，老夫何曾说过魏国不是齐国之敌的话？老夫的意思是，既然司马将军想要对齐国开战，想必司马将军已经想好了一举击败齐国的万全之策？不妨说来听听，也好让老夫受教受教。"

司马史顿时涨红了脸："相国何出此言？战事一启，变化多端，谁敢断言一定战无不胜？相国若有良计，可以献上，为大王解忧。"

王黄连连摆手："老夫既不是武将，也不懂战事，怎敢献丑？况且老夫又没有向大王提出攻打齐国……"

司马运朝王黄微微躬身施礼："相国说得对。兵者，国之大事，死生之地，存亡之道，不可不察也。父亲已经胸有大计，不过因事关重大，不能在朝堂之上公布，以免走漏风声。"

乐羊暗暗震惊，比起司马史的急躁、简单，司马运的少年老成和沉稳，才最难应付。怪不得魏王赏识司马运而不喜欢乐城，乐城比司马运浅薄且肤浅多了。假以时日，此子不成大器便成大患。

魏王沉吟半晌才问："诸卿还有何话要说？"

群臣纷纷进言，支持和反对攻打齐国者，各有半数。魏王被众人争吵得烦了，挥手退朝，西拒秦国东攻齐国之事，来日再议。不过群臣都看了出来，魏王虽犹豫不决，但已然对攻打齐国动心了。

乐羊心中不快，回到乐府之后，见乐城正在练剑，一招一式虽也像模像样，却总少了几分威势，像是花拳绣腿，不由得想起司马运在朝堂之上侃侃而谈的从容，顿时恼了："乐城，你何时才能立得起来？"

乐城正舞得兴起，冷不防被爷爷一说，顿时兴致全无，扔了宝剑气呼呼地说道："爷爷，孙儿正在用功，哪里又惹你不快了？"

乐羊暗暗苦笑，乐风若在就好了，不论是冲锋陷阵还是出谋划策，都比乐城强很多。可惜，乐风死得太早了，他不由得悲从中来："乐城，天下虽然诸侯争霸，但只凭匹夫之勇，终究不过是一名先锋。还要有智谋才行，你要是有你父亲一半的智谋，爷爷也不必如此忧心了。"

"爷爷，孙儿哪里做错了吗？"乐城一头雾水，见爷爷闷闷不乐，心知爷爷必有烦恼之事，"爷爷有何难以排遣之事，尽管说来，孙儿自当尽力而为。父亲虽有智谋，却不知收敛锋芒，才惹了杀身之祸。"

"放肆！"乐羊勃然大怒，扬手打了乐城一个耳光，"你父再是不济，也是战死沙场，不许你说他半句不是。"

乐城大感委屈，捂脸苦笑："爷爷，孙儿并没有做错什么，你又发的是哪股无名火？"

"唉。"乐羊重重地叹息一声，"爷爷虽然打了胜仗，却因是中山国人，不被魏王所喜，又受司马史父子排挤。司马史父子狼子野心，劝魏王攻打齐国，分明是想陷魏国于四面树敌之境地。奈何爷爷在朝中无人互为呼应，魏王已经被司马史父子说动了。接下来若真要攻打齐国，魏国危矣。"

"不就是一个司马运吗？孙儿已经想好办法对付他了。"乐城哈哈一笑，不无得意地说道，"不瞒爷爷，就在不久前，孙儿想了一个极好的法子，可以让司马运灰头土脸，再也抬不起头来。"

乐羊一愣，不由得问道："此话怎讲？"

乐城就将周方的真实身份被魏任问出，以及周方主动提出要帮他和司马运一决高低的事情都一五一十地说了出来。

乐羊听了久久无语，心中喟叹乐城太轻信于人不说，还全无城府，周方说什么就信什么，不由得又怒又气："周方何在？让他前来见我。"

"乐将军，在下已经恭候多时了。"乐羊话音刚落，身后就传来了周方的声音。

乐羊回身一看，周方长身而立，气色好了许多，一袭布衣长衫难掩他的英气和从容。他的身边还站着一名笑意盈盈的女子，正是乐旦。

"爷爷，听说你回府了，周方哥哥就赶紧让我陪他来拜见爷爷，他有话要向爷爷说。"乐旦喜笑颜开。

周方弯腰一礼："周方见过乐将军。"

乐羊微眯双眼，心中惊讶周方的镇静和气质，更震惊他主动前来的勇气，微微点头："不必多礼。周方，你如何帮乐城胜过司马运？"

周方恭敬地说道："不瞒乐将军，在下并无法子可以帮乐公子胜过司马运……"

"周方你怎么出尔反尔？"乐城顿时气急。

"慌乱什么？"乐羊瞪了乐城一眼，深为乐城的心浮气躁而失望。再看周方淡定从容的姿态，他愈加断定周方绝非粮草商人。

"乐公子少安毋躁，且听在下慢慢道来。"周方微微欠身，"并非在下出尔反尔，而是在乐将军面前，不敢夸大。在下是没有法子可以帮乐公子胜过司马运，却有法子可以让司马运不如现在一般受魏王器重。乐公子和司马运相比，无论人品、长相还是学识都不相上下，唯有乐公子不如司马运更得魏王之心。如若司马运不得魏王赏识，乐公子就不胜而胜了。"

乐羊暗暗点头，周方此话切中要害，且不着痕迹地奉承了乐城，当真是滴水不漏，他点了点头："说下去。"

"司马运之所以得魏王赏识，并非他智谋过人，也不是他立下不世战功，而是因为他能说会道，善于揣摩人意。当然，最要紧的是在魏国攻打中山国时，司马运负责运送粮草，没有一丝差错不说，还大有节余，是以魏王大喜，以为司马运是可造之才。"周方此时不再藏拙，将所知所学和盘托出，胜败在此一举，他只能前进不能后退，"魏国攻打中山国，要绕道赵国，向来兵家大计，兵马未动粮草先行。魏国国力远胜中山国，但若是粮草供给出了差池，也有可能功亏一篑。司马运深知粮草的重要，尽心尽力，保障大军所需，魏军才军心稳固，最终打败了中山国。"

乐羊抚须点头："你说得不错，司马运确实运粮有功。粮草总能及时运到，从未误事。你一说老夫倒是想了起来，从魏国到中山国，途经赵国，且有一段山路崎岖难行，换了是老夫运送粮草，也未必可以做到万无一失。这么说来，司马运倒还真是一个人才。"

"若说欺上瞒下，司马运倒也确实是一个难得的人才。"周方冷笑一声，他是事后才得知司马运如何保证了粮草的及时送达，"若他真是规规矩矩地运送粮草，在下也会由衷地夸他一句，并且敬佩他是一个英雄。可惜，可惜，司马运是一个无耻小人！"

"此话怎讲？"乐羊听出了周方话中的悲愤之意，不由得惊奇，"莫非他做了什么伤天害理之事？"

乐城双眼放光："周方，司马运怎么无耻了？你快说来。"

周方继续说道："司马运运送粮草之时，途经赵国进入中山国境内的山路时，因人困马乏，数十辆粮草马车摔落悬崖，损失粮草过半。"

"啊？老夫怎么没有听说此事？"乐羊大惊，"周方，你不要信口雌黄，污蔑司马运，若是被老夫查实，定不会轻饶。"

"在下不敢。在下所言，句句实话，绝无半句虚假。若有假话，天打雷劈。"周方态度诚恳，语气恳切，"司马运唯恐事发被魏王责罚，心生一计，派人到燕国、齐国高价收购粮草。因为他给出的价格高出市场价格三倍以上，粮草商人闻风而动，纷纷前来，不出几日就补齐了损失的粮草，还大有剩余。"

乐羊一脸不解："三倍以上市价？司马运哪里有钱付给粮草商人？军饷开支，老夫亲自经手，并未有这一笔开支。"

"呵呵，哈哈……"周方的笑声中满是悲愤和不甘，"司马运若真是按照承诺的三倍市价付款给粮草商人，也算他是大丈夫。可他非但没有付钱，还下令将所有粮草商人全部斩杀，就地掩埋在了荒山野岭之中。可怜这些粮草商人，上有老下有小，养活一家老小十余口，却因贪图暴利而命丧一名将军之手。更可怜的是粮草商人的妻儿老小，不但失去了依靠，连粮草商人是生是死都不知道。至今还有粮草商人的家人天天盼望他们归来……"

第九章
瞒天过海

"真有此事?"乐羊怒睁双目,血往上涌,他一向治军严谨,不许侵犯百姓秋毫,却没想到,司马运竟能做出如此残暴之事。要是传了出去,会让世人议论他乐羊不守承诺,会让天下人耻笑他乐羊不择手段!

他乐羊何许人也?当年连路上的一块金子都不肯弯腰去捡以免辱没了自己的品行,司马运身为他手下的运粮官,竟能背着他做出如此惨无人道之事,让他面上蒙羞,不由得大为恼火:"老夫定当彻查此事,若是属实,一定上奏魏王,严惩不贷!"

周方不慌不忙地问道:"不知乐将军如何上奏魏王?"

"自然是如实上奏了。"

"如实上奏?司马运必然会当面反驳,要乐将军拿出人证、物证,乐将军可有?"

"老夫只是听信了你一面之词,哪里有什么人证、物证?"乐羊上下打量周方几眼,"周方,你可是在戏弄老夫?"

"不敢,在下既无胆量,又无闲心。"周方毫不畏惧地迎上了乐羊的目光,"此事应当从长计议。依在下之见,乐将军应当先暗中派人前去中山国和赵国交界处的界山之中寻找粮草商人的尸骨,再另外派人去燕国、赵国寻找粮草商人的家眷。待尸骨和家眷都找齐之后,再从当初运送粮草的士兵中寻找人证,等一切准备妥当之后,再向魏王上奏,才会一击则中,让司马运没有反击之力和翻身之机。"

"厉害,妙,此计果然甚好。"乐城鼓掌叫好,"人证、物证俱全,到时司马运百口莫辩，必定会被魏王打入大狱。周方，事成之后，本公子重重有赏。"

周方忙弯腰施礼："不敢当，在下承蒙乐公子救命之恩，些许小事，不足挂齿。"

乐羊却沉思半晌不语，他是在暗暗震惊周方的思维缜密，步步为营，算无遗漏，真要是如周方所说司马运暗中做出了杀害粮草商人之事，再按照周方的做法将所有的证据搜集齐全，呈报魏王之后，司马运必定难逃牢狱之灾。

以周方的智谋，他怎么可能只是一名小小的粮草商人？乐羊虽感谢周方的献计，却更加怀疑起他的身份了。

不如再考他一考，乐羊主意既定，问道："此事暂且按下不提。周方，我还有一事问你，你可以知无不言，言无不尽，不必隐藏。"

周方很清楚乐羊对他大有戒心并且怀疑他的真实身份，他不怕，不管乐羊怎么猜测他，他一不承认，二不否认，反正乐羊也不可能知道他的真实身份，只凭猜测也不能拿他如何。他要的就是充分利用乐家和司马家的不和，打开他进入魏国朝堂得以见到魏王的一个口子。

周方恭敬之中又不失淡定："乐将军尽管吩咐。"

乐羊将他在朝中和司马史父子争论是否出兵攻打齐国一事告诉了周方："周方，你有何高见？"

乐城听出了爷爷在言语之中不知不觉对周方高看一眼，不由得妒火中烧，想要出言嘲讽几句，却被乐旦阻拦了。

乐旦一拉乐城："别添乱，爷爷现在正在问计周方哥哥，说不定周方哥哥可以帮一帮爷爷。帮了爷爷就等于是帮了乐家，帮了你和我。"

周方对司马史父子并无好感，在攻打中山国时，司马史父子是乐羊的得力手下，若无他二人相助，乐羊也不可能打下中山国。甚至可以说，中山国亡国，全因司马史和欧阳乐勾结之故。他恨不得亲手杀死司马史父子以泄心头之恨。

但话又说回来，司马史劝魏王攻齐，正合魏国的强国之道，是上上之策。由此可见，司马史也并非浪得虚名之人，确有真才实学。

周方心里清楚，魏国无南北之忧却有东西之患。

魏国位于赵、楚之间，北面赵国南面楚国，本来赵、楚两国对魏国并无太大威胁，一是赵国和魏国向来交好，互为依靠；二是楚国深受南面蛮夷威胁，自顾不暇，即使有心也是无力侵犯魏国。

七雄中，魏国和燕国又无交界，燕国孤悬于外，和中原诸国多无交集，并无南下之心。实际上，西秦、东齐两国才是魏国的心腹大患。是以在周方看来，魏国最高明的做法就是先攻打齐国，夺取富饶的齐地之后，东有大海天险可守，尽取齐地之兵，北联赵国，西向攻秦，大事可成。

魏国本来领土就被韩国隔开，吞并中山国后，又被赵国隔开，领土三分，东、西、南、北都不得兼顾。若是打下齐国，不但东西相连，又把齐国和中山国并在一起，则东、西、南、北都得以兼顾，必将称雄于天下。

但周方既然要复国，要报魏国灭国之仇，才不会让魏国强大，因此在听到司马史父子劝魏王攻打齐国的举动之后，他心中大为震惊，表面上却努力克制，不动声色地说道："乐将军认为魏国国力不足以拿下齐国？"

乐羊摇了摇头："魏国称霸中原多年，兵强马壮，称为七雄之中第一强国也不为过。只是老夫一向认为，得道多助，失道寡助，魏国刚刚吞并中山国，不宜再出兵攻打齐国。以魏国之威，拿下齐国虽非易事，也并非不行。怕只怕，燕国担心齐国被灭之后，魏国会乘机攻打燕国，必定会出国救齐。赵国和魏国互为唇齿，不会对魏国不利，韩国和秦国就不好说了，尤其是秦国，厉兵秣马多年，早有东进吞魏灭赵之心。"

乐城急不可耐地一推周方："周方，你到底有没有高见？不要吞吞吐吐，有话直说。"

周方微微一笑："在下才疏学浅，不敢在乐将军面前卖弄。高见没有，浅见倒是有一些。"

"讲。"乐羊沉得住气，不慌不忙。

"魏国此时不宜攻齐，攻齐必败！"周方主意既定，便抛出了瞒天过海之计。

"怎讲？"乐羊微眯的双眼微微一睁。

"正如乐将军所说，魏国若是发兵攻齐，燕国必定有所异动。以魏国兵力，倒也不怕燕国出兵。但问题是，魏国打下弱小的中山国，若非司马运屠杀粮草商人夺粮之举，怕是粮草会中断。粮草一断，不战自败。请问乐将军，魏国攻齐，再让司马运担任运粮官，还有粮草商人可供司马运肆意屠杀夺粮？"

"他敢！"乐羊一掌打在身边的树上，"即便他巧舌如簧，再有理由，老夫也不许他滥杀无辜。"

周方暗自叹息，乐羊刚正有余而圆融不足。夺粮之事的症结并非在司马运屠杀粮草商人之上，而在魏国今年虽未歉收，但粮草已然不足以再支撑一场战争。眼下讨论的不是司马运的滥杀无辜，而是魏国攻打齐国的胜算几何。

周方点头："乐将军铁面无私，在下佩服。既然没有粮草商人的粮草可用，魏国的粮草可否支撑半年的消耗？"

乐羊想了一想，微微摇头："三个月。"

"是以魏国攻打齐国，并非上策，以齐国的实力，魏国绝无可能在半年之内吞并齐国。"周方步步推进，是该抛出他的见解了，"依在下浅见，魏国攻打齐国既然没有必胜之计，不如不打。但魏王好战，不出兵攻打一个诸侯国，其势难收，既然如此，齐国不可，秦国不可，燕国和赵国也不可，不如攻打……韩国！"

"韩国？"乐羊没想到周方最后矛头一转，竟然指向了韩国，不由得大为不解，"韩国和魏国也算是唇齿相依，且魏、赵、韩三家分晋，原本同属一家，魏国并无攻打韩国的理由。所谓名不正，言不顺，师出无名。"

"你出的什么鬼主意？魏国好好的为什么要攻打韩国？"乐城气不打一处来，"魏国和韩国一向交好，就连本公子在韩国也多有故交好友，魏国和韩国情同手足，周方，你挑拨离间，分明是包藏祸心。"

"乐公子是惧怕韩国的利器吧？"周方轻轻一笑，"所谓天下之强弓劲弩皆从韩出，韩国的弩能射八百步之外，且韩国的剑也异常锋利，可以陆断牛马，水截鹄雁，当敌则斩坚甲铁幕……"

"本公子武艺高强，以一当十，怎会惧怕小小的韩国？"乐城一拍胸膛，"魏国周围诸国中，除被灭的中山国外，就韩国最为弱小。"

"乐公子所言极是，在下也正是此意。"周方顺水推舟，既高抬了乐城，又顺势推出了自己的想法，"乐将军，韩国将魏国国土一分为二，让魏国东西不能兼顾。若是吞并了韩国，魏国东西兼顾，又得了韩国利器。不出一年，便可乘势东吞齐国，霸业可成。"

"你的意思是，魏国先不必急于攻打齐国，先拿下韩国，再养精蓄锐一年，挟灭中山、吞韩国之威，一举打败齐国，从此扬威于诸侯，无敌于天下？"乐羊听明白了周方的计策，心中的震撼之意久久挥之不去。以周方的谈吐以及对各诸侯国的国力如此了如指掌，他若是一个小小的粮草商人，岂不是天大的笑话？

第十章
顺水推舟

周方后退弯腰，鞠躬施礼："乐将军英明。"

乐羊眼中寒光一闪，伸手抓住了周方的胳膊："你到底是谁？"

周方微露惊讶之色："乐将军何出此言？在下周方，乃是中山国的粮草商人。"

"你一个小小的粮草商人，怎会对各诸侯国国事如此上心？又如此了如指掌？"乐羊见周方依然镇静如常，心中的疑虑更重了几分。

"乐将军有所不知，在下既然身为粮草商人，走南闯北，从燕国到齐国、魏国、赵国、韩国和楚国，除了秦国之外，全部做过生意。在各诸侯国都有生意往来的友人，自然比常人多知道一些事情。"周方有意流露出一丝无奈和委屈的神色，"在下寄居贵府，本来就小心翼翼，唯恐有一丝闪失。在下将平生所学和盘托出，也是为乐将军献计。若能入得乐将军之耳，是在下的荣幸。若不能，只当在下献丑了。在下一片诚心，乐将军还如此怀疑在下，实在让在下惶恐不安。"

"爷爷！"乐旦上前摇动乐羊胳膊，"不要为难周方哥哥，他不是坏人，一心为乐家着想，还想方设法帮助哥哥。爷爷一再教诲孙女要乐善好施，扶危济困，为何偏偏再三刁难周方哥哥？"

"旦妹妹不必如此。"周方后退一步，诚惶诚恐，"在下今日就搬出贵府，多谢乐将军和乐公子收留之恩，容在下他日回报。"

"爷爷……"乐旦急得眼泪都流了出来，"我不许周方哥哥搬走……"

乐羊挥手打断了乐旦的话，微一沉吟："周方搬出乐府也好，他伤势也好了大半，可以自理了。在乐府住久了，难免让人生疑，尤其是司马史父子。不如这样，乐家在东街有一处闲置的宅子，可以让你住宿兼做粮草生意之用，你意下如何？"

周方当即说道："如此大礼，在下愧不敢当。"不管乐羊是真心要赶他出府还是有意试探，他反正也想出去了。毕竟总在乐羊眼皮底下，难免会有被认出的一天。

"让你收你就收下，啰唆什么？"乐城一拍周方的肩膀，"不过我可有言在先，你经商归经商，司马运的事情可别忘了，要替我想着。司马运一天不倒，我一天不心安。"

看这个孙子还真是耿直，乐羊哭笑不得，心中却想，若是周方真的只是一名粮草商人，让周方为他所用，辅佐乐城，倒也不失为一件好事。

想归想，乐羊对周方的怀疑始终挥之不去。回到书房，他叫来乐城和乐旦，又再三交代了一番。

"你二人和周方交往时，多留意他的举动。爷爷总是觉得他另有来历，并非什么粮草商人。虽说他在乐府住了一些时日，也不见他有何恶意，但人心难测，还是多提防一些总没坏处。"

"爷爷过虑了，周方哥哥肯定不是坏人，我天天和他在一起，他谈吐有礼，对丫鬟也十分客气，怎么可能是坏人？"乐旦对爷爷赶走周方耿耿于怀，气得连饭都没吃下，再三恳求爷爷留下周方，乐羊却说什么也不肯。

"爷爷也没有说周方就一定是坏人，他有可能是中山国派来魏国的细作，或是燕国、齐国派来魏国的谋士。如今天下纷争，各诸侯国之间战争不断，不得不防。"乐羊一向疼爱乐旦，见乐旦真的生气了，也有了几分不忍。

"其实周方搬出乐府也没什么，他住在东街的店面，离乐府也不过半个时辰的路程。况且我们每天上街都要路过店面，想要见他还不容易？"乐城本来不喜周方，但在一起久了，也难免有了几分不舍，主要也是周方答应帮他打败司马运，而且周方为爷爷所出的计策又确实可行，"爷爷，何时派人去寻找司马运屠杀粮草商人的证据？"

"已经派人去了。"乐羊望向了窗外。窗外万木凋零，已经是初冬了。他看了乐城和乐旦一眼，加重了语气："记住爷爷的话，周方此人深不可测，可以交友，但不可深交。若他能为乐家所用还好，如若不能，寻机杀之。"

乐旦大惊失色："爷爷，为什么要杀周方哥哥？"

乐羊微叹一声："周方向爷爷献计，既是向乐家投诚，又是试探。爷爷一旦采纳，周方便有乐家的把柄在手中，他向魏王或是司马史父子告密，乐家必定会有灭顶之灾。你真当周方完全出于好心？他也是有算计在内的。"

"怎么会？"乐旦心思浅，不会多想，不信爷爷的话，"再怎么着周方哥哥也是被任姐姐和哥哥所救，他就算不知恩图报，至少也不能恩将仇报不是？何况这段日子相处以来，周方哥哥待人接物彬彬有礼，又细心周到，是一个心地善良之人。"

乐城还想说什么，却被乐羊的眼神制止，乐羊知道一时想要说服乐旦也不可能，也就不再勉强："旦儿，你只要记住爷爷的话，除了家人不会害你之外，对其他人都要留有三分防范之心就不会有错。"

乐旦闷闷不乐地"哦"了一声："总是提防别人，该有多累。想不通你们男人，除了打打杀杀，就是算计来算计去，总是活在提心吊胆的阴影里。"

乐羊怜爱地抚摸乐旦的肩膀："旦儿，正是因为有男人们负重前行，遮风挡雨，才让你们有了安稳的生活和静好的岁月。"

乐城想起了什么："爷爷，我去向任公主禀告一声，周方毕竟也算是她的救命恩人。"

"如此最好不过。"乐羊点了点头，眼神中微微闪过一丝犹豫，片刻之间还是说道，"司马运之事，你先不要和任公主提起，等爷爷找到真凭实据后，你再说也不迟。切记，切记，否则万一事情不成，会让任公主对乐家心生成见。"

"知道了，爷爷。"乐城也知道爷爷担心的是什么，他也清楚朝中盛传爷爷和司马史不和，若是爷爷暗中调查司马运之事传了出去，即便爷爷是出于公心，也会被人认为是假公济私。

"你们去吧。"乐羊有了几分乏意，挥退了乐城和乐旦，一个人在书房中练习了一会儿书法，又觉得心烦意乱，无法静心，就又到了院中练剑。

乐羊的剑法颇有大巧若拙之意，一招一式，看似笨拙却暗藏杀机。几招过后，他沉浸在了剑法之中，浑然忘我，却不知道，在远处的假山之上，有一个人正出神地看他练剑。

正是周方。

周方原本就想离开乐府，今日正好借乐羊的试探，顺水推舟应下乐羊所送的门面，也算在安邑有了立足之地。他并不是担心在乐府住久了会被乐羊识破，而是久住乐府毕竟是寄人篱下，一举一动全在乐城和乐旦的眼皮底下，无法施展胸中抱负。

他前来魏国可不是为了逃难，而是为了复国大计。

他也很想知道王松和孙西敢的下落，二人随他出生入死，好不容易一路逃到了魏国，却在进城之际分开，至今生死未卜。

出了乐府之后第一步该怎么走，周方已然胸有成竹。帮乐羊对付司马运，只是他复国计划中的第一步。

养伤近两个月时间，他有足够多的时间来思索他的复国大计，第一步的落脚点是哪里，第二步指向谁，以及怎样充分地借助各诸侯国之间的对峙来为他所用，他都想得清清楚楚。

死里逃生的经历让周方成长了许多，才知道以前他身为中山国太子时，养尊处优、没有忧患意识是多么幼稚。中山国在七雄的夹缝中生存，本来就朝不保夕，却还歌舞升平，不知倾覆只在旦夕间。

周方痛定思痛，虽说中山国灭国并非全是他的过错，但在当上太子之后，他并未励精图治，反倒夜夜笙歌，错失了整肃朝政提高将士士气的大好良机，是以中山国被灭，他也难辞其咎。

在他的复国大计中，乐羊是至关重要的第一步。一旦乐羊和司马史父子的较量摆到了明面之上，魏国必然会元气大伤。

而他的第二步，就落在了司马父子身上。

本来周方已经决定明日搬出乐府，他在乐府住了不少时日，多少也有了几分感情，在乐羊和乐城、乐旦走后，他想一个人随意走走。不想无意中站在假山上登高一望，竟然看到了乐羊正在练剑。

记得孙西敢说过，剑法轻灵之人，心思机巧善变。剑法大开大合之人，为人磊落坦荡。剑法古朴笨拙之人，处事藏拙则隐忍。乐羊剑法看似笨拙却暗藏杀机，是一个极有城府且善于以退为进的人。此人不好对付，周方暗暗心惊，几次和乐羊明里暗里的交手，若不是有乐旦帮忙以及乐城从中添乱，他很难过关。

正想得出神时，忽然感觉到有两道目光射来，周方心中一惊，忙收回心思一看，原来他被乐羊发现了。乐羊收剑而立，朝他点头微笑，目光中虽有笑意，却意味深长，颇有质疑之意。

周方淡然一笑，远远地朝乐羊施一礼，长袖一甩，放声高歌下了假山："昔我往矣，杨柳依依。今我来思，雨雪霏霏。行道迟迟，载渴载饥。我心伤悲，莫知我哀……"

第十一章
冤家路窄

乐家位于东街的宅子在东街和柳巷的十字路口，门面虽不大，但位置不错，来往客人络绎不绝。

门面荒废已久，临街的店面灰尘足有数寸厚，店面后面的院子，杂草过膝。从未干过粗活的周方，在乐府下人的帮助下，足足忙了两天才收拾干净。

站在焕然一新的院中，周方顾不上手上磨出水疱的疼痛，心中的喜悦无以言表。历经了生死之战和亡国的苦痛之后，终于在安邑有了一处安身之地，对他来说犹如重生般喜悦。

他又花费了整整一天时间布置了院子，甚至还裁剪了几枝喜欢的菊花摆放在了书桌之上。兴奋中，他还挥毫写了一幅字挂在了卧室。

"居善地，心善渊，与善仁，言善信。"

周方将自己的居处命名为善信阁。

三日后，魏任、乐旦和乐城一同来访。

数日不见，魏任气色大好。乐城和乐旦也都是一脸的神采飞扬。三人见到周方将善信阁收拾得井井有条，更是开心不已。

"倒是小瞧你了，周方，没想到你还有这等本事？"乐城四处转了转，见无一处不整洁雅致，和以前不可同日而语，不由得惊喜交加，"如此雅致之地，我都想搬来小住一些时日了。"

"善信阁主房会空出来，乐公子和旦妹妹随时可以前来入住。"周方微微一笑，"在下平常只住在厢房。"

魏任暗暗点头，周方此人行事果然周到，为乐城和乐旦留出主房，自己只住客房，显然是表明他是客居此地，不敢以主人自居。

乐城听了十分受用，点头笑道："周方你也不必如此，善信阁既然赠你，便是你的私宅，你随便使用便是。"

"不敢，不敢，在下只是暂时借住，怎敢随便？无功不受禄。"周方意味深长地一笑。

此话大有含意，乐城眼神复杂地看了周方一眼，微一点头："你也算是对乐家有功之人……"

魏任听了奇道："乐城，周方如何对乐家有功了？"

乐城支吾着不知该说什么，他一时嘴快险些说出司马运屠杀粮商之事，周方笑道："公主有所不知，此地荒废已久，乐将军以为此地不过价值数十贯。在下收拾干净之后，再重新布置一番，引得四邻前来围观，邻家有一富翁给了千贯之多想要收购善信阁，乐公子不为金钱所动，恪守承诺。"

"原来如此。"魏任展颜一笑，"难得乐城一诺千金，倒让我高看一眼了。"

周方不但及时替乐城解围，还高抬了乐城，乐城不由得喜笑颜开，暗中朝周方投去感激的一瞥："承蒙公主夸奖，实在是三生有幸。"

几人又说笑一番，魏任拿出几十贯钱赠予周方，说是让周方当成生意的本钱。周方没有推辞，直接收下，说是以后加倍偿还。

乐旦在善信阁转了几转，觉得人气冷清了些，提出要买些下人和丫鬟让周方使用。周方推辞不受，他推说想先开粮店，粮店还要雇人，等粮店赚钱之后，再买下人和丫鬟不迟。乐城高兴之余，大手一挥，坚持送一个下人和一个丫鬟。

到了饭时，几人到了对面的孙羊老店吃饭，点了羊肉和酒，坐在了二楼临窗的位置，正好可以看到善信阁。

善信阁分为内院和外院，内院是宅院，外院是门面，通过拱门相连。坐在窗前俯视善信阁，周方心中一动，善信阁的后院和邻家只有一墙之隔，邻家是安邑城中有名的富商姜望。

姜望的生意遍布魏国和各诸侯国，富可敌国，不只在魏国，即使是在几大诸侯国中，也算是响当当的巨商。

乐城注意到了周方的目光，戏谑地一笑："姜望有女名姜姝，美貌远近闻名，

051

至今还没有婚配。姜姝重才，周方可以登门一试，若是入了姜姝之眼，日后姜氏偌大家业，就都归你所有了，哈哈。"

"哥哥说的是什么话，周方哥哥岂是靠娶亲谋财之人？他凭自己本事一样可以赚下万贯家产。"乐旦不高兴了，噘起小嘴，"周方哥哥还是回乐府来住吧，省得被姜家的铜臭气给污染了。"

魏任眼波流转："旦妹妹若是喜欢周方哥哥，不妨直说，姐姐为你做媒，让你和周方哥哥成了好事。"

"任姐姐又取笑我……"乐旦娇羞无限，躲到了乐城身后，"我一介女子，婚姻大事，向来是父母之命，媒妁之言，我喜欢不喜欢谁，又有何不同？"

乐城看出了端倪："妹妹你不会真的喜欢上周方了吧？"

魏任笑道："这还用说吗？看看旦妹妹欲说还休的样子，就是情愫暗生了。"

"不行，我不许妹妹嫁与周方。"乐城一拍桌子站了起来："周方，你配不上旦妹妹，你也不要痴心妄想娶旦妹妹。"

"在下对旦妹妹视如妹妹，不敢有丝毫非分之想。"周方忙起身一礼，他说的倒是实话，乐旦天真活泼，确实如同小妹，他现在身负血海深仇，哪里有儿女情长的心思？更何况他在中山国时已经有婚约在身。

魏任看看周方又看看乐旦，心中就有了计较，浅浅一笑："好了好了，不过是一句戏言，乐城你何必当真？周方现在是配不上旦妹妹，谁说以后他不会建功立业，成就一番大事？莫欺少年穷。反正旦妹妹还小，还可以再等上几年，除非有旦妹妹特别喜欢的少年郎，否则谁也别想强迫旦妹妹嫁人。"

"还是任姐姐好。"乐旦抱住了魏任的胳膊，"有任姐姐为我做主，看谁敢逼迫我？哼！"

不多时，酒菜上桌，几人吃饭。周方倒满一杯酒，高高举起："周方敬公主、乐公子、旦妹妹一杯，若非三位照应，在下恐怕早已不在人世。救命之恩，铭记不忘。"

三人也没推辞，举杯一饮而尽。

酒一下肚，周方"咦"了一声，一脸古怪的神情。魏任也是微一皱眉，端详了酒杯几眼。乐城奇道："哪里不对？"

"酒的味道不对。"周方微一闭眼，回味片刻，"此酒甘醇有余，烈性不足，不是魏人之酒。魏人生性豪迈，酒也甘冽。

"不错，比起魏人所酿之酒多了绵软少了烈性，倒像是楚人之酒。"魏任扬手招呼，"店家，你这酒是从何而来？"

店家虽不知道几人身份，不过开店多年也养出了眼力，看出了几人气宇不凡，男子俊朗丰美，女子飘逸秀美，知道几人绝非寻常之辈，忙赔着笑脸跑了过来："几位客官一看就非同一般，小店自从进了王孙酒坊的酒后，你们几位是第一个尝出味道与以往不同的。"

"王孙酒？何家所造？"魏任微有疑惑之意，她在安邑多年，从未听说过有王孙酒坊。

店家手指东方："王孙酒坊是一个月前两名齐国人新开的。他二人所酿的酒，味道虽然绵软，但后劲十足，回味无穷，且价钱公道，还允许赊账，小店就进了几坛。没想到卖得还算不错，如果客官觉得好喝，小店就再进上几坛。"

"齐国人？"魏任沉吟片刻，摇了摇头，"此酒不是齐酒，也不是燕酒，倒像是……"

微一停顿，魏任看向了周方。

周方暗暗心惊，没想到魏任如此厉害，熟知各诸侯国酒的味道，不错，魏任猜对了，此酒是中山国酒，他坦然一笑："任公主聪明剔透，一猜就中，此酒确实是中山国酒。"

"中山国一个千乘小国，又被魏国所灭，没想到还能产酒？"一个洪亮的声音从楼下响起，随后楼梯一响，一人一袭长衫，手提衣摆，款步来到几人面前，哈哈一笑，"也是，中山国人好酒，且又能歌善舞，终日饮酒为乐，日夜相继，终至灭国，也算是灭得其所了。"

来人身材修长，剑眉星目，额头宽广，下巴光洁无须，着实是一个美男子。若不是他一双眼睛过于灵动，转来转去略显轻浮之外，只说外表，确实比乐城强了几分。

司马运！

周方立刻认出了来人是谁，在战场上他曾和司马运有过一面之缘，当时两军交战，他率领一支先锋军一马当先杀进敌营，敌军大乱，当他意欲火烧敌军粮仓，眼见得手撤退之时，司马运及时杀出，将他的军队从中间截断。

他和司马运擦肩而过，还没有来得及交手，就和另一员魏国大将战在了一起。司马运和王松打了个照面，二人大战了几十回合不分胜负，见魏军越聚越多，周方才下令收兵回营。

周方之所以一眼认出司马运是他早就知道司马运之名，只是他并不确定司马运是否认出他来，顿时心跳如鼓。

　　"我当是谁这么大的口气，原来是司马兄。"乐城起身抱拳一礼，"安邑城真是太小了，本想安静吃个饭，也能遇到堂堂的司马公子。看来以后想要清静，得出城才行。司马公子如此尊贵，来如此小店用餐，岂非有失身份？"

第十二章
中山自古出美酒

"出城也不行,只要不出魏国,都是魏王之地,都有可能遇到我。"司马运淡淡一笑,言外之意是魏国境内由他驰骋,他朝魏任躬身一礼:"任公主能来的地方,我岂敢不来?乐公子若是囊中羞涩,尽管开口便是,委屈了任公主,可是罪过。"

店家一听眼前的女子竟是声名远扬的任公主,吓得连连作揖。魏任点头一笑,挥手让他退下。

"司马公子是无意中路过,还是有意来迎?"魏任猜到司马运绝非无意中路过,她的马车停在外面,司马运自然认得。

"我是看到了公主的马车在外面,特意上来看看,免得有人怠慢了公主。"司马运此时才注意到周方的存在,目光在周方身上停留少顷,惊讶出声:"你是何人?我以前没有见过你。不对,好像在哪里见过你!"

乐城十分不满司马运对他要么轻视,要么视而不见的态度,虽说他也不是很喜欢周方,但此时却有了同仇敌忾的意气,当即说道:"他叫周方,是任公主和我共同的好友。"

"周方?周姓……你是中山国人?"司马运双眼一眯,眼中杀气陡现,他手按长剑,"怪不得能品出中山国酒,说,你是否认识中山国的太子周东?"

乐旦当即起身挡在周方身前:"司马运,周方哥哥是乐家的贵客,你想对他动手,就是对乐家不敬!"

周方暗叹一声,想不到他堂堂的中山国太子,如今竟沦落到了被一名女子保护

055

的地步。他身子一错，想要挺身而出，却见魏任右手藏在身前，冲他轻轻摆动，示意他不要出头。

司马运哈哈一笑，右手离剑："原来是乐家的贵客，失敬，失敬。不过若是被我查明他是中山国的细作，到时魏王震怒，就别怪我不客气了。如若只是中山国的平民百姓，倒也无妨。"

"周方不过是中山国的一名粮草商人，哪里是什么细作？"乐城将爷爷不让他说出周方在乐府居住的事情情急之下说了出来，"他在乐府住了两月有余，若是细作早被查出了，你真当乐府的人都是傻子不成？司马运，天下又不是就你一个聪明人。"

魏任神色黯然，和司马运的从容不迫相比，乐城太急躁、太轻浮了，怕是终究难成大器。倒是周方，既沉稳又有担当，遇到事情又不退缩，真有几分大将之风。

只是为何乐羊和司马运都觉得周方眼熟且大有来历呢？以乐羊和司马运的识人之明，二人通常不会犯错，更不会无理取闹，难不成周方真的隐藏了真实身份？魏任心思浮沉，一时想了许多，也不由自主地多看了周方几眼。

"既如此，我也就不敢猜疑了。"司马运见好就好，呵呵一笑，朝周方拱手一礼，"周兄勿怪，在下只是一时眼拙，认错人了。"

周方回了一礼："司马兄多礼了，在下只是一名小小的粮草商人，虽是来自中山国，却并不认识中山国的太子周东。莫非司马兄认识周东？是否在下和周东长得有几分相似？"

司马运心中一凛，他原本只是恍惚感觉周方似曾相识，又因听他的名字周方和周东似有关联，才大起疑心，不料周方毫不避讳周东，还反手一击，他不由得收起轻视之心，再次打量了周方几眼。

能在乐府住了两月有余，成为乐家的座上宾，绝非等闲之辈，否则只凭一个小小的粮草商人，就算乐城草包不识货，周方也不可能入得了乐羊之眼。司马运心思瞬间转了几转，虽说他不敢肯定周方和周东是否认识或者有何关系，但周方绝非只是一个粮草商人那么简单，他心生一计："我也没有见过周东，呵呵，只是随口一说，莫怪，莫怪。周兄，在下有一个不情之请，不知周兄肯否帮在下一个忙？"

周方微露锋芒，司马运立刻有所察觉，当即出招，正合周方心意，周方笑道："司马公子尽管吩咐，自当尽力而为。"

"我一向喜好美酒，听闻中山国美酒别具风味。正好周兄是中山国人，又是懂酒之人，不知肯否赏光陪在下去王孙酒坊买酒？"司马运态度谦恭，语气谦下。

"这……"周方倒是不怕和司马运过招，只是不知魏任何意，就看向了魏任，"能陪司马公子品酒是在下的荣幸，只是在下毕竟是任公主和乐公子的客人。"

司马运当即向魏任施礼："公主可否借周方一用？"

"不行，周方是我的客人，不能跟你走。"乐城当即出言反对。

魏任嫣然一笑，冲乐城摆了摆手，说道："何谈借用一说？我们一起陪你去品酒岂不是更好？"

周方暗暗称赞，任公主确实聪明，一举两得，既遂了司马运的意，又一起陪他去，看他到底是何居心，想必司马运无法回绝。

果然，司马运怔了一怔，微露惊讶之色，说道："能得公主陪同，不胜荣幸。"

乐城还想再说什么，却被乐旦拉住，只好恨恨地瞪了司马运一眼。

下楼，乐旦跟在周方身边，二人落后数步，乐旦小声说道："周方哥哥，你要提防司马运，他诡计多端，又会说话，让人防不胜防。他不像哥哥那般有一说一，往往当面一套背后一套。"

"多谢旦妹妹，我记下了。"周方心中暗暗感激乐旦，乐城还不如乐旦心思缜密，也真是让人无语，更不用说和公主的镇静自若相比了。若不是他和公主从小一起长大，以魏任的眼界，他断然入不了她的眼。

到了楼下，司马运站在周方的善信阁下，抬头端详"善信阁"三个大字，赞叹道："居善地，心善渊，与善仁，言善信……好一个善信阁，周兄好书法，苍劲之中有圆融，圆融之中有从容，若没有十几年的功力，写不出如此大巧若拙的好字。何时周兄有了空闲，可否赐字一幅？"

周方呵呵一笑："司马公子谬赞了，在下的书法只是初入门径，还有诸多不足。赐字不敢当，如不嫌弃，定当献丑。"

司马运抓住了周方的胳膊，手指"善信阁"三字："周兄不必过谦，我并非不识书法之人。你看你的'善'字，下面一横颇多悲愤之气，所以下面的'口'字就写得奔放了一些，和上面的起笔似乎不是出自一人之手。再看最后的'阁'字，又心平气和了，是三个字之中最为圆润的一个。想必周兄在书写这三个字之时，心绪难平，起伏不定啊。"

周方心中骇然而惊！

原本以为司马运屠杀粮商，又处处和乐羊作对，是一个嚣张狂妄之人，没想到，他不但彬彬有礼，毫无张狂之态，还行事极其严谨，并且学识非凡，眼力过人，竟然一眼看出了他书法中的不平之气。"

没错，当时书写"善信阁"三字时，本想屏息凝神一气呵成，不料忽然想起了国破家亡之事，一时悲愤涌上心头，险些失控。后来勉强平息了心情，到最后一字才又恢复了平和。

司马运真是了得！此人极难对付，比起乐羊还有过之而无不及。

"司马公子真神人也。"周方也不隐瞒，大方承认，"确实是在下写字时，忽然想起中山国灭国之事，一时心绪难平。见笑，见笑了。"

"灭亡中山国，我也参与其中。食君之禄，忧君之事，各为其主，周兄勿要责怪在下。"司马运朝周方深鞠一躬，"于公，征伐中山国是分内之事。于私，我亏欠周兄一份人情。来人，明日送上好的笔墨纸砚到善信阁。"

司马运的手下应声答应。

魏任朝司马运投出了意味深长的一瞥，眼神中有厌恶、有猜疑、有不满，却又有一丝佩服。就连乐旦也是暗暗点头，为司马运公私兼顾的礼节而叫好。只有乐城一脸不屑，小声嘟囔了一句："假仁假义，小人行径。"

不多时来到了王孙酒坊。

王孙酒坊位于酒坊街的街头，是一间不大的门面，门口有酒幡，上书"王孙酒坊"四个大字。两侧摆满了酒坛，都是新鲜出炉的酒，封着厚厚的封泥。

门口有一个十三四岁的少年在招呼客人："中山自古出美酒，公子王孙第一流。王孙美酒，魏国第一好酒，天下少有。"

少年虽衣着破旧，却眉清目秀，眉宇中虽有秀丽之气却隐有侠气。他目光坚毅之中又有几许灵动，声音清冽如泉水，叮咚干脆，毫不拖泥带水。

乐旦悄悄一拉魏任衣袖小声说道："任姐姐，这个少年长得好生俊俏，我都觉得比我还要好看几分。"

魏任掩口一笑，悄声说道："傻妹妹，你真没看出来她不是少年，而是一个女子？"

第十三章
魏国游侠是女子

"啊，真的？姐姐从哪里看出来的？"乐旦再次暗中打量少年几眼，还是摇头，"怎么看都是一个少年郎嘛。"

魏任笑了："你看她的眉眼，你看她的身段，还有颈间的肌肤，还有手指的柔软，怎会是少年？更不用说她身上的女子气息了。你且离近一些……"

乐旦依言离少年近了几步，转身回来，摇了摇头，一脸不解。魏任笑了笑，轻轻一推她："你再离周方哥哥近一些。"

片刻之后，乐旦又回到魏任身边，魏任问道："有何不同？"

乐旦脸上微微一红："在少年身边，全无感觉，而在周方哥哥身边，能感觉到他身上逼人的男子气息……为什么呀？"

"因为男子女子天性相吸，所以我说少年不是男子，是她身上没有吸引我们女子的气息。"魏任悄悄一推乐旦，"以后别再犯傻了，还会当一个女子是少年，万一不慎当一个少年是女子和他朝夕相处，岂不是要被辱没了名声？"

"才不会，姐姐不要取笑我了。"

周方也看出了门口的少年是女扮男装，无意中听到了魏任和乐旦的对话，悄然一笑，向前问道："小二，可有新出的好酒？"

少年漫不经心地看了周方一眼，语气轻蔑地说道："若是懂酒，无论新旧皆甘甜。若不懂酒，纵是佳酿也浪费。"

一个女扮男装的女子也如此有个性，周方暗笑，也不理她，依次在两侧的酒坛前走过，最后停在了中间的一坛酒面前："这坛酒多少钱？"

少年眼中流露了一丝讶然之色，摇头说道："对不起，这坛酒不卖。"

"为何不卖？"司马运上前一步，笑容可掬，"既然是开店做买卖，哪里有不卖的道理？你且说个价钱。"

"不说，我怕说了会吓坏你。"少年仰头一脸傲然，"万一买不起，岂不是很丢人？"

"你说谁买不起？"乐城气不过，伸手抓住少年的胳膊，"别说一坛酒了，就连你这家店我要买下，也不过是九牛一毛，连你也可以买下。"

少年脸色一寒，手腕一翻，挣脱了乐城的手，后退一步，单掌竖立胸前："客官请自重，再要动手我就不客气了。"

乐城大怒，被一个店小二当众反驳，他颜面何存？当即右手向前一探，再次抓向少年衣领。

"乐公子不可！"刚才少年身手敏捷，周方看了出来少年身手非凡，有心提醒乐城。司马运却悄然一笑，后退一步，摆出了坐山观虎斗的架势。

乐城哪里听得进去周方的劝，再说他出手极快，想要收手也不可能。少年脸色大变，以为乐城要轻薄她，身子陡然一转，身法极快，转眼闪身到了乐城身后，一掌劈在了乐城的后背之上。

乐城哪里料到对方一个小小的店小二竟有如此本事，本来正朝前冲，后背却挨了一击，收势不住，朝前便倒。

其实以乐城的身手，倒不至于一招之下就被少年打败，一是他太过轻敌，二是他出手过于草率，没有想好后手就出招了。是以才输得很惨，眼见他就要扑到酒坛之上，周方出手了。

周方虽然知道他一出手必然会被司马运更起疑心，但也不能眼睁睁地看着乐城扑倒在酒坛之上，摔一个稀烂，他左腿迈出半步，身子微躬，左臂伸出，堪堪接住了乐城的扑倒之势。

少年"咦"了一声，不由得多打量了周方几眼，以她的判断，乐城必倒无疑，没想到却被周方轻描淡写的出手化解了。

"你是谁？报上名来。"少年昂首抱肩，气势汹汹地质问周方。

司马运将周方的出手看得一清二楚，眼中闪过一丝愕然，随即假装没有看见，朝少年拱手一礼，呵呵一笑："我几人前来买酒，不想惊扰了店家，失礼，失礼。"

在下司马运,这位是乐羊将军的长孙乐城乐公子,这位是周方周公子,未请教店家尊姓大名?"

司马运对一个店小二也如此礼数周到,确实难得,不管他是假装还是真心,至少表面功夫十分到位,远非乐城所能相比,更让周方替乐城担心的是,司马运确实包藏祸心,直接报出了乐城的家门,还抬出了乐羊。

"我说这么草包,原来是乐羊的孙子。乐家自乐风死后,后继无人了。"少年懒洋洋地朝司马运回了一礼,"我叫子良。"

"放肆!"乐城勃然大怒,拔出宝剑就要杀人。

"住手!"魏任实在看不下去了,如此没有城府,被一个店小二也瞧不起,乐城还不知进退,真真是让她无比失望,"乐城,不要做出有辱乐家门庭之事。"

乐城不敢不听魏任之话,收回宝剑,气犹未消地冲子良瞪了一眼。子良却回应了他一个调皮的鬼脸,乍现少女心性。

"子良,你可是中山国人?"司马运直截了当地问道。

子良摇头:"我是魏国人,从小生长在安邑,怎么会是中山国人?司马公子莫不是以为我卖中山国酒就是中山国人了?王孙酒坊所产的王孙酒,确实是由两个中山国人所酿,他们一个姓王,一个姓孙,故名王孙酒。"

莫非真是他们二人?周方心中一紧,虽说在孙羊老店时他心中就有所猜疑,说是齐国人所酿之酒却是中山国酒,现在亲耳听到是中山国人所酿之酒,又名为王孙,就不会只是巧合了……他几乎可以断定,此二人定是他苦苦寻找的王松和孙西敢。

二人安然无事,还开了酒坊,本是好事才对,但一想到司马运也在,周方不由得心惊,司马运在战场之上,见过王松和孙西敢二人!

只要二人一露面就会被司马运识破,复国大计就无从谈起了。

周方的心顿时提到嗓子眼里。

"我不过是他们雇用的伙计。"子良背着手,装模作样地绕着司马运转了一圈,"看你气宇不凡,又腰间佩剑,一定是哪家公侯之子,不知当朝的司马史将军和司马公子是何关系?"

司马运微微一怔,他原本只想抬出乐羊的名头好让乐城家门蒙羞,不想一个小小伙计竟也知道他的父亲司马史,不由得暗想,子良莫非也是朝中哪家大臣之后?

"正是家父。"司马运也没隐瞒,说出了实情,"难道子良也认识家父不成?"

子良掩口一笑,尽显女子之态:"我认识他,他不认识我。原来阁下是司马史之子，失敬，失敬。"

司马运谦虚一笑："不敢，不敢，在下才疏学浅，愧对父亲威名。不知子良是谁家之女？"

"父亲是无名小辈，不值一提……"子良话说一半才反应过来，不由得脸上微微一红，"你瞎说什么，我乃男子，不是女子。"

司马运含蓄一笑："既然是男子，你我一见如故，不如亲热亲热……"上前一步，就要挽住子良的胳膊。

周方感觉到了司马运对子良的试探，虽不知司马运为何非要对一个店小二如此大感兴趣，却也不想让子良过于被动，不管怎样，子良是王松和孙西敢重用之人，也算是自己人了。他了解二人，二人用人，必定深思熟虑。

子良毕竟年幼，哪里是司马运的对手，惊吓之下，连连后退。周方向前一步，挡在了司马运和子良中间，笑道："司马公子好雅兴，我等是前来买酒，不是交友。"

"有好酒岂可无好友？"司马运意欲绕过周方，继续纠缠子良，不知为何，他总觉得子良身为魏国人甘愿为中山国人的伙计不说，还女扮男装，其中定有蹊跷。

周方一把抓住了司马运的右臂，哈哈一笑："司马公子莫非是瞧不起在下，非要和店小二亲热也不和在下亲热？"

司马运一愣，只好停下脚步，右手搭在了周方的肩膀上："周兄说的是哪里话？能和周兄结为至交，在下求之不得。"

周方的左手也搭在了司马运的肩膀上："既如此，今日我二人当痛饮一坛酒，不醉不归？"

"好，不醉不归！"司马运回头看了躲在了魏任身后的子良一眼，不甘地收回目光。

子良朝周方投去了感激的一瞥，小声问魏任："他叫周方？"

魏任心明眼亮，看出了周方暗中帮子良过关，心中更对周方多了几分赞许："是的，他是中山国人周方。"

"中山国人？"子良一脸惊喜，"我的两个东家也是中山国人，他们一直在找和他们同来魏国的友人。"

魏任想起周方曾经说过和两个友人同时来到魏国，却在安邑城外的树林失散，莫非酒店正是他二人所开？连忙问道："他二人何在？"

"去买粮食了……"子良目光迅速朝里面望了一眼,闪烁不定,"去外地买粮食了,不知道何时回来。"

魏任心思如电,看出了子良在说谎,心中更加疑惑几分,迈步就朝里走:"想必里面更有珍藏的好酒,子良,带路。"

子良迟疑一下:"姐姐,东家不在,小人不敢做主……"

第十四章
洞中岁月长

"东家不在就不许小二卖酒,天下哪有这样的规矩?"魏任回身冲周方招手,"周方,跟我到里面看看可有珍藏的好酒。"

周方也从子良闪烁的眼光和吞吐的话语之中看出了什么,心中更加忐忑不安了,硬着头皮一拉司马运,几人迈步走进了酒坊。

子良刚才还气势汹汹,现在却没了脾气,想要拦下几人,又不知道该怎么办,急得搓手跺脚,快跑几步来到几人面前,咳嗽一声故意大声说道:"几个客官里面请,王孙酒坊的好酒可是要十贯钱一坛,客官若是嫌贵,可以只看外面的酒……"

由于她的声音过大,说话时又冲着里面,任谁都知道她是在向里面的人通风报信。周方哭笑不得,子良到底年纪尚小,机警有余,沉稳不足。

乐城扬手拿出了一小锭金子:"瞎嚷嚷什么,你看我们几人是喝不起好酒的人?一两金子拿去,买你十坛好酒。"

子良没有接,白了乐城一眼:"我家东家说了,只卖识酒之人,若是不识酒不懂酒,千金不卖。"

乐城气得扬手扔了金子:"反正金子给你们了,看上哪坛我就会搬走哪坛。"

乐旦摇了摇头。

周方顾不上理会乐城和子良的赌气,他的心思全在司马运身上了,和司马运并肩而行。有一个司马运就足够难以应付了,再多一个也起了疑心的魏任,他对见到王松和孙西敢的场面不敢设想,心中微有担忧。

司马运暗中观察周方，见周方脸色平静，丝毫不乱，不由得更加坚定了他的判断，周方此人，就算真是一名粮商，也绝非一般粮商。他回头不经意地看了乐城一眼，轻蔑地笑了笑。

几人心思各异地进了酒坊，穿过摆放酒坛的柜台，径直来到了后院。

后院倒是不小，有一口水井和堆积如山的酒坛，却空无一人。周方一见院子的布置和酒坛的摆放，鼻子一酸，险些掉下眼泪。

正是故国家园的味道，一草一木，一山一石，都无比熟悉，就连假山也堆砌成了中山人最喜欢的"山"字形，肯定是他二人！他二人没死，不但安在，还开了酒店，真是幸事。周方强忍内心迫切想要见到王松和孙西敢的冲动，努力保持了平静。

司马运见周方眼神中虽有激动，双手微微颤抖，却还是足够克制和隐忍，不由得暗道，周方此人，年纪不大，隐忍功夫却是了得。

"店家，店家……"魏任喊了几声，却无人回应，转身问子良："店家真的不在？"

子良摆手摇头："当然不在，开店做的是买卖，开门纳客，店家若在，肯定会出来迎接各位。"

"真是遗憾，在下还想向店家定做一百坛好酒。"司马运摇头叹息一声，"子良，店家何时回来？左右今天无事，不如等上一等也是无妨。"

"不用等，不用等。"子良连连摆手，今天的架势让她感觉到一丝危险的气息，虽不清楚几人的真正意图，直觉却让她认为几人对东家不怀好意，就想赶紧请走几人，"店家一时半会儿回不来的，你们也不用等下去。"

"不等怎么行？我给了金子的。"乐城翻了翻白眼，十分不满地说道，"你这个店小二，既粗鲁又没有礼节，可见你的东家也不怎样，要不怎会雇用你这般的伙计？"

乐城看不惯子良，子良更不喜欢乐城，她眼睛一翻，手腕一动，一把小刀就横在手中："再敢胡说，一刀了结了你的狗命。"

周方顿时满头大汗，王松和孙西敢从哪里找到的如此店小二，脾气不好不说，还动辄武力相向，更何况她还是一名女子。他知道以乐城的脾气，必然会强硬回应，当即向前一步，挡在了乐城身前。

"乐公子，不必和一个店小二一般见识。"周方挡在了乐城身前，身子一错，目光正好透过假山的"山"字形看到了山后有一个洞口，洞口不大，仅容一人通过，洞口黝黑，有一双眼睛在黑暗中一闪而过。

虽然只是片刻，周方却看得清楚，正是王松，不由得心中一动，朝洞口之处眨了三下眼睛。

乐城丝毫没有注意到周方的异动，他怒气冲天地推开周方，冲上去就要和子良动手。魏任和乐旦急忙出面，好说歹说才劝下了乐城。子良却又不依不饶，捡起乐城所扔的金子扔给乐城，非要赶走乐城。二人互不相让，让魏任和乐旦一人拦下一个，忙得不可开交。

几人都没有注意到的是，周方在悄然向假山后面的山洞大使眼色，而司马运左手按剑右手提着衣摆，缓步朝假山背后走去。

周方一愣，不及多想，跟在了司马运身后。司马运察觉有异，回身看了周方一眼，呵呵一笑："周兄也是发现了假山后面似乎有什么动静？"

周方方才和王松一番眼神的交流后，已然胸有成竹，也不隐瞒："假山后面的山洞之中似乎有人。"

司马运呵呵一笑："几人中，也就周兄和在下有几分眼力，呵呵，乐公子是性情中人，只不过有时气量过小了。"

周方岔开话题，他不想背后议论乐城："司马公子才是好眼力，在下只是看到司马公子多看了假山后面几眼，才起了疑心。"

"周兄也疑心王孙酒坊的两位东家故意躲了起来不见人？"司马运微微一笑，加快了步伐，"魏国刚灭中山，中山前来魏国的百姓之中，细作不在少数，当小心提防。周兄还好，没有国别之见。不少中山人，复国之心不死。"

周方听出了司马运话中的试探之意，也是微微一笑："在下只是一名小小的商人，不管是中山人还是魏人，所求不过是吃饭穿衣。家国大事，是王公大臣之事。"

"哈哈，说得是，说得极是。"司马运对周方的回答很是满意，拍了拍周方的肩膀，"百姓不管是谁当权，只要丰衣足食便好。周兄若真是这么想的，就放心在安邑做你的买卖，我保你一切无忧。"

此时二人已经来到洞口，洞口深过数丈，里面黑乎乎一片，看不清里面的情景。

"多谢司马公子，在下感激不尽。"周方弯腰施礼，余光一扫，看到了洞口隐蔽的一处有一个横躺的"山"字符号，指向了洞口的右上方，心里就明白了几分，有意落后了司马运几步。

司马运迫不及待地迈入洞中，由于过快进入黑暗之中，停顿了片刻才适应了黑暗环境。他微眯双眼，右手放在了剑柄之上，随时准备扬剑出鞘，厉声喝道："不要躲藏了，赶紧现身。"

无人回应。

司马运继续向前，走了十丈有余，还不到尽头，洞中愈加黑暗，伸手不见五指，只能摸着洞壁前进。走了也不知多久，前面不见光亮后面不见洞口，周方和司马运深陷黑暗之中。

周方摸到一块松动的石头，他心中突兀冒出一个念头，若是他痛下杀手，可以一举将司马运杀死在暗洞之中，可以推说是司马运自己不小心碰到了突出的石头所致。想起司马运所做的一切，他手上微一用力，啪的一声，石头应声而落。

"谁？"

司马运当即拔剑在手，回身看时，周方正手拿石头举在空中。

"一块石头掉了下来，还好没有砸到司马公子。"周方扔掉石头，拍了拍手，笑道，"前面有光亮了，应该是快要出洞了。"

司马运收剑回鞘，笑了一笑："多谢周兄。周兄可否闻到洞中有奇怪的味道？"

见司马运未起疑心，周方暗出一口气："多半是酒味……看来是一个藏酒洞。"

司马运点了点头："确实是了，还是周兄懂酒。我说为何非要造一个这么古怪的长洞，原来是为了藏酒之用。也是，新酒藏于冷洞之中，可更有风味。"

"不仅仅是更有风味，也是为了新酒回味更为甘醇。"司马运话音刚落，头顶上传来一人说话的声音，声音洪亮，震得耳朵嗡嗡作响，"两位客官，在下王木公，方才在为酒坛封泥，未能远迎客官大驾，失礼，失礼。"

怎么听上去好像在头顶之上？司马运抬头一看，头顶上依然是黑洞洞的墙壁，不见有人。周方暗暗一笑，却是清楚此洞是王松和孙西敢所造，按照中山人特有的风格，洞口所留的"山"字标志就是王松向他暗示，他一直在洞上。

此洞名为酒洞，是中山人专为储酒而建。不过周方却也看了出来，此洞机关重重，王松和孙西敢将一个储酒洞改成了可以藏人、藏兵器的山洞。

司马运紧走几步出了山洞，回身一看，洞口之上站着一人，人高马大，面如黑炭，残眉、断耳，脸颊上还有一道刀疤，相貌十分丑陋。

第十五章

人生三变，美酒三叹

　　周方心中喟叹一声，若非司马运在旁，他早就忍不住向前几步抱住王松放声大哭！

　　上次见时，王松还昂然如松，时隔三月之后再见，王松却如风化的石头，斑驳不堪。他脸上所受的伤、断掉的耳朵，以及被炭熏黑的脸孔，周方再清楚不过，肯定都是他自己所为，王松此举是为了不被他人认出，是为了可以安心地隐藏在魏国，伺机复仇。

　　为了复国大计，王松面目全非，隐忍如根，不愧为中山好男儿！想当年，王松身为中山国第一大将，八面威风，人如玉，马如龙，驰骋如风，曾是多少人眼中的盖世英雄。现如今，竟是落得这般模样，怎不让人痛心疾首！

　　司马运初见王松的丑陋相貌，吓了一跳，不由得后退一步。

　　王松的目光在见到周方的一刻，不可抑制地流露出惊喜、难以置信的神色，身子都微微颤抖了，好在他迅速平复了心情，长出了一口闷气，多日来的担心总算有了一个值得欣慰的结果，他心中大定。再看周方气色不错，神色如常，气定神闲地站在司马运身边，更是欣喜，周方不但一切安好，还没有被司马运识破，可喜可贺，他所受的苦、遭的罪，全都值了。

　　王松抱拳施礼："在下相貌丑陋，惊吓到客官了，实在抱歉。"

　　司马运微一定神，淡然一笑，回了一礼："在下失态，倒是让店家见笑了。不知店家的相貌是如何毁坏成这个样子？不像是天生如此。"

司马运果然是一个疑心极重的人，周方朝王松使了个眼色，接话说道："就是，店家的相貌像是人为毁坏，莫非是有何伤心事？"

王松听出了周方的言外之意，也听懂了周方的暗示，当即叹息一声："哪里有什么伤心往事，在下的脸……不过是在烧酒之时，无意中跌入了炉火之中，烧成了这个样子，说出来也是丢人。"

这个理由倒是合情合理，周方暗暗点头。

司马运微一沉吟，未起疑心，却又问道："你叫王木公？你的孙姓友人又在哪里？"

王松答道："他叫孙东者，人在下面和泥，我这就叫他过来见过二位客官。"他朝身后大喊一声："东者，来客人了，你过来一下。"

"来了。"一个沙哑如破锣的声音在地下响起，一个人头露了出来，随后身子一纵，现身在了周方和司马运眼前。

只听到声音，周方的心就为之一紧，因为孙西敢的声音和以前截然不同。以前他的声音铿锵有力，犹如战鼓，现在却如同破锣，嘶哑难听，他知道，孙西敢吞炭毁掉嗓子，和王松一样，是不想被人认出，好隐姓埋名。

周方强忍眼泪，等他看到孙西敢的一刻，再也无法压抑自己内心奔流的情感，泪水长流。一想到司马运在旁，他忙扭过头去，不让司马运看到他的失态。

好在司马运的注意力放在了王松和孙西敢身上，他隐隐觉得二人似曾相识，却又想不起来在哪里见过，心中疑窦丛生，浑然没有察觉身旁的周方潸然泪下，几乎不能自已。

孙西敢并未毁掉容颜，不过和之前相比，瘦削了几分，同时又留了胡子，头发也是乱蓬蓬犹如鸡窝，浑身上下脏得不成样子，哪里还有半点当年叱咤风云的中山国第一军师的威风？以前的孙西敢最是在意形象的，不但全身上下纤尘不染，就连胡子也是梳理得一丝不乱，风度翩翩，飘然若仙，有中山国第一美髯公之称。

眼前化名为孙东者的孙西敢，胡子上沾满泥巴，当年指挥若定的双手，十指黑黑，干裂如龟，犹如老农之手。

孙西敢朝司马运和周方各施一礼，并不多看周方一眼："两位客官，在下失礼了，刚刚正在地洞之中和泥，不知贵客大驾光临，罪过，罪过。"

"不知者不怪。"司马运不管什么时候都是一副云淡风轻的气象，大度且大方，他回了一礼，"我几人也是一时兴趣所致，前来买酒，不要误了店家大事才好。"

"哪里，哪里。"王松客气几句，回身说道："东者，你赶紧去清洗清洗，在贵客面前不能失礼。"

孙西敢告退，他的背影萧索之中别有一番坚定和义无反顾。周方悄然擦干了眼泪，恢复了镇静，来到王松面前，朝他身后看了一看："酒坛和封泥也是店家亲手所做，倒是难得。怎么不购置酒坛，虽然花费多了些，却省时省力。"

王松知道周方有意将话题引向酿酒："自制酒坛和封泥，虽然费时费力，却可以掌控火候调节酒的味道，买来的酒坛和封泥，就没有这份效用了。"

"真有如此神奇？"司马运盯着孙西敢远去的背影半天，实在想不起来在哪里见过，正疑惑时，周方和王松的谈话引起了他的兴趣，他朝下一看，在假山的下面有一处平地，平地上摆满了酒坛，旁边还有一处泥塘，里面满是泥水。

泥塘的一侧，有一个小窑，不大，一次顶多可以烧出三四十只酒坛。周方点头赞道："方寸之间，天地无限，店家匠心独特，让人佩服。"

司马运也是赞不绝口："安邑城中的酒坊，我去过不少，如王孙酒坊一般酿酒、制坛和封泥一应俱全的，少之又少。不对，王孙酒坊是独此一家，就凭这一点，王孙酒就必是好酒。"

"不敢，不敢，司马公子过奖了。"王松转身走到下面，打开一只酒坛，从里面盛了两碗酒，恭恭敬敬地端到了司马运和周方面前，"二位贵客先请品尝此酒。"

司马运接过酒，没喝，看向了周方。周方知道他疑心又起，当即一饮而尽。

司马运见周方安然无事，才一口喝下。

"如何？"王松满脸期待。

周方摇了摇头："新酒，味淡而宁。"

司马运点头："不错，味淡如水。"

"二位客官都是懂酒之人，此酒确实刚刚出炉不久。"王松又从另外酒坛之中盛了两碗，周方和司马运喝后，还是觉得不够纯正。

第三、第四碗依然如此。

司马运虽表面上依然淡定，语气却有了几分不耐："店家是没有好酒还是不舍得拿出来？"

"贵客误会了。"王松满脸堆笑，转身看向身后，去而复返的孙西敢手端托盘，盘中有四碗酒，缓步走了过来，"刚才的四碗酒，都是四天之内出炉的新酒。东者手中的酒，是五天前出炉的新酒，二位贵客请品尝一下，有何不同。"

在中山国时，王松和孙西敢虽也懂酒，但并不会酿酒。不想二人短短数月之间，不但毁容毁声，还学会了酿酒和制坛，实在是难为他们了。周方想起自己数月来在养伤之余，为乐家和司马家的内斗埋下隐患，也算有所收获，心中大为宽慰。

周方拿过其中一碗，一饮而尽，酒味是重了几分，回味也多了甘醇，只是总觉得还欠缺一丝火候。他看向了司马运，从司马运微有失望的眼神中也知道他和自己有同样的想法。

收拾干净的孙西敢样子好了几分，不再脏如乞丐，不过和当年风度翩翩的第一军师相比，相差甚远，他谦卑的姿态也和以前昂然的态度判若两人。

孙西敢微微一笑："二位贵客请品尝最后一杯酒。"

"好，姑且再最后试上一试。"司马运不愿再多等片刻，拿起酒碗一饮而尽，放下酒碗，摇了摇头，"不过也是稀松平常，并无出奇之处。王孙美酒，言过其实了……"话说一半，神情由失望转为惊喜，不由得愣住，"咦，怪事，真是怪事，此酒先淡后浓，浓后转烈，让人不能自拔之时，又忽而转淡，当真是一唱三叹的神酒。周兄快快尝来。"

周方连忙尝了一口，果然和司马运所说的一样，先淡后浓，浓后又烈，最后又转为平淡，他心下明了，此酒一唱三叹，如人生起落，高低不平，最后还是百川归海，回归本心，不由得一时感慨："好酒，平生所尝好酒，此酒当为第一。司马公子，此酒命名为'三叹酒'如何？"

"正合我意！"司马运哈哈大笑，"店家，此酒不管有没有名字，就叫三叹酒了。以后有多少要多少，不许卖与他人。"

"敢不从命！"王松恭敬地说道。

"此酒当真才出炉五天？"周方很是好奇。

"确实是。"孙西敢眼神闪动，"只不过前几碗酒是随意存放，而最后一碗是用特制的酒坛存放在了酒洞之中，所以味道会醇厚许多。若是存放再久一些，会更好。"

孙西敢二人还以为再也见不到太子了，没想到太子不但安好，还和司马运一起，看上去二人相处还十分融洽，不由得暗喜，孙西敢心中大为宽慰，如此说来，太子已经赢得了司马运的信任，复国大计迈出了至关重要的第一步，太好了。只要复国有望，他和王松所遭遇的一切苦难，都值了。

第十六章
再回中山

"原来你们在这里，叫我们一顿好找。"乐城不满的声音从洞中传来，"还以为你们不说一声就走了。店家也是真有闲心，修建这么长一个酒洞，得耗费多少时日和精力。啊，连酒坛都是自己烧制？厉害，佩服，了得。"

乐城出了洞口，被眼前的情景惊呆了，后面的魏任、乐旦也是目瞪口呆，子良却是一脸不屑，嘲笑几人大惊小怪。

魏任也是连连称奇，对王松和孙西敢的手艺赞不绝口，称他二人可当魏国第一匠人。二人连称不敢。在得知魏任是公主以及乐城是乐羊之孙后，王松和孙西敢内心的震惊久久挥之不去，不敢相信太子竟有如此际遇，成了乐家的座上宾不说，还和魏国公主得以相识。

二人大为欣喜，原本做好了毁面吞炭却依然没有找到太子下落的最坏打算，大不了二人藏身安邑一段时间，再无太子消息，就伺机刺杀了乐羊或是司马史，以身殉国。

却没想到，今日得以见到太子，虽无机会说话，却也让二人足以告慰平生了。更让二人欣喜若狂的是，太子已然和司马运称兄道弟，并且和乐家关系莫逆。岂不是说，太子已经在魏国立足，再向前一步的话，就可以占据一席之地了。

只不过二人也隐隐担心，他二人一个毁容一个毁声，不易被人认出。万一太子被人识破，肯定会招来杀身之祸。

二人心意相通，对视一眼，立刻有了决定，谁敢阻拦太子的复国大计，他二人就会不惜一切手段杀之而后快。

一行人出了王孙酒坊,子良虽不情愿,却还是听从了东家之命,和两位东家一起,为周方几人送行。刚才和乐城闹了一番,子良对乐城愈加不满,认为乐城是不学无术的纨绔子弟。虽说动刀的时候被魏任和乐旦拉开,她还是险些划了乐城一刀。

乐城也对子良耿耿于怀,声称有机会一定要和子良决斗。由于连年征战,各国尚武成风,民间决斗之事时有发生,官府有时力有不逮,也是睁一只眼闭一只眼。

子良当即应允,并说谁食言谁就不是大丈夫。二人甚至还约定七日之后在城外的树林中比试,不死不休。

谁也没有当真,以为只是二人在盛怒之下的戏言。

等周方一行数人走后,王松和孙西敢当即关门停业,二人穿过酒洞,来到位于酒洞中间的密室之中,点亮了油灯。一灯如豆,却照得一丈方圆的密室明亮如昼。

"太子如今成了乐家的座上宾,而且还结交了魏国公主,东者,大事可成呀。"王松难掩兴奋之情,端了一碗酒,一饮而尽,他已经习惯称呼孙西敢为东者,即使在无人时也不再改口,以免在人前暴露,"此事当饮三杯。"

孙西敢却没有喝酒,而是微叹一声:"我二人一个毁声一个毁容,有几次还险些被人认出,太子以真面目示人,又身在虎狼之穴中,怕是早晚被人识破,到时麻烦就大了……"

王松却哈哈一笑,又自顾自地喝了一碗酒:"你怎么和古人一样迂腐了?历朝历代,基业都不过数十至多数百年,难不成因为立国都不过几百年就不建功立业了?大丈夫当珍惜眼前事,何必想那么长远?"

"人无远虑,必有近忧,木公,你可曾想过,万一太子被人识破了身份,又该如何?"

"没有想过。"王松摇了摇头,"太子自有太子的打算,我二人又帮不上他什么忙,想那么多何用?不如做好我们的事情,也算是对太子深入虎穴最好的策应。"

孙西敢也不知是被说动了还是想通了,点了点头:"你说得也有道理,为了太子的复国大计,我二人肝脑涂地在所不惜。只是太子遭受如此大难,还能支撑到现在,确实不易。只不过若是太子知道了欧阳玉姬已然嫁与周西为妻,会不会……"

"此事暂时不宜告诉太子为好。"王松脸色微微一变,怒气冲冲地说道,"王后毒死了大王,又让欧阳玉姬嫁与周西,她怎会如此歹毒?中山国被灭,她是最大的元凶。若非她是太子的母后,我恨不得一刀杀了她!"

王松和孙西敢在安邑城外与周方走散之后，二人侥幸逃过了野狼的追杀，被一名猎户所救。猎户名叫子与，和女儿子良相依为命。在得知二人是中山人后，子与并没有赶走二人，反而更加殷勤款待二人。

子与当年曾到太行山打猎，误入了深山老林之中，被虎狼所困，危在旦夕。后来被一名中山侠客所救，才得以活命，是以他对中山人一向礼遇有加。

王松和孙西敢得知子与曾由太行山之中进入中山国，就动了潜回中山国一探究竟的心思。太行山自南向北绵延数千里，横穿魏国、赵国，直达中山国。只不过太行山山高路远，人迹罕至，通常无人敢在深山之中独行。就连大军也会绕道太行山，以免被山路阻隔。

王松和孙西敢原本只想请子与画一张地图，二人依图而行就可以躲过魏国和赵国的盘查而潜回中山国。子与却不放心二人，非要和二人同行。二人盛情难却，最终在子与和子良父女的陪同下，一路历尽艰难险阻，历时半月有余回到了中山国。

中山国君臣逃到太行山后，逐水而居，在悬崖上议事，在断壁上凿洞存粮，并存放草球于高处以做示警之用。虽国家已亡，朝臣和子民却在周西的带领下，未敢忘记国仇家恨，人人发愤图强，期待东山再起。

王松和孙西敢既欣慰又忧愁，欣慰的是，中山国人并未因此而消磨斗志，依然心存复国志。忧愁的是，不管是路边的农夫还是水边的渔夫以及贩夫走卒，都认定中山国亡国的罪魁祸首是太子周东。正是周东指挥不当，通敌卖国，才导致了中山国的灭亡。

二人愤怒之余，想当众说出真相，还周东一个清白。还是孙西敢理智，冷静下来一想，宣扬周东是通敌卖国的罪人，必是王后和周西所为，要的就是让百姓将怒火都发泄到周东身上，好掩盖中山国本来亡自他们之手的真相。

若说污蔑周东还没有什么，让王松和孙西敢扼腕叹息的是，和周东青梅竹马并且已有婚约的欧阳玉姬也信了传言，认为周东为了除掉王后和周西，和先王联手通敌卖国，导致中山国被灭，而周东唯恐事情败露，暗中毒死了先王，最终周东也战死沙场。

欧阳玉姬对周东由爱转恨，并在王后和周西的劝说下，同意嫁与周西为妃，辅佐周西复兴中山国。

王松几次想要振臂一呼，告诉众人真相，联手通敌卖国的人是王后和周西，不是先王和周东，却被孙西敢劝住了。孙西敢却说太子被人误解也并非全是坏事，说明王后和周西并不知道太子尚在人世。所以他们才会肆无忌惮地抹黑太子，死人无法辩解。以眼前的形势来说，王后和周西以为太子身死反倒是好事，否则王后和周西必定会不惜一切代价要刺杀太子，以永绝后患。

王松一想也是，也就打消了为太子正名的念头。二人本想见见对太子忠心的手下，却发现除了追随太子战死沙场的部下之外，其他忠心于太子之人，不管是文臣还是武将，要么被贬谪，要么不知去向，总之所有忠心于太子之人无一有好下场。

二人深知想在中山国中重新树立太子权威，让中山百姓认可太子，眼下绝无可能，只好失望而归。好在二人也并非全无收获，从中山国人称第一酒王的齐全手中学会了酿造中山美酒的技巧。

回去的路上，子良一直闷闷不乐。孙西敢细心，问子良为什么不开心。子良说，为什么君王之家还不如普通百姓之家相亲相爱，非要相害相杀？她很可怜周东，身为太子被自己的母后所害，孤军奋战，全军覆没后逃亡魏国，若是被人发现，魏国不会容他，中山国也会对他痛下杀手。他身上背负了太多的重担，换了是她，说不定早就扛不住了。

子与也觉得周东和王松、孙西敢在安邑城外一别，说不定已经不在人世了。

孙西敢坚持认为周东还在人世，太子身负血海深仇，不但要光复中山国，还要为先王正名，还先王一个公道，所以太子不能死，他只有忍辱负重地活着，连死的选择都没有。

子与感动于王松和孙西敢二人的忠勇，就让子良跟随二人身边。二人决定在闹市之中开一家酒坊，专酿造中山美酒。太子只要品尝到他二人所酿之酒，必会前来寻找他二人。子良很是高兴，她虽是女子，却不喜欢女红而偏爱舞刀弄枪，对酿酒也很感兴趣。

子与也支持二人的决定，魏人好酒，中山美酒风味独特，魏人必定喜欢。不过他担心在闹市开一家酒坊，很容易被人认出王松和孙西敢的真实身份。

让他万万没想到的是，王松和孙西敢做出了一件令人瞠目结舌之事！

第十七章
君子世无双

在即将抵达安邑的前夜，王松和孙西敢一个跌入了火中，一个吞炭；一个被烧得面目全非，一个声音被毁。子与自然知道二人用意，痛心之余，对二人肃然起敬。子良到底年纪还小，吓得不轻，却想不通二人为何要这么做。

回到安邑后，由子良出面租下了一处房子，出于对二人的敬佩，子与拿出全部积蓄，帮王松和孙西敢开起了王孙酒坊。

子与却依旧独居在山中，并不出山。他习惯了山中清静的日子，每天打猎、放歌，看云起云落，逍遥自在多好，不为世事所累。也是他和曾经救他的中山国侠客有约，二人要在深山之中隐居十年，十年后，他二人在魏国和赵国交界处的太行山见面切磋武艺。

距离十年之期只有最后一年了，他不能输给对方，虽说并不知道对方是否还在人世，也不知道对方是否还信守诺言，他只管坚持做好自己。

王松很是好奇救下子与的中山国侠客到底是谁，子与说只知道他姓吕，是一个戴着斗笠不以真面目示人的怪人。他武功十分高强，运剑如飞，三招两式就斩杀了一虎三狼，是他生平所仅见的最厉害的高人。

王松和孙西敢面面相觑，二人在中山国多年，从未听说有什么吕姓高人，难不成是隐世的侠客？

不过燕赵向来多慷慨悲歌之士，位于燕赵之间的中山国有能人异士再正常不过，二人也懒得多想，一心开起了王孙酒坊。

虽说并不知道吕姓的高人到底何许人也，但从子良每天都练习的剑法之上，二人也看出了端倪。子良师承于与，子与的剑法又是传自吕姓侠客。子良的剑法轻巧灵秀，并非中山人所崇尚的大开大合的剑势，二人推测，吕姓侠客应该不是中山人，或许是前来中山隐居的楚越之人。

子良的武功虽然一般，却胜在坚韧。她每天都要练剑，风雨无阻，从不间断。有时王松也忍不住指点她一二，在两个月间，她的剑法大有长进。

只是在剑法大有长进的同时，她一直未能适应店小二的角色，对客官要么耐心不够，要么脾气太差，要么不够机灵，没少让王松和孙西敢头疼。还好从一开始二人就让子良女扮男装，否则让客人知道如此一言不合就勃然大怒的店小二竟然是一个女子，子良就别想嫁人了。

二人在酿酒的同时，还用两个月的时间建造了酒洞。酒洞除了可以存酒之外，还可以用来存放兵器以及藏身。今日原本想多酿一些酒，不想太子和司马运、魏任、乐城、乐旦同时现身酒坊！

"我二人原本就是想用王孙酒坊找到太子，如今太子已然找到，却没有机会和太子说话，东者，你说让子良充当我们和太子之间的传话人，如何？"王松收起愤愤不平之气，他也知道诛杀王后只是说说而已，不说他身为中山臣子，此举是以下犯上，只说王后是太子的母亲，他就不可能下手。

"子良太过简单，由她中间传话，我怕会被人察觉，尤其是司马运。"孙西敢微眯双眼，一一想起周东身边的几个人，"任公主心思沉稳，乐旦心思纯净，乐城为人直接，只有司马运心深如海，极难对付。"

"不让子良和司马运见面不就行了？让她通过乐城传话，应该没事。"王松又喝了一口酒，才想起没有下酒菜，就敲了几下桌子，喊道，"子良，来些小菜。"

片刻之后，子良推门进来，木盘中有几碟搭配小菜，她放到二人的桌子上，自顾自倒了一碗酒，一饮而尽，一抹嘴巴说道："东家，我和乐城打赌，几日后要在城外决斗，生死不论，你们千万不要告诉父亲。"

"胡闹！你一介女子，为何要和男子决斗？"王松生气地一拍桌子，"若是让人知道了你的女子身份，你会被捕下狱，还何谈决斗？不论胜负，你都输了。不许你去！"

魏国律法虽未禁止男子决斗，却不许女子决斗，子良女扮男装和乐城决斗，本身就触犯了律法。再万一她真的伤了乐城，必是死罪。

077

"我偏要去！"子良名义上是二人的店小二，却如同二人的女儿一般恃宠而骄，她赌气地抓住半坛酒，一仰脖子喝了个精光，"大不了一死，怕什么？乐城太气人了，我不和他打一架，会憋死。"

王松和孙西敢对视一眼，二人都从对方眼中看出了戏谑和得意之色，因为二人心意相通，都觉得让子良通过乐城向太子传话简直再合适不过了。

"有时收服一个人，未必一定要通过决斗，还有不下一百种方法可以让他老老实实地听你的话……"孙西敢眼睛一转，计上心来，"我有一个更轻松也更有趣的办法，想不想听听？"

"不想。我不喜欢有趣的方法，我只喜欢拳头赢天下。"子良挥了挥拳头，她粉嫩的小拳既不吓人又不够威风，反倒有几分滑稽，但她浑然不觉，"一想到可以一拳把乐城打在地上求饶，我做梦也会笑出声来。"

"乐城可是乐羊大将军的孙子，你就算打得起也惹不起。"王松哭笑不得，子良从小就不读书，凡事喜欢以暴力解决，也是深受子与影响之故，毕竟猎人打猎，全靠武力，"不许再闹了，再不听话，就送你回山里。"

"不送……不送子良回山里，子良听话还不行吗？"子良从小在山里长大，来到安邑后，习惯了红尘的繁华，哪里还受得了山里的清冷寂寞？何况和王松、孙西敢的宽容相比，父亲的严厉近乎苛刻。

孙西敢朝王松赞许地点了点头，王松的话正中子良软肋，他微微一笑："我和你木公伯也不舍得送你回山里，更不舍得你因为和乐城决斗而白白丢了性命。不是说你打不过乐城，而是你身为女子，不管胜负都会被官府查办。想想看，到时乐城得意地看你被官府拿下的笑话，你又无能为力，是不是会绝望？"

子良不说话了，低下头想了想："东者伯伯，我错了，不该冲动。可是我已经答应乐城要和他决斗了，不能言而无信，怎么办？"

"此事好办，只要你肯听东者伯伯的话。"孙西敢的声音虽然沙哑，语气却充满了自信。

"听，一定听。"子良连连点头。

"明日一早，你送一坛酒到乐府，告诉乐城，你不和没有酒量的男子一般见识，等什么时候乐城可以一口气喝完一坛酒而不醉，你才会和他决斗。"孙西敢从身后抓过一只酒坛，"要送就送上等烈酒。"

"免费送他酒喝，岂不是便宜了他？"子良不解其意。

"乐城酒量有限，三碗即醉，一坛酒对他来说是海量。"孙西敢笑道，"哪里是免费送他酒喝？乐公子不也扔了一块金子？一块金子可买几十坛酒了，王孙酒坊从来不占客官便宜。"

"为什么非要等他练出酒量后再和他决斗？"子良还是想不通。

"到时你就明白了。"孙西敢摆手一笑，"不要再问个没完，你还想不想收服乐城，让他乖乖在你面前低头认输？木公伯伯不是教过你《孙子兵法》吗，上兵伐谋，其次伐交，其次伐兵，其下攻城，攻城之法为不得已……你送酒给乐城，是为伐谋。和乐城决斗，是为攻城。"

子良"哦"了一声点了点头，愣了片刻又摇了摇头："还是不明白。"

王松乐了："不明白就不明白吧，尽管照你东者伯伯的吩咐去做，不会有差。"

"是。"子良点了点头，忽然又开心了，"今天的几个公子，除了乐城之外，都还不错，司马公子彬彬有礼，周公子温文尔雅，二人都有君子之风。"

孙西敢见子良眼中有光彩闪动，哈哈一笑，故意逗她："若是让你挑选，你会选哪一个？"

"我会选……"子良声音扬了一扬，忽然又低了下去，脸上微微一红，"东者伯伯寻我开心，我谁也不选。"

"哈哈……"王松大笑，许久以来，今日难得如此开心，"男大当婚，女大当嫁，子良也该许个人家了。好好，现在不是为子良选婿，只当是挑选一个你觉得不错的男子。"

子良想了一想，伸出右手："拿酒来！"

接过一碗酒，她一饮而尽，胆气大升："司马公子如人中龙凤，却又风度翩翩，君子世无双。周公子气定神闲，看似没有出奇之处，举手投足却有大将之风，陌上人如玉。若是在两人之中非要选择一人的话，我还是会选……"

王松和孙西敢都睁大了眼睛。

"司马公子！"出乎二人意料的是，子良竟然更中意司马运，她羞赧一笑，"司马公子更有男儿气概，既有儒雅之气，又有勃勃生机。"

二人不由得暗想，子良别看鲁莽，倒也挺有眼光。若论儒雅和生机，太子怎会比不了司马运？只不过现今太子收敛锋芒，不再意气风发罢了。

王松语重心长地说道："知人知面不知心，司马公子越是完美，越是要敬而远之。"

"为什么？"子良十分不解，"莫不是木公伯伯嫉妒司马公子的俊美？"

王松哈哈一笑："子良，你也太小瞧木公伯伯了，木公伯伯又不是小气之人。所谓大忠似奸，世间并非没有圣人，而是圣人经常避世不出。所以一旦你遇到如圣人一般完美的人，切记要提防一二。"

"不明白，想不通。"子良心思简单，哪里会想到大直若屈的道理，她笑了笑，"才不管那么多，反正我和司马公子也不会有什么交集，随他是什么人。"

第十八章
陌上人如玉

周方一行人一路回到善信阁，乐旦还想再逗留一会儿，乐城却是不肯，非要回家。魏任和司马运见天色已晚，也想早些回去，乐旦只好应下，她不好意思一个人留下。

周方站在善信阁门口，拱手和几人告别。

司马运刚要上马，忽然想起什么，转身问道："周兄，你和王木公、孙东者同为中山人，之前可是见过他二人？"

周方摇头一笑："中山国虽是小国，方圆却也有五百余里，几十万人口，想要认识也不容易。"

司马运点头呵呵一笑："说的也是……不过他二人虽然毁容毁声，我却总感觉似曾相识。我除了在征战之时在中山国驻扎了半年之外，之前从未去过中山国，能让我感觉似曾相识之人，多半是在战场之上的对手。莫非他二人曾是中山国的士兵？"

司马运果真是疑心过重之人，周方毫不避讳司马运的猜测："漳沱河一战，中山国太子周东战死，中山国精锐五万余人全军覆没，其中有逃兵或是受伤后下落不明者，不在少数。不过战场之上，人山人海，能和司马公子对战之人，必是大将。难不成王木公和孙东者两个酿酒工匠，还曾是中山国的大将？"

司马运本来有此猜测，听周方微带调侃的语气，心中仅存的一丝疑虑也消失殆尽，自嘲地一笑告辞而去："周兄一语惊醒梦中人，是在下想多了，哈哈，对，对，只是两个酿酒匠人而已。"

送走魏任、司马运以及乐城、乐旦几人，周方依然难掩内心的兴奋，他在院中舞了半个时辰的剑，还是无法安心，就又提笔写了几幅字才稍微心静了一些。

夜色降临了。

周方无心读书，在书房中坐了片刻，又起身来到了院中。冷风四起，院中落叶瑟瑟，一片荒凉。

一年有四季，人生有起落，想起以前的日子，周方清楚此时虽是他人生的冬天，但他深信春天的脚步已经不远了。

没想到，万万没想到王孙酒坊真是王松和孙西敢所开，更没想到，二人还酿得一手好酒。今天险之又险地过关，若不是王松的毁容和孙西敢的毁声，说不定还真会被司马运认出。虽然侥幸骗过司马运，早晚还是会被别人识破。

王松和孙西敢在战场之上，和太多的魏国将领有过交手，如果他没有记错的话，王松还和乐羊大战过几十回合。若没有毁容，必然会被乐羊一眼认出。

还真是难为王松和孙西敢了……周方心中一阵喟叹，脚步不停，不知不觉来到了后院的假山之中。绕过假山，就是院墙了。

墙外隐隐约约传来了女子说话的声音。

善信阁虽然不大，却也是三进三出的庭院，周方一个人住自然有些清冷。听到墙外的人声，在寒冷的夜晚之中，竟有一丝温暖。

"唉——"周方暗叹，他和王松、孙西敢虽然他乡相遇，却相见无言，不能交流，甚是遗憾，他也清楚虽有子良，王松和孙西敢断断不会让子良作为桥梁来传话，毕竟司马运对二人疑心重重。

即使是魏任未流露出对二人的怀疑，却也不能掉以轻心，魏任不比乐城和乐旦，她虽不如司马运疑心过重，可也不是全无心机。相信只要他和王松、孙西敢来往频繁，必会引起司马运和魏任的怀疑。

甚至司马运还会派人暗中盯防王松和孙西敢。

如何才能不被人察觉和王松、孙西敢互通消息呢？周方也能猜到二人必然也有许多话想和他说，那么子良是最合适的传话人，只是怎样才能让子良掩人耳目地将话带到却是一个难题。因为如果子良和他接触过多，也会引起司马运和魏任的注意，甚至就连乐城和乐旦也会心生疑虑。

怎么办才好？周方相信王松和孙西敢也在想办法，他不能坐等，也要主动出手才行。

周方边想边沿着墙根缓步负手而行。墙外的声音渐渐远去，夜风渐大，他感觉到了寒意，准备回房休息。一转身却惊呆了，原来假山的背后还有一个柴房。

上次清理院子时怎么没有发现柴房？周方这一惊可是非同小可，难道有人潜入不成？走近一看，不由得哑然失笑，原来柴房极小，又被一棵大树遮挡，再加上杂草覆盖，以为只是假山的一角，硬是让他错过了。

为何在此处建造如此一个柴房？周方绕过大树，更是觉得可笑，柴房小门仅能容一人通过。说是柴房，倒更像是一扇窗户镶嵌在假山上。他轻轻一推，门应声而开，里面黑洞洞一片。

还好周方手中提着灯笼，他举起灯笼，看清了里面并不是房间，而是一个洞口。原来柴房只是掩人耳目，是为了遮挡假山下面的密道。

许多官宦之家的后院都密道或是密洞，要么储存东西，要么藏人，尤其是诸侯争战，朝不保夕，有一处藏身之地很有必要。就连王松和孙西敢不也在后院建造出了一处可以藏人、藏兵器的酒洞？

周方伸手一摸腰间，没有佩剑，也没多想，举着灯笼继续向前。

洞中的气息有几分浑浊，说明平常极少有人进来，他放心不少，走了大约几十丈后，眼前是一堵墙壁，到头了。周方有几分失望，还以为洞中会藏有什么秘密，不料一无所有。他伸手摸了摸墙壁，感觉如石头一般冰冷，应该是石头无疑了。

转身要走的时候，忽然隐约听到有声音传来，顿时吃了一惊，回身一看，身后空空如也，哪里有人？可是声音是从哪里而来？不像是上面，莫非是墙外？

可是怎么会是墙壁之外？周方俯身贴在墙壁之上，声音清晰了几分，还听出了是女子的声音，而且还听清了几句对话……

"司马运欠姜家不少粮款不还，父亲又不好催促，今年年景不好，收益不如去年。"

"妹妹不必担心，生意上的事情，由我和父亲操心即可。你最该担忧的事情是你何时嫁人，哈哈。"

"谁说女子非要嫁人不可？若无中意的郎君，便不嫁人又如何？"

"妹妹不可如此固执，女子十六当嫁，否则会被官府责罚。"

"罚便罚了，不过是罚二十金罢了，我为姜家掌管粮草生意，每月赚的何止二百金？"

"你到底中意何人？是乐城乐公子？还是司马运司马公子？他们二人都是人中

龙凤。或是相国王黄之孙王之王公子？抑或是上卿公孙由之子公孙如？"

"都不是。乐公子失之浅薄，司马公子失之阴沉，王公子失之稳重，公孙公子失之轻浮。几人虽说在别人眼中是人中龙凤，但在我姜姝眼中，不过是平庸之辈。"

"哈哈哈哈，如此说来，天下之大，就没有男子入得了妹妹之眼了？真为天下男子伤心。何时才能从天而降一名奇男子收了妹妹，也好让妹妹不必独守空闺一生。我姜远在此立誓，谁能博得妹妹欢心，我愿赠金千斤，良田千亩……"

话音刚落，只听轰隆隆一声巨响，伴随一阵地动山摇一般的晃动，墙壁突然之间出现了一个大洞。一个人从洞中闪出，就如从天而降一般。

只不过来人犹如凭空出现之后，站立不稳，身子一晃摔倒在地，结结实实摔了一个大跟头。

姜姝和姜远吃惊不小，二人本来围着一张桌子相对而坐，惊吓之下同时起身后退数步。姜远一转身抓起桌上宝剑，拔剑在手，剑尖指向地上的周方："你是人是鬼？"

当然是人了，周方尴尬地拍了拍身上的土站了起来，一脸浅笑朝二人施了一礼："抱歉，实在抱歉得很，在下周方，是二位的邻居。"

"邻居？"姜姝和姜远面面相觑，想起了什么，姜姝问道，"可是善信阁？"

"正是，正是。"周方暗中打量一下周围，是一个密室。密室不大，方圆有几丈，布置得却也精致，有桌椅、屏风和香炉、茶具，墙上还挂了几幅字画。

又有一盏九连灯，照得四下明亮如昼。

"既是邻居，为何闯入姜家？"姜远手中紧握宝剑，对周方虎视眈眈。

周方一脸无奈："在下并非有意，也是无心之举，还望二位见谅……在下无意中发现了一处密道，走到尽头却发现是墙壁，想要离开时听到了二位说话的声音，一时好奇，就想知道声音来自何处。贴在墙壁上听了片刻，也不知道触碰到了什么机关，石门突然就打开了，在下就这样身不由己地闯了进来，实在是无地自容……"

姜姝打量周方几眼，见周方儒雅淡定，周身上下又有一股冲和之气，不由得信了几分，她来到门前，轻轻一推，石门"咯吱"一声，竟然关上了。

"谁修建的石门？竟然和善信阁相通，真是怪事。"姜姝又推了一下，石门应声而开，她点头说道，"此门看似笨重，却又十分轻巧，是高人所为。"

第十九章

不争而胜

　　姜远虽也信了几分,却还是没有收回手中宝剑:"妹妹,善信阁的主人名叫周方,是中山国人,你且考他一考,别是冒名顶替者。"

　　周方点头:"在下便是周方,如假包换。二位从何得知在下姓名?"

　　姜姝傲然一笑:"善信阁荒置多年,有人搬了进来,姜家怎敢掉以轻心不查个清楚?"

　　周方此时才敢抬头看向姜姝,传闻中姜姝是魏国芳名最盛的民间女子,名声之大,仅次于魏任公主,今日一见,果然名不虚传:她身穿淡白色宫装,宽大裙幅透迤身后,优雅华贵;墨玉般的青丝,简单地绾个飞仙髻,美眸顾盼间华彩流溢,红唇间漾着清淡浅笑。

　　若说姜姝和魏任相比,各具风情,她比魏任多了几分轻灵少了几分端庄,相貌上倒不好论高下。但非要和乐旦相比的话,不论是风情还是韵味,乐旦都无法与她相提并论。

　　最要紧的是,她举手投足间独有的气势,确实有让人为之目眩的神采。

　　和姜姝长得有几分相似的姜远,相貌堂堂,既有威武之气,又有文雅之意,一袭长衫在身,虽是布衣,隐约有出尘之意。

　　周方在打量二人,姜姝和姜远也在观察周方。

　　周方衣着普普通通,眉目清朗,双眼清澈有神,当前一站,既有三分淡然之意,又有七分从容之态,不像是一个落魄的粮商。姜姝和姜远对视一眼,二人都看出了对方眼中的惊讶之意，不由得心中惊奇，别说小小的中山国了，就连魏国也是少见如此清奇的男子，他到底是何许人也？

"你真是粮商？"姜姝心中疑问大起，"周公子，'善信阁'三字何意？"

周方暗自无奈，他已经尽力掩盖了他的锋芒，却始终无法彻底掩藏他的光芒，多年的养尊处优以及高居太子之位，也确实让他大异于常人，好在周方已经习惯了被人质疑，当即微微一笑："在下确实是一名粮商，怎么，是长得不像还是哪里不像？'善信阁'三字取自'居善地，心善渊，与善仁，言善信'，以二位的才学不会不知。"

姜姝和姜远自然知道语出《道德经》，姜姝点头说道："政善治，事善能，动善时。夫唯不争，故无尤……你既是粮商，为何还有不争之心？生意之事，若是不争，如何可成？"

周方慨然答道："天之道，利而不害；圣人之道，为而不争。又说，天之道，不争而善胜，不言而善应，不召而自来。仁者之所以无敌，是心中没有敌人。心中无敌，则天下无敌。生意也是同样的道理，不与他人争利，则天下无人与我相争，不争而胜。"

"哈哈……"姜远大笑，"我还是头一次听到有人将《道德经》的大道用到生意之上，不过虽有道理，真要做起来，就没那么容易了。"

姜姝却不笑，微微想了一想："好，姑且信你是善信阁主人，那么由善信阁通往姜家的密道又是怎么一回事？"

"在下确实不知。"周方也不隐瞒，实言相告，"在下也只是借住在乐家，善信阁本是乐家私宅。"

姜远摆了摆手："妹妹不必追问了，此事周方应该并不知情。他才搬来数日，就凭他一人之力，也无法开凿出如此长的一个密道。"

姜姝其实也想到了此节，只是故意想问上一问："周方，依你之见，密道是乐家所建，还是前人所建？"

周方也曾听说乐家是三年前从一名商人手中买下此地，后来也没有搬来入住，一直荒废至今。他摇头说道："此事不好猜测，不敢乱说。在下有一句话，还望二位不要生气。"

"讲。"姜姝似笑非笑地看了周方一眼，"你怎知我和哥哥会生气？"

"此密道不管是乐家所建，还是乐家前人所建，恐怕都不是一家之力，贵府应是知情，并一同参与了建造。"周方诚实地说出了自己的猜测，淡淡一笑，"刚才二位惊慌失措，可见并不知道姜府有密道和善信阁相连，应该是姜公并未告诉二位真相。"

"一派胡言！"姜远怫然变色，"父亲从不隐瞒我兄妹二人任何事情，你不要挑拨离间。"

姜姝却微微一怔，低头一想："哥哥不必动怒，我相信周公子的随口一说，自有缘由，且听他说来。"

"再敢胡说，我会报官，治你一个私闯民宅之罪。"姜远余怒未消，晃了晃手中的宝剑。

"不敢，在下不会胡说。"周方暗暗一笑，转身回到石门之前，轻轻一推，石门再次打开，他用手丈量石门厚度，"石门厚一尺有余，是由整块石头雕刻而成。轻轻一推即可开合，可见门轴是精心雕琢而成，且有过细心安装，才能在使用时如此轻便。"

姜姝听了连连点头，周方之话，合情合理，让人不得不佩服他入木三分的观察。姜远虽依然微有不服之意，手中的宝剑却是垂了下去。

"此密道和贵府的密室相连，又有石门相通，二位以为只是巧合不成？显然不是。且此石门双向可推，不管是从善信阁到贵府，还是从贵府到善信阁，都可以随意通行，若只是善信阁想通往贵府，必然会只建造成只能由善信阁朝贵府方向推开。那么可以说此门建造时，贵府不但知情，而且还参与其中，并且想由此密道通往善信阁。"

周方话说一半时，姜远就半信半疑地推动石门，果然不管是推还是拉，石门皆可打开，不由得脸色一沉。

姜姝点了点头，赞道："周公子确实了得，句句在理，说下去。"

周方微一点头，笑道："更不用说如此巨大的石门重约数千斤，我从善信阁的密道一路走来，密道仅能容两人通过，石门无法从密道之中抬来密室，那么就只有一种可能，石门是在密室之中雕刻而成。"

姜姝和姜远对视一眼，怦然心惊，在短短时间内，周方有如此眼力，且能推测得丝丝入扣，堪称神人。二人顿时收起轻视之心，同时朝周方投去了敬佩的目光。

周方淡然一笑："二位可知此密道通往哪里？通往善信阁后院的假山之中，用一座柴房遮掩洞口。在下斗胆问上一句，此密室通往姜府何处？"

姜妹愣了片刻，当即说道："随我来。"

"小妹不可。"姜远想要制止姜妹，却晚了一步，姜妹起身推开了密室的门，门外，是一条长长的密道，密道中每隔一丈就有一盏油灯。

"有何不可？周公子既然能无意中识破姜家密室，就是有缘之人。"姜妹拿起桌子上的灯笼，朝密道中走去。

周方朝姜远微微一笑，紧随姜妹身后出了密室。姜远无奈，只好也拿起灯笼，跟了上来。

密道长十几丈，比善信阁的密道宽敞了许多，几乎可以并行通过两辆马车，周方更是坚定了自己的判断，石门是由姜府运到密室之中的。

又走了不远，是一处暗门。姜妹推开暗门，门后有台阶。她拾级而上，回头冲周方点头一笑："周公子莫要见笑才是。"

"巧笑倩兮，美目盼兮"，如此美句用来形容姜妹再合适不过，她右手提着裙裾，手如柔荑，肤如凝脂，浅笑许许，如秋水迷离、如春花绚丽，令人目眩神迷。

十几级台阶之上，又一处暗门。姜妹推门而进，有灯光闪亮。周方抬头一看，不由得愣了，映入眼帘的是粉黄色的帐幔，帐幔上的流苏在灯光的照耀下，流光溢彩。窗边有一张书桌，桌上摆了白纸，上面放着笔墨和花瓶。花瓶中插了一枝花，正傲然开放。

再看房间之中还有屏风和两个落地的灯架，青砖地面的正中有一个炭盆，炉火正旺。还有一只香炉在散发缕缕轻烟，有阵阵清香袭来，令人心旷神怡。

竟是……闺房！

周方才迈出的脚步收了回来，不敢再前进一步："在下唐突了，不知是姜小姐闺房，失礼，失礼！"

姜妹嫣然一笑，轻轻招手："无妨，不必拘礼。"

"让你进你就进好了，是不是大丈夫？"姜远在身后推了周方一把，微有几分不耐，"你搬到善信阁和姜家为邻也没什么，为何非要闲来无事从密道来到姜家密室？真是多事。"

周方不理姜远的埋怨，嘿嘿一笑，跟在姜妹后面穿过闺房，来到了院中。

一看之下，不由得叹为观止，姜家之富，名不虚传。

姜妹的闺房倒还看不出什么，虽皆是上等材质，却简朴无华。院中就大不相同了，不说整齐划一的花草树木以及无比整洁的池塘，只说小路两侧的灯柱，皆是上等的玉石，就连院中的方亭也是美玉所制，不得不让人惊叹姜家确实和传说中一样富可敌国。

姜姝脚步不停，来到了院中的假山之下："周公子，可否帮我查看一番，假山之中是否还有密道？"

周方也不推辞，围绕假山转了一圈，没有发现："此假山是用上等玉石所造，坚硬无比，没有密道。"

姜姝才舒了一口气："有劳周公子了，这边请。"

周方又随姜姝来到了书房。

第二十章
姜 家

落座之后,姜姝亲自为周方泡茶,周方推辞不过,只好受用。姜姝亲自端茶一杯,恭恭敬敬地递到周方手中:"今日之事,还望公子不要外传,事关姜家名誉,非同小可。"

周方郑重其事地接过茶杯,一饮而尽:"在下有幸与姜家为邻,又有幸结识姜小姐和姜公子,引为平生幸事,必不会对外透露半句。"

"知道就好。"姜远冷不丁地插一句嘴,"周公子,听说你也想开一家粮店?若你能守口如瓶,姜家愿助你一臂之力,赠予你上等粮食千石。"

"无功不受禄,在下愧不敢当。"周方直接拒绝了姜远的好意,"方才在下无意中听到司马运拖欠姜家粮款,不知数额多少?在下正好和司马公子相识,若是能帮姜家要回粮款,在下倒是有一个小小的请求……"

"请讲。"姜姝目光闪动,饶有兴趣地看向了周方,周方此人倒是有趣,赠予他粮食不要,非要先帮了姜家再提要求,倒是一个妙人,"不过我可要事先提醒你一二,司马运欠姜家粮款数额巨大,他有意赖账不还,你想要劝说他还账,恐怕不行。"

"如何劝说他还账,是我的事情。让他还了姜家的账之后,就是姜家的事情了。"周方胸有成竹地笑了笑,"若是我说服了司马运还账,姜家就欠我一份人情,我要和姜家做一笔生意。"

"什么生意?"姜远不想让周方掌控主动,不知为何,他不是很喜欢周方的从容，"我可有言在先，姜家只做粮草、皮革和珠宝等正当买卖，凡是官府严禁经营的货品，姜家绝不染指。"

"放心，在下也是正当商人，不会从事任何违禁生意。"周方认真地说道，"我只是想和姜家做粮草生意而已，姜公子不必多想，更不必紧张。"

"我才没有紧张，只不过是信不过你罢了。既然你只是想做粮草生意，倒是可以。"姜远自顾自地倒了一杯茶，"我倒是很想知道，你凭什么可以说服司马运还姜家的粮款？"

"此事就不劳姜公子操心了，在下自有主意。"周方拱手一礼，"天色不早了，在下告辞。"

"哥哥，替我送送周公子。"姜妹送到密道之处。

周方在前，姜远在后，二人下了台阶穿过密道来到密室之中，推开石门，周方回到了善信阁一侧的密道，站定说道："以后有事，可以通过密道与我相见，也好避人耳目。"

"好。"姜远想了想，"你以后若是前来密室，记得敲门三下为记号。"

"不如姜公子随我到善信阁一趟。"周方盛情相邀。

姜远迟疑片刻："不如下次……"

"哈哈……"周方大笑一声，"姜公子是怕我对你暗下毒手不成？"

"就凭你？"姜远轻蔑地笑了，"我从小习武，你不是我的对手，三招之内我就可以取了你的性命。"

"随我来。"周方笑笑，不和姜远做无谓的口舌之争，当前带路。

二人很快来到柴房，推门出去，夜色已深，周围一片寂静。姜远四下观望几眼："虽然收拾得还算不错，不过还是有些衰败，要多些人气才好。需要丫鬟或是下人尽管开口，送你几个无妨。"

"多谢。"周方拱手一礼，"柴房过于破旧了，我想修整一下，再放些木柴在此，也好有个柴房的样子。"

姜远呵呵一笑，听出了周方有话要说，摆手说道："如此小事不必说个没完，周公子，你还有什么话要说，尽管开口，天色不早了。"

"姜公子如此聪明，应该早就猜出了我想问什么。"周方手扶大树，"善信阁上任主人是谁，想必姜公子心里有数。为何姜家和善信阁有密道相通？又为何姜公要瞒着你和姜小姐，此事大有蹊跷。在下并非挑拨离间，只是想让姜公子多想一想，以免误解了姜公的苦心。"

"善信阁上任主人是谁你会不知道？周公子，别告诉我说你不清楚善信阁原本是当今相国王黄的私宅，后来王黄升任相国之后，搬到了魏王为他所建的相国府，此地就荒废下来，他做了顺水人情送与了乐羊。"姜远话说一半，忽有所悟，愣住了，"王黄和父亲并不熟识，为何会建一条密道和姜府相连？此事还真是大有蹊跷。周公子，告辞！"

"不送。"周方自然知道善信阁原本是王黄的私宅，他是有意提醒姜远，见姜远一点就透，急切地要返回姜府，不由得心中暗喜，朝姜远的背影微一拱手，"姜公子，后会有期。"

说是后会有期，一别之后，却一连数日也没有见到姜远，也没有姜家的任何消息。周方自己动手修整了柴房，并买了一些木柴堆放在里面，至少从表面上看，不会有人怀疑柴房的用处了。

几日来，周方找人做好了柜台，还雇了几个伙计，进了一些粮食，随便选了一个日子，悄无声息地开张了。好几日后，才有人注意到不知何时竟然多了一家粮店。

由于是新店，又没什么人知道，生意如周方所料一样惨淡。

周方不免有几分着急，不过他着急的不是粮店生意，而是数日来一直没有乐城、乐旦兄妹的消息，也没有王松和孙西敢二人的消息。虽然他很想回乐府一趟打探消息，又唯恐操之过急被乐羊再起疑心，只好耐住性子等待。

近在咫尺的姜家也是再无消息，好像上次的夜遇从未发生过一样。

又几日，当冬天的第一场雪来临时，魏任和乐城、乐旦一同前来善信阁做客。三人不但带来了奴婢和下人，还带了不少饭菜以及中山美酒。

正是王孙酒坊最新出炉的好酒。

雪纷纷扬扬地下了一夜，天亮时，地上积了厚厚一层雪。乐城身披蓝色斗篷，魏任和乐旦都是白色斗篷，三人踏雪而来，一时让清冷的善信阁春意融融。

周方扫雪相迎。

乐旦团起一个雪球扔向周方，正中周方脸上，雪球飞散开来，溅得周方满脸和满身都是。周方也不还手，笑了一笑，继续扫雪。乐旦却大感无趣，抢过了周方扫帚，非要扫地。周方争不过她，只好由她。

乐城和周方并肩而行，先是看了看粮店生意，见生意冷清，不由得摇头笑道："你这个粮商怎么不会做生意了？门前可以网罗麻雀了，哈哈。"

周方也笑："倒不是不会做生意了，而是近来无心做生意。"

乐城奇道："你是商人，无心做生意是因为何事烦恼？"

"自然是司马运之事了。"周方负手而行，任由雪花落在头上、肩上，他回身看了一眼，魏任和乐旦正一人一把扫帚扫得开心，不由得笑了一笑，"还是她们好，想开心便开心。我们身为男儿，总是思虑过多。"

"你是说司马运屠杀粮商之事？"见周方上来就提及此事，乐城心中一暖，心想周方对他以及乐家确实放在心上，说，"有劳周兄操心了，爷爷已经找到了司马运杀人的人证、物证，不日就会上奏魏王，司马运跑不了了，哼哼。"

周方点头，微笑赞道："乐将军行事周全，此事必成。司马运罪大恶极，乐将军既是为冤死者伸张正义，也是为魏国正名。"

乐城连连点头："正是，爷爷不想此事传了出去让魏国落一个不义之师的恶名。"

周方又问："司马运可曾听到什么风声？千万不要走漏了风声，让他有所提防。"

"应该不会。"乐城低头想了一想，"近日来司马运除了去王孙酒坊买酒之外，就是在司马府中，对了，他在买酒时还专门问起你是否常去王孙酒坊。"

周方心中暗惊，果然不出他所料，司马运对他的疑虑未消，也幸好他按捺住了心中的焦急，没有前去王孙酒坊和王松、孙西敢相会，否则必定会被司马运察觉。

"真有此事？"周方呵呵一笑，"司马公子想必是想知道我是不是常去王孙酒坊抢了他的好酒，哈哈，我虽好酒，却还没有到无酒不欢的地步。他有没有问起乐公子是否也常去王孙酒坊？"

"肯定是问了，他还问了王木公和孙东者的行踪，还以为他二人和你经常见面。子良说了，司马运在得知上次一别之后你再也没有去过王孙酒坊的情况后，微有失望之色。他接连买了十几坛好酒，最近两天没再去王孙酒坊。"乐城被周方成功地激起了谈兴，兴致勃勃地说道，"也是怪了，司马运不知为何对你也颇有兴趣，是想结交你不成？"

"司马公子喜欢广交朋友，他或许是觉得我和他投缘。"周方当然清楚司马运可不是想结交他，而是怀疑他，他岔开话题，"是子良告诉你的？你不是和子良约好要一决生死？"

"别提了，这事儿说起来就让人冒火。"乐城变了脸色，一拳打在一棵拳头粗

093

细的杨树上,树被打中,抖落了许多雪,落在了他自己身上,他随手抹了一把脸,"次日子良就拿着一坛酒找到乐府,说是送酒给我。我很纳闷他为何突然送酒给我,他却说,等我能喝三坛酒时,才有资格和他决一胜负……"

第二十一章
应时而生，应运而起

必定是王松和孙西敢的主意，周方险些失笑出声，只好强忍不笑："乐公子酒量过人，区区三坛酒……"

"我一坛就倒，哪里能喝三坛？"乐城眼睛一瞪，又摇头笑了，"不过我却又是不服输的性格，所以子良说我不敢和他斗酒，我就怒了，连决斗都敢答应，死都不怕，还会怕喝酒？"

"乐公子性情中人，令人敬佩。"周方顺势抬举了乐城，笑道，"别说区区三坛酒了，就是五坛、六坛也不在话下。子良如此瘦弱，武功不是乐公子的对手，酒量也不是。他不过是借比酒为由头拖延时间而已。乐公子聪明过人，自然看得清楚，却又答应下来，好气量。"

乐城被周方一捧，不免有几分飘飘然："不能让一个店小二小瞧了不是？不管是比武还是比酒，谁还怕他不成？接下来几天里，他每天都送来一坛酒。第一天，我只喝了半坛就醉了。第二天，喝了将近一坛。第三天，一坛下去还没醉。子良就对我无比佩服，说我不用一个月就能三坛不醉……"

周方心中一动，有点摸清了王、孙二人的思路，笑问："子良要当面看你喝完酒才走？"

乐城点头："是呀，他每次都要坐在一旁。说来好笑，这些日子来他天天陪我喝酒，倒是越喝越亲近了，我也觉得他没那么让人厌烦了，一想到等我有了三坛酒的酒量时就会杀死他，竟有了几分不舍。"

周方点头："子良酒量如何？"

"他酒量好得很，三坛不在话下。不过他有一个毛病，一喝酒就话多。"乐城想起了和子良一起喝酒时的情形，不由得笑了，"子良的父亲是一名猎户，名叫子与，武艺高强，一个人隐居在太行山的深山之中。他偶遇了王木公和孙东者后，随二人来到安邑卖酒。"

"原来是猎户人家的孩子，怪不得性子有几分狂野。"周方回身看了看依然在打闹的魏任和乐旦，继续问道，"以子良的性子，能安心卖酒也是难得，习惯了山间岁月，说不定不用多久他还会回去打猎。"

"不会不会。"乐城连连摇头，"子良说他不喜欢打猎，还是喜欢卖酒。山里的岁月太清苦了，他才不想回去。他还说，王木公和孙东者对他很好，就像叔伯一样，而且二人没有家人，早晚酒坊会传给他。"

周方慢慢地听出了一些端倪，肯定是王松和孙西敢有意为之，让子良向乐城传话，再借乐城之口传到他的耳中，虽说绕了一些，却最为安全，他可以体谅王、孙二人的良苦用心。子良为人简单，乐城同样是直来直去，他二人传话，既不会添油加醋，也不会少了重要的消息。

"一个酒坊能值多少贯？且每日酿造的酒也极其有限，就算每天出产十坛酒又能有多少？"周方就有意深入话题，他能猜到子良随口一说的话，其中必有隐情。

"当时我也是这么说的……"乐城兴奋之下，一拍周方的肩膀，"周兄，我发现我们之间越来越有相近之处了，而且我也觉得你没有以前那般让人生厌了。"

周方咳嗽一声笑了笑没有说话，乐城为人是耿直了一些，人并不坏。

"子良却说，王木公和孙东者志不在一家酒坊，二人还想做更大的生意，酿酒需要粮食、酒坛，酒要卖到酒肆、饭店，王、孙二人想开粮店、窑厂、客栈和饭店……"乐城忍不住笑了起来，"哈哈哈哈，才卖了不到数百坛酒，放眼整个安邑城，王孙酒坊的酒虽然味道不错，也算是好酒，但若论名声，远不如安邑城百年老字号的庄氏酒，甚至还不如姜家的姜酒，姜家酿酒，原本只是为了自家所用，后来酿得多了，才拿出来卖，不想还打出了名气。王孙酒坊要想在安邑立足，没有三年五年，想都别想。"

王松和孙西敢想开的不是粮店、窑厂、客栈和饭店，乐城不解其意，周方却是听出了弦外之音，王、孙二人是想借子良和乐城之口告诉他，想要在安邑立足，只靠一家粮店断断不行，还要全面布局各行各业。如此，才能有所作为。

周方却并不赞同王、孙二人的想法，复国大计，钱财固然重要，但最重要的还是如何利用各诸侯国之间的对峙。各诸侯国之间，互相依存又互相制衡，牵一发而动全身。中山国被灭，和中山国交好的齐国十分不满，陈兵齐国和魏国边境，却只是虚张声势，并未进攻，原因很简单，齐国自认并非魏国的对手，也惧怕北面的燕国趁机发难。

魏国虽然吞并了中山国，却并未因此而壮大实力，反而深陷各诸侯国的指责之中。无论是燕国、秦国还是赵国、齐国，无一希望魏国强大。一个强大而好战的魏国，是周围各国的威胁。

也正是因此，魏国虽然有意进一步扩张，却迟迟没有付诸行动，也是忌惮各诸侯国的进一步反弹。

借势、借力才可事半功倍，不过周方并不反对王、孙二人在生意上布局，但他志不在此："乐公子说得对，生意上的事情，困难重重，先不说姜家，就是各王公大臣名下的产业，都遍布安邑城的大街小巷，想要从中杀出一条血路立足，难如登天。不过话又说回来，王、孙二人有如此志向，也算难得。但愿他二人能够成就一番大事，也不枉子良跟随他们一场。"

乐城笑道："周兄可有成为天下首富的志向？"

"哈哈，天下首富怎么可能是商人？天下首富是君王。"周方大笑，"普天之下，莫非王土；率土之滨，莫非王臣。我等皆是魏王臣民，魏王才是天下首富。我别无所求，只求温饱和安稳，再有三两知己，闲时可赏雪吟月，足矣。"

"不可，万万不可。"乐城摇头，觉得周方太没志向了，"别的不说，你还要帮我打败司马运，还冤死者一个公道，怎么就甘当一介平民百姓呢？就连子良也说，要是酒坊开不下去了，他就仗剑走天涯，除暴安良，遇到不平事，快意恩仇，一剑斩杀了仇人，虽死无憾。"

周方心中一跳，子良此话应该是王、孙二人的心意，他二人毁容、毁声，应该早就存了必死之心。也是，他二人也不会想到他还在人世，并且还结交了公主、乐城和司马运。但眼下他们在安邑重逢，正是复国大计要施展之时，不可再有杀身成仁的念头。

"天下事有天下人管，快意恩仇虽解一时之恨，却终究难以一酬壮志，是无奈之举。"周方希望他的话能通过乐城和子良之口，传到王松和孙西敢耳中，让他二人不要再有刺杀仇人的念头，复国大计不是图一时之快，而是要深谋远虑，"现今各诸侯国之间纷争不断，若有本事，保家卫国才是男儿所为。"

"所言极是。"乐城点头赞同，"匹夫之怒，不过是血溅三尺。天子一怒，伏尸百万，血流成河。周兄一席话，让我豁然开朗，等再见到子良，我定会好好劝劝他不要再有当侠客的想法，还是老老实实卖酒才是正经。"

"君子藏器于身，待时而动，若是时机未到，非要出动的话，反而会坏了大事。"周方一指墙角的一株菊花，"错过了花期，却在下雪的时候开放，只能被雪埋没，还会被冻死。应时而生，应运而起，才是君子所为。"

一朵晚开的菊花在冰雪的覆盖下瑟瑟发抖，颜色虽然鲜艳，但明显有了枯萎的迹象，而旁边的一株梅花正在傲然开放，在风雪中展现最美的颜色。

乐城赞许地点头："有道理，大有道理，应时而生，应运而起，妙，大妙。"他喜不自禁，抱住了周方的肩膀，"周兄文采斐然，应该读书不少。当一名粮商太委屈了，不如我向魏王举荐你入朝为官如何？"

能入朝为官是周方在魏国最想迈出的第一步，也是至关重要的一步。虽说风险极大，一旦被识破身份必定会遭受灭顶之灾，但他别无选择，愿意冒险一试。

"不敢不敢，在下才疏学浅，怎敢劳乐公子举荐？只怕在下不足以担当重任，辱没了乐公子的名声。"周方少不了要谦虚几句，回身一看，魏任和乐旦走了过来，就有意提高了声音，"再者在下又是中山国人，身份低微，怎能入得了魏王之眼？"

"怎么不能？"魏任走到近前，正好听到，嫣然一笑，"周公子不要忘了，乐羊乐将军也是中山国人，却在魏国担任大将军之职。还有相国王黄原本也是赵国人，后入魏国为相。魏国并无国别之见，广开大门，招贤纳士。周公子既有文采，又有经商头脑，正是魏国最需要的人才。"

魏任和乐旦打闹嬉笑，一抬头，却见周方和乐城走远了，二人边走边说，谈兴正浓，雪落纷纷也浑然不觉，不由得心想以周方之才，只开一家粮店太委屈了，若是举荐周方入朝为官，或许可以让他施展抱负。

第二十二章
时机未到

走近之后，正好听到乐城有意举荐周方入朝为官，魏任暗自赞叹乐城总算办了一件正事。尽管说来她对周方还心存戒备之意，但拉周方入朝为官，可以让周方对魏国有归属感，让周方事事处在明面之上，反倒可以更好地监控他的一举一动。

再者让周方为魏国所用，也不失为一举两得的好事。

"话虽如此，在下怎敢和乐将军、王相国相提并论？"周方摆了摆手，谦逊一笑，"在下还是安心做一名粮商才好。"

乐城还想再劝周方几句，魏任却制止了他，微微一笑："此事由我来安排便好，我会向父王举荐周公子……不知周公子想担任何职，司农还是司空？"

周方心思如电，司空掌水土事，凡营城起邑、浚沟洫、修坟防之事，则议其利，建其功。司农则是负责教民稼穑的农官，两者相比，他更想任司农一职。

只是眼下时机未到，应该缓缓图之，周方后退一步，躬身一礼："多谢公主抬爱，只是在下初来魏国，还不熟识魏国的风土人情，也立足未稳，且刚刚开了粮店。在下行事一向善始善终，总要等粮店生意好了之后再议不迟。"

"怎的如此啰唆？你这粮店不值百贯，不要便不要了也罢。"乐城急了。

魏任却是赞同周方的做法："大丈夫当有所为有所不为，也好，周公子，我们就以三月为限。三个月后，不管粮店生意是否有起色，我都会举荐你到朝中为官，可好？"

"好，一言为定。"周方以退为进，为自己也为他人留了余地，他心中大慰，今日可谓收获颇丰，不但得知了王、孙二人的想法，还让乐城进一步认可了他的为人，并且更让公主许诺举荐他入朝为官，复国大计，又更近了一步，他兴之所至，大声说道，"旦妹妹，今日我们不醉不休。"

乐旦正和几个丫鬟玩得兴起，听到周方叫她，开心地应了一声，手中雪球飞出，正中乐城脑袋："好啊好啊，我也要喝酒。"

"好，不醉不休。"乐城也是一时高兴，不满地看向了乐旦，"你要喝酒，打我做什么？应该打周方才对。"

不多时，摆好了酒席，魏任和乐城带来的丫鬟和下人手脚麻利，很快就收拾停当，在院中的方亭中支上了火炉并且摆满了饭菜。

四人围坐桌前，一时欢声笑语，刚举起第一杯酒还没喝下，忽然一名小厮急匆匆跑了过来。

"公主，有客人来访，自称司马运。"

小厮十五六岁，个子不高，长得倒是精神。魏任放下筷子笑道："司马运总是伺机而动，早不来晚不来，眼见就要吃饭时却来了。传先，你先迎他一下。"

"是。"被称为传先的小厮弯腰刚要退下，却又被魏任叫住了。

"传先，你以后就和芥子留在善信阁服侍周公子。"魏任挥手招来一个十四五岁的丫鬟，"芥子，你留在善信阁，照顾周公子的起居。"

芥子眉清目秀，肌肤白嫩，眉眼如画，不像是北方女子，她盈盈一礼："是，公主。"又朝周方微一欠身，"见过周公子。"

传先才醒悟过来，也向周方施了一礼："见过周公子。"

周方本想推辞，却见魏任似笑非笑地摇了摇头，也就不再多说什么："你二人跟了我，少不得要吃苦。若是受不了善信阁的清贫，随时和我说，可以再回到公主身边。"

二人连称"不敢"。

周方见乐城没有要迎接司马运的意思，起身说道："司马公子不请自来，也是贵客，我身为主人，还是要迎接一下为好。"

乐城哼了一声，摆了摆手："你去就好了，我和任公主就不动了。"

周方点头："正好有一件事情要落在司马运身上，等下还望公主和乐公子为在下策应一二。"

"什么事情？"乐城顿时来了精神，"只要能让司马运无地自容，我定当全力而为。"

周方神秘地一笑:"乐公子少安毋躁,稍后便知。"

"我和周方哥哥一起去迎接司马运。"乐旦跳了起来,一脸欢喜。

"随你,快去快回。"乐城不耐烦地挥了挥手。

善信阁门口,司马运昂然而立,左手按剑,右手托着一坛酒。一抬头,见周方和乐旦同时现身,微微一怔:"旦妹妹也在,莫非乐公子也在善信阁?"

"怎么,我就不能自己来找周方哥哥玩?"乐旦歪头一笑,又说了实话,"好吧,你猜对了,哥哥在,任姐姐也在。"

其实司马运早从门口所停的马车猜到了公主和乐城同在,故意有此一问罢了,笑道:"如此说来,我是来晚了一步?原来以为今日瑞雪初降,怕周兄一人寂寞赏雪,特备酒前来与周兄相会,不料周兄已经和佳人、友人有约,我是否多余了?"

"你要是觉得自己多余,可以转身就走,没人会拦下你。"乐旦嘻嘻一笑,半是玩笑半是认真。

"踏雪来访,才是至友。司马公子,请!"周方悄然朝乐旦使了个眼色。

乐旦会意,上前一拉司马运的衣袖:"司马公子好大的架子,非要动手请你才行。"

司马运哈哈一笑,上前一步,挽住了周方的胳膊:"我只是开个玩笑,周兄既是公主和乐公子的周兄,也是我司马运的周兄,我来拜访周兄,又不是拜访公主和乐公子,怎会多余?更不会过门而不入。旦妹妹,我还邀请了一名客人,稍后就到,你且受累再等候片刻。"

"谁呀?"乐旦一脸好奇,"是男是女?"

"是一名风度翩翩的美男子。"司马运挥了挥手,长袖飘飘间,和周方迈进了大门,头也不回地大笑一声,"陌上人如玉,公子世无双,旦妹妹,你的意中人来了。"

"谁是我的意中人?"乐旦一脸好奇,狡黠地笑了,"我的意中人远在天边,近在眼前,就是周方哥哥……"

周方仰天哈哈一笑,挥了挥衣袖,和司马运进了院子。司马运笑意不减:"周兄,旦妹妹和你倒还真是天作之合,不如结为秦晋之好,也是一段佳话。"

说话间,司马运眼神跳跃不定,目光紧盯周方的脸颊不放。

周方岂能不知司马运的试探之意,且不说他和欧阳玉姬还有婚约在身,只说

— 101

他现在的复国大计中,就不应该和乐家走得过近,更不用说和乐家结亲了,当即笑道:"司马兄说笑了,在下一介草民,小小粮商一个,配不上旦妹妹。"

"话不能这么说,我也自认配不上公主,不过男儿就应该敢想敢做。想当年乐羊乐将军曾是王相国的门客,出身低微,还是因势而起,成了魏国的大将军。你虽是一介商人,出身不比乐羊将军差上多少,只要努力,跻身魏国权贵之间,并非难事。"司马运一脸傲然,昂首挺胸说道,"如果再由我举荐,更会平步青云。"

今天看来是好日子,从乐城到公主再到司马运,都想举荐他入朝为官,莫非是朝中出了什么变故不成?周方才不会认为是他多么奇货可居,他很清楚应该是朝中各派势力较量之下,急需补充新生力量来增援,很幸运或者说很不幸,他身为中山国人,有与魏国朝中权贵并无任何瓜葛的清白出身,所以成了各方争相拉拢的力量。

"多谢司马公子,在下愧不敢当。"周方并未直接推辞,而是客气几句,"在下只求丰衣足食便已经满足了。"

"说的哪里话?你可不是池中物,怎会满足于一衣一食?"司马运意味深长地笑道,"周兄是觉得我没有识人之明,还是认为我很好骗过?"

"岂敢,岂敢,司马公子可不要吓我。"周方忙诚惶诚恐地施了一礼,"在下真的认为自己才疏学浅,不足委以重任。当然,若是真有需要在下之处,也定当义不容辞。"

"你若是才疏学浅,乐城乐大公子该无地自容了,哼哼。"司马运一抬头,看到了方亭中的乐城和魏任,不由得怒容满面,"乐公子不学无术也就罢了,还背后算计他人,真是辱没了乐风的威名。可惜,可惜了乐家一世英名。"

"父亲名讳也是你可以随便提的?"乐城听到了司马运的嘲讽,冷哼一声,"司马运,我何时背后算计人了?你若没做亏心事,何必怕人背后说三道四?身不正却怪影子斜,哪里有这样的道理?"

"我行得正站得直,从来不做亏心事。"司马运快步来到乐城面前,猛然拔剑在手,一剑挥出,将乐城面前的酒杯斩为两截,洒洒了乐城一身,"背后造谣生事,唯恐天下不乱,该杀!"

乐城跳了起来,他没有佩剑,盛怒之下扔出了手中筷子:"司马运,你杀人放火无恶不作,天日昭昭,被你屠杀的粮商泉下有知,也会找你索命。"

第二十三章
欲擒故纵

　　周方和魏任对视一眼，二人都暗自摇头。乐城太没有城府了，被司马运一句话就套出了真相，太冲动了。周方心里清楚，司马运不管是和他对话，提及让他和乐旦结亲，其实是为了试探他和乐家到底关系有多密切以及他对乐旦有没有想法，还是一见到乐城就勃然大怒，指责乐城背后算计，全都是避实就虚，并没有具体所指。若是他一口应下，或是稍微流露出对乐旦的喜欢，必会坐实司马运对他的猜测。

　　只不过周方此时才明白，司马运对他的试探只是虚晃一枪，对乐城的出手，才是真刀真枪。而乐城偏偏想也未想就中招了——司马运只说他背后造谣生事，并未明确说出是哪一件事情，乐城却当即说出了屠杀粮商之事。

　　估计司马运也并不确定到底是谁在背后追究粮商被杀一事，只是听到了风声有人想以此为由来对付他，现在好了，乐城不打自招！

　　从魏任咬牙切齿恨不得一脚踢飞乐城的表情周方可以猜到，他的推测八九不离十。

　　果然，司马运收回宝剑，仰天大笑："果然是你，果然是乐家，哈哈哈哈，我就说谁敢在背后造谣我屠杀粮商，还搜集证据，想要上奏魏王，治我一个滥杀无辜之罪。我查来查去，也怀疑过是乐家，但想到乐将军不会知道此事，也就没再深究。说来还得谢谢你，乐城，要不是你亲口承认，我不知道还要查多久才能查到幕后黑手是乐家。"

　　乐城一愣，才意识到被司马运耍了，不甘心又底气不足地说道："我什么都没说，你不要胡乱猜疑，疯狗乱咬人……"

司马运嘿嘿一笑，自顾自地坐在了周方的旁边："我只说有人在背后造谣生事，提也未提是什么事情，你却直接说出了屠杀粮商一事，不是你在背后无事生非又能是谁？乐城，公主也在，不怕告诉你，我运送粮草期间，既没有向粮商购买粮草，更不曾屠杀粮商，你不要枉费心机了。公主可以为司马氏做证，我司马一家忠君报国，天地可鉴。"

魏任悄然向周方使了个眼色，暗示周方制止乐城不要再口无遮拦乱说一气。乐羊暗中调查司马运屠杀粮商一事，她心知肚明，也十分乐见司马运受到严惩。甚至她还暗中和乐羊就此事密会，商议等证据齐全之后，再事先和相国王黄以及几位上卿通报一声，好在乐羊上奏魏王时互为声援。

本以为此事可以瞒过司马父子，不料最后还是走漏了风声。司马父子得知之后，接连面见魏王，以受小人污蔑为由，恶人先告状，主动请辞。魏王一时心软，再三挽留二人，并许诺一定会严查此事。若事情属实，他会秉公处理。若真是有人栽赃陷害司马父子，他也不会轻饶。

好在司马父子虽然知道有人在调查屠杀粮商一事，却并不知道究竟是何人所为。如此可以让司马父子乱了阵脚，疲于应付，好让乐羊从容布局，等万事俱备之时，一击命中。现在好了，乐城被司马运一句话问出真相，乐羊由幕后被推到了前台，势必要和司马父子正面交锋了。

魏任气得恨不能痛打乐城一顿，乐羊暴露，便不能再有奇兵的效果，无法再打司马父子一个措手不及。且乐羊虽然征伐中山国有功，但和司马父子相比，不论是朝中根基还是声望，以及父王的信任，都不能相提并论。

父王表面上对乐羊恭敬而客气，内心却始终有防范心理，近来因乐羊反对司马父子所提的攻打齐国之事，更有疏远之意。但对司马父子，父王非但信任有加，且一向偏爱。否则父王也不会再三不顾她的不满，非要让她嫁与司马运为妻。

原本想借此事重重打击司马父子气焰和声望，谁知眼见就要收网之时，却节外生枝，魏任心中对乐城仅有的一丝好感也彻底破灭了，此事若是不成，司马父子会更得父王宠信，在魏国如日中天，而乐羊极有可能会被冷落。

乐城怎么就不长长脑子，总是易怒而冲动，永远长不大一样？魏任无比失望的眼神冰凉而绝望地从乐城脸上一扫而过，落在了周方身上。

周方此人虽然来历不明，又深藏不露，但若论沉稳和从容，十个乐城也无法和他相比。魏任一咬牙，蓦然做出了一个大胆的决定，乐城不堪大用，再怎样教他也是枉然，不如舍弃乐城，重用周方，或许还可以出奇制胜。

她不想嫁与司马运，但放眼朝中，却无人可以和她互为策应，个个不是明哲保身，就是不愿意冒着得罪魏王的风险，或是不想惹司马父子不快。魏任明白一点，想让父王收回成命，眼下只有一条路可走——坐实司马运屠杀粮商之罪！

司马运屠杀粮商一事，原本就是由周方最先提出，魏任对周方知道此事是听其他粮商所说的理由虽半信半疑，却也懒得深究，只要事情属实即可，不用去管周方到底是因何得知。她主意既定，再看周方时的眼神，除多了信任之外，还有一丝不易察觉的依赖。

周方敏锐地捕捉到了魏任眼中的神色变化，心中微微一动，再想起魏任看向乐城时的失望之色，不由得暗想，怕是乐城一再让公主失望之下，公主对他已经死心了。

乐城还浑然不觉在公主和周方瞬间的目光交流中发生了什么事情，他一拍桌子站了起来，还要不依不饶地和司马运吵架，却被周方拉住了。周方目光坚定地朝他摇了摇头，示意他没有必要再争论下去。

若是以前，乐城才不会对周方言听计从，今日不知何故，心中没来由地一阵不安和慌乱，忽然觉得周方的眼神无比坚定之中，又有一股让人无法抗拒的威势，他不由自主地就坐了回去，心中还纳闷不已："怎么周方也变得咄咄逼人了？不对，不是咄咄逼人，是一种居高临下的王者之气。不可能，周方哪里来的王者之气？他只是一介平民。"

乐城想不通归想不通，却没有再多说什么，老老实实坐下之后，低头不语。司马运还想激怒乐城，趁机多打探一些消息，乐城哑口无言，他反倒无力可使了，只好呵呵一笑："刚才之事还请公主明鉴。"

魏任不动声色地摆了摆手："今日来善信阁是为饮酒赏雪，为何又说起了朝堂之事？如此良辰美景，只谈风花雪月，不谈其他。"

周方顺水推舟，笑道："对，对，公主所言极是，风花雪月才是人间好季节，听人说司马兄文韬武略，非一般人能及，在下有一件事情想要请教一二……"

司马运是何许人也，见公主推波周方助澜，知道此事到此为止，不宜再提，就默然一笑："周兄但说无妨，我知无不言。"

"乐老将军年少时曾远出求学，半路拾金回家，被乐夫人责怪之事，司马公子可曾听过？"周方举起酒杯，"承蒙各位抬爱，在下才得以在魏国立足，我敬各位一杯，先干为敬。"

魏任一脸不解，乐城也是面露疑惑，不知周方为何突然提及乐羊当年之事，二人虽有疑问，却并不多问。

几人同时举起酒杯，一饮而尽，司马运放下酒杯说道："志士不饮盗泉之水，廉者不受嗟来之食，乐羊将军的品行，值得我等后辈敬仰。"

周方点头："孔子曰：'不知命，无以为君子也。不知礼，无以立也。不知言，无以知人也……'我等后辈，应当听圣人言教，知命、知礼、知言，是以诚信为安身立命之本。司马公子屠杀粮商一事，我在中山国时就有所耳闻，只是不知真假。今日又听到有此传闻，且传得像煞有介事，就不由得人不疑心了几分。"

乐城暗自一笑，原来周方抛出爷爷当年的事情是为了引出司马运屠杀粮商的话题，他心中大慰，不由得朝司马运投去了挑衅的一瞥。

司马运不动声色，转动酒杯，面色沉静，眼神冷静。倒是魏任眉毛一挑，想要质疑周方为何又再提司马运屠杀粮商一事，却见周方微不可察地朝她使了一个眼色，她看出了周方眼神中让她不必多虑的暗示，莫名心中一松，微一点头。

"不过我认识司马公子也算有些时日了，所谓听其言观其行，司马公子为人中正冲和，且风度翩翩，怎会做出屠杀粮商之事？"周方话锋一转，"当时是两军交战，购买的也是军粮，军粮自有军饷开支，犯不着杀人越货。司马公子连自己和姜家有生意来往，也是如期付款，怎会在公事之上反倒屠杀粮商？于情、于理不合。"

"他杀人越货是因为……"乐城以为周方是要偏袒司马运，情急之下，呼地站起就要说出真相，却话说一半被魏任打断了。

| 第二十四章 |

高朋满座

　　魏任虽也吃惊周方为何话锋突转由质疑司马运变为力捧他，却能按捺住性子，听周方说完，她不相信周方会真的替司马运开脱，个中必有缘由。

　　"司马公子杀人越货的事情只是空穴来风，不可人云亦云，乐公子，听周公子把话说完！"魏任至此对乐城已然完全不再抱有希望，语气不由得加重了几分。

　　乐城听出了魏任话中的不快，不敢再多说什么，低头坐下。

　　司马运却是一惊，他欠姜家货款之事，周方怎会知道？又一想，不由得望向了姜家方向，姜家和善信阁隔壁相望，莫非如此短的时间内周方和姜家已经有了来往？不应该，姜家在魏国名望地位极高，一般王公大臣想要结识姜家也不容易，何况渺小如尘埃的周方。

　　但若不是周方和姜家相熟，又怎会知道此事？他和姜家的生意从未对外人提及，除非姜家外传，否则周方无从得知。

　　周方看出了司马运的疑惑，淡然一笑，朝姜家方向点了点头："正是姜姝小姐所说。"

　　司马运心中一跳，果然，可问题是他并未还清姜家货款，为何姜姝却对周方说他还清了欠款？又或者是周方明知他还有欠款，却故意为之？他不由得心跳加快，欠姜家货款一事是他最大的秘密，就如暗疾被周方发现，他做贼心虚，不由得一阵紧张。

　　"不对，好像司马公子还没有还清欠款，可能是我记错了……"周方见司马运刻意掩饰之下，眼神之中还是不免微露紧张之色，就知道说到了他的痛处，不由得暗暗一笑，目光投向了魏任，"公主可还记得此事？"

魏任哪里知道司马运欠姜家货款一事，却能猜到周方有此一问必有深意，就点头附和："记得一二。"

司马运顿时难掩慌张之色："公主从何得知此事？"

魏任淡然一笑："从周方口中。"

周方暗暗赞许，公主若说从姜姝口中得知，容易穿帮，将事情推到他的身上，由他来圆场可保无虞。同时魏任声称知道此事，又会无形中对司马运增加压力。公主果然冰雪聪明，他朝公主投去了赞许加钦佩的目光。

魏任假装没看到周方的目光，目光平视，端起茶杯轻抿一小口，不过目光中遮掩不住的开心和得意出卖了她内心的激动。她嘴角轻抿，弯了一个好看的弧度。

"此事说来话长……"司马运手心出汗，借喝酒来掩饰自己的慌乱，"容我解释解释。"

"也没什么好解释的，姜姝小姐说司马公子声称要付清货款，却因出战中山国耽误了，她还说，司马公子的人品和才学举世无双，不会做出赖账不还有辱司马家的事情，所以她不会催要欠款，以免让人误会司马公子欠债不还或是无钱还债……"周方充分做好了铺垫，并且封死了司马运每一条退路，同时又给足了司马运面子，"司马公子，我和姜姝小姐初识不久，她的话是否可信？"

魏任多少明白了什么，心想周方还真有本事，竟然真的认识了姜家小姐姜姝。谁不知道姜姝眼高过顶，寻常人等向来不放在眼里。不过让她惊讶的不是周方和姜姝的相识，而是周方借机挤对司马运，让司马运还姜家欠款。

魏任不用想也能从周方话中听出言外之意，司马运必然拖欠了姜家的货款，周方先抑后扬，要的就是让司马运无法招架。

周方的聪明之处在于将选择权交与了司马运，司马运不管怎么选择，都逃无可逃。果然，司马运努力掩盖脸上的尴尬之意，咳嗽一声："姜姝小姐所言不差，在下确实欠姜家一笔货款。因出征中山国，错过了还款期限。在下怎会欠债不还？更不会无钱还债！在下不但会还上欠款，还会连利息也一并送上。"

"既然如此，择日不如撞日，司马公子，善信阁离姜家近在咫尺，不如现在就还了欠款？"魏任将了司马运一军，她虽不知周方为何要替姜家讨还公道，却能猜到周方这么做必有伏笔，"也好让我等亲眼见证司马公子的人品。"

"若是司马公子没带那么多钱,在下愿借钱给司马公子,连字据都不用立。"乐城总算明白了几分什么,及时补了一刀。

司马运骑虎难下,腹诽周方多管闲事,却又只能打碎牙齿和血吞下,他当即站起:"谨遵公主之言,在下这就去还了姜家货款。不劳乐公子费心,区区小钱,若还要向他人去借,未免太无能了。"

"说得也是,区区小钱也欠债不还,不是有意赖账,就是囊中羞涩。"乐城抓住时机,不打击打击司马运,他不甘心。

"哈哈……"司马运最不怕和乐城斗嘴,他大笑一声,"乐公子最喜欢以小人之心度君子之腹,也难怪,你平常无所事事,总觉得别人也是无事可做,每天就会饮酒作乐虚度光阴。"

"谁无所事事了?"乐城被激怒了,他最不想见到别人看低他,"我每天也有许多事情要做好不好?你不要狗眼看人低。"

"我哪里看低你了?"司马运冷笑了,"征战中山国时,有多少世家子弟投身军中,你当时又在何处?"

听此,乐城盛怒,一脚踢翻了椅子:"我乐氏父子同时上阵杀敌,难不成还要祖孙三代一同征战?真是可笑,你司马家为何不全家出动?"

见乐城越说越激动,越激动越失态,周方忙起身周旋:"司马公子、乐公子,今日在寒舍相聚,是在下的荣幸,还请二位不要伤了和气,更不要在公主面前失礼。"

魏任轻轻咳嗽一声:"你们的声音怕是也传到了隔壁,让姜姝听到就成了笑话,你们不嫌丢人,我都面上无光了……"

"公主言重了,姜姝怎敢笑话司马公子和乐公子?"伴随着一阵环佩叮咚之声,一名容貌秀丽衣着华贵的女子在乐旦和一名神色傲然的男子的陪同下,现身在了周方几人身后。

周方忙起身相迎,心中一惊,姜姝不请自来,莫非是听到了院中的声音特意前来?

"姜姝见过公主。"姜姝盈盈一礼,笑意浅浅,目光依次闪过几人,特意在周方身上停留了片刻,"见过司马公子、乐公子、周……兄。"

魏任和司马运对视一眼,二人同时心生疑虑。公子之称尊敬而疏远,周兄之称则多了关系亲近的意味,一声"周兄"意味深长且让人浮想联翩。

周方也是微微一怔，他猜不透姜姝为何有意在人前显示和他的关系非同一般。

乐旦心思浅，察觉不到几人之间微妙的关系，更不用说一个称呼一个眼神了，她兴奋地来到周方面前："周方哥哥，姜姝姐姐说你和她已经熟识了，就不为你介绍了。这位公子姓王名之，是王相国长孙。"

王之微微一笑，笑容淡然而高傲，嘴角轻挑，眼角微弯，拱手一礼："王之见过公主、司马兄、乐公子……"微一停顿，语气中多了不屑之意，"周……公子。"

司马运身材伟岸，英气之中又有几分书卷气，儒将风范。乐城身材中等，既不儒雅又不威风，却也是上等风姿。几人之中，最不起眼的当数周方，布衣布衫的周方，当前一站，如骏马身旁的驽马，被司马运和乐城的光芒映照得毫无光彩可言。

而王之虽伟岸不如司马运风姿稍逊乐城，身材也微有几分弱小，却一脸书生气周身儒雅意，只不过昂首而立的姿态中不时流露出来的傲然和貌视让人不由自主地敬而远之。

周方对王之的轻视不以为意，他回了一礼："周方见过姜姝小姐、王公子。未曾远迎，失礼，失礼。"

姜姝浅笑许许："周兄不必客气，我原本也是不请自来。刚才出门见善信阁门前车马如簇，就起了好奇之心，冒昧登门，还请不要见怪才是。也是上次一别，久未见面，有些想念周兄的文采了。"

王之微微一愣，他是应司马运之邀前来善信阁一聚，不想来到之后才知道善信阁竟是一名商人的宅院，颇有几分后悔。好在门口有他心仪的乐旦相迎，心情好了几分。正要进门时，姜姝款款而来，要和他结伴同行，让他大感荣幸的同时，不免对粮商周方的身份多了几分好奇。

一见之下，王之不由得大失所望，周方不过是一个普通得不能再普通的粮商，毫无出奇之处，为何除了堂堂的司马公子之外，就连公主和名震京都的姜家大小姐姜姝也都对周方高看一眼？不论是相貌还是出身，周方都和他相去甚远，周方凭什么比他还要大受欢迎？

不知何故，王之第一眼见到周方时就不喜欢周方，对周方有莫名的敌意。或许是他曾多次邀请任公主到他府上做客，却被任公主一再婉拒。又或者是从他最心仪的女子乐旦眼中看出了乐旦对周方有浓浓的爱意，心生嫉妒。不管怎样，他对周方一见之下全无好感。

第二十五章

与子同袍

周方察觉到了王之的敌意，无奈暗中一笑，他如此低调谦和，还是有人嫉妒，他又有什么办法？好在他并不在意王之对他的态度。虽说王之是王黄之孙，王黄又贵为魏国相国，他却是清楚王黄尽管深得魏王信任，却为人圆滑，是从来不会得罪任何一方的中间骑墙派，是以在朝中也没有什么同盟。他接过姜姝的话笑道："姜小姐过奖了，在下一介商人，哪里有什么文采？姜小姐来得正好，若你不来，在下还要派人前去请你，司马公子已说要还清所欠的姜家货款。正好公主、乐公子和王公子都在，也好做个见证，省得让人误会了司马公子无钱还债或是故意不还，平白辱没了司马公子的英名。"

"周兄说得对，我也正有此意。"司马运当即站起，招呼手下，"取金一百斤。"

姜姝心生欢喜，司马运的欠款困扰姜家已久，原以为再难要回。上次周方主动提出要帮姜家讨要，她原本也没抱太大希望，不想今日在家中听到善信阁人声纷扰，想起有些时日没有和周方相见了，何不踏雪来访？却在善信阁门口遇到了乐旦和王之，更让她惊喜的是，司马运和公主也在，不由得她不对周方高看一眼。待听到周方提出要司马运还款而司马运一口答应时，更是对周方刮目相看，不知道该怎么形容自己内心的震惊了。

姜姝并不知道周方是如何迫使司马运还款的，却清楚一点，司马运为人表面上谦和大方，实则疑心极重且无比吝啬，所欠姜家货款高达黄金一百斤，每次催要货款时总是满口答应，随后却又总是不付诸行动，再催之时又找各种理由推托。总之，不断地在答应和推托之间拖延，分明是想赖账不还。

有一次逼他逼得急了，他一改平时的温文尔雅，恶语相向之余，还撂下狠话说，若是姜家再不识趣，他会让姜家名誉扫地，在安邑无法立足。

许多没有见过司马运是如何嚣张的人想象不到司马运狂妄时的嘴脸是怎样的不可一世，姜姝本来还担心周方向司马运讨要姜家货款不成，会被司马运威胁，却怎么也没有想到，司马运竟如此爽快地答应还钱了。

周方真了不起，姜姝再次朝周方投去了感激的一瞥。

不多时，手下取来了黄金，司马运又从身上摸出一块金子，一并交与姜姝："本金连同利息，一并偿还。我司马运向来杀人偿命，欠债还钱，一诺千金。"

姜姝也不推辞，接金在手："君子一诺，千金不换。姜家和司马公子的欠债，至此两清。多谢司马公子的慷慨，本金我且收下，利息不如当作今日聚会的花费，不知各位意下如何？"

"甚好。"魏任鼓掌笑道，"还是姜妹妹考虑周全，我等要是吃穷了周公子，下次周公子说什么也不敢再邀请我等了。来，周公子请收下金子，就当作今日的开支了。"

周方也不推辞，接过金子，还笑着掂了掂，开心地一笑，放进了衣袖之中。王之不由得面露鄙夷之色，如此贪财见小之人，能成什么大事？不过是宵小之辈罢了。

几人重新落座，公主自然上座，左首司马运，右首王之，王之的旁边是乐旦，司马运的旁边是姜姝，周方坐在姜姝身旁的末座作陪。

本来乐城想坐乐旦的位置，却被王之制止。王之坚持让乐旦坐在身边，司马运也附和王之，魏任默认点头。乐旦虽很是不快，却还是不忍拂了公主之意。

"今日难得相聚在善信阁，高朋满座，良辰美景，来，干了杯中酒，愿来年丰收，魏国国运昌盛。"魏任举杯，目露浅浅笑意，"也祝愿各位事事遂心。"

众人同时举杯示意，一饮而尽。

放下酒杯，王之站了起来，抱拳说道："王某今日也有事请各位做个见证……"他后退一步，转身面向乐旦，"旦妹妹，在下仰慕你已久，难得今日良辰美景，又有公主、司马公子同席，在下斗胆向旦妹妹求亲。王家愿与乐家结为秦晋之好。"

乐城怫然变色，起身一把推开王之："王之，婚姻向来是父母之命，父母不在，兄长为大。我身为乐旦长兄，你不向我提亲却向乐旦求亲，是何用意？"

周方也是暗自摇头，王之此举不合礼法，是有意羞辱乐城。

王之傲然一笑："乐公子，你连自己的事情都做不了主，何况是旦妹妹的事情？在我看来，旦妹妹倒是比你有主见多了。"

乐旦微微惊愕，她本来有一丝慌乱，却见周方朝她投来温和的目光，不由得心中安定了几分，缓缓起身说道："小女子承蒙王公子厚爱，深感荣幸。只是小女子婚姻大事自有爷爷和兄长做主，况且小女子也心中自有良人。"

王之没想到乐旦会拒绝得如此直接，他还以为凭借他的才貌与身世，乐旦嫁他也是攀了高枝，不由得大感羞怒："这么说，旦妹妹是要拒绝王某了？好，王某再斗胆问上一问，你心中的良人是哪家公子？"

乐旦支支吾吾，目光跳跃不定，脸色羞红，低头不敢多看周方一眼："他是谁和王公子无关……"

乐城怒了："王之，你不要欺人太甚。"

司马运嘿嘿一阵冷笑："乐家和王家联姻，对乐家来说是高攀，乐公子，我奉劝你一句，不要错过可以保住乐家的最后一次机会。若是乐旦嫁到了王家，你在背后暗算我的事情，我可以既往不咎。否则的话，哼哼，我会不依不饶，打到你跪地求饶也不放手。"

莫非要上演逼婚不成？周方睁大了眼睛，今日王之来访显然是受司马运之邀，而司马运不请自来，又有何目的？他想要站起周旋几句，却被人拉住了衣袖。

是姜姝。

姜姝悄然摇头，小声说道："司马运和王之向来交情深厚，司马史和王黄表面上各自为政，暗中是否互为策应就不得而知了。你置身事外才是上策。"

周方摇头："姜小姐有所不知，我曾在乐府养伤三月有余，若不是乐府收留和旦妹妹悉心照顾，怕是已经不在人世了。"

姜姝轻笑："救命之恩无以为报，当以身相许，你娶了旦妹妹不就万事大吉了？对了，司马运和乐城又是因为何事而争执？乐城暗算司马运又是哪一出？"

"这件事情说来话长了……"周方轻轻一按姜姝的胳膊，"稍后再说不迟。"

"不要，现在就说！"姜姝拉住周方胳膊，娇羞一笑，尽显俏皮之态，"我可按捺不住好奇之心，你要是此时不说，我就当众说出你半夜从密道潜入我闺房之事。"

周方一脸错愕，传闻姜大小姐如高山雪莲，冰冷而不近人，不想也有小女儿的一面，他才不怕她的威胁，当即一笑："但说无妨，你说我从密道潜入你闺房之事，我来说潜入之后在你闺房停留半个时辰之事。"

姜姝脸颊绯红，埋怨地白了周方一眼："周兄莫要跟司马运学坏了，竟也会轻薄了。"

周方轻声一笑："所谓'窈窕淑女，君子好逑'，男子爱慕女子，是人之常情，何来学坏一说？"

姜姝说不过周方，只好岔开话题："不和你扯远了，我听到风声，说是有人暗中调查司马运在征战中山国时屠杀粮商之事，莫非司马运所说的暗算正是此事？暗中调查之人，是乐羊乐将军？"

周方微微一惊，姜姝在朝中有人，听到司马运屠杀粮商之事并不足奇，让人惊讶的是她可以瞬间猜到是乐羊所为，此女子非同一般。

周方点头："此事现在已经瞒不住了，乐家和司马家以后将会势同水火。"

乐城本来早就对司马运怀怒在心，被司马运一激，更是火冒三丈："司马运，你真当我怕你不成？来来来，我现在就和你比试一番，看你怎么打得我跪地求饶！"

啪的一声，魏任摔了杯子，怒容满面："一个是相国之孙，不知礼法向乐旦求亲。一个是将军之子，口口声声以武力相威胁。一个是大将军之孙，动不动就要和人比试。你们三人，都是名门之后，却在周公子和姜小姐面前，大失风范，世家子弟反倒不如商人，传了出去，岂不是天大的笑话？"

魏任身为公主，一向随和，又因年纪关系，常和乐旦以姐妹相称，并无公主之威。但毕竟是魏王最宠爱的女儿，勃然一怒，也有凌人之势。

司马运、王之和乐城忙躬身施礼，连称不敢。

几人重新落座之后，虽各怀心思，却也不再提及不快之事，随意谈笑一些风流韵事，倒也其乐融融。不知何时又飘起了雪花，不多时，雪越下越大，茫茫不见天地。

几杯酒下肚，王之有了几分醉意，他摇晃着站了起来，朝司马运举杯："司马兄，听闻此次出征齐国，魏王有意任命你为先锋官，小弟斗胆有一个不情之请，愿与子同袍。可否向魏王举荐小弟为运粮官？"

周方抬头时，正迎向魏任诧异而难以置信的目光。

第二十六章

刀光剑影

周方的惊讶是因为王之的话透露了一个令人震惊的消息——魏王已然决心要攻打齐国。怎么会？此事他尚未听到丝毫风声，说明乐羊丝毫不知此事。

魏王若真要对齐国开战，而乐羊毫不知情，可见魏王在军政大事上已经将乐羊排除在外，乐羊在魏王心目中的地位岌岌可危。

而他从魏任的惊讶中也可以猜到，此事魏任也是一无所知。

魏王瞒过了许多人定下攻打齐国大事，到底是出于什么考虑？周方心中微有焦虑，若魏国真的攻打齐国，一旦获胜，魏国将会力压各诸侯国，成为诸侯国中最强大的国家，那么到时中山国就复国无望了。

姜妹也是不解地看向了周方，周方摇了摇头，意思他也不得而知。乐城却是一脸轻描淡写的笑容，小声说了一句："若魏王真要攻打齐国，非爷爷出面不可。爷爷治军有方，怎会再用屠杀无辜粮商的屠夫？"

乐城声音不大，在座几人却听得清清楚楚。司马运眉头一皱，想要反驳几句，目光一扫，见魏任目露不快之色，就压下了想法，哈哈一笑，大声说道："若我为先锋官，必定举荐王兄为运粮官。岂曰无衣？与子同裳。王于兴师，修我甲兵。与子偕行！"

王之开怀大笑，旁若无人地说道："听说此次出征齐国，魏王有意拜令尊为大将军统率三军，令尊为大将军，司马兄为先锋官，父子再次上阵杀敌，开拓疆土，传了出去又是一段佳话。"

"哈哈，忠君报国，是身为臣子的职责所在。魏王视在下如同子侄，又有意将任公主许配在下，在下敢不肝脑涂地？"司马运也有了几分酒意，他举杯敬向魏任，"任公主，在下对魏王忠心对公主尽心，待公主下嫁司马家之后，必会善待公主。"

魏任神色淡淡："我并不赞成此时出征齐国，天时、地利、人和都不具备，也不知父王听了谁的谗言，非要再启战事，莫非是有人想借机从中渔利？父王虽有意将我许配与你，父命难违，我却不愿意嫁你为妻。只要有一丝可能，我也会尽力说服父王一不出兵齐国，二收回将我许配与你的成命。"

王之怪笑一声，阴阳怪气地笑道："且妹妹不愿嫁我，公主不想嫁与司马兄，莫非天下还有比我二人更优秀的男子？"

"当然有了，周方哥哥就比你和司马运优秀多了。"乐旦终于逮着机会，斜了王之一眼，"别说周方哥哥了，就是我哥哥也比你们好太多了。你和司马运，一个真小人，一个伪君子。"

"我是真小人？"王之一愣，随即怒道，"我行事坦荡，与人为善，怎会是小人？司马兄也是光明磊落，事事周全，放眼魏国世家子弟之中，无人可及。周方不过是小小商人，岂能和我与司马兄相提并论？乐公子虽是世家子弟，却不学无术、胸无大志，你可以四处问问，有哪个世家子弟愿意和他同行？"

周方还好，泰然自若。乐城面红过耳，拍案而起，就要争论一番。

"可否容小女子说上一句？"姜姝起身，笑意盈盈。

王之年少气盛，又眼高过顶，除了公主谁都不放在眼里，却不知何故被姜姝明艳的目光一扫，顿时矮了半分，咽回了想要说的话："姜小姐请讲。"

"男子凭才立世，女子以貌悦人，不管是世家子弟，还是平民百姓，男子有才，女子有貌，就都是天生良人。"姜姝环视几人，淡然一笑，"在座各位，男有才女有貌，都是天造佳人，又有缘同席赏雪，为何非要分出高低贵贱和君子小人？是，我和周方确实是商人，有幸与各位结识，是三生幸事。多谢各位抬爱我和周方，不因商人的低微身份而轻视我二人。来，周方，我二人先敬各位一杯。"

周方起身举杯，心中微微一暖，姜姝好手段，既抬高了公主等人，又拉拢了他。同是商人，他和姜姝不可同日而语，差距悬殊。

魏任也是暗暗赞叹姜姝的一番话圆润无缺，她想知道姜姝有意拉拢周方是何用意，也不推辞，就举起了酒杯。

公主举杯，司马运几人也纷纷举杯。

姜姝满饮杯中酒，放下酒杯："舜发于畎亩之中，傅说举于版筑之间，胶鬲举于鱼盐之中，管夷吾举于士，孙叔敖举于海，百里奚举于市……"她一口列举了六位出身贫困历经磨难终成一番大事的贤者的事迹，又说，"姜家自齐国迁来魏国，已有三代，虽小有所成，但比起太祖姜公建立齐国以及姜氏在齐国曾经成就的大业，还是远远不如。本来姜氏在齐国也是望族，后田氏掌权，姜氏在齐日渐衰落，姜家不得不举家迁徙来到魏国。"

原来姜姝真是姜太公的后人，周方暗中点头。齐国自齐景公后，数十年间，民心背离姜姓吕氏，纷纷归附到田氏门下，田氏在齐国声望一时无两。现今田氏虽只任齐国相国，但田氏在齐国经营百年之久，树大根深，关系盘根错节，替代姜姓吕氏只是时间问题。

"魏国自魏王主政以来，广纳贤士，凡是有才有德之人，魏国皆开门迎之。正是因此，魏国才成为中原霸主，国力之盛，近百年来无人可及。海纳百川方显其大，乐羊将军出身门客，相国王黄发迹于草莽，司马将军起步于行伍，若不是魏王慧眼识珠，怎会有乐将军灭中山国，司马将军征战四方？周方虽只是一介平民小小商人，姜家却不敢看轻周兄半分，愿将姜家粮草生意，悉数交与周兄经营，还望周兄不要推辞！"

众人大吃一惊！

先前姜姝说到姜家先祖以及乐羊、王黄和司马史也是出身卑微，众人只当是她为自己和周方自我抬高，不料陡然一转，竟是要将姜家粮草生意全部交与周方经营，大大出乎众人意料。

姜家粮草生意遍布魏国各地以及赵、韩、齐、燕四国，别说在魏国是第一粮商，在其他四国也是规模不小，影响颇大。周方眼下只是一名不见经传的粮商，若全权经营姜家粮草生意，将摇身一变成为五国粮王！

"不可，万万不可！"司马运情急之下，顾不上失礼，猛然站起，连连摆手，"此事事关重大，不可草率而定。"

"姜姝小姐为何要将姜家粮草生意全部托付周方？是姜公的主意还是姜姝小姐一人的想法？"王之也深知此事的重要，慢条斯理地问道，"还是姜姝小姐和周方已经有了婚约或是夫妻之实？"

王之的话刁钻刻薄，不过也难怪他会有如此想法，若非关系密切到婚姻的程度，怎会将占据姜家生意三成的粮草生意托付给一个外人？

117

非但司马运失态，王之失礼，就连魏任、乐城和乐旦也都无比惊愕！

乐旦想要问个清楚，却被乐城拉住。乐城此时反倒比乐旦多了几分冷静，也是他被姜姝突然宣布的决定震惊得不知所以，想要再冷静一下，听听姜姝怎么回答王之直言不讳的问题。

姜姝转身看了周方一眼，浅浅一笑："如此大事，自然事先征求了父亲和兄长的同意。粮草生意向来由我经手，我的想法就是姜家的想法。我和周兄相识不久，颇为投缘，日后是结为夫妻还是兄妹相称，一切随缘就是。"

姜姝落落大方，既不恼羞成怒，又不忸怩作态，且神色之间毫不掩饰对周方的仰慕之情，乐旦不由得醋意大起。

"周方哥哥和你不合适……"乐旦按捺不住，挣脱了乐城的手，回应姜姝。

"旦妹妹是想说周方哥哥和你合适？"姜姝莞尔一笑，"我也觉得周方哥哥和旦妹妹是天作之合。"

"真的？"乐旦气势顿消，脸飞红云，"你说的可是真心话？你不要骗我。"

"不要胡闹。"乐城拉住了乐旦，疑惑地打量姜姝几眼，"姜小姐，姜家和周方之事，我本不该过问，只是乐家和周方颇有渊源，出于为周方着想的目的，我想多问一句，姜家委托周方全权经营姜家粮草生意，若是赚了自然皆大欢喜，若是赔了，姜家如何收场？"

魏任朝乐城微微点头，此问问得恰到好处，也是她心中的疑问之一。

乐旦不情愿地坐下，目光盯着周方不放，想从周方脸上看出周方的真实想法。让她失望的是，周方波澜不惊，仿佛别人谈论了半天的周方并不是他一样。

其实周方在强压内心的起伏，他想不通为何姜姝会将姜家无比重要的粮草生意交与他经手。毫不夸张地说，粮草生意虽只占姜家生意的三成，却事关姜家的身家性命，稍有不慎就有可能让姜家陷入灭顶之灾。

姜家为何会信任他这个来路不明且只有一面之缘的无名小卒？除非……除非姜家已经查到了他的真实身份！

第二十七章
说 服

　　齐国一向和中山国交好，周方和齐国太子、公主也颇有交情，若是姜家有意借助他和齐国的关系进一步开拓市场的话，倒也是一个好由头。但……周方却并不认为姜家知道他的真实身份，那么姜家要么是在粮草生意上遇到了比司马运欠债不还更大的难题，要么就是有更大的诉求，姜家不方便出面，由他全权代言，姜家可以躲在幕后运筹帷幄。

　　周方之所以如此镇静，是他清楚天上不会掉馅饼，此事看似是天大的好事，使他可以一举成为举足轻重的人物，但此事背后必定暗藏玄机。是以他不动声色，静观其变，反正姜家要给，他要或不要，主动权在他手中。

　　姜姝显然早有准备，她自顾自地喝了一杯酒："要是方才之事惊扰了各位，我在此先赔个不是。乐公子问得好，姜家既然委托周兄全权经营姜家的粮草生意，自然早就做好了承担一切的准备。赚钱了，姜家和周兄六四分成，赔钱了，姜家承担全部损失。"

　　"六四分成？"魏任忍不住惊呼一声，"姜家好大的气魄，等于是送钱给周方，我倒想问问，姜家真要招周方为婿不成？"

　　"生意归生意，婚姻归婚姻。"姜姝笑道，"日后相处久了，周兄对我有意，我又心仪周兄，我二人一个未娶，一个未嫁，成亲也不过是水到渠成之事。不过若是公主也心仪周兄，小女子会退避三舍，不敢再对周兄有非分之想。"

　　魏任笑了："周方又不是礼物，可以让来让去，即便是我二人都对他有意，他却偏偏喜欢旦妹妹,我还能逼他娶我不成?周方,你倒是说说你有何想法。"

周方还想继续摆出一副置身事外的态度听下去,被公主点名,只好上阵:"姜小姐托付在下经手姜家粮草生意之事,容在下考虑一二。至于婚姻大事,就暂时不想了。"

"为何不想?"魏任满心好奇,"是自认配不上你喜欢的人,还是想先要建功立业,然后成家?"

"都不是。"周方摇头,想起了不知下落的欧阳玉姬,心中闪过一声喟叹,"在下在中山国已有婚约,虽然中山国被灭后,她下落不明,至少也要等候三年。三年后若她还是生死未卜,在下才会考虑终身大事。"

"为一个生死未卜的人等候三年,周兄还真是痴情男儿,来,我敬你一杯。"姜姝举杯在手,似笑非笑的神情似乎并不相信周方所说。

"我也敬周方哥哥一杯。"乐旦不甘人后,也举起了酒杯,她噘着小嘴,眼中有晶莹的东西闪动,"你是重情重义的男儿,中山国的姐姐有你的千金一诺,肯定会安然无事。希望你和她再次相见!"

魏任叹息一声,乐旦心思单纯而善良,虽然她很是喜欢周方,却还是希望周方和婚约女子相逢,不由她既怜惜又心疼,她也举起了酒杯:"周方,我也敬你一杯。中山国被灭,魏国便是你的家国,我和旦妹妹、姜姝妹妹,以后便都是你的家人。"

"多谢公主、姜姝小姐和旦妹妹。"周方眼圈一红,救命之恩恩同再造,他没齿难忘,不过复国之计也不能忘,只愿有一天真的兵戎相见之时,他会知恩图报,放公主、乐旦一马,"在下能得几位奇女子相助,是三生有幸,日后定当厚报。"

"只有奇女子没有奇男子吗?"司马运也站了起来,招呼王之和乐城,"来,王兄、乐兄,我三人也凑个热闹,共饮杯中酒,祝愿来年丰收,国泰民安。祝愿姜家和周兄携手顺利,祝愿周兄早日找回意中人。也祝愿我和王兄终有一天可以赢得美人心。"

雪,不知何时停了。阳光洒满大地,眼前白茫茫一片。又坐了一会儿,觉到了寒冷,几人便告辞而去。

周方送到了门口。

魏任上车,眼神在周方身上停留片刻,似乎有话要说,却只是淡淡地挥了挥手:"旦妹妹,你乘我的车,我有话要和你说。"

乐旦想留在最后和周方说几句话,公主有令,不得不从,只好上车。

王之先司马运一步走了。

司马运看了看周方身边的乐城和姜姝，笑道："乐公子是想留宿在善信阁不成？姜小姐就在隔壁，倒是不必急于赶路，你离得却远。"

姜姝笑而不语，乐城哼了一声："我留下有话要和周方说，关你何事？"

"是不关我的事情，可是你留下却妨碍了周兄和姜小姐独处，就像一盏没有放对地方的灯笼，要有多烦人就有多烦人。"司马运哈哈一笑，一把揽过周方的肩膀，将周方拉到了一边，小声说道，"周兄，你说实话，是不是已经拿下了姜小娘子？否则你也不会变着法子逼我还姜家欠债。"

周方嘿嘿一笑，故作不安："方才之事，多有得罪，还望司马兄包涵，在下也是不得已而为之。"

"你我情同手足，若是能助你娶了姜姝，别说是一百斤金子，就是四百斤也在所不惜。"司马运此话倒是真心话，他现在愈加想要拉拢周方了，"你和乐家交好，我和乐家不和，你也自是清楚。我并不奢望你可以助我一臂之力，只望你能看在我们相识一场意气相投，不要帮乐家对付我才好。"

"岂敢，岂敢！"周方见司马运如此直接，也就不拐弯抹角了，直接问道，"司马兄想要在下做些什么？"

司马运见周方如此上道，心中高兴："姜家虽不是名门望族，却是魏国首富。姜家粮草生意遍布各诸侯国，就是在齐国……也是大有人脉，调运十几万石粮食，不在话下。眼下攻打齐国在即，此事若是成了，我向魏王举荐周兄在朝中为官，少说也要是亚卿或是中大夫。"

周方心思一动，想起公主的许诺，说道："公主有意举荐在下为司农或是司空，在下以三月为限，三月之后再入朝为官。"

"为何要以三月为限？"

"三月之内从接手姜家粮草生意到全面掌管，也算快了。"周方含蓄一笑，有意露出贪婪之意，"如此良机岂可错失？若在下不能全面掌管姜家粮草生意，如何在齐国调运十几万石粮食为司马兄所用？"

司马运先是一愣，随即开怀大笑："我果然没有看错你，周兄，你确实是可造之才。不过三月之后再行事，就来不及了。魏王原本想在一月之后就发兵攻齐。"

周方停下脚步，回身看了一眼姜姝和乐城，二人已有数丈之远，早就听不到他和司马运说些什么。一身红装的姜姝站立雪中，如傲雪红梅怒放枝头，别有雅致风

121

情。她静静站立，一动不动，宛如一幅美到极致的工笔画。

"有一句话在下讲了，司马兄不要生气才好。"周方深吸了一口气，今日之事，他非常感谢姜妹对他的抬爱，让他终于可以借姜家之势向司马运献计，"魏国此时不宜攻打齐国。"

"此话怎讲？"司马运愣住了，他目光闪烁几下，一脸狐疑，"周兄有何高见？"

周方原本是想借乐羊之口上奏魏王，让魏王改变主意由攻打齐国转为攻打韩国，现在看来必须改变策略了，他微一沉吟："齐国如今田氏掌权，田氏深得民心，齐国上下一心，若是魏国攻打齐国，恐怕一年半载难以取胜。时间一长，朝中反对出兵者必然借机生事，到时魏王骑虎难下，司马兄可曾想过，魏王是会认错，还是会将过错都推到别人身上？"

司马运愕然一愣："周兄的意思是……？"

周方微微一笑："司马兄若能保证半年之内拿下齐国，自然不会有事。若是久战不决，又或是吃了败仗，司马兄作为力主攻打齐国的先锋官，难辞其咎，罢官还是小事，怕只怕到时群臣激愤之下，魏王为了安抚群臣，必然会有人被当作替罪羊……"

司马运眼睛转了几转，瞬间想通了其中要害，当即朝周方施了一礼："周兄一席话，让在下豁然开朗……周兄的意思是，眼下不宜出兵，等三个月之后你全面掌管了姜家粮草生意才可确保出兵必胜？"

"不是，如今箭在弦上，不得不发。若是按兵不动，置魏王的霸业于何处？"周方抓住了司马运的胳膊，压低了声音，"在下和司马兄一见如故，又承蒙司马兄照应，铭记在心，无以为报，愿将平生所学为司马兄所用。"

司马运感动得挽住了周方的胳膊："在下定不负周兄，愿和周兄结为兄弟！"

周方重重地点了点头，将他心中所想和盘托出："魏、赵、韩三家分晋，韩国最为弱小，又将魏国一分为二，让魏国首尾不能相顾。若是吞并了韩国，魏国必然国力大增，力压赵国、秦国不在话下。何况韩国原本和魏国一起同属晋国，有天然的认同和归属感。"

"攻打韩国？"司马运摇了摇头，"魏国和韩国唇齿相依，又曾是一家，怎好下手？"

周方冷笑："怕是司马兄惧怕韩国的强弓劲弩吧？"

第二十八章

人前人后

司马运脸色一变："小小韩国不过弹丸之地，比起齐国的兵强马壮不知差了多少，我连齐国都不放在眼里，何况远不如齐国的韩国？强弓劲弩又能如何？若我出马，一样杀得韩国片甲不留。只是攻打韩国，不合情理。"

"天下纷争，本就是有德有才者胜之。中山国和魏国之间隔了一个赵国，又从未得罪魏国，却被魏国灭国，中山国百姓又能找谁说理？"周方想起中山国流离失所的百姓，一时胸中愤懑，险些失控，好在他及时控制了情绪，"吞并了韩国，魏国东、西相连，犹如江河贯通，水势浩浩荡荡，再得韩国的强弓劲弩之利出兵攻打齐国，必定无往而不利。韩国就是一枚阻碍魏国强大的关键棋子，韩国一除，全局盘活，放眼天下，魏国再无对手。"

一番话说得司马运心情激荡，他仿佛看到了魏国吞韩之后，各诸侯国望风而逃纷纷臣服的情景，而他高坐马上，指挥千军万马成就了不世伟业。

一阵冷风吹来，树上飘落雪花，落在了司马运的脖子上。雪花冰冷，司马运瞬间清醒了过来："听周兄这么一说，攻打韩国确实是上上之策，只是如今魏王一心灭齐，在下恐怕很难说服魏王改变主意，这可如何是好？"

"眼下有一件事情，正好可以让攻齐之事缓上一缓，只是恐怕要让司马兄受一些委屈了，不知司马兄是否愿意？"周方步步为营，见司马运已被说动，心中暗喜。

"受些委屈又算得了什么？上报魏王下济百姓，我司马运万死不辞。"司马运时刻不忘拔高自己，不过他转眼想到了周方所指之事，愣了一愣，"周兄是说屠杀粮商之事？此事与我无关，我总不能认了这无妄之罪吧？"

司马运果然是司马运，明明是他做下的罪恶滔天的恶事，却斩钉截铁地矢口否认，要不是周方确信司马运屠杀粮商之事，还真被他骗过了。

"据我所知，乐将军手中证据确凿，即便魏王再是不信，怕是司马兄也免不了牢狱之灾，此事还是宜先有所准备为好，以免到时手忙脚乱。"周方自是清楚，司马运自以为做得天衣无缝，其实破绽甚多，以乐羊手中的证据足以置司马运于死地，但眼下复国大计刚刚迈出第一步，司马运还不能死，他一死，乐羊无人制衡将会坐大，到时想要复国难如登天。

司马运直直地盯着周方的双眼，疑惑、不解、怀疑和审视，似乎想看穿周方到底是何居心："周兄，你被乐家所救，又是乐家的座上宾，为何要帮我？"

周方早就猜到司马运疑心过重，凡事都会先想清了疑虑才会相信，他既然为司马运挖坑，肯定事先已经准备好了让司马运跳坑的理由："乐将军老了，乐公子又胸无大志，在下想要在魏国立足，总要寻得一处牢固的高台才行。所谓良禽择木而栖是也……"

司马运开心地笑了，"良禽择木而栖"后面还有一句被周方省略了，省略的部分就是最能表明心迹的一句话——贤臣择主而事，周方是下定决心要追随他了？

司马运虽对周方的来历身份还有几分怀疑，却十分欣赏周方的才学。能得到公主的赏识、乐家的收留以及姜家的重任，此人绝非常人。眼下正是用人之际，能得周方相助，他将如虎添翼，所图谋的大事离成功更近了一步。

笑过之后，司马运肃然正衣，朝周方深施一礼："周兄厚爱，在下深感荣幸，当铭记在心。周兄之言，在下记下了。"

见司马运转身要走，周方上前一步，急急说道："在下还有一事……"

司马运停下脚步，回身一笑："尽管说来。"

"司马兄明日一早进宫面见魏王之时，当众提出不配迎娶公主，还请魏王收回成命。"周方目光沉静，完全看不出他说这一番话时到底是何等心思。

司马运呆了片刻，负手而立，抬头望天，似乎想通了什么，点头说道："多谢周兄提醒，在下知道该怎么做了。"

望着司马运远去的身影，周方心想，公主，我只能帮你这么多了，最终是不是可以如你所愿不嫁与司马运，就看你的造化和运气了。

周方回到乐城和姜姝身边，乐城一脸不快："和司马运也有这么多话要说？"

周方歉然一笑:"他再三追问我和乐公子是何等关系,我说乐公子是我的救命恩人。他还想问出乐家是如何调查他在中山国屠杀粮商之事,我只好应付几句。我还劝他向魏王提出不配迎娶公主,也不知道他听进去没有……"

乐城脸色顿时由阴转晴,笑道:"是我误会周兄了,见谅。我和姜小姐还有话要和你说上几句,外面冷,我们里面说话。"

善信阁虽是三进三出的院子,因只有周方一人居住,空置了许多房间,周方只收拾出来了几间卧室和一间书房。好在今日公主留下了一个丫鬟芥子、一个下人传先,也算有了人气。

早先乐城也答应要送周方一个丫鬟和一个下人,今日借机也留了两个人,丫鬟名小薇,下人名木恩。小薇还好,长得小巧玲珑,总是一副怯生生的样子,乖巧而听话。木恩却生得五大三粗,大脸,小眼,小鼻子,皮肤黝黑,不像是下人,倒像是武夫。

周方虽对木恩微有不满,却又不好推辞,只好留下。不想木恩虽长得粗犷,干活倒是细致,很快就又收拾出来几间可供丫鬟、下人居住的房间,还将院子中的积雪清理出了道路,让周方刮目相看。

三人刚到书房,芥子就端上了茶水,她一双圆圆的眼睛转个不停,在姜姝和乐城的身上扫来扫去。

姜姝看出了端倪,招手说道:"芥子,你过来。"

芥子高兴地跑到姜姝面前:"姜小姐有何吩咐?"

"你和小薇住在一个房间?"姜姝悄然看了周方一眼,见周方虽在喝茶,余光却在暗中打量芥子,心想,以周方的警觉,不会察觉不到芥子在暗中观察什么,也就放心下来,"若是吃住不习惯,可以来姜家。"

"不用,不用。"芥子连连摆手,"公主再三叮嘱奴婢,一定要好好侍奉周公子,不得有丝毫闪失。"

"公主不在善信阁,又怎会知道你侍奉周公子会不会有什么闪失?"姜姝追问。

"公主会常来善信阁,不管大事小事,都要向她说上一遍她才会放心。"芥子毕竟年幼,不及多想,随口答道。

乐城脸色一哂,让芥子明为侍奉周方实为监视,公主也和他说过一二,他心知肚明。就连他安排的小薇和木恩,也会定期向他汇报周方的一举一动。不料才一个照面就被姜姝当面揭露,不用想,周方日后肯定会提防芥子、传先、小薇和木恩四人。

周方放下茶杯，拱手朝天，故意装傻："多谢公主对我的关照。芥子，你也不必事事小心，做好分内事就好了。"

姜姝见目的达到，也不多说什么，笑了一笑挥退了芥子："乐公子有何话要对周兄说？需要的话，我可以回避一下。"

"不用。"乐城摆了摆手，一脸坦然，"我和周方之间君子坦荡荡，不像司马运非要避开别人才敢说话。周兄，司马运为人深不可测，切不可轻信他的许诺，以免上当受骗，到时追悔莫及。向魏王上奏司马运屠杀粮商之事，势在必行，我若有消息，定当第一时间告知周兄。"

还以为乐城另有要事相商，却原来只是提醒他不要上司马运的当。周方送走乐城，返回书房时，姜姝正和小薇说话。

挥退小薇，书房中只剩下姜姝和周方二人时，姜姝才摇头叹息一声："周兄身边的四个奴婢，都不是好相与之人，日后你可要小心了。后院通往姜家的密道，不要让奴婢们知道了才是。"

"怕什么，就算他们知道了，传了出去，也不过是风流韵事罢了。"周方已然猜到不管是公主的奴婢还是乐城的奴婢，都身兼监视他言行之责，但又能怎样？既然推不掉，不如坦然受之。他本来身在虎穴之中，身边再多几只狐狸又有什么大不了的？

姜姝脸微微一红，嗔怪道："在外人眼中，周兄为人端正，却没想到，人后也轻浮轻薄。"

周方笑道："姜娘子在人前再三说，若是与我相处久了，互生情愫，成亲不过是顺理成章的事情。"

"不过是说说而已，周兄莫非当真了不成？"

"难道由我经手姜家粮草生意一事，也只是说说而已？"

"不会。"姜姝肃然正容，起身朝周方盈盈一礼，"还望周兄不要推辞，答应了才是。姜家诚心诚意恳请周兄接手相助，救姜家于水火之中！"

第二十九章
约法三章

周方大吃一惊："姜家富可敌国，放眼各诸侯国，也是数一数二的巨富，如何是身陷水火之中了？"

姜姝起身，眼中有泪光闪动："此事说来话长，若是周兄不嫌弃，我愿一一道来。"

"怎会嫌弃？"周方见天色渐暗，亲自掌灯，又让木恩烧了火盆，二人对坐在书房之中，煮茶谈心。

"姜家来到魏国，传承到哥哥和我，已有三代。现今姜家由父亲执掌，父亲年事已高，近日偶染小疾，一直不见好转，恐怕不久于人世了。"

"我未曾见过令尊，却听说令尊身体还算不错，怎会病得如此之重？"周方隐约觉得姜家家主姜望的病有几分奇怪。

"父亲身体一向康泰，一月前还可以登山舞剑，谁知突然一病不起。原以为只是天气转冷，偶感风寒，大夫诊治之后，却查不出来病症。服了十几服药也不见好，现在已经无法起床，时日不多了。"姜姝眼泪流了下来，悲伤难以自抑，身子一晃险些摔倒。

周方急忙上前一步，扶住了姜姝："怎会如此？可是请了城中最好的大夫？"

"请了，城中最好的大夫是文希先生，他说父亲的病情极其古怪，他平生所仅见。开了药之后，也不见好。不瞒周兄，姜家的门客中，有一人名叫妙关，是身怀绝技的世外高人，医术举世无双。他也说父亲的病情并非寻常之病，极有可能是中毒所致……"

"中毒？"周方这一惊可是非同小可，姜望可是魏国赫赫有名的巨商，谁会对他暗中下毒？"怎么可能？姜家的丫鬟、下人之中，除非厨房经手饭菜之人下毒，否则就算有人想要对姜公不利，也难以接近姜公。姜小姐，你觉得会是谁要置姜公于死地？"

姜姝再也没有在人前高高在上的雍容华贵，她紧紧抓住周方的胳膊："我不知道，周兄，我毫无头绪！我猜不到是谁想要对姜家下手，和哥哥商量了数次，怎么也想不出来姜家的生意对手中会有谁对姜家有如此怨气。越是想不到是何人所为，越是心惊胆战。"

周方默然点头，所谓明枪易躲，暗箭难防，看不到的敌人才最让人防不胜防。中山国被灭，是魏国所为，所以，他清楚地知道怎样报仇复国。但连行凶者都无从得知，甚至猜不到谁会对姜家下手，他能理解姜姝茫然四顾却又无所适从的恐慌。敌人躲在暗处，非但不知道敌人是豺狼还是虎豹，甚至连躲在哪里都不得而知，怎能不让人时时刻刻提心吊胆！

"可知姜公中的是什么毒？"或许可以从中毒的药材上面发现蛛丝马迹，周方从小在宫中接触过无数毒药，对医术也略知一二。

姜姝无奈地摇头："不知道。"

周方微皱眉头，虽说也清楚姜姝肯定已经盘查过了所有经手的下人，却还是忍不住问了一句："每个丫鬟和下人都明里暗里查过了？"

"都查过了，没有问题。父亲一向谨慎，丫鬟和下人都是从外地或是楚国、赵国买来，在安邑无亲无故。"姜姝知道周方心中所想，"我想周兄所能想到的所有排查手段，我和哥哥全部都用过了，可以肯定的是，不是姜府中人所为。"

周方陷入了沉思，若说下毒者不在姜府，难不成还是外人？外人如何潜入姜府在姜公的饭菜中下毒，还神不知鬼不觉，也太身手不凡了。偌大的一个姜家，除了门客之外，还有不少家丁，下毒者不可能悄无声息地下毒然后又无人察觉地离开……突然，他又想到了另一个关键问题所在："可曾查出来毒药是烈性还是慢性？"

"慢性，在中毒一个月后才发作，一发作就一发不可收拾，然后病情日益严重，眼见是不行了……"姜姝的眼泪又流了出来，"姜家传承三代，父亲只有哥哥和我两个后人，如今哥哥未娶我未嫁，姜家香火还没有接上，父亲心有不甘，说他死不瞑目……"

周方越想越觉得哪里不对，不管是谁暗中下毒，此人极有耐心且手段极高，否则完全可以下烈性毒当场毒死姜公，或者直接刺杀姜公了事，可见此人并不希望姜公速死，那么此人分明是想让姜公求生不得，求死不能，趁姜公缠绵病榻之时，姜家上下必然乱成一团，他好从中渔利。

不过，显然此人的阴谋没有得逞，姜公病重之事，外面丝毫没有风声传出，而姜氏兄妹也没有乱了阵脚。若不是姜姝亲口说出此事，任谁也想不到姜家已然岌岌可危！

怪不得姜姝今日当众要将姜家的粮草生意全部交与他经手，原来是姜家面临重大危机。看似是天降好事，其实他接的是烫手山芋，甚至可以说随时有可能要了他的性命。

天知道幕后凶手想要的是什么，不管是想要整个姜家还是姜家的粮草生意，他都成了对方的绊脚石。

姜姝见周方低头不语，神思凝重，知道周方想通了其中环节，当即推开周方，后退一步，跪拜在地："周兄千万不要怪罪小女子，小女子也是见周兄和公主、乐家以及司马公子交好，又三言两语说动司马公子还了姜家欠债，才出此下策，还望周兄万万不要推辞，小女子实在是无法可想了。姜家的粮草生意也许会要了周兄性命，天地可鉴，小女子是真心想要把粮草生意托付给周兄经手，也好腾出手来照顾父亲……料理父亲后事。"

周方并未立刻扶起姜姝，而是微一沉吟："姜小姐，要我接手姜家粮草生意也并无不可，不过，我有三个条件。"

"周兄请讲。"姜姝跪拜在地，满眼殷切，她病急乱投医，今日仓促做出将粮草生意交与周方的决定，并未征得父亲和哥哥的同意，而是一时心血来潮之举，不过她并不后悔自己的决定，相反，此时反倒更加庆幸自己的当机立断。

"第一，用人不疑，疑人不用，由我全权经手姜家粮草生意，就要全部由我说了算，不管大事小事，由我一人而定。我不会做出有损姜家利益之事，毕竟我和姜家的利益捆绑在一起。第二，我要帮助姜家查实姜公中毒之事，背后下毒之人，在我成为姜家粮草生意的经手人后，也成了我的敌人。越早查出他是谁，越能保证我的安全。第三，为了掩人耳目，对外声称我和你已有婚约，如此我才可以名正言顺地调动姜家人手。"

兵不厌诈。其实就算姜姝不答应周方以上三个条件，周方也会接手姜家的粮草生意。对他来说，可以全权经营姜家的粮草生意对他的复国大计是一大助力，何况他本来就是以中山国太子身份藏身魏国，时刻会有性命之忧，周身敌人环绕，才不怕再多一个敌人。

姜姝几乎没有迟疑，当即点头："三个条件，我全部答应。只是还要请周兄随我回姜家一趟，婚约之事，事关重大，需要和父兄商议一番。"

"好。"周方上前一步，扶起姜姝，"姜妹妹请起，如此大礼为兄承受不起。以后你我当齐心协力，重振姜家，共成大事。"

姜姝破涕为笑："愿同周兄共进退！"

二人出了书房，芥子和小薇急忙上前，周方吩咐芥子送送姜姝，他在小薇的陪同下，朝后院走去。

小薇亦步亦趋地紧跟周方身后，夜色之中，善信阁有几分冷清，她跟不上周方的步伐，气喘吁吁地问道："公子，天色这么晚了，天气又这么冷，为何还要到后院？"

周方头也不回："我到后院随意走走，你不必跟来。"

"乐公子再三交代奴婢，一定要寸步不离公子左右，除了要照顾好公子的起居之外，还要确保公子的安全。"小薇三步并成两步，跑到了周方身侧，"公子不要嫌小薇烦，小薇是尽忠职守。"

周方摆了摆手："我不会嫌你烦，现在确实不需要你，你守在门口即可。"

"知道了。"小薇停下了脚步，眼巴巴地看着周方消失在夜幕之中，"公子何时回来？小薇好准备好热水洗漱。"

夜色中远远传来了周方的声音："大约一个时辰。"

"公子去哪里了？"

小薇在拱门之处正张望不敢再向前一步时，冷不防身后传来一个声音，吓得她尖叫一声，回身一看是芥子，不由得又气又笑："你吓死我了，怎么走路没有声音，像猫一样。"

"你才是猫。"芥子笑骂一句，打了小薇一下，"公子去哪里了？"

"不知道，说是要去后院，还不让我跟去。这么冷的天气，又这么晚，后院又什么都没有，你说公子做什么去了？"小薇歪着头想，却怎么也想不明白。

"难道公子是去幽会了？"芥子眨眨眼睛笑了，"不过也不像，后院什么都没有，除非是和鬼呀、狐狸呀去幽会。"

"再乱说小心让公子听到赶走你。"小薇微有不快地瞪了芥子一眼，"公主没有教你不要乱说主人坏话？现在你我都是公子的人，忘了以前的身份，别再当自己是公主府的大丫鬟了。"

第三十章
拜将封侯

芥子脸色一变，冷冷说道："你是什么身份，也敢教训我了？你家乐公子把你扔在善信阁，没打算让你再回去。我可不一样，指不定什么时候公主想我了，只要一句话我就回公主府了。"

小薇掩口一笑："芥子妹妹，别怪我的话不中听。在公主和乐公子眼里，我们不过是一个下人，一个可以随意送人卖掉、打死埋掉的奴婢，你真以为公主和乐公子会想我们？别天真了，他们身边人来人往多了，送出去的奴婢哪里有要回去的道理？我实话告诉你，要是干不好，不称公子的心，公子不要我们了，公主也好，乐公子也罢，要么卖掉我们，要么打死我们，我们不会有好下场。"

"我才不信你的胡说八道。"芥子冷哼一声，"冷得要命，我先回屋了，你且等公子回来。"

小薇摇了摇头，冲芥子的背影喊了一句："让木恩送一件衣服过来。"

芥子没应声，也不知听到没有。

虽是夜晚，四下寂静无声，小薇和芥子的对话，周方也只听到了一二，后面的部分因为他走得远，没有听清。不过就算他听清也会付诸一笑，不管是小薇还是芥子，他都不会赶走，虽然他明知道二人必定会向乐城和魏任暗中汇报他的一举一动。

看破不说破是智慧，何况他也相信凭他在宫中多年的生活经验，也不会让二人察觉到他的秘密。不过出于小心无大错的考虑，快到柴房时，他还是停了下来，仔细聆听周围的动静。

鸦雀无声。

由于院中全是积雪，人行走其上会嘎吱嘎吱响，周方确信无人之后，才推开了柴房的门。

穿过密道，来到姜家的密室，轻敲三下，石门应声而开，是一个绿衣绿裙自称清子的丫鬟，她头前带路，从密室再到密道，来到了姜姝的闺房。

闺房之中，姜姝等候多时了，除她之外，还有姜远。

姜远已经得知了一切，原本反对姜姝决定的他，在姜姝陈述了利害关系以及说到了周方如何得公主器重、司马运拉拢和乐城赏识，再说到周方谈笑间就让司马运还清了姜家欠款后，他虽然还不是十分情愿，却在权衡利弊下只好无奈地接受了事实——以眼下的情形来看，只有周方可以助姜家一臂之力了。

不过在见到周方的一刻，姜远还是无法接受眼前这个来历不明、一事无成的男子会摇身一变成为姜家的救命稻草，他有意刁难周方一番："周公子周旋在公主、乐城和司马运之间，长袖善舞、左右逢源，是以美男计骗取了公主的信任，又借公主之势赢得了乐城的认可，再拿公主的信任和乐城的认可，得到了司马运的拉拢，是也不是？"

姜姝气不过姜远的阴阳怪气："哥……"

周方摆了摆手，笑道："无妨，姜兄是嫉妒我能得到公主青睐，还是羡慕我可以说服司马公子对我言听计从？其实你说得对，我就是借势、借力，赢得了各方对我的认同。不过说来容易做到难，姜兄比我更有身份地位，为何不试上一试？"

姜远顿时面红耳赤，他以前不是没有尝试要和司马运交好，也想和乐城称兄道弟，更想入得了公主之眼，却最终功败垂成，是以他还真有几分不服，凭什么他不行，周方却行？

"说笑了，姜兄不要见怪，我只是开句玩笑。人各有所长，不可以一事成败论英雄。"周方见好就收，毕竟以后要和姜远共事，不可闹得过僵，"姜兄身为姜家的少东家，将姜家偌大的产业经营得井井有条，就非常人所及，我也是自叹不如。"

姜远听了十分受用，虽说对周方的观感依然很差，却多少好了几分，勉强笑了一笑："周公子就不必折杀我了，还是说正事要紧。既然周公子愿意接手姜家粮草生意，必然会有所谋划，还请周公子赐教一二。"

说是赐教，其实是要考他，还好周方并非一个小小的粮商，否则还真不知道该从何下手。他负手而立，在房中来回走了几步："魏王本想发兵攻打齐国，为何到今天还迟迟没有发兵？司马运在魏国征伐中山国时，为何甘冒事情一旦败露魏国必会被天下人指责之险也要屠杀粮商？"

姜远一愣，没跟上周方的思路，不知道周方为何突然有此一问，摇头说道："此事和姜家粮草生意又有何相干？"

"干系大了。"周方察觉到姜姝眼睛一亮，似有所悟，笑着冲姜姝点了点头，"我斗胆猜测一二，当初司马运在中山国屠杀粮商之事，魏王心知肚明，之所以假装不知，是因为魏军粮草欠缺，屠杀粮商虽然可能会引来天下骂名，总好过兵败如山倒。现今迟迟没有发兵齐国，也是同样原因。"

"怎么会？去年和前年，风调雨顺，并未歉收，为何会粮草欠缺？周公子，凡事不可凭空猜测。"姜远并不赞成周方的推测，眼中不由自主地流露出不以为然的神色。

周方可不是凭空猜测，数月前的魏国和中山国一战，他亲身参与其中，知道魏军的粮草损耗有多严重。他曾亲率奇兵夜袭敌营，烧毁魏军粮草无数。王松也曾数次袭击魏军运粮军，抢夺粮草数百车。魏国两年丰收所得的粮食在中山国一战中，消耗殆尽！

只是此事不能说出来，周方摇头一笑："魏军缺少粮草之事，我从乐羊将军和司马运口中，无意中听到几次，再推测魏王好大喜功却又迟迟没有发兵，不难得出结论是粮草供应出了问题。兵马未动，粮草先行，事情已经很明显了，若是魏国缺粮的消息尽人皆知的话，魏国还要打什么齐国？不被齐国攻打就不错了。"

姜远认真想了想，没有反驳周方的推测："就算你说得都对，魏国缺粮和姜家又有何干系？姜家的粮草生意只限民间，不和官府打交道。"

姜姝静静听了半天，眼中的光芒闪了一闪，笑了："周兄的意思是想和……"

周方见姜姝猜到他的用意，点了点头："没错，和司马运做一笔大生意。"

"周公子真是胆大豪气，拿姜家的粮草去和不守信用的司马运做生意，赚了，是你的功劳。赔了，是姜家的损失。哼哼，真是好主意，好主意！"姜远禁不住冷笑连连。

"哥，听周兄把话说完，急什么？"姜姝不满地瞪了姜远一眼，"什么时候改了你的急脾气和轻视他人的毛病，你就能成就大事了。"

周方呵呵一笑："姜兄不要急，赔了固然是姜家的损失，我也没有利益可得，还损害了名誉。我和姜家是一损俱损，一荣俱荣，我怎会做一损俱损的事情？是，司马运在屠杀粮商和欠债不还这两件事情上面，确实失信于人，并且无耻至极。但好在司马运不是真小人，且妹妹是真君子。真小人百无禁忌，且妹妹是君子在意名声，所以和司马运做生意，只要抓住了他的软肋，就可以随心所欲。"

姜远点了点头："倒也有些道理，你再说说看，公主和乐城的软肋又是什么？"

"哈哈……"周方哈哈大笑，才不会上姜远的当，"眼下只和司马运做粮草生意，和公主、乐城无关。"言外之意是何必多此一举。

姜远也嘿嘿地笑了："也罢，就依你所说，若真和司马运做粮草生意，又该如何着手？听说若要攻打齐国，司马运可是先锋官，不再是运粮官了。"

"要和司马运做粮草生意，必须采取迂回之策，毕竟司马运有官职在身，再担任先锋官的话，他必须避嫌。何况他屠杀粮商之事，也会让他的名声蒙尘，虽说不至于有杀身之祸，怕是也要受到惩罚。但司马运必定不会放手粮草生意，毕竟一旦开战，粮草是战争中最大的开支，其中利润十分可观。那么他既想从中谋利又要爱护名声假装置身事外，就必须找一个无比信任的人出面替他经手一切。这个人就是……"

"王之！"姜姝脱口而出，今日善信阁聚会，她已然看出王之和司马运关系莫逆，深得司马运信任，不过她也有一些疑虑，"传闻王相国和司马史不和，王之和司马运为何又关系如此密切？"

"王相国和司马史不和，和乐羊也不和，但他既不得罪司马史又不疏远乐羊，他只忠心于魏王一人，他才是魏国文武大臣中最聪明的一人。"和中山国相国欧阳乐相比，王黄可谓聪明多了，是朝中有名的老好人，周方继续说道，"姜妹妹所说不错，王之就是司马运以后的代言人角色。司马运所图远大，绝对不会只满足于担任一个小小的先锋官甚至是将军……"

姜远为之一惊："司马运还想拜将封侯不成？"

"谁人不想拜将封侯？何况野心极大的司马运了。"周方笑了。

第三十一章
姜 公

"先不管司马运的野心到底有多大了,只说眼下两件重要的事情:一是魏国出兵征伐齐国或是他国,势在必行,那么魏军必然需要大量采购粮草;二是魏国出兵,不出意外必是司马史任大将,司马运为先锋,但司马运屠杀粮商事发,魏王就算再偏袒司马运,也要做做样子敲打司马运一番,牢狱之灾过后,却还要重新起用司马运。因要将功赎罪,先锋官怕是当不了了,多半还会是运粮官。如此一来,司马运必定想方设法调集粮草,确保粮草供应无忧,才能打败齐国。"

"有一件事情我想不明白,还望周公子解答一二。"姜远被周方丝丝入扣的分析吸引了,却还是有不明之处,他微皱眉头,"周公子又如何得知魏王一定会重用司马史而不是乐羊?中山国被灭,乐羊乐将军功不可没。"

周方微微一笑,并不过多解释:"魏王对乐羊并不信任……"

"我不信魏王会任用司马史为大将而不是乐羊……"姜远摇了摇头,还想再说什么,却被姜姝打断了。

姜姝摆了摆手:"也不必非要争论此事,反正很快就有消息传出。周兄,请随我来。"

姜远后面的话硬生生地被姜姝压了回去,有几分不快,却又不好发作,只好跟在后面。

出了姜姝闺房,穿过两道拱门,来到了一个安静的小院。小院不大,围墙崭新,显然是新落成不久。每一道门口都有家丁把守,戒备森严。

姜姝看出了周方的疑惑，解释道："父亲病后，特意建了一个安养阁，以防闲杂人等接近父亲。"

一进院子就有一股浓浓的药味袭来。

银色的月光洒落一地清辉，在雪地上闪耀，清冷而幽静。夜风伴随着药味和一丝难以言传的彻骨寒冷吹来，周方蓦然一惊。

院中有一棵高大的槐树，树上的夜鸟被惊动，扑棱棱飞了起来，惊起不少落雪。

周方摇摇头，小声说道："寒气袭人，阴气过重，姜公在此养病，不利于康复。"

姜远没有听到，姜姝却听得清楚，她扭头问道："周兄此话何意？"

周方刚要开口，鼻中又嗅到一股怪异的香气，整个人瞬间有一种飘飘然的感觉，仿佛就要飞升而去，正好树上落雪飘落到头上，他才又转瞬清醒了过来，不由得惊问："这是什么香气？"

"波斯香。"姜姝见周方有几分惊讶，不由得问道，"莫非周兄以前并未见过波斯香？"

中原各诸侯国之间生意来往不绝之外，也和西域各国互通有无。西域各国的香料、美玉经商队送至中原，成为中原权贵富商争相购买的上品。

波斯香周方自小就见过，宫中经常点燃波斯香以提神醒脑，兼驱赶蚊虫之用。只是让周方心生疑惑的是，此波斯香怎么和他常用的波斯香香气微有不同。

周方笑了一笑，没有答话，随姜姝一起进了房间。房间中灯光昏暗，即便是晚上，窗户都有厚厚的窗帘遮拦。房间正中，有一个巨大的香炉，香炉中香气升腾，房间中到处是弥漫的雾气。

靠西的一侧，有一张帷幔包裹的床，姜姝来到床前，轻声说道："父亲，周公子来了。"

"扶我起来。"帷幔中传来了一个苍老而无力的声音，"我要好好看看周公子是何等风采的人物。"

姜远忙上前一步，掀开帷幔，扶起了姜公。

周方一揖到地："在下周方，见过姜公。"

起身后周方才看清姜公的面容，骨瘦如柴，眼窝深陷，原本魁梧的身躯躺在床上，竟同一具干尸一样。清瘦的脸颊之上，分布着疏落的胡须，依稀可见当年朗目疏眉的风采。

"你就是周方？"姜公上下打量周方几眼，浑浊的眼神中闪过一丝光彩，一闪即逝，随即却是浓浓的失望之色，"长相不过是中人之姿，你配不上姝儿。"

周方没想到姜公第一句话说的却是姻缘，不由得一愣："姜公所言极是，在下并非姜家首选的快婿，不过……"

"不过什么？"姜公虽卧病在床，眉毛一挑时，还是隐约有当年的威风，毕竟是魏国首富，一举一动自有高高在上的威压。

"不过在下却是姜家最合适的同盟。有时首选并不一定会在最需要的时候出现，而最合适的人，却会在最合适的时候出现。所谓择日不如撞日，来得早不如来得巧，在下来巧了。"周方自认长得也不算差，只不过他现在隐藏锋芒，又故意低调行事，穿着也十分普通，被姜公初见之下心生轻视也是正常。

姜公愣了愣，忽然哈哈大笑，一笑却又引发了一阵猛烈的咳嗽。

姜远忙上前拍打姜公的后背。

姜公推开姜远："无妨，无妨。周方，你这话倒也有几分道理，怪不得姝儿对你赞不绝口，也确实有几分本事。若是你真能帮姜家渡过难关，非但姝儿可以嫁你为妻，姜家的家业也分你一半，如何？"

姜公倒是一个爽直之人，周方摇头说道："在下帮姜家渡过难关，也是为了成就自己的一番事业，并非要姜家回报。若是事成，我只要姜家家业中的粮草生意，其他生意，分文不取。"

"哈哈，莫非你觉得姝儿配不上你？"姜公见周方只字不提姜姝，心知周方对联姻之事并未放在心上，不由得动了几分火气，"你一个后生晚辈，不要在老夫面前托大。老夫若不是卧病在床，姜家也不会沦落到借助外人渡过难关的地步。不是老夫轻视你，周方，你能娶了姝儿，是你几辈子修来的福气。姝儿嫁你，也是下嫁了。"

好歹我也曾是中山国的太子好不好，周方不免腹诽，若不是中山国被灭，他早晚会继承王位，成为中山国君，姜姝嫁他也算是攀了高门。不过他也就是想上一想，并非要比较一个高低出来，他施了一礼："正是因为在下自知配不上姝妹妹，才不敢应下，也是在下不想让人认为在下有乘人之危之嫌。"

"你没有乘人之危，不要想那么多，就明确一句话，想不想娶姝儿？"姜公有几分不耐，他膝下一子一女，如今都没成亲，姜家香火未续，他死不瞑目。

"父亲，周公子在中山国和一女子已有婚约。"姜姝不想父亲逼迫周方过紧，"还是不要让他为难了。他立了三年之约，三年后若是中山国女子依然下落不明，他再娶别人，也不算不守承诺了。"

"三年？要是我身体还好，等上三年又何妨？可是我现在的样子，也许三天就不在人世了。"姜公急了，拍打床边，痛心疾首，"姝儿，你一直过于挑剔，没有一人中意，如今总算听你对周方赞不绝口，虽说周方还不入我眼，至少你喜欢就好。为父就想在临死之前看着你嫁人，不管他是不是称心如意，也想了却一桩心事再走。"

"父亲！"姜远不忍看着父亲如此难过，泪如雨下。

"父亲！"姜姝也是无比伤心。

周方却是叹息一声，他放不下欧阳玉姬，也不想因为自己中山国太子的身份而带给姜姝灾难，进退两难之时，蓦然脑中灵光一闪："姜公，若是在下能治好你的绝症，可否容在下三年期限再娶姝妹妹？"

"你能治好我的绝症？"姜公难以置信的眼神在周方脸上穿梭数下，冷笑道，"若你真能保我不死，我怎会不容你三年期限？我不会再逼你和姝儿成亲，会再精心为姝儿挑选一个更俊美、更有才华的夫婿。"

"……"好吧，周方险些被噎得说不出话来，好在姜公是答应了，他心中一块石头落了地，"姜公之病，恐怕并非绝症，而是药不对症，并且又因居住在极寒之地的缘故。"

"不是绝症？此话怎讲？"姜公努力坐直身子，激动得想要下地。一个自认必死之人听到还有活命的可能，任谁都会激动。

姜远忙按住父亲。

"姜公虽然形容枯槁，气色枯萎，精神气却没有消减多少，说话的声音也算洪亮，中气十足，可见姜公之病，只在身体而没有损耗心神。若是姜公现在连说话的气力都没有了，才是真正的病入膏肓。"周方对医术只是略知一二，但自幼生长在宫里，见多了太医治病的他，也清楚一个将死之人是什么样的状态。

"什么意思？你快说个清楚。"姜姝情急之下抓住了周方的胳膊，长久以来，不管哪个大夫都说父亲得的是不治之症，只有周方声称父亲还能活命，她怎能不急？

姜远也是一愣："周公子的意思是家父还有救治的希望？"

周方轻轻推开姜姝的手，上前一步："冒犯了，请允许在下为姜公把脉。"

姜公伸出右手："有何冒犯？想把就把，我又不是拘礼之人。"

周方两根手指落在了姜公的手腕上，片刻之后又变成了三根手指，心中更加明了了："姜公之病，正由肌肤往内脏渗透，还有救治的可能。若是信得过在下，赶紧搬离此处。"

第三十二章
妙关大夫

"为何？"姜姝满脸疑问。

"此地过于阴寒，又不见阳光，孤阴则不生，独阳则不长，故天地配以阴阳。姜公之病，本是阴虚，需要阳气，所以必须在向阳之处顺风顺水之地静养最好。"周方手指东南，"姜府之中，东南之地阳气最旺。"

"东南之地？不正是和善信阁相邻之处吗？"姜姝想了一想，"我的闺房之旁，还有一处厢房。"

"最好今晚就搬过去。"周方环视房间四周，只觉阴风阵阵，遍体生寒，而房间之中除了一个硕大的香炉之外，如此寒冷的天气里，竟然没有火盆，他更加疑心了几分，"为何没有火盆取暖？"

"不能搬，妙关大夫说父亲安置在此地最宜于养病，不让安放火盆也是妙关大夫的主意。"姜远推开周方，"你又不是大夫，为何要听你的胡言乱语？"

姜公也不同意周方的说法："周方，你太武断了，所谓隔行如隔山，医道博大精深，你一个门外汉，就不要信口开河了。我住在此地很好，不必折腾了。"

姜姝却是清楚周方绝不会信口开河，必定是他猜到了什么，问道："周兄有话不妨直说，若是有理，父亲也许会改变主意。"

周方深呼吸一口，感觉到香气之中隐隐有一丝甜甜的味道，更加确定了几分："如果我所猜不错的话，姜公所中之毒并非来自饭菜，而是来自……"他用手一指香炉，"波斯香！"

"哈哈哈哈……"姜远放声大笑，"周公子也忒无赖了，波斯香若能中毒，怕是这安邑城没几户人家了。你去问问，谁家不点波斯香？"

周方却一脸平静，毫无笑意，也不着急，等姜远笑完他才冷静地说道："我且问你，姜兄，你家的波斯香从何而来？"

"都是由妙关大夫亲自调制，他早年在西域多年，本事超群，无所不能。"姜远睨视周方，"周公子若是想学波斯香制作之术，我可以请妙关大夫教你。"

周方听出了姜远话中的嘲讽之意，风轻云淡地一笑："不必，奇技淫巧之术，不学也罢。"然后回身看了姜姝一眼，"姝妹妹，你房中的波斯香和姜公房中的波斯香，也全是妙关大夫所制？"

姜姝微微一想："不是。以前用过妙关大夫所制的波斯香一段时间，觉得过于甜腻，不太习惯，就换回了市场上所卖的波斯香了。"

"对，姝妹妹一语中的，此波斯香，香气中有一丝甜腻，而此甜腻之气，正是产自波斯的一种异毒。此毒香气异常，初闻之下，令人愉悦。再闻之下，让人心狂。久闻之下，形神消磨，最终一命呜呼。"周方转身看向姜远，"姜兄的房中也是此波斯香吗？"

姜远顿时惊呆了，过了片刻才说："好像是，不对，就是！周公子这么一说，我也想了起来，确实是妙关大夫所制波斯香的香气和市面上的波斯香香气有所不同，怪不得我最近总感觉到身子疲乏，不管做什么事情都没有力气，就连男女之事也提不起兴趣，原来是妖人害我。"

说话间，姜远奋起一脚踢翻了香炉："来人，来人，快抬了出去。"

两个下人匆忙进来，抬走了香炉。

"父亲，我去找妖人问个清楚。"姜远交代一句，转身匆匆而去，"周公子、小妹，你二人帮父亲搬离此处。"

好一个当机立断的姜远，周方暗自叫好一声，为他的果断而赞叹。

姜姝不敢怠慢，叫来丫鬟和下人，将姜公搬到了位于她闺房旁边的厢房之中，又支上了火盆。一切安排妥当之后，姜远才气冲冲地回来了。

"好一个妖人，跑得倒快，也不知道怎么就听到了风声，我去的时候已经人去屋空了。"姜远恨恨地说道，他手中握着宝剑，杀气腾腾，"下次再遇到他，一剑斩了他的人头！"

至此，妙关畏罪潜逃算是坐实了周方的猜测，不但姜姝对周方更加敬佩，姜公

141

也对周方高看了一眼。

周方再三交代,一要取暖,二要通风。波斯异毒毒性并不大,若是不再持续点香,慢慢就会消散,只要每日通风并且晒晒太阳就好,同时也要注意进补。

随后,周方又从密道返回了善信阁,姜姝一路送周方到了善信阁的柴房。柴房阴冷无比,周方让她回去,她不肯,非要等周方走了之后再回,竟有了几分依依不舍之意。

"周兄,你是真要为那个中山女子等候三年,还是只是借口,不想娶我?"姜姝见多了世家子弟或是富商之子,从未有一人如周方般既淡定从容又博学多才,几乎无事不通。更让她动心的是,周方不像寻常男子一般对她大献殷勤,总是有一丝淡淡的疏远和让人看不透的神秘,看似淡然却又有高贵之态,更激发了她的好奇心和征服欲。

这也和周方谈笑间挥洒自如就帮姜家解决了两大难题有关,若没有周方,司马运所欠的货款无法收回还是小事,父亲迟早会被妙关害死,就是永远无法弥补的遗憾了。周方怎么就这么厉害?他怎么能无所不知?他到底是什么来历?

女子都容易被强大的男子折服,姜姝并非寻常弱女子,但在姜家接二连三的变故之下,虽勉强支撑,却也心力交瘁。周方的及时出现,就如天降甘霖,让她干涸的心田再次迸发出勃勃生机。

周方从姜姝含情脉脉的眼中看出了情意,如果说酒桌之上姜姝当众说出愿意嫁他不过是玩笑之言,此时的她,却是真的动了心。

他也清楚,姜姝对他动心是因他帮了姜家两个大忙由仰慕而爱慕,他轻轻咳嗽一声:"姝妹妹,你我才相识不久,此时谈婚论嫁未免太早了一些。且我现在立足未稳,而姜家危机还在,眼下还以大局为重为好。三年期限,不是借口,是我对她的承诺。"

"好。"姜姝咬了咬嘴唇,蓦然下定了决心,"我也对你立誓,三年之内你不娶我就不嫁。我等你三年,三年后,我们若是有缘,就结为夫妇。"

话一说完,姜姝脸上微微一红,不等周方说话,转身回了密道。

周方呆呆地望着姜姝娉娉婷婷的背影,呆立了半晌。

回到拱门时,周方愣住了,小薇披着披风抱着大衣斜靠在门框上睡着了。她睡着的样子三分可爱四分顽皮,也不知道做了什么美梦,还动了几下嘴唇,含混不清地说了一句:"好吃,真好吃。"

周方哑然失笑,笑过之后心中一暖,想起他身为太子时对宫女一向不知怜惜,现在才知道当奴婢的不易。

小薇站立而睡，靠在窄窄的门框上，忽然打了一个盹，身子一晃，眼见就要栽倒时，周方向前一步，左手揽住了她的腰，右手托住了她的肩膀。

"啊！"小薇从梦中惊醒，恍惚中感觉自己被人抱住，顿时大吃一惊，用力捶打周方，"坏人！放开我，坏人！"

待定睛一看原来是周方时，不由得脸色绯红，收起了拳头，将头深深地埋在周方的胸膛："公子，对不起，我没看清是你。"

周方轻轻一拍小薇的肩膀，扶她站直，轻声说道："天这么冷，你不必等我这么久。快早些回去休息。"

"是，公子。"小薇脸上发烫，浑身发烧，被周方一抱，所有的寒冷和委屈都消失不见了，只留下了兴奋和开心。

小薇兴高采烈地回到房间，不想芥子还没有睡下。芥子正在灯下一笔一画地写字，她凑了过去，奇道："咦，你也识字？"

芥子挡住字："不让你看。"

"看到也没什么，我又不识字。"小薇难抑心中兴奋，"刚才我在拱门睡着了，然后差点栽倒，幸好公子及时赶到抱住了我，我才没有摔一个鼻青脸肿。公子人真好，对奴婢一视同仁。"

"被人抱了一抱就被收买了？若是公子收了你，你是不是就忘了乐公子对你的好，而对周公子死心塌地？"芥子从鼻孔中哼了一声，一脸不屑，"像你这样的丫鬟，忘恩负义，卖主求荣，不管走到哪里，都没有什么好下场。"

"你懂什么？"小薇翻了芥子一个白眼，"身为奴婢，跟了谁就要对谁忠心，这是命。"

"你认命，我可不认，反正我知道早晚有一天我会回到公主府。"芥子吹灭了灯，上了床，"以后晚上公子有什么需求，你去服侍，反正你一心想让他收了你，我就不和你抢了。"

"公子收不收我是他的事情，我只管做好分内事就是了。"小薇也上了床，不过她是和衣而睡，想的就是只要周方有什么需要，她可以第一时间赶到。

周方的房间就在对面。小薇探头看了看，透过窗户的白纸依稀可以看到周方房间的灯光闪了一闪就熄了，她才收了心，又想起了乐城再三交代她要时刻留意周方的一举一动，不由得愁肠百结，不知如何是好了。

她想来想去不知道该怎么办，不知不觉中沉沉睡去。

第三十三章
炙手可热

　　一场大雪过后的安邑城，银装素裹，无数百姓呼儿唤女出城赏雪，一时街道人流如织，热闹非凡。不过许多百姓并没有在意的是，在大雪的掩盖下，三件事情的悄然发生，正在无形中改变着每一个人的生活。

　　第一件是一家名叫王孙酒坊的小店开了第二家分店。

　　安邑城很大，每天都会有新的酒坊开张，也有旧的酒坊关门。王孙酒坊并不大，在安邑城中也没有什么名气，开第二家分店之事，就如一场大雪之中的一片雪花，并没有引起太多人的注意。

　　然而，此事却引起了公主、乐城和司马运的怀疑，因为王孙酒坊的分店开在了善信阁的对面！

　　不过第二件事情的发生，多少打消了公主、乐城和司马运的一部分疑虑——姜家正式宣布由周方接手姜家的粮草生意，以后凡是姜家的粮草生意全部交由周方一人经手。在姜远和姜姝的陪同下，周方现身姜家在城中最大的几个粮店之后，姜家又召集负责各处生意的掌柜齐聚姜家，向众人隆重介绍了周方，任命周方为姜家仅次于姜公和姜远的三掌柜。

　　周方一夜之间成为安邑城中炙手可热的人物之一！

　　姜家三掌柜的位置非同小可，且许多人看了出来，周方还位于姜姝之上，再联想到姜姝待字闺中的现状，都纷纷猜测周方多半是姜家物色的快婿，早晚会娶了姜姝，拿到姜家的一半家业。

无数人纷纷投上名帖要到善信阁拜会周方,却被周方一一婉拒。

周方不想和无关人等结识,但公主、乐城和司马运上门拜会,他必须得出面接待。让他应接不暇的是,公主、乐城和司马运是依次上门,他不得不一一款待。

出乎他意料的是,公主最先上门。

公主先是恭喜周方正式成为姜家座上宾,又想再送奴婢给周方,被周方婉拒了。周方自己买了几个丫鬟和下人,因为院子太大,只有小薇、芥子和传先、木恩四个人忙不过来。

公主只坐下喝了一会儿茶就离开了,离开时,她指了指对面的王孙酒坊,笑问周方是否常去王孙酒坊买酒。周方叫过木恩,木恩声称买酒之事由他负责,他在王孙酒坊买过数次,大多时候还是在庄氏酒坊或是姜家酒坊买酒。

公主又转移了话题,说是司马运主动提出不配迎娶公主,请魏王收回成命,还说到了乐羊上奏魏王弹劾司马运屠杀粮商之事,魏王震怒,下令三卿会审此案。公主又意味深长地说,父王的震怒之中,有七分表演的成分在内,她估计司马运就算有事,也不会有杀身之祸。她只希望经此一事,父王不要再逼她嫁给一个屠杀粮商的心狠手辣之辈。

若能如此自然是最好了,周方心中暗自庆幸,能帮公主是他之大幸。

公主走后的次日,乐城登门来访。

本来周方想亲自到乐府拜访乐羊将军和乐城,还未动身,乐城和乐旦先行一步来到了善信阁,并带来了乐羊的问候。乐羊早想和周方再见上一面,他对周方的怀疑和好奇并未消退,反而随着周方进入了姜家视线愈加想要弄清周方的真正身份了。只是他现在诸事缠身,无暇顾及周方,只好托乐城和乐旦前来。

乐城近来酒量大涨,子良每天雷打不动地上门送酒,乐城不想被子良看不起,就天天和子良拼酒,酒量也逐步由一坛提升到了两坛。

在拼酒的过程中,子良和乐城慢慢成了无话不谈的朋友,乐城也从子良口中一点点得知王孙酒坊的生意越来越好,王、孙二人也不再一心想着扩大经营范围,只想打造一个闻名遐迩的王孙美酒出来,不但要叫响魏国,还要销往周围其他诸侯国。

应该说,王孙酒坊想要开第二家分店的消息,乐城最先知道,因为早在筹备阶段,子良就告诉了乐城,并且说地址已经选好,就在善信阁对面孙羊老店的旁边有一个铺子,已经被租了下来。

乐城回去告诉了乐羊,乐羊第一反应是王、孙二人和周方同为中山国人,说不

145

定早就认识，只是假装不认识罢了。乐城虽也怀疑王、孙二人在善信阁对面开分店可能和周方有关，却只有三分疑心，另外七分他觉得只是巧合罢了。因为他和子良认识越久，越对王、孙二人了解，子良几乎无话不谈，王、孙二人的一举一动全部通过子良之口呈现在他面前。

乐城相信两点：一是王、孙二人就是普通的中山国百姓，二人在魏国卖酒，只是为了安身。二人也和周方素不相识，王木公的毁容和孙东者的毁声，是战火所致。二是自从上次周方和他、公主以及司马运去过一次王孙酒坊之后，周方不但再也没有去过，也和王、孙二人从未私下见面。子良每天都和王、孙二人在一起，王、孙二人每天忙碌，从早忙到晚，连出门的机会都没有。

尽管乐城说得很是详尽，且合情合理，乐羊却还是心存疑虑，想要再见周方一次，好确定周方到底是不是中山国的重要人物。据被派到中山国做国王的太子魏作查实，太子周东最后一战时全军覆没，但并未发现周东的尸体，也没有找到周东最得力的大将王松和军师孙西敢的尸体。

虽说中山国周姓、王姓和孙姓人数众多，但周方、王木公和孙东者三人不论姓氏还是名字，都和周东、王松以及孙西敢太相似了，不由得人不大起疑心。但乐羊听到司马运亲眼见过王木公和孙东者二人，心中的疑虑也消了大半，司马运在战场上亲眼见过二人，还与二人交过手，若王、孙二人是王松和孙西敢二人，司马运不可能认不出来。

可是……乐羊还是觉得太过蹊跷了，想要亲自到王孙酒坊一探究竟时，两件事情接踵而至，打乱了乐羊的步伐。一是姜家宣布了周方为姜家第三掌柜；二是司马运恶人先告状，在魏王面前声称有人嫉贤妒能，诬蔑他在征伐中山国担任运粮官时屠杀粮商，他当众向魏王提出不配迎娶公主，请魏王收回成命，同时要请辞一切职务，愿当一平民百姓。

魏王当即震惊，再三劝勉司马运。

乐羊就知道风声走漏了，事不宜迟，他还差最后一个人证没有找到，也顾不上了，当即向魏王上奏了司马运屠杀粮商之事。证据确凿，百官议论纷纷，魏王震怒，下令彻查。

不过魏王震怒归震怒，在没有查清此事之前，并没有拿下司马运，是以司马运才能登门来访周方。

听说司马运来访，周方出门相迎。司马运虽微有沮丧之色，却信心满满，认定魏王不会拿他怎样。他还说向魏王提到了放弃攻打齐国改为征伐韩国之事，魏王大为心动。若不是乐羊节外生枝，非要除掉他而后快，魏王说不定已经下令攻韩了。

司马运大力称赞周方让他主动提出不配迎娶公主之事，果然取得了先机，赢得了魏王的好感。正是因此，乐羊抛出他屠杀粮商的证据时，尽管证据确凿，魏王却只是信了三分，还留了七分余地。

交谈时司马运指着对面的王孙酒坊笑道，王、孙二人和他以及周方还真是有缘，等他事了之后，一定再约王、孙二人好好坐而论酒。

周方安慰司马运，但凡英雄人物，必要经历磨难才可成就大事，此事只是司马运的一道坎，过去之后，就会是一片海阔天空。

司马运对周方是既亲近、利用又加以防范的心理，毕竟周方来历不明不说，还曾受惠于乐家，谁知道他是不是乐家的细作？不过司马运相信他的眼光，周方和乐家虽有干系，却也只是泛泛之交，远远谈不上是一路人。

司马运告别了周方之后，还没有返回司马府，半路上就被拿下了——经三卿会审之后，司马运屠杀粮商之事证据确凿，按律当斩！

司马运被捕下狱的事情传出之后，引发了巨大的轰动。百姓之中，不知王孙酒坊者，不计其数。不知姜家者，寥寥无几。不知司马史父子者，百无其一。司马运更是声名远扬，无人不知，无人不晓，被无数百姓作为教育儿子的典范。如今竟然身败名裂，安邑城传得沸沸扬扬。

魏王再是偏袒司马运，奈何乐羊证据确凿，且百官群情激愤，不可能对如此罪大恶极的行径置之不理，当即下令将司马运贬为庶人，下狱待审。同时封任公主为长阳公主，用意很是明显，任公主有了封号，爵位更高，而司马运成为平民百姓戴罪之身，怎能配得上公主？相当于魏王收回了公主下嫁司马运的成命。

司马运下狱，司马史称病不朝，司马家在朝中地位一落千丈。乐羊又成为魏王重臣。

乐羊再次上书，反对魏国攻打齐国和韩国，认为魏国宜休养生息，不宜再穷兵黩武。魏王不悦，三日没有上朝。

司马运下狱一月有余，会审结果上奏魏王之后，魏王迟迟没有批复。周方就知道，魏王不忍杀掉司马运，却又没有台阶可下。

一日，周方正在善信阁和姜姝喝茶，谈论姜家粮草生意如何开拓之时，忽听木恩来报，有客来访，客人自称司马史！

第三十四章

司马史

"司马史？"周方吃惊不小，他原本以为会是乐羊，按照时间推算，乐羊也差不多该来了，不想司马史捷足先登了。

姜姝也没想到会是司马史亲自登门拜访周方，悄然一笑："周兄如今名动京城，连魏王最为信任的司马史将军也亲自登门，传到外面，更会声名大振。"

周方却愁眉苦脸地一笑："姝妹妹就不要取笑我了，司马史登门，可不是为了送礼，也不是为了谈天说地，而是为我找麻烦制造难题来了。"

"既然是找麻烦制造难题，怎么会空手来访？走，出去迎接一下，看看他带了多少厚礼，根据他礼物是否贵重再决定是不是帮他。"姜姝调皮一笑，一拉周方，"快走，总不能让堂堂的司马史将军在门口久等不是？"

周方越是被人器重，姜姝越是开心，有与有荣焉之感。也不知为何，她第一次见到周方时就对周方感觉良好，总觉得周方身上既有世家子弟阅尽繁华的眼界，又有历经世事的沧桑，让她一见之下就沉迷其中，无法自拔。

也是，若是让姜姝知道周方的真实身份，她就会理解周方为何有远超同龄人的沉稳和从容。一个灭国的太子，经历了亲人的背叛和家破人亡的打击，又身受重伤几乎丧命，重新开始一切时，他所有的睿智和淡定，都在血与火的考验历练之后而越发成熟。

周方笑笑："小财迷。"

"不对，我可不是小财迷。"姜姝喜笑颜开，当前一步迈出书房，"你太小瞧我了，小钱岂能入得我的眼？我是大大大财迷！"

周方无奈地摇头，说得也是，姜姝从小锦衣玉食，荣华富贵天下无几人可及，她缺的从来不是钱，而是认可和成就。

积雪差不多消融了一大半，阳光晴好，却寒意刺骨。姜姝披了一件带毛的白色披风，脚穿小蛮靴，上身着紫红袄，粉粉的脸庞在白色披风的映衬下，和四周尚未融化的积雪相映成趣，浑然天成，更显她绝世芳华，美不胜收。

周方一袭黑色长衫，披一件土色披风，气宇轩昂，步伐沉稳，和姜姝并肩而行，宛如一对玉人。

"以前觉得公子和乐旦小姐般配，现在再看，还是姜姝小姐和公子才是珠联璧合。"小薇站在房檐之下，拨弄房檐下积雪融化又冻成长条的冰凌，她眼神痴迷，声音迷离，"怕是就连公主也比不过姜姝小姐的美貌，《诗经》上说，白茅纯束，有女如玉……说的正是姜姝小姐。"

"姜姝小姐美则美矣，却还是比不过公主。"芥子颇不服气，鼻子一皱，哼了一声，"司马公子夸公主说——手如柔荑，肤如凝脂，领如蝤蛴，齿如瓠犀，螓首蛾眉，巧笑倩兮，美目盼兮，比你的话有文采多了。"

"我哪里有什么文采，不过背的《诗经》上的诗句。你刚才的话，也是《诗经》上的原话，可不是司马公子所说。"小薇嘻嘻一笑，斜了芥子一眼，"还提什么司马公子，司马公子都下狱了，也不知道还能不能出来？"

"魏王才不会杀司马公子，不出一个月就会官复原职。没听到木恩说司马史来访吗？司马史来见公子，肯定是为了司马运之事。"芥子转了转眼睛，"等下我去上茶，司马史将军喜怒无常，我怕你不小心惹怒了他，会连累公子。"

小薇不及多想，点头称谢。芥子又说："司马史将军来善信阁的事情，切记要及时告知乐城公子。"

"你也要告诉公主对不对？"小薇叹息一声，"总觉得这样做不对，对不起周公子。"

"当然要告诉公主了，做人不能忘本。"芥子转身走了，"忘本才是不对，你好自为之。"

周方和姜姝迎出门外时，司马史正在门前负手而立。名震魏国的司马将军身着便服，脚穿布鞋，头系方巾，半尺长须，面容清瘦，除了丹凤眼中隐含的不时流露的光芒之外，和寻常的老者并无区别。

周方有意放慢了脚步，回想起在战场上的每一个细节。印象中，他和乐羊有过远距离交锋，和司马运在暗夜里有过数面之缘，和司马史应该没有打过照面。

司马史颇有耐心，他的随从柳三金见周方姗姗来迟不说，到了门口还故意磨蹭，顿时勃然大怒："周方，司马将军等候你多时，你何德何能，如此怠慢司马将军？还不快快向司马将军赔罪！"

周方十分听话地急忙小跑几步，诚惶诚恐地深鞠一躬："司马将军恕罪，在下周方迎接来迟，请司马将军责罚！"

"周公子说的哪里话，是老夫不请自来，打扰了周公子的清净。"司马史恭恭敬敬地还了一礼，转身对身后的随从说道，"柳三金粗俗无礼，罚薪半年，杖责三十！"

"是！"随从恭敬地应了一声，拉着面如死灰的柳三金下去了。

周方于心不忍，虽说知道司马史是有意为之，演戏给他看，还是想要劝劝。姜姝却上前一步，暗暗摇头，示意周方不要多管闲事，她盈盈一礼："小女子姜姝见过司马将军。"

司马史双手虚扶："姜小姐快快请起。老夫久闻姜小姐芳名，今日一见，才知传闻诚不我欺。姜小姐果然名不虚传，不，比传闻中还要貌美几分。"

姜姝浅浅一笑："司马将军过奖了，小女子不过是中人之姿，哪里担当得起将军一赞？将军里面请！"

"请！"周方侧身一步，礼请司马史入内。

书房之中落座之后，芥子上茶。芥子眼神在司马史身上暗自打量几眼，又趁上茶时观察了周方和姜姝片刻，才悄然退下。

"方才这丫鬟有几分面熟，似乎在公主府见过……"司马史何许人也，一眼就认出了芥子来历不凡，寻常丫鬟身上没有从公主府中出来的丫鬟所带的华贵气息。

"司马将军好眼力，芥子正是公主所赠的丫鬟。"周方也不隐瞒，他也知道司马史有意提出此事，是不想让芥子再借上茶之机听到几人谈话，不由得暗笑芥子自以为聪明，却不知在老谋深算的司马史眼中，她的小小伎俩近乎透明。

"公主对周公子的事情还真是上心得很。"司马史呵呵一笑，笑声中全是意味深长的暗示，他端起茶杯轻抿一口，"周公子是中山国人氏？可是住在灵寿城中？"

周方心中一惊，表面上却不动声色，也端起茶杯喝了一口，心中在揣摩司马史的话是随口一说还是有的放矢。

姜姝目光在司马史和周方身上跳跃几下，嫣然一笑："司马将军莫非以前见过周方？"

"似曾相识。"司马史面露不解之色，上下打量了周方几眼，"周公子和中山国王室同姓，又长得和中山王有几分相似，不由得人不疑心你就是下落不明的中山国太子周东……"

周方手一松，茶杯险些失手落地，他忙咳嗽一声掩饰自己的紧张和不安。来魏国也算有些时日了，虽被乐羊怀疑被司马运盘问，但被人一眼识破真实身份的事情还是第一次发生，他几乎不知道怎么应对了。

深呼吸几口，周方迎着司马史精光闪动、疑心重重的目光，努力平复了起伏的情绪："在下只是一介粮商，怎会和中山王相似？司马将军何时见过中山王？"

司马史探究的目光在周方脸上停留许久，似乎想从中发现什么破绽，过了半晌他才又风轻云淡地笑了："老夫十几年前见过中山王一面，当时他正值壮年，和周公子确实有六分神似。"

"在下确实住在灵寿城中，离王宫也不过数里之遥，然在下从未见过中山王。"周方虽不敢肯定司马史是否真的认出了他，却也知道此时此刻绝对不能有一丝慌乱，"在下从小无父，听母亲说，父亲早年前往魏国经商，一去不复返，生死未知。母亲应该不会说谎，在下在灵寿城多年，也未曾听说中山王有一个私生子流落民间，是以在下多半不是中山王欠下的风流债，哈哈……"

"哈哈哈哈，周公子也是一个妙人。"司马史目光中的探究之意渐渐散去，却又多了疑虑之色，"周公子在魏国和中山国之战中，可曾参战？"

周方才不会被司马史带入坑中，他摇了摇头："我只是粮商，怎会参战？难不成司马将军在战场上也见过和在下长相相似之人？真是如此的话，在下的长相也太让人过目不忘了。"他扭头转向姜姝，"姝妹妹评评理，我长得真有那么出类拔萃不成？"

姜姝掩口一笑："对我来说，周兄让人一见难忘，但对于司马将军或是其他男子来说，就不得而知了。女子和男子在对男子相貌的留意上，终究不同。"

司马史摆手一笑："周公子、姜小姐，见笑了，老夫只是开个玩笑，不要介意才好。今日登门拜访，老夫有一事相求，来人，送上礼单。"

一名下人恭敬地奉上礼单，周方不接，愕然问道："司马将军这是何意？"

第三十五章

计 将 安 出

司马史一指下人:"念!"

下人展开礼单:"珊瑚树三件、珍珠五斛、金二十斤、铜一百斤、布三十匹,另有牲畜五十头……"

姜姝喜笑颜开,掰着手指计算片刻:"礼物太贵重了,司马将军如此客气,是要求周兄做什么大事不成?万一周兄办不到,礼物是不是还要收回?"

周方狠狠地瞪了姜姝一眼,姜姝嘻嘻一笑,假装没看见。司马史打了个哈哈:"礼下于人,必有所求。求之不得,礼物既然送出,也绝无收回的道理。"

周方连连摆手:"使不得,使不得,司马将军万万不可如此……"

"怎么就使不得了?你不收下礼物,司马将军会以为你不愿帮他。"姜姝伸手接过礼单,回身放好,"木恩、传先,快帮忙将礼物抬进来。"

周方哭笑不得,姜姝果然是大财迷,谁的礼都敢收,也不问问司马史所托何事,万一他应对不了该如何是好?

司马史目瞪口呆,他万万没想到,姜姝竟如此爽快地收下了他的礼物,他还以为少说也要推托一二,不由得哑然失笑:"姜小姐真性情中人也,周公子有姜小姐相助,无事不成。"

他顿了一顿又说:"周公子与犬子意气相投,犬子也时常在老夫面前提及周公子,每每眉飞色舞,称赞周公子卓尔不群,温润如玉,有古君子之风。老夫原本想请周公子到家中小住一些时日,也好多和犬子亲近亲近,教犬子处世之道。不想犬子不争气,在征伐中山国时为了征粮行事粗暴了一些,被人误以为屠杀粮商,还上奏了魏王。魏王一时震怒,拿下了犬子……"

其实周方已然猜到司马史亲自登门,肯定是为了司马运一事,只是没想到司马史说得如此委婉,他不等司马史再继续下去,接话说道:"司马将军是想让在下出出主意搭救司马公子?"

司马史连连点头:"正是,正是。犬子向来孤傲,生平从不服人。自从结识周公子之后,对周公子敬佩有加,常说周公子是不世之才。蒙冤入狱后,犬子多次传话与老夫,让老夫前来拜会周公子,请周公子出谋划策以帮犬子洗清不白之冤……"

周方说的是搭救,司马史说的却是洗清不白之冤,姜姝听得清楚,暗笑二人表面上客客气气,其实暗中各说各话。不过让她疑惑不解的是,司马史说的话到底几分真几分假?以司马史在朝中的地位和人脉,怎么需要周方这个无根无基的中山国人出谋划策?

姜姝的猜测不无道理,实情却完全出乎她的意料,司马史登门拜访周方,可以说是不得已而为之。司马运入狱之后,他四处托人,甚至还登门拜访了一向面和心不和的相国王黄,恳求王黄出面向魏王求情。王黄也没推辞,一口答应,却迟迟没有下文。

其他人也不外如是,事先都答应得挺好,事后却无一人有明确回复。司马史就知道,无人肯冒着得罪魏王的风险为他出头。更让人沮丧的是,他几次求见魏王,都被拒之门外,就不由得他不无比惶恐。难道魏王真的决心治司马运死罪?真的要冷落司马家了?

万般无奈之下,司马史托人,亲自到狱中探望司马运。

司马运在狱中还算镇静,司马史看到他时,他端坐在窗下,借窗外的阳光正在聚精会神地看书。司马史大为宽慰,司马运如此笃定,身处牢狱而不慌乱,有大将之风。

司马运不等司马史开口,就明确地告诉司马史不要再四处托人向魏王求情了,以眼下的形势来看,无人敢去触怒魏王。最要紧的是,朝中王公大臣,要么猜不透魏王的心思,要么以为魏王必会处死他而后快,所以无人能帮助他向魏王求情。

但民间却有一人,可以助他脱困,此人姓周名方,原本中山国人,现寄居安邑,是一名粮商。一听司马运如此看重一名小小的粮商,司马史以为司马运在狱中吓傻了,就想呵斥司马运一番,不想司马运说到了周方既得公主信任又得姜家青睐的传奇经历，以及周方事先提醒他向魏王提出不配迎娶公主之事，让司马史不由得大吃一惊，周方此人，果然智谋过人，非同一般。

不过一名小小的粮商怎会有如此智谋？司马史怀疑周方的来历，司马运却不让司马史过于纠结此事，他以前也觉得周方身份不明，但在和周方相处之后发现，周方和他有诸多相同之处，事事为他着想，帮他出谋划策，管周方是何许人也，只要意气相投可以结为同盟，就足够了。

朝中大臣无数，身边亲朋好友也是无数，到了危急之时，能有几人可以挺身而出？司马运愿和司马史打赌，只要司马史去找周方，请周方想法救他出狱，周方一定义不容辞。

司马史虽对周方毫无信心，却也无计可施，只好抱着试一试的想法登门拜访。并不是他不相信司马运的话，而是认定就算周方真心想帮司马运，也是有心无力。一个身无官职的平头百姓，如何能说动魏王赦免司马运？

尽管对周方信心不足，司马史还是携带重礼上门，至少也要表现出他的诚意，不让周方觉得轻慢他了。

初见周方，司马史大失所望，周方无论是风姿还是气度，都不能和司马运相比，并非如司马运所说一般是人中翘楚，而是极其普通的一个人。

不过等周方一口说出他登门来访的用意时，他才对周方微微高看了一眼。

周方也能猜到司马史登门必是受司马运所托，他其实一直在等司马运开口相求，听司马史说完，他沉吟片刻："司马将军，实不相瞒，在下恐怕并不能帮司马公子洗清不白之冤……"

司马史顿时大感失望，却还是努力表现出了淡定："老夫也知道向周公子开口有些唐突了，若不是犬子再三举荐周公子，老夫也不会冒昧登门。如此，就不为难周公子了，老夫告辞！"

司马史起身要走，周方呵呵一笑，拦住了司马史的去路："司马将军少安毋躁，在下的话还没有说完。"

姜妹悄然一笑，周方以退为进，让老谋深算的司马史也乱了方寸。

司马史一愣："周公子还有何话要说？"

"在下是说不能帮司马公子洗清不白之冤，却可以搭救司马公子出狱。"周方从容一笑，"司马公子屠杀粮商本是事实，如何是不白之冤？"

司马史老脸一红，他本想再反驳几句，周方却不给他机会，继续说道："若是司马将军非要为司马公子洗清不白之冤的话，此事非但不成，还有可能让司马公子老死狱中，或是让魏王一怒之下处死司马公子。魏王心如明镜，清楚屠杀粮商一事属实。现在既不处死司马公子，又不处罚或是放人，可见魏王是在等一个时机……"

司马史忙问："什么时机？"

"一个台阶，或说是一个可以让司马公子将功赎罪的时机。否则，处罚过重，魏王于心不忍；处罚过轻，又无法服众。正是因此，魏王才举棋不定。"周方清楚魏王绝无处死司马运的想法，但身为君王，要让天下臣服，必须公正。他以前身为太子，也常面临此等之事，深知君王心术。

司马史想了一想，周方的话不无道理，他也猜测魏王可能是举棋不定，不知该如何处罚司马运，听周方如此一说，顿时豁然开朗，不由得对周方又多了几分好感："依周公子之见，可以让犬子将功赎罪的时机在哪里？"

"在司马将军的手中。"周方哈哈一笑，朗声说道，"茶凉了，换热茶。"

"是。"守候在门外的芥子应了一声，款款进来为几人换了新茶。

不等她下去，周方有意提高了声调说道："现在攻齐，时机不对。但若是攻打别国，就未必不可了……"

司马史想说什么，看了芥子一眼，咳嗽了一声。周方假装才意识到芥子也在，说道："芥子，你下去吧。"

芥子转身出去。

出门之后，芥子来到偏房，对正在煮水的小薇说道："小薇，我出去买些东西，公子有什么需求，你先应着。"

小薇一向有求必应，一口答应。

芥子并未出门，而是来到了后院，拿出纸笔，写了一张字条："司马史来访和周方密谈，周方出主意让司马史攻打别国。"

她将字条卷好，来到院中，打开鸽子笼，绑在鸽子腿上，放飞了鸽子。

做完一切之后，芥子心满意足地笑了笑，转身回去。她没有注意到的是，在后面的厢房内，木恩站在窗前，一脸憨厚的笑容，从头到尾看清了她所做的一切。

书房中，司马史等芥子走了之后才微微一笑："周公子，小心有人传话。"

周方故做恍然大悟状："多亏司马将军提醒，在下以后一定小心。上次在下和司马公子也说过此事，攻打齐国，需要从长计议。但攻打韩国就可以随时出兵。"

155

第三十六章
双 雄 会

司马史低头不语，司马运和他说过攻打韩国之事，当时他听说是周方的主意后，觉得十分荒谬。魏国和韩国虽不如魏国和赵国一般唇齿相依，却也相安无事，从道义上来讲，没有攻打韩国之由。当然，从王图霸业来说，征伐韩国确实有利于魏国的壮大。

只是……司马史摇了摇头："韩国比齐国弱小，拿下韩国可以让魏国首尾相顾，但眼下并无攻打韩国的理由，师出无名。老夫也清楚，若是魏国出兵韩国，魏王就可以让犬子披挂上阵，戴罪立功。只是如何才能说服魏王出兵呢？"

"不必说服魏王出兵。"周方回身冲姜姝一笑，姜姝回应以心领神会的浅笑，"只要韩军越境，司马将军就可以向魏王请战了。"

"韩军越境？怎么可能？"司马史愈加觉得周方之话如同儿戏，随口就来，韩国不论是国土还是军力，都无法和魏国相比，在魏、赵之间，一直只求自保，怎会主动发兵魏国？他瞬间对周方兴趣全无，不想再耽误时间，就想立刻告辞。

"万事皆有可能。"周方看出了司马史眼中的不耐之意，哈哈一笑，"司马将军认为在下是信口开河？若无十足把握，在下怎敢在司马将军面前卖弄？也不敢辜负司马公子的重托。在下不是乱夸海口，只要司马将军同意，三天之内，韩军必定越境魏国，到时司马将军就可以振臂一呼，出兵韩国了。"

司马史才不相信周方之话，哈哈大笑："周公子三天之内就可以让韩军越境魏国？莫非周公子可以号令韩王不成？"

"司马将军真会说笑，若是在下能号令韩王，岂会在魏国甘当粮商？哈哈。"周方岂能听不出司马史话中的嘲讽之意，"韩军越境魏国，并非难事。韩国今年歉收，粮草奇缺，魏韩边境的驻军，向姜家收购了数千石粮草，现在粮草正运往魏韩边境，一日之内可以送达韩军手中。"

韩国今年歉收之事，司马史一清二楚，他还是不太明白："此话怎讲？"

周方身子一侧，闪到一边，露出了身后的姜姝："此事还是由妹妹来说会说得更加清楚。"

姜姝也不推让，一拢额前秀发，浅浅一笑："因为韩军急需这批粮草，再晚上两天，就会断粮，容易引起士兵哗变。若是粮草到了魏国边境，忽然返回，而司马将军你已交了粮款，眼见近在咫尺的粮草就要跑掉，你会如何？"

"必然会派兵追赶……"司马史话一出口，顿时愣住，随后一脸喜色，想了一想，朝周方施了一礼，"犬子有识人之明，周公子确有大才。老夫今日不虚此行，告辞！"

司马史话音刚落，木恩急匆匆地进来禀报："公子，乐羊乐将军来访！"

乐羊来得还真是时候，周方不动声色地看了司马史一眼。司马史心知肚明，哈哈一笑："本来事情已了，既然和乐将军在善信阁不期而遇，不见上一面也是不妥，走，周公子，老夫和你一起去迎迎乐将军。"

周方一笑："今日也不知道是什么良辰吉日，竟有司马将军和乐将军同时来访，在下无比荣幸。"

"传了出去，双雄在善信阁相会，也是一段佳话。"姜姝除了无比欣喜之外，更加坚定了对周方大有作为的判断。不过她心里也隐隐有担忧之意，万一周方无法从容周旋在司马史和乐羊之间，不管是得罪了哪一方都不是好事。

三人一起迎出门外。

天很冷，司马史是乘车而来，乐羊却是骑马。昂然端坐马上，乐羊正一脸疑虑地望向善信阁门口所停的马车，心想是何人的马车停在此处？从马车的装饰和规制来看，必定是哪个王公大臣的座驾。

一低头，却见周方笑容满面地迎了出来，他的身边还跟着姜姝，乐羊不由得一愣，姜姝和周方形影不离，莫非好事将近？再看二人身后还跟着一人，顿时让他大吃一惊，以为眼睛花了。

再定睛一看，还真是司马史！乐羊心中猛然咯噔一下，他太了解司马史此人了，表面上谦逊温和，实则高傲无比，极少登门拜访别人，向来端坐家中，等他人求见。不想司马史纡尊降贵，亲自登门拜访周方，近十几年来可是第一次。

乐羊不敢再托大，忙翻身下马，呵呵一笑："早知司马将军也在，老夫自己进去就行了，怎敢劳动司马将军大驾亲自迎接？"

司马史哈哈一笑："末将迎接乐将军，本是情理之事，乐将军不要折杀末将了。"

二人一见面就拆了一招，周方也是无奈，忙客套几句，迎了乐羊进府。

重新落座，乐羊也没推托，坐了首座，他开门见山，也不绕弯："司马将军前来善信阁是为了司马公子之事？"

司马史点头："犬子和周公子一向交好，他再三要我来善信阁向周公子问计。"

"可有良策了？"乐羊轻哼一声，斜了周方一眼，"周公子足智多谋，定能想出搭救司马运的办法。不过别怪老夫多嘴，司马运屠杀粮商之事证据确凿，绝无翻案的可能。"

司马史冷哼一声，目露不善之色："乐将军非要亲眼看到犬子被处死才甘心不成？"

"司马将军可知被屠杀的五名粮商泉下有知，会是怎样的不甘？司马将军可愿和粮商家眷见上一面，听听他们又是怎样的不甘？"

司马史拍案而起："乐羊，我一向敬你三分，你不要欺人太甚。我司马史从未害你，你为何非要和司马家过不去？"

乐羊也不甘示弱地站了起来："司马将军错矣，老夫并非要和司马家过不去，老夫是在伸张正义，是为屈死的粮商鸣不平。"

二人怒目而视，剑拔弩张，冲突一触即发。

周方忙打圆场："二位将军息怒，司马公子之事自有魏王定夺，二位将军光临寒舍，在下深感荣幸。若有事情当面赐教，在下洗耳恭听。"

姜姝自然听出了周方的言外之意，也连忙说道："司马将军、乐将军都是当朝万人敬仰的大将军，切不可因私废公，污了清名。"

乐羊缓缓坐下："周公子、姜小姐说得对，是老夫失态了。周公子，老夫登门拜访，是想请教你一件事情。"

司马史也坐了下来，自顾自地喝茶，不再多看乐羊一眼。

周方连称不敢："还请乐将军赐教。"

"听乐城说，周公子竭力赞成魏国攻打韩国，不知周公子是何用意？"乐羊此次前来善信阁，其实是一时心血来潮，想再试探周方到底是何许人也，不想意外撞见司马史，他只好改变策略，问及其他，"以魏国眼下局势来看，安定是第一要事，不可轻言战端。"

"生于忧患，死于安乐。"司马史忍不住插了一句，"乐将军当真是老了。"

乐羊并不理会司马史，继续追问周方："周公子莫非是有何图谋？"

"在下能有什么图谋？"周方坦然一笑，波澜不惊，"乐将军肯定是误会在下了，在下和乐公子闲谈时说到司马将军有意劝说魏王攻打齐国，而乐将军则主张不宜出兵，乐公子问在下有何想法，在下一时兴起，就说与其攻齐不如征韩。只是一时戏言，当不得真。"

见周方高高举起却又轻轻放下，乐羊心生不悦，更让他不满的是，明明司马运之事是周方一手推动，他却又若无其事地和司马史谈笑风生，此人到底是何许人也？周旋在他和司马史之间，又有何居心？

"当不得真？周公子此话恐怕言不由衷。"乐羊冷笑一声，眉毛一挑，"为何老夫总觉得周公子居心不良，想要为害魏国，将魏国拖入万劫不复的战端之中？"

"哈哈，乐将军真是太抬举在下了。"周方仰头大笑，"不要说在下只是一介小小的粮商，即便在下位高权重如司马将军，想要将魏国拖入万劫不复的战端也是不能。"

司马史忍不住也笑了，他手抚胡须，眉眼之间全是嘲讽之意："乐将军越来越会说笑了，若是此话让魏王听了，魏王该说乐将军是想谋反了，哈哈。"

乐羊却是丝毫不笑，脸色冷峻："老夫并非说笑，周公子身份可疑，在中山国被灭之后突然现身魏国，先是有恩于公主，又委身在乐府，现在又和司马运交情莫逆，还试图挑起魏国和韩国战端，周方，你到底是什么人，又有何用意？"

虽说司马史也疑心周方身份，但现在他却和周方同进共退："乐将军，你前来善信阁是要向周公子兴师问罪不成？没错，善信阁确是乐家借与周公子居住，若是想要收回，但说无妨，司马家也不缺宅子，随意让周公子挑选。"

姜姝淡淡一笑，语气却是无比地坚决："不劳司马将军费心了，善信阁姜家愿意出十倍价格买回。"

乐羊气得脸色发紫："老夫还没有那么小的气量要赶周方走，不过，善信阁不会卖掉，乐家也不缺钱。"

第三十七章
以画为证

"不好意思,让乐将军失望了,善信阁姜家已经买下了。"姜姝手一翻,一份契约出现在众人眼前,"善信阁是由王相国赠予乐羊将军,却并未重立地契,是以还算是王相国家的私宅。小女子不才,和王之王公子商议之后,花了十倍价钱买了回来,现在归到了周公子名下。"

"你……"乐羊没想到姜姝做事如此坚决果断并且不留余地,他气得几乎说不出话来,"好,好,好,老夫倒要看看,你们能嚣张狂妄到几时。司马史,司马运罪不容诛,老夫拼了这条老命也要为屈死者讨还公道。周方,你来历不明,在魏国兴风作浪,还与奸人狼狈为奸,终有一日老夫要揭开你的面纱,让你的真面目大白于天下。"

"乐将军何出此言?"周方一脸惊愕,"在下就是中山国粮商周方,而且在下一向净面示人,从来不戴面纱。"

最后一句近乎狡辩了,乐羊怒极反笑:"好,很好。如今你羽翼已丰,也用不着乐家了,从此乐家和你恩断义绝!告辞!"

"乐将军,乐将军……"

周方追到门外。乐羊却脚步不停,快步如飞,头也不回,任凭周方在后面一路紧随不舍。

出门之后,乐羊纵身上马,飞奔而去。

周方跺脚叹息,姜姝和司马史追了出来,二人劝周方不必过于在意。司马史更是哈哈一笑："乐将军越老脾气越大，真是越活越倒退了。好了，老夫也该回去了。"

周方也不挽留，和姜姝一起为司马史送行。

"周公子请留步。"司马史拱手一礼，十分客气，"请静候佳音，老夫回去之后就着手准备，到时还望周公子、姜小姐鼎力相助。"

周方回了一礼："司马将军敬请放心，在下承蒙司马公子赏识，又劳司马将军亲自登门，一定竭尽全力策应此事。事成之后，还望司马将军提携在下一二。"

司马史哈哈一笑，手拉周方胳膊以示亲热："说提携就见外了，我托大叫你一声贤侄，你和犬子情同手足，若不嫌弃，等他出来之后，你们就结拜为兄弟。"

"敢不从命？"周方忙后退一步，躬身一礼，"见过世伯。"

"哈哈，贤侄免礼。"司马史放声一笑，转身上车扬长而去。周方站在门口不动，一直等司马史的马车拐弯之后才转身回去，态度极其恭敬而谦逊。

司马史在车内看得清楚，点头哈哈一笑："乐羊啊乐羊，还要谢谢你送了老夫一份大礼，让周方死心塌地地追随老夫。待魏王决定发兵韩国之时，就是你乐羊栽倒之日。"

再说乐羊骑马回到府中，手冻得通红也顾不上暖手，扔了缰绳给下人，急匆匆回到了书房，吩咐下去："来人，请吕先生。"

不多时，吕先生来到了书房，年约五旬的吕先生留了一撮山羊胡，精瘦，双手手指如同竹节一般。他先是施了一礼，恭敬地问道："将军有何事吩咐？"

"周方在府上住了数月有余，你见过他几次？"乐府也养了不少门客，吕先生是其中之一。吕先生身无长技，文不成武不就，却擅长作画，别看吕先生其貌不扬，只要见过一个人一面就过目不忘。

"应该有三次以上。"吕先生微微一想，"将军是要他的画像不成？"

"正是。"

"一个时辰。"

"好。"

吕先生转身退下，乐羊拿起竹简，想要读书，却无法静心，扬手扔了竹简，迈步来到院中。

迎面走来了乐城和乐旦。

乐城兴冲冲地问道："听说爷爷去了善信阁？周方一切安好？善信阁对面的王孙酒坊开张没有？酒坊的小二子良在不在？"

乐旦却只问了一句她最关心的事情:"天寒地冻,周方哥哥有没有添衣?他以前的伤虽然好了,遇到阴寒天气,还是难免作痛,可用热酒敷上……"

啪的一声,一棵小孩手臂粗细的小树被乐羊一剑斩断,乐羊收剑回鞘,怒气冲冲:"不要再提周方这个忘恩负义的小人,他见利忘义,和司马史沆瀣一气,又借了姜家之势,现在不将乐家放在眼里了。"

"怎么会?不可能!周方哥哥不是这样的人!"乐旦才不信,哼了一声,"爷爷对周方哥哥一向大有成见,从来就没有对他有过公心。"

"你懂什么?不要被周方的伪装蒙蔽。"乐羊反倒被气笑了,"你还小,不知人心险恶,周方此人深不可测,他身份不明、来历可疑,爷爷疑心他是中山国的太子周东……"

"不可能!爷爷你的想法太出人意料了。"乐城大笑不止,"谁不知道中山国太子周东在最后一役中战死沙场,周方怎么会是周东?好吧,退一万步说就算周方是周东,他堂堂的中山国太子,为什么不留在中山国,非要来魏国当一名粮商?"

"中山国已经没有周东的容身之地了。周东兵败,固然有魏国兵强马壮之故,也和中山国王后拒不发兵救援有关。当时王后和司马史串通,以杀死周东和割让数座城池为代价,换取魏国退兵。司马史表面上答应了王后,暗中却想既杀死周东又吞并中山国。"乐羊并不急于说服乐城和乐旦,他也知道他的猜测无凭无据,没有办法服人,"爷爷当时虽为统帅,却也做不了司马史的主。后来周东苦战十几日,全军覆没,魏军势不可当,乘机灭了中山国。只不过当时只顾冲向灵寿城,无人顾及周东的死活。等打下灵寿城后再去战场查看,也不知是谁放了一把火,烧焦了许多尸体……"

"可怜的周东太子,被家人所害,就算在九泉之下,怕是也死不瞑目。"乐旦惋惜地摇了摇头,不知为何她对从未谋面的太子周东心生怜悯,或许是她母亲早亡而父亲又战死沙场之故,"别说周方哥哥不是周东,若他真是周东,我更要好好对他。"

"糊涂,幼稚!"乐羊一拍桌子怒道,"若周方真是周东,他藏身魏国必定是为了报仇复国,若不除掉,必定养虎为患。"

"周方若真是周东,我第一个一剑结果了他的性命,亏我一心待他!"乐城气归气,想了一想,还是想不太明白,"周东假使死里逃生,应该前往齐国才对,为何要躲在魏国?岂不是自投罗网?"

乐羊点了点头,微有赞许之意:"有进步,乐城,你也知道由此推彼了。说得没错，若是按照常人所想，周东肯定要去和中山国交好的齐国。但周东的聪明之处就在于，他不会走寻常之道。齐国是和中山国交好，只是齐国并不知道中山国被灭的真相，现今中山国上下都以为是周东为了继承王位，牺牲了无数将士逼中山王退位。中山王不退位，周东又暗中下毒毒死中山王，然后兵败战死。你想一想，周东若是逃到了齐国，如何向齐王说清？只怕他一到齐国，就会被齐王拿下。"

"若周东被齐王拿下押送回中山国，王后和周西岂能留他活命？"乐城点头，"爷爷说得对，周东不去齐国来魏国，虽然冒险，却好过被押回中山国送死。"

"我倒是觉得周东若是没死，不去齐国来魏国，并不是怕齐王押送他回中山国，而是他明知山有虎，偏向虎山行，有意来魏国谋划大事。"乐旦歪着头想了一想，"要是我是周东，我也会来魏国，因为中山王后和周西不会想到我敢来魏国，魏王和魏国的王公大臣，也不会想到我会来魏国，最危险的地方也是最安全的地方，灯下黑。"

乐羊哈哈一笑，摸了摸乐旦的头："想不到旦儿也能有如此见解，难得，着实难得。正是，若周方是周东，他来魏国正是此意。除此之外，周东恐怕还有想要挑拨离间魏国君臣的险恶用心。"

想起周方和公主、司马运以及姜家密切的关系，乐羊不得不更加怀疑周方说不定还真是周东，他心中微微一惊："若周方真是周东，怕是魏国将有大祸大乱。"

"爷爷你可曾想过一点，司马史和司马运在战场之上，不是都曾和周东见过面？"乐城想到了问题的症结点，"司马史和司马运都已经见过周方，无人说他是周东。"

"爷爷也曾在战场上和周东打过一个照面，但当时隔了很远，又穿了铠甲，只顾拼杀，哪里顾得上记住对方的长相？"乐羊回忆了片刻，"若爷爷没有记错的话，司马史和司马运与周东，也不过是远远见过一面，战场上人山人海，在人群之中远观一个人，哪里记得清楚？除非当面交手才行。周东毕竟是太子，不会一马当先冲锋陷阵，是以并无几人能记清他的相貌。"

"乐将军。"门外传来吕先生的声音，"在下已经画好画像。"

"好，拿进来。"

吕先生趋步进来，手捧画像，乐羊接过一看，连连点头："吕先生果然妙笔，像，真像。"

第三十八章

识 破

乐旦和乐城都凑了过来,乐旦惊叫一声:"这不是周方哥哥吗?爷爷,你画周方哥哥的画像何用?"

"哈哈,自有妙用。"乐羊将画像还给吕先生,"很好,很好,就依此画,再有劳吕先生多画几张。"

"是。"吕先生恭敬地退下。

"爷爷是要拿周方的画像到中山国求证他是不是周东?"乐城想明白了其中关节,微微一喜,"倒是个好主意,必定可以查得清楚。"

"万一周方哥哥真是太子周东,爷爷要怎样对他?"乐旦微有担心,眯起了眼睛,"爷爷要杀了他不成?"

"爷爷只管将他交与魏王,是杀是留,一切由魏王做主。"乐羊摇头微叹一声,"其实若周方真是周东,他暗中告诉爷爷实情,爷爷也不会为难他。国破家亡,他也够不幸了。可是,他若藏身魏国,伺机作乱,就容不得他了。"

丫鬟小眠进来禀报:"乐将军,外面有一个叫子良的少年要找乐公子。"

"快请他进来。"听说子良到来,乐城顿时喜笑颜开,"爷爷,孙儿要去陪客人了。"

"且慢。"乐羊心中一动,"子良是谁?"

"王孙酒坊的店小二,怎么了?莫非爷爷也怀疑他是中山国的太子周东?"乐城调侃地笑了,"爷爷不要成天疑神疑鬼了,子良是一个纯良少年,魏国人。"

"王孙酒坊可是中山国人王木公和孙东者所开?"乐羊蓦然眼前一亮,"周东手下有两个追随者,一个是王松,另一个是孙西敢。安邑先是来了一个周方,又来一个王木公和孙东者,若说是巧合,谁会信?走,爷爷随你见一见这个子良。"

"爷爷……"乐城不想让乐羊见到他和子良关系无比密切,连他自己都怀疑他有龙阳之好,虽不愿承认,却每次见到子良都想和他亲近,"子良是孙儿好友,和爷爷并无交集,不见也罢。"

"为何不见?"乐羊才不管乐城想什么,大手一挥,"一定要见。"

乐城哭丧着脸跟在乐羊身后来到院中。子良拎着两坛酒站在院中的槐树之下,她背靠槐树,抬头望天,胸前虽然绑了束带,却还是微有突起,尤其是光洁的脖子和诱人的锁骨,无一处不显露出她是女子之身。

乐羊人老成精,一眼就看出了子良的真身,不由得暗笑。乐旦也掩口偷笑,上次公主告诉她子良是女子后,她本想转告乐城,公主却不让,说还是让乐城蒙在鼓里更好玩,她就一直瞒到了今天。

子良听到脚步声,收回目光,惊见乐羊,忙恭恭敬敬地施了一礼:"小人见过乐将军。"

"你就是子良?"乐羊打量子良几眼,目光落在她手中的两坛酒上,呵呵一笑,"你是来给乐城送酒?可是王孙美酒?"

"正是。"子良不知乐羊为何对她大感兴趣,被乐羊审视的目光盯得很不自在,"不知乐将军有何吩咐?"

"老夫就是想问你几句话,来,我们边走边说。"乐羊也不管子良是不是愿意,迈步朝后院走去。

子良朝乐城连连摇头,乐城无奈,摆了摆手,见子良还不走,忙拉了子良一把,接过子良手中的酒,小声说道:"不要怕,爷爷只是想随意聊聊。"

"对,就是随意聊聊。"乐羊听到了乐城的话,也不回头,呵呵一笑,"子良,听说王孙酒坊开了家分店,是在善信阁的对面?"

"是的。"子良只好不情愿地跟上。

"为何选在善信阁对面?"乐羊猛然回头看向了子良,"是不是因为王木公、孙东者与周方认识的缘故?"

"周方?周方是谁?"子良自从上次周方几人走了之后,再也没有和周方见过面,王松和孙西敢也从不在她面前提及周方之名,是以她一下还真想不起来谁是周方。

也正是周方和王松、孙西敢知道子良为人单纯,不善伪装,才不让她直接向周方传话,否则今日被乐羊突如其来一问,必然马上露出马脚。

乐羊识人无数,一眼就看出了子良简单至极,方才的反问不是假装,他不由得微微失望:"周方就是善信阁的主人。"

"周方哥哥上次去过王孙酒坊,最俊美丰朗的一个,你怎么忘了?"乐旦好心提醒子良,主要也是她觉得子良竟然没能记住周方,太没眼光了。

"是他呀……"子良想了起来,恍然大悟,"最俊美丰朗的是司马公子,最嚣张的是乐公子,周方其貌不扬,又不怎么说话,谁会记得他?"

"后来周方没再去过王孙酒坊?你家东家也没再提到周方?"乐羊不死心,又追问了一句。

"没有,一次也没有。我家东家倒是常提司马公子和乐公子,从来没有提到过周方这个人,怕是早把他忘得一干二净了。东家做的是生意,卖的是酒,周方又不买酒,记他何用?"子良哼了一声,"周方一坛酒也没买过,小气得很,连我都忘了他长什么样子了。"

不多时,来到了后院的假山处,假山上有亭子,乐羊来到亭中坐下,吩咐下人:"来些下酒菜,老夫今日要喝上几杯。"

"爷爷今日怎么有兴致要喝酒了?"乐城也来了兴趣,招呼子良,"子良快快坐下,爷爷难得陪我喝酒。若是他觉得酒好了,买你上百坛也不在话下。"

子良很不高兴地坐下,她既不喜欢乐羊审视的目光,又受不了乐羊咄咄逼人的气势,却又不好拒绝,只好坐在了乐城和乐旦中间,和乐羊隔开了距离。

"我……我是和你比试酒量,又并非上门卖酒,乐将军是不是买酒,并不要紧。"子良唯恐乐羊误会,忙不迭地解释一句,拍开酒封,倒了几碗酒,"乐公子酒量大有长进,怕是在元旦之前,我二人就可以决斗了。"

"什么决斗?"乐羊端起一碗酒,放到嘴边,刚要喝下,顿时愣住,"此话从何说起?"

乐城微露尴尬之色,决斗之事他不敢告诉乐羊,只好支吾说道:"爷爷,我和子良上次比酒,随口开了一个玩笑,说是等我酒量到三坛之时,就和他在城外一决生死。"

"胡闹!"乐羊一口喝干碗中酒,重重一扔,"男儿志在保家卫国,岂可逞匹夫之勇？胜之如何？败之又如何？更何况和一个女子决斗，让人听了会笑掉大牙不说，还会耻笑乐家无人！"

"什么女子？子良是男儿身。"乐城瞪大眼睛，呼地站了起来，"爷爷你再仔细看看，子良哪里是女子？"

"爷爷还没有老眼昏花到分不清男女！"乐羊哈哈一笑，深为乐城的识人不明而感到好笑和担忧，"乐城，连旦儿都看出了子良是女子，你难道还没有看出来？"

乐城看了看子良又看了看乐旦，想了想，还是问乐旦："旦妹妹，子良真是女子？"

乐旦被乐城的样子逗笑了，她瞄向了子良："你直接问子良。"

子良见瞒不过了，索性大方地站了起来："乐兄得罪了，我确实是女子，并非有意隐瞒，实在是有不得已的苦衷。"

乐城的嘴巴张大到能塞进一个鸡蛋："你……你……你真是女子？我不信，让我检验一下。"话一出口才知道失言了，不由得尴尬地咳嗽几声，"我……我……我没有轻薄之意，就是觉得太突然了。"

忽然感觉心中卸下了一块石头一般，乐城又笑了："怪不得我总是喜欢和子良待在一起，还以为自己是龙阳之好，原来不是，原来子良是女子，哈哈，太好了，我一切正常。"

子良脸上一红，哭笑不得："乐兄怎么这样？不用你检验，我自己来。"

她原地身子一转，双手弄开头发，再随意一束，转身回来，一个翩翩美少年摇身一变成了窈窕美少女，乐城眼睛都看直了。

"子……子良，你……你怎么这么好看？"乐城语无伦次，不知道该怎么形容了，"我……我……我和你相处了这么久，竟然不知道你是女子，我是不是太笨了？不对，是知道得太早了，要是再晚了一些知道，万一和你决斗，岂不是成了笑柄？也不对，再晚一些知道，万一和你勾肩搭背，就太荒唐了。"

"你胡说什么，谁要和你勾肩搭背？"既然恢复了女儿身，子良也就不再假装了，她一捋头发，淡然一笑，"也没什么，你就算和我决斗，反正你也会输，我不会告诉外人你输给了一个女子。"

"谁说我一定会输？"乐城拍开了另外一坛酒，"来，今日你我一人一坛，谁先喝完算谁赢。"

"不要有意气之争。"乐羊让乐城和子良坐下，他今日不是要看二人斗酒，而是想从子良口中问出一些事情，"子良，你是如何认识王木公和孙东者的？"

子良不假思索答道："他二人和父亲认识，中山国亡国后，他们逃亡到魏国，蒙父亲收留和相助，才开了王孙酒坊。"

乐羊点了点头："他二人可曾回过中山国？"

第三十九章

危机逼近

"回过。"子良虽也知道乐羊的问题有刨根问底之意,一样坦然答道,"我和父亲还陪他们一起回了中山国。"

"哦……"乐羊面露喜色,心想总算问出什么了,"他二人回中山国所为何事?"

"取经,酿造中山美酒的法子。"子良心中暗自窃喜,却还是故作一脸懵懂,"乐将军不会以为他们回中山国是为了攻打魏国吧?中山国都亡国了。"

"不会,怎么会?"乐羊微有尴尬之色,呵呵一笑,"老夫只是好奇他们既然逃来了魏国,为何又要回中山国?却原来是为了酿酒之法。好,既然是特意从中山国取回的酿酒之法,老夫倒要好好品尝一下王孙美酒到底如何。"

乐羊品了一口,闭目片刻,微微点头,又一口饮尽碗中酒,抚须一笑:"确实是正宗的中山酒味道,不过似乎有所改进,少了刚烈,多了柔和,想必是为了迎合魏人的习俗。中山国人居于偏北之地,粗犷豪放;魏人偏南,温和含蓄。"

子良俏皮一笑:"既然乐将军喜欢,何不买上几十坛?"

"好,来一百坛。"乐羊哈哈一笑,一拍桌子站了起来,"子良,老夫现在就随你亲自到酒坊取酒,如何?"

子良以为乐羊已经打消了刨根问底的念头,不想他要亲自登门,不由得慌了:"王孙酒坊又脏又乱,怕乐将军嫌弃。"

"无妨,无妨,说来老夫也是中山国人,说不定与王木公和孙东者还有过一面之缘。"乐羊吩咐下去，"来人，备车。"

乐城和乐旦见爷爷心意已决，只好随爷爷一起来到了王孙酒坊的总店。

听说乐羊亲自来访，王松和孙西敢不敢怠慢，忙迎出门外。二人不用想也能猜到乐羊来者不善，回想起在战场上二人和乐羊打过照面，虽然一个毁容、一个毁声，却还是不免心中嘀咕。

乐羊不比乐城，就连疑心过重的司马运和乐羊相比，也是差了不少。

二人迎出门外，朝乐羊施了一礼。乐羊微微点头，心中闪过无数个疑问，王木公毁容，孙东者毁声，绝对是巧合中的巧合，他至此几乎已经可以肯定，不管周方是不是周东，王木公和孙东者必定是王松和孙西敢。

王木公面容大变，看不出之前的样子，但声音没变。他和王松在战场上交手之时，虽未记清面容，却记住了声音。当时王松大喝一声，声若雷震，现今王松虽然刻意压低了声音，但他还是听了出来。

而孙西敢声音虽变，面容却没有变。孙西敢是周东的军师，很少上阵杀敌，最后一战时，孙西敢也身先士卒冲锋在前，当时虽面对着他，却离得很远。他本想冲过去一刀结果了孙西敢性命，却被数人缠住，脱不了身。等斩杀了数人之后，孙西敢已经不见了踪影。

不过孙西敢的样子他却是牢牢记在了心里。

乐羊认定二人是王松和孙西敢后，反倒笃定了许多。由此他更加认定，周方未必就是周东，但一定不是粮草商人！

王松和孙西敢悄悄对视一眼，二人从乐羊先是怀疑随后却又释然的眼神中猜到了不妙，多半是乐羊已经确定了他们的真实身份。二人心意相通，一瞬间同时心生杀意。

还是孙西敢考虑长远，片刻之后冷静下来，悄然朝王松使了个眼色。王松会意，就算二人突下杀手杀了乐羊，也会暴露身份，从此再难在魏国立足。还不如先虚与委蛇，应付过眼前难关再说。

不料让二人惊讶的是，乐羊却并未当面点破，而是呵呵一笑："二位店家，老夫登门，有两件事情相商。一是乐城和子良打赌决斗之事，因乐城并不知道子良是女子之身，此事就此作罢，不许再提。二是二位的王孙美酒甚合老夫之意，老夫要订购一百坛美酒，不知何时可以酿好？"

王松微一沉吟："决斗之事，本来就是子良和乐公子的戏言，当不得真。一百坛美酒，应该可以在一月内送到乐府。"

"好。"乐羊也不多说，扬手扔出一块金子，"先付你一半订金，其余待交酒时一并付清。"

乐城和乐旦哪里知道乐羊转眼之间心中已经闪过数个念头，还以为爷爷真的是特意来了结决斗之事和买酒的，二人相视一笑。

回到乐府，吕先生已经画好了十几张周方画像。乐羊让人带上数张前去中山国，剩余的十来张，派人带到军中，让所有在战场上见过周东的将士观看，以确认周方是否就是周东。

乐羊相信，如此双管齐下，必能让周方无处藏身。

还好周方此时并不知道乐羊已经接近查清他的真实身份，否则他恐怕不会如此悠闲自在。

送走司马史后，周方和姜姝回到善信阁。周方先是感谢姜姝赠房之情，他并不知道姜姝瞒着他买下了善信阁，而且还花费了十倍价格。

"姝妹何必如此破费？不过是一处宅子而已。"周方心知姜姝对他的情意，却还是觉得受之有愧，"在下还没有帮姜家做成大事，怎好收此大礼？"

"周兄何必如此见外？"姜姝嫣然一笑，"姜家粮草生意数百倍于一个善信阁，更不用说周兄对姜家的帮助恩同再造。"

周方连连摆手："在下并未做什么，千万不要以为是在下救了姜公之命。"

"好了好了，不说这些让你我显得疏远的话题。"姜姝轻抬素手，为周方倒了一杯茶，"周兄，我有一事不明，不知该不该问。"

周方猜到了姜姝心中所想，笑道："姝妹但说无妨。若是想问我的真实身份，尽管开口。"

姜姝被周方一语道破心事，脸上微微一红："并非小妹怀疑周兄，而是乐将军和司马将军都对周兄有所忌惮，周兄莫非真是中山国太子周东？"

周方心想若告诉姜姝他真是中山国太子周东，怕是姜姝不但不怕，还会欣喜，不过此时时机未到，他不能透露："姝妹见谅，并非我有意瞒你，而是有不得已的苦衷。待时机成熟时，一定如实相告。但有一点，我对你和姜家绝无恶意。"

姜姝虽说很想知道周方的真实身份，却又患得患失，唯恐知道他的真实身份后，让她忌惮、失望或是无法接受，现在好了，周方有不能说的苦衷，她也相信周方是好人，她相信她的眼光。

"我相信周兄,不问了,以后不再多问了,除非周兄自己想说。"姜姝开心一笑,"好了,现在我就想知道,周兄是真的决定在司马史和乐羊之间,选择司马史?"

"你也觉得我会选择站在司马史一方?"周方会心地笑了。

"何止是我,现在许多人都认为你几乎快成了司马史的门客了。"

"如此就好,如此就好!"周方哈哈大笑,"连你都认为我要一心为司马史效劳,事情就成功一大半了。"

"此话怎讲?"姜姝被周方笑迷糊了。

"越是都认为我是司马史的人,司马史就越会相信我是一心在为他着想,如此一来,事情就越来越好办并且越来越好玩了。"周方眉毛一扬,隐忍了许久的士气蓦然迸发,他神采飞扬,"各诸侯国之间,互为制约也互为倚仗,朝中大臣之间,也是如此。人性天生有别,是以大臣之间必有不和,也必有意气相投者。"

姜姝被周方一瞬间的意气风发击中,心中怦怦直跳,包括她在内,曾经有许多人被周方儒雅谦逊的外表所欺骗,以为他就是一个温和温润从不与人一争短长的君子,现在才知道,他也有咄咄逼人、豪气冲天的时候。

姜姝也就愈加断定,周方绝非常人。

"为何有此一说?"姜姝想要问个清楚,又唯恐周方多想,忙又解释,"小妹并非想知道周兄到底是何许人也,只想问问周兄为何要这么做,可有需要小妹帮忙之处?"

周方心中大暖!

中山国亡国之后,他曾惶惶如丧家之犬,虽说蒙公主、乐城相救,对二人心存感激,却终究因二人是中山国亡国的帮凶而对二人有提防和疏远之心,但对姜姝却一见如故不说,还从未对她有过防范之意。

一者因为姜姝本是齐国之人,齐国原本和中山国交好;二者也因姜姝对他全无恶意,一心为他着想,他对姜姝也是发自真心的亲切。再者他在乐府总是小心翼翼,日夜提心吊胆,唯恐被乐羊识破身份。而自从认识姜姝以后,总算有了安心的感觉,不再觉得自己如浮萍一般漂浮在水面之上。

住在善信阁,又有了姜家作为依靠,周方终于可以睡一个安稳觉了,并且他借姜家的舞台有了自己施展抱负的天地,平心而论,要是不感谢姜家,他都觉得自己愧对天地和良心。

周方暗暗发誓,他日若有重振雄风之时,一定不会忘姜家的大恩大德!

第四十章
其心可诛

"我……"周方微微一顿，强压心中想要一诉真相的冲动，话到嘴边却变了，"若想在朝中立足，必然要借势、借力，现今乐将军式微，司马将军即将强势崛起，应该趁早和司马将军达成一致才好。况且我和司马公子也甚是投机，司马将军又从善如流，我自然要助司马将军一臂之力……"

姜姝察觉到了周方的话并非全是真话，心中微有失望，却也知道周方必有难言之隐，也不点破："只是万一周兄错判了形势，司马将军失宠于魏王，又该如何？"

"时也，命也。慎始，善终。尽人事，听天命。"周方微微一笑，笑容中有坦然、有自然，也有一丝泰然自若，"君子慎始，差若毫厘，谬以千里。不过既然已经开始，便要善始善终，哪怕是历尽千辛万苦。是以我认定司马将军必会顺势而起。"

周方的回答有几分牵强，姜姝只是淡然一笑："无妨，即便司马史功败垂成，你还有小妹，还有姜家。"

周方心中又是一暖，第一次有了将眼前温婉如玉的女子抱入怀中的冲动，他点头一笑，神色笃定："我一定不负小妹和姜家重托。"

三日后。

从魏军中传来消息，看过周方画像的数十人中，有一半认出周方正是中山国太子周东。乐羊大喜，果然不出他所料，周方来历神秘，竟真是失踪的中山国太子！好一个周东，化名周方潜藏在魏国，挑拨离间他和司马史的关系，又想怂恿魏国攻打韩国，其心可诛！

乐羊不等传到中山国的画像有消息回馈，当即决定向魏王奏明此事。他来不及向乐城和乐旦说个清楚，就急急进宫了。

乐城和乐旦今日正好无事，想起有些日子没见周方了，就起身去善信阁拜访周方，顺便问问周方，到底他是不是中山国太子周东。

二人来到善信阁，见对面的王孙酒坊分店已经开张，子良正站在门口招呼客人。依然是男子打扮的子良故作男子神态，大声吆喝。乐城一见之下顿时哑然失笑，想起子良恢复女子装扮时的风情，不由得愣了。

子良也看到了乐城，没来由地脸上一红，转身进去了。乐城呆了一呆，翻身下马，追进了王孙酒坊。

"你来干什么？"酒坊内的布置和总店一样，子良拿着掸子假装打扫灰尘，"要买酒还是要见东家？"

"见你。"乐城大着胆子向前一步，抓住了子良的手，"子良，你害惨了我。若你一开始就是女子身与我相识，我也不会对你如何。可你却以男子身骗我，让我对你有了兄弟之情。而你却是女子，兄弟之情就变成了男女之情。"

"你胡说什么？"子良甩开乐城的手，躲到一边，"你还当我是男子不就成了？"

乐城嘿嘿一笑："倒也是，我就继续当你是男子了。"他一把抱住子良的肩膀，"子良，走，喝酒去。"

子良面红过耳，用力挣脱乐城："你不要轻薄我。"

"我哪里轻薄你了？你是男子。"乐城窃喜，上前又要动手，忽听到一个熟悉的声音从背后传来。

"乐公子，别来无恙？"

是周方。

乐城回头一看，见周方和王、孙二人正从门外进来，光线一暗，三人仿佛从天而降，让乐城猛然有乌云压城城欲摧之感，心中莫名一惊。

三人身后跟着乐旦。

周方正好在二人中间，左王右孙，他大步流星，气势如虹，乍一看，犹如指挥千军万马的大帅，竟让人有望而生畏之感。乐城暗想，数日不见，周方怎么如同变了一个人似的，从以前的粮草商人摇身一变成了将军。

"周……兄？"乐城还了一礼，上下打量周方几眼，"周兄神采飞扬，莫非是和姜小姐的好事将近？"

"哈哈,哪里,哪里,大大夫功名未就,何以家为?"周方亲热地挽住了乐城的胳膊,"我接手姜家粮草生意以来,今日总算打开了局面,故特意来王孙酒坊买酒庆祝。怎么,乐公子也来买酒?"

"不是,我是来买子良……"乐城一时口误,不由得咳嗽几声,"我是来见子良。"

王松和孙西敢相视一笑,王松忙说:"子良,还不赶紧招呼乐公子。"

子良一噘嘴:"不用招呼他,他又不是外人。还是招呼周公子好了,周公子要买多少坛酒?"

周方其实并非前来买酒,他是要和王、孙二人商议大事。原先想要借由子良和乐城在中间传话,不想事情突变,乐羊识破了王、孙二人的真实身份,周方就知道隐瞒不下去了,索性就直接来到王孙酒坊,和王、孙二人面谈。

不想才一见面就遇到了乐城和乐旦,周方微有不安,他一直觉得愧对二人。乐城虽对他不太友好,但毕竟收留了他,而乐旦对他却是坦诚相待。

乐城之前是对周方心有芥蒂,现在不知为何,慢慢接受了周方不说,还对周方多了一份挂念,他也亲热地挽住了周方的胳膊:"周兄这么短的时间内就打开了局面?可喜可贺,当痛饮三杯。来,上酒。"

"还是到寒舍喝酒为好。"周方一伸手,"请!"

一行数人来到善信阁,木恩和小薇着手准备火炉和饭菜,几人在周方的书房落座。子良精心挑选了几坛好酒,王松负责温上。

感受着其乐融融的暖意,乐城忽然莫名一阵伤感,叹息一声:"周兄,爷爷一直怀疑你是中山国太子周东,你我也算是兄弟情深,可否如实相告,你到底何许人也?"

乐旦见到周方之后,始终低头不语,一副闷闷不乐的样子。乐城一问,她就顺势也问:"就是,周方哥哥,你到底是谁?你瞒了别人,不必瞒我和哥哥,我和哥哥对你可是一片真心,你莫要辜负了我二人的好意。"

二人话一出口,王松和孙西敢同时看向了周方,二人神色紧张,唯恐周方感情用事,说出真实身份。

周方微一沉吟:"我确实是和太子周东长得有几分相像,民间传说我是中山王流落民间的私生子,哈哈,我也曾经一度信以为真。但后来得知,只是长得有几分相似而已,和王室全无关系。"

王、孙二人暗中舒了一口气,乐城却是微露失望之色,他摇了摇头:"不瞒你说,周兄,爷爷已经让人画了你的画像,分发到了军营之中,还派人前往中山国求证。若我从别人嘴中得知你是太子周东的真相,我不但会和你恩断义绝,还要从此和你势不两立。"

乐旦咬了咬嘴唇,她其实已经猜到周方就是周东了,深为周方的隐瞒而失望,委屈的泪水在眼眶中打转:"周方哥哥,我也是。"

周方强忍心中起伏的情感,不让自己被内心的软弱击败,他不是冷酷无情的人,但亡国之痛让他不得不变成铁石心肠,他勉强一笑:"若我欺骗了乐公子和旦妹妹,不管你二人打我骂我,即使要杀我,我也绝不还手。"

"好,就再信你一次。"乐城顿时心情大好,主要也是他的心思在子良身上,哈哈一笑,回身对子良说道,"子良,来,和我斗酒。"

"不斗。"子良自从在乐城面前露出女儿身之后,再也没有了以前的随意和大方,总是想避开乐城,她站在周方身后,"周公子,我来为你倒酒。"

周方哈哈一笑,取笑乐城:"乐公子若是真心喜欢子良,我可以向两位店家提亲。"

乐城脸上微微一红:"喜欢是喜欢,就是总觉得别扭,时不时想起她是男子。"

"别扭就对了,我见你也别扭。"子良冲乐城做了一个鬼脸,又躲到了王松背后,"王伯,以后他再来店里买酒,我不接待。"

"为什么?"王松呵呵一笑。

"他……他……他对我有企图,我对他没想法。"子良忽然娇羞地低下了头。

孙西敢摇了摇头:"男女之事,最是伤神。有心无意,有意无心,往往伤人。若是两情相悦,又总是难免生离死别,总之世事难两全,唯情最艰难。"

周方听出了孙西敢话里有话,转身问道:"孙伯之话似乎有所指,是在说谁?"

王松忙向孙西敢连使眼色,唯恐孙西敢说出欧阳玉姬嫁与周西为妻之事,孙西敢却假装没有看到王松的眼色,咳嗽一声:"想那中山国太子周东和欧阳玉姬本是青梅竹马的一对玉人,两情相悦,本来已经有了婚约,不料中山国被魏国所灭,传言周东战死沙场,还被诬蔑为毒死中山王的凶手。欧阳玉姬伤心绝望之下,只好奉王后之命,嫁与周西为妻……"

"哐当"一声,周方手中酒杯落地,摔得粉碎。他表情呆滞,双眼空洞,仿佛走失了魂魄一般。

"周方哥哥，你怎么了？"乐旦吓得不轻，忙上前扶住周方，"你别吓我，你到底是怎么了？你别这样……"

若是平常，周方如此失态，乐城必定有所怀疑，只是他今天心思全被子良所牵，只是嘿嘿一笑："周兄酒量不至于如此不济，怎么摔了杯子？当罚三杯。"

第四十一章
涅槃重生

　　王松连使眼色责怪孙西敢不该当众说出此事，应私下说出好让太子有个心理准备，孙西敢却一副坦然的样子，他就是想让周方适应当众接受噩耗，毕竟他身负重任，若是没有一定的抗打击、抗压能力，难以成就大事。

　　周方心中狂风大作，吹落一地心碎的落叶。欧阳玉姬居然嫁给了弟弟周西？而且她还以为是他毒死的父王？母后和弟弟竟如此对他，不但害死了数万将士，害他险些丧命，还要让他身败名裂，简直无耻至极！

　　他猛然抓过酒坛，一仰脖，一口气喝光了整整一坛酒，扬手扔了酒坛，哈哈一笑，气冲云霄："既醉以酒，既饱以德。君子万年，介尔景福。既醉以酒，尔肴既将。君子万年，介尔昭明……"

　　周方的豪放感染了在座众人，大家都满饮了一杯，齐声唱道："其胤维何？天被尔禄。君子万年，景命有仆。其仆维何？厘尔女士。厘尔女士，从以孙子。"

　　酒过三巡之后，周方再也没有了悲凄之色，王松和孙西敢也暗暗点头，周方算是挺过了这一关。一想也是，一个经历了国破家亡并且几次身陷绝境之人，心志早已磨炼得远非常人所能相比，何况周方原本就不是常人，他在战场之上已经死过不止一次了。

　　如今的周方，算是真正的涅槃重生了。

　　周方并不是忘掉了悲伤，而是暂时把悲伤压下了，压下和忘掉不同的是，忘掉是永久过去，压下只是强行放到一边，总有一天会重新捡起。他眼前还有更重要的事情要做，欧阳玉姬也好，中山国也好，都还遥远。

"王伯、孙伯，你二人说乐将军认为你二人是周东手下的大将王松和孙西敢？别的不说，名字倒是挺像，一个王木公，一个孙东者，不得不让人有所怀疑。"周方故意当着乐城和乐旦之面提到了王、孙二人的来历。

乐城有了六分醉意，他重重地放下酒杯："爷爷疑心过重，周兄不必介意。也并非坏事，爷爷一心为魏王着想，中山国被灭不久，必有一心想要复国之人在暗中生事。王木公和孙东者确实和王松、孙西敢的名字似乎有所关联，爷爷也不止一次说过你二人或许正是周东的左膀右臂。"

"乐公子觉得呢？"王松笑眯眯地为乐城倒满一杯酒，"你认为我二人会是驰骋沙场的大将吗？"

乐城愣了一愣，上下打量了王松和孙西敢几眼，忽然哈哈大笑："你二人要是大将，我就是大将军了，哈哈。"

乐旦却冷不防插一句嘴："我倒觉得王伯和孙伯确实有大将之风。"

孙西敢上前一步，右手放到背后，目光中闪过一丝杀意，笑道："乐姑娘，此话怎讲？"

周方右腿一伸，轻轻踢在了孙西敢左腿之上，孙西敢微微后退一步，紧握匕首的右手放了下来。

乐旦不知道刚才她命在呼吸之间，甜甜一笑："你二人虽流落到安邑，却毫无落魄之意，酿美酒，开酒坊，从容不迫，还这么快就开了第二家分店，比起许多安邑本地人还如鱼得水，不是有大将之风又是什么？"

孙西敢长出了一口气，险些误杀了乐旦，看来以后还是不要冲动才好，还是太子沉稳，他朝周方投去了心服口服的一瞥。

周方不理会孙西敢，又和乐城、乐旦喝了几杯酒，眼见天近中午，他让人收拾好客房，请乐城和乐旦休息，二人都有了醉意。

几人走后，周方和王松、孙西敢来到后院，见左右无人，王松和孙西敢双双跪拜在地。

"参见太子！"

二人难掩激动之意，多少个日日夜夜的思念，多少次近乎绝望的担忧，今日一见，才终于有所依靠，二人怎能不喜极而泣？

周方忙扶起二人，柔声说道："以后不许再叫我太子，还是以公子相称为好……你二人，怎么弄成了这副模样？"他忍不住哽咽了，"让你二人受苦了。"

"我二人追随太子，万死不辞！"王松和孙西敢齐声说道，再多的苦、再大的罪，只要复国有望，对他们来说就不算什么。

"说了不让叫太子了！"周方假装不悦。

王、孙二人急忙改口："追随公子，万死不辞！"

"玉姬的事情，你二人是怎么知道的？"周方虽说压下了心潮澎湃，却还是想要问个清楚。

"我二人回了一趟中山国。"王松停顿一下，看向了孙西敢。孙西敢会意，咳嗽一声，接话说道："中山国如今的局势，一言难尽啊……"孙西敢将他和王松回中山国的见闻说了一遍，等他说到中山国君臣百姓退守到太行山中之后，开垦荒地，在悬崖悬草存粮时，周方禁不住潜然泪下。

"都是我无能，让百姓受苦了。"周方热泪长流，仰天长叹，"可怜的父王，一世英名，最后竟毁于亲人之手。若是我在身为太子时能励精图治，早日发现母后和王弟的图谋，掌控了大权，也不至于有今日亡国之恨。身为上位者，应当机立断，要不得半点心慈面软。"

"太子……公子不必过于自责，尽人事听天命而已。公子仰无愧于天，俯无愧于地，行无愧于人，止无愧于心，足矣。"孙西敢也是掬了一把伤心之泪，"中山国被灭，也并非公子一人之过，乃是时运、国运之因。"

"好了好了，现在再说这些也无济于事，还是商议一下如何应对乐羊才好。"王松忧心忡忡，"我二人毁容、毁声，是为了掩人耳目，不想乐羊还是认出了我二人，此事怕是躲不过去了，还望公子想一个万全之策。"

周方低头不语，思忖半响才说："何止你二人，乐羊怕是也认出了我。乐城不也说乐羊画了我的画像？此事躲是无论如何也躲不过去了，还好我事先早有谋划，生死成败在此一举了。"

"公子的意思是……"孙西敢猜到了什么，"此事落在了司马父子身上？"

"正是。不但我几人的性命落在了司马父子身上，就连复国大计也和他二人息息相关。"周方负手而行，来到了柴房门前，轻轻推了推，"今日我召集了姜家的粮商来善信阁共商大事，为的就是替司马父子打开局面。司马父子的局面一打开，我几人目前的困局也就迎刃而解了。"

王、孙二人并不知道周方在谋划什么大事，二人对视一眼，还是王松先问出了口："公子是想借司马父子之手打开什么局面？"

"南攻韩国，东进齐国。"一说到军事谋略，周方瞬间意气风发，他昂首挺胸，豪气陡生，"借司马父子之手，助魏国完成千秋大业。"

"这……"王松愣住了，"公子莫非忘了复国之志？"

孙西敢也是蓦然一愣，片刻之后恍然大悟，哈哈一笑："公子好手段，如此一来，魏国四面树敌，必定会为各诸侯国所不容，到时混战一起，中山国复国有望。"

周方点了点头，孙西敢不愧是他的军师，一点就透："不过此事除了司马父子力推之外，还需要借助外力。"

"哪里的外力？"王松想了一想，"齐国还是赵国？"

"都不是。"周方微笑着摇了摇头，用手一指隔壁的姜家，"我所说的外力不是诸侯国，而是姜家。"

"姜家再有财力，也毕竟只是商贾之家，怎能助司马父子挑起战端？"王松十分不解。

"这你就远远不如公子了。"孙西敢猜到了周方的用意，自得地一笑，"姜家虽只是商人，但富可敌国不说，手中还有兵马最需要的粮草。公子现在接手了姜家的粮草生意，随时可以调配粮草，影响战场局势。"

"可是……"王松身为中山国大将，自然知道粮草对于出兵打仗的重要性，"魏国去年和前年连年丰收，今年虽有所歉收，也不至于没有存粮。虽说和中山国一战中，损耗无数，若是攻打齐国可能会不够，但攻打近在咫尺的韩国，粮草应该并不缺少。"

"王伯说得没错，按照常理来说并不缺，但自从我掌管了姜家粮草生意之后，魏国军队就缺粮了。"周方信心满满地笑了，"我经手姜家粮草生意之后的第一件事情就是着手收购粮草，到眼下为止，魏国的粮草十有五六已经在我手中。只等我一声令下就送到韩国或是齐国。韩国去年歉收，正急需粮草。"

"公子是要先利用粮草挑起魏、韩之争，再让魏国缺粮从而惨败？"王松总算跟上了周方的思路，他以拳击掌，"妙，妙计。公子妙计安天下，魏国必败。"

不料让王松意外的是，周方却摇了摇头，轻轻一笑："只要魏国和韩国战端一启，我几人的困局便可解开。但还是不宜让魏国败于韩国……"

"怎讲？还请公子明示。"王松才反应过来，忙说，"公子千万不要叫老臣王伯，老臣担当不起。"

第四十二章

恩威并施

"好，叫你王店家好了。"周方懒得跟王松啰唆，笑了一笑，"魏国和韩国颇有渊源，即便是败于韩国，也是小败，还会再赢回来。就算魏国有吞韩之心，韩国到时派出使者找魏王哭诉一番，魏王必定心软收兵。魏王的后宫有太多韩国的妃子了……"

"公子所言极是。"孙西敢明白了周方的心意，"公子是想让魏国四面树敌之后，再设计让魏国陷入四面混乱之中，如此才能趁机复国。若是魏国一味攻韩，说不定真的灭了韩国。魏国先灭中山再吞韩国，到时坐大之后，别说复国无望了，或许魏国一统六国也未可知。"

"孙店家说得正是。"周方连连点头，一脸赞许之意，还要再说什么时，柴门咯吱一响，一人从里面走了出来。

王松和孙西敢这一惊可是非同小可，二人以为有刺客，同时后退一步，王松手腕一翻，匕首在手，孙西敢弯腰捡起一根木棍，二人一左一右将来人包围。

来人"啊"的一声后退一步，靠在柴门上，一脸惊恐："周兄，他们是谁？"

周方忙挡在来人身前，将她严严实实地护住："王伯、孙伯，不得无礼，她是姜家大小姐姜姝。"

王松和孙西敢忙收起武器，躬身施礼："见过姜小姐。"

姜姝平复了情绪，上下打量二人几眼："你二位是……？"

"他二人是王孙酒坊的店家王木公和孙东者。"周方不便介绍二人真实身份，"就是对面酒家的店家，因他二人也是中山国人，所酿美酒很合我的口味，所以请他二人过来买些酒，正好用来款待今日前来的粮商……他们可是到了？"

姜姝目光如炬，看出了王、孙二人和周方的关系非同一般，二人对周方恭敬中又有敬畏，明显不是店家对客人应有的谦卑，不过她看破不说破，朝二人点头示意，说道："到了，我正是要告知周兄，可以开门迎客了。"

王松和孙西敢也看出了姜姝和周方的关系无比密切，姜家和善信阁又有密道相通，二人暗自一笑，太子有姜小姐相助，也是天大的好事。

周方和姜姝出门相迎，从各地赶来姜家的粮商先是在姜家小聚，然后再来善信阁开会。门口密密麻麻站立了十几人之多，都是四旬上下的中年男子。为首者吴公之面如冠玉，颔下长须，一袭长衫，淡然而立，不像是商人，倒像是一个隐士。

吴公之在韩国经商多年，韩国之内的粮商和他皆有生意来往，他可以操控韩国之内六七成以上粮草的动向。

吴公之的左边站有一人，微胖，黝黑，无须，浓眉大眼，连眉，大嘴，一脸憨厚之相，正是齐国粮商吕纪年。吕纪年和姜家渊源颇深，生意往来有二十多年之久，齐国之内五六成的粮草都要经他之手，他相当于姜家在齐国的代言人。

众人纷纷和周方见礼，周方不厌其烦，一一回礼。平心而论，不管是吴公之、吕纪年还是其他人，都对周方心存戒备和疑虑，不说周方如此年轻怎能担当如此重任，只说周方在接手了姜家粮草生意后，迟迟未见有所动作就不得不让人怀疑他到底有没有真才实学了。

尽管所有人都心知肚明，周方能得姜家如此重托，若不是大有来历，便是姜家想招周方为乘龙快婿。今日一见周方和姜姝并肩而立，确实犹如一对璧人，众人就一心认定周方能平步青云，必是被姜小姐青睐之故。

今日之会，只说是姜家有意重新调整今后粮草生意的方向，并未明说到底所为何事，所以众人还在猜测如此兴师动众，莫非是周方新官上任三把火，为了立威非要折腾众人一番？是以众人在姜家时议论纷纷，都对周方此举既有不满又有怨言，毕竟有人远道而来，舟车劳顿。

周方目光一扫，就察觉到了众人不满的情绪在蔓延，呵呵一笑，回身示意王、孙二人上酒。二人心领神会，转身离去。

众人随周方来到书房，已经摆好了酒席，周方正要坐在上首，吴公之呵呵一笑："周公子做东，我等远来是客，坐在末席也没什么，姜小姐是我等东家，理应她坐上座。吕公，你说呢？"

吕纪年当即附和："正是，正是，听说善信阁也是姜家产业，说来连周公子也是客人了。姜小姐请上座，客随主便嘛。"

周方知道众人并不服他，座序只是有意刁难他，虽是小事，却不能示弱，他二话不说就坐在了上首，哈哈一笑："善信阁并非姜家产业，是姜小姐购买之后赠予我，便是我的私宅了。我受姜家之托，执掌姜家的粮草生意，今日各位又是姜家的粮商，我若不拿出主人风范迎客，是为失礼。姜小姐，你坐我左首。吴公，你坐我右首。吕公，你坐姜小姐左首。各位不要客气，请入座。"

吴公之和吕纪年面面相觑，没想到周方如此无赖，他二人愣在当场，站也不是坐也不是，只好看向了姜姝。

姜姝嫣然一笑，听话地坐在了周方的左首，招呼吴公之和吕纪年："周兄说得对，此地是他的私宅，此事是他主持，理应由他上座。吴公、吕公，快快入座。"

吴公之和吕纪年无奈，只好依言坐下。二人不甘地看了周方一眼，吕纪年没忍住，哼了一声："听说周公子和任公主交情不错，何不再进一步，娶了公主，也算是皇亲国戚了，哈哈。"

"哈哈。"

众人哄笑。

周方脸色不变，举起酒杯："第一杯酒，敬姜家。若没有姜家，便没有我的今日，也没有我今日和各位的相识相聚。公主虽是魏王之女，和我也颇有交情，但毕竟深居王宫之中，遥不可及。善信阁和姜家只有一墙之隔，就如秦国和晋国相邻。"

周方之话暗指秦晋之好，姜姝脸上微微一红，也举起了酒杯："吕公休要拿公主说笑，来，同饮此杯。"

吕纪年讪讪一笑，和众人一饮而尽。

周方举起第二杯酒："第二杯酒，敬中山国。中山国虽亡，我身为中山国人，故国难忘。今日在魏国与各位同聚，当缅怀人在故国之时。"

吴公之率先一饮而尽："故土难离，故园难舍。周公子国破家亡，能有今日振作，实属不易，在下佩服！"

周方又举起第三杯酒："第三杯酒，敬魏国。虽是魏国灭了中山国，但我在魏国结识了许多友人，公主、乐城公子、司马公子以及姜小姐和诸位，让我这个亡国之人再次有了家的感觉。现今我已经视魏国为第二故国。"

众人纷纷点头，饮下了第三杯酒。

周方放下酒杯，话入正题："今日请各位前来，是有要事相商，此事事关姜家日后长远，事关魏国国运。"

此话一出，四座皆惊。

姜姝却淡然一笑："诸位不必震惊，周兄所说之话确实属实。今日之事，是一桩了不起的大事。"

"若真是事关姜家日后长远……"吴公之微微一顿，不以为然地笑了笑，还是说出了口，"也事关魏国国运，应该由姜公和姜公子出面才对。"

言外之意，只凭姜姝和周方分量不够，不足以做出事关姜家日后长远的决定。

"对，对，如此大事，姜公和姜公子出面才合乎情理。"吕纪年也随声附和。

众人纷纷响应。

周方脸色不变，等众人的声音平静下来，他才不慌不忙地说道："姜公既然托付我一手经办姜家粮草生意，我自当竭尽全力为之。若是事事要姜公和姜公子出面，又怎么叫一手经办？何况还有姜小姐辅佐。若是谁不信任在下，可以去向姜公、姜公子问个明白再说。"

周方声音不大，语气不缓不急，却颇有威势，有一股不容置疑的坚决。众人心头一凛，周方不动声色间，竟然已经有了一股上位者居高临下的威压。

吴公之尴尬一笑，想说什么，又咽了回去，因为他忽然觉得他没有了后援，原本响应的几个人此时都假装喝茶低头不语了。

一帮蠢货，这么快就被周方降服了，真是无能，吴公之心中暗骂一句，朝吕纪年使了个眼色。

吕纪年觉得不能这么轻易就让周方占了上风，刚一张口，话才到嘴边就被姜姝一句话顶了回去。

"吕伯是想向家父、兄长问个明白？可以，我这就让木恩带你去姜家。"姜姝脸色微愠，她并不能将周方如何有恩于姜家的真相说出，所有质疑周方的人就相当于质疑她，"你就在姜家陪家父和兄长说话，不必回来了。"

姜望自上次被周方识破波斯香中毒后，搬到了向阳之地，身体日渐恢复。不过还是因损耗过多，完全复原尚需时日。他经此一事后，也看淡了许多，将生意一分为二，一部分交与姜姝，另一部分交与姜远，他乐得清净，一心学道修仙去了。

第四十三章

迫在眉睫

姜姝清楚记得周方推测密道是姜家和当年善信阁的主人联手所建，她事后问及父亲，姜望一开始不肯回答。后来在连番追问下，才说出了缘由。原来当年姜望和王黄关系无比密切，王黄住善信阁，二人经常在一起商议国家大事。后来王黄荣升相国后，再和姜望公然来往不太方便了，二人商议，就打通了一条密道，可以随时掩人耳目地相会。

再后来王黄搬离了善信阁，姜望和王黄联系渐少，密道虽在，却荒废了下来，只留了姜家密室。姜望也没有告诉姜姝和姜远真相，也是他觉得并没有什么可说之处。他和王黄相识于微末之时，现今各自发迹，再无共同语言，也是正常。

近年来年事渐高，姜望又有心让一对儿女执掌姜家，心思就淡了许多。

现今姜望一心修仙，几乎不问世事，姜姝故意有此一说，是为了打压吕纪年的气焰。吕纪年以姜家元老自居，是最早追随姜望的数人之一，近年来渐有坐大之势，且倚老卖老，不思进取，还不让年轻人掌权。

吕纪年被姜姝当众驳了面子，众目睽睽之下，不免有几分尴尬，嘿嘿一笑："姜小姐是看不上我这个老人了，是，我是年纪大了些，但还能为姜家卖几年命。算了，姜公想要安静，我就不去扰乱他的清修了。"

见吕纪年服软了，吴公之孤掌难鸣，只好顺势说道："姜小姐息怒，我和吕兄也是一心为了姜家。既然姜小姐话说得如此明白，我等从命就是。"

"吕伯言重了，我虽接手姜家粮草生意，毕竟年少，还要各位叔伯多多帮衬才是。"周方见好就收，眼下正是用人之际，一打一拉之间，正好收买人心，"尤其是吕伯和吴伯，正有一件大事要落到你二人身上，若无你二人挑起大梁，此事恐怕还难以做成。"

吴公之和吕纪年对视一眼，二人心思电闪，都暗暗佩服周方的聪明和大度，遂呵呵一笑，拱手一礼："不敢不敢，周公子过奖了。"

周方笑了笑，随即收起笑容，一脸严肃："魏国和韩国早晚会有一战，战局一起，姜家是借势而起还是逆势而退，就全在今日一举了。"

吴公之一脸惊愕："魏国和韩国开战？周公子何出此言？魏、韩两国交好多年，唇齿相依，绝无开战的可能。"

吕纪年也是连连点头："周公子此话，危言耸听了。"

"且听周兄把话说完。"姜姝淡然一笑，"急什么？"

不急才怪，吕纪年摇头一笑："我也是担心姜家之事。"

周方点头一笑："魏、韩两国开战，已经迫在眉睫，各位不必非要清楚为何开战，只要知道一旦开战如何应对就好了。吴伯，若魏、韩两国开战，魏国和韩国都要从姜家购买粮草，你会卖谁？"

吴公之一愣，想了一想："自然是卖给魏国了，姜家的根基在魏国。"

"我也觉得应该卖给魏国。"吕纪年点头说道。

众人纷纷点头附和。

周方微微一笑，问姜姝："姝妹的想法是……？"

姜姝自然知道周方是有意考她，淡然笑道："魏国和韩国，价高者得。"

"从国家大义来说，吴伯和吕伯的做法没错。从经商来说，姝妹的想法也没错。但从大局来说，还是欠缺了魏、韩两国平衡的考虑。"周方谈笑间，从容不迫，有一股说不出来的指挥若定，"所以若要全盘考虑，既不是只卖魏国，也不是价高者得，而是……"

众人都支起耳朵细听。

"开始时，是价高者得。到后来打得要分出胜负时，获胜者得。"周方呵呵一笑，"左右逢源才能立于不败之地。"

众人面面相觑，不知道说什么好了，气氛一时尴尬，过了半晌吴公之才嘿嘿一笑："左右逢源自然是好，只是往往有时左右逢源会变成左右不讨好。周公子，莫要到时两边全部踩空，就麻烦大了。"

周方就知道吴公之会有如此一说，他胸有成竹地问道："吴伯在韩国经营多年，韩国今年粮食收成如何？"

"歉收。"吴公之微微皱眉，"粮价大涨三成，百姓生活艰难。"

"魏国今年虽未歉收，也存粮不多了。中山国一战，消耗巨大。所以魏国和韩国交战，打的其实是粮草消耗战。"周方开始切入正题了，他想要达成心愿，必须倚仗在座每一个人，"各位不必怀疑魏国和韩国开战的可能，战争已经一触即发了，不出三日，战争必然打响。吴伯，先前我让你准备好粮草送往韩国边境，可是准备妥当？"

"一切准备妥当。"吴公之问道，"周公子有何吩咐？这一批粮草是韩国采购的军粮，按照日期，今日是要交粮的。"

"我已经派人前去告知宋最，让他带领车队返回魏国。"周方蓦然站起，拱手一礼，"在下有一事相求，还请吴伯不要推辞。"

宋最是吴公之手下的得力干将，负责押送粮草。

吴公之急忙站起，还了一礼："为何要让宋最带队返回魏国？韩国军队已经付了定金。"

"求吴伯的事情就是和宋最有关。"周方也不隐瞒，他知道疑人不用、用人不疑的道理，"宋最带领车队返回魏国，是为了配合司马将军的大计。配合完之后，为了姜家的声誉，还要请吴伯将粮草原数送回，并向韩军请罪。"

吴公之是何许人也，瞬间想明白了其中的缘由，当即说道："周公子尽管放心，我一定不辱使命。"

周方哈哈一笑，举起一杯酒："在下为吴伯送行。"

吴公之倒也爽快，满饮一杯，转身就走："若是完不成使命，吴某不会回来。"

吴公之一走，吕纪年也坐不住了，主动起身问道："周公子，有什么事情需要我来做尽管开口，定当不负使命。"

"还真有一事需要吕伯出面才行。"周方见事情进展顺利，成功收服了吴公之和吕纪年，也是心情大好，"还请吕伯从齐国调十万石粮草到魏国，以备不时之需。"

"好，不出一月，十万石粮草在齐国随时待命可以发来魏国。"吕纪年不等周方举杯，自己先饮了一杯，"告辞！"

"慢。"周方举起一杯酒，郑重其事地敬向吕纪年，"吕伯，十万石粮草事关魏国兴亡，一月时间恐怕不行。"

吕纪年一愣："你说，要多久？"

"半个月……如何？"周方有意流露出为难之色，"我也知道，半个月的时间调集十万石粮草，确实强人所难了，此事也只有吕伯或许还可以一试，换了别人，怕是绝没有完成的可能。"

"半个月？"吕纪年刚想说齐国山多地少，产粮之地又分散各处，单是收粮怕是也要半月有余，但见周方一脸为难和迫切，不由得豪气陡生，一拍胸膛说道，"没问题，拼了这条老命，也要完成周公子交代之事……告辞！"

周方朝吕纪年的背影长揖一礼："多谢吕伯。"

众人暗暗赞叹周方不但深谙用人之道，且礼数周到，实在是难得的将才，不由得佩服姜家的识人之明。得周方之助，姜家更上一层楼有望。

周方又分别安排了各人任务，聚会结束时，已经是午时过后。送完客人后，周方和姜姝站在善信阁门口，二人一时相对无言。

良久，姜姝才幽幽叹息一声："周兄，我怎么觉得今日之事，不论成败，姜家都危机重重？"

周方轻抚姜姝后背："姝妹是在责怪我要将姜家带入万劫不复之地吗？"

"并不是。"姜姝摇头，"只是觉得太弄险了。"

周方微微一笑："世人常说富贵险中求，是因为若是一个人本来就一无所有，他拿出身家性命去赌一场荣华富贵，赢了，便赢了天下；输了，只是输了自己，且他已经没有什么可以输的，所以会去冒险。其实此事对姜家来说，不论输赢，都会立于不败之地。"

姜姝还想再说什么，远处几匹快马飞奔而来。为首的白发白须，须发皆张，怒容满面，正是乐羊。

乐羊策马来到周方面前，猛然勒住缰绳，马人立而起，前蹄腾空，朝周方头顶落去。周方右手一揽姜姝，身子一侧，一转身就躲到了一边。

姜姝勃然大怒："乐将军，你要当街杀人不成？"

"杀人？他不是人，他是恶鬼。"乐羊翻身下马，上前一步抓住了周方的胳膊，"周方，你不要再装了，你就是中山国太子周东。"

周方脸色不变："是又怎样？不是又怎样？乐将军莫非是到王宫上奏魏王，告了我一状？"

"老夫何止告你一状，老夫还要将你千刀万剐也不足以解心头之恨。"乐羊拔出宝剑，横在周方颈间，"周东，你费尽心思挑起魏国和韩国战争，究竟意欲何为？"

"笑话。"周方面不改色，冷笑一声，"在下只是一名小小的商人，哪里有本事挑起魏国和韩国的战争，就连乐将军怕是也不行，何况是我？乐将军这是在哪里受了气，非要找我来发泄，也是因为我好欺负不成？"

第四十四章

紧追不舍

乐羊脸色铁青,握剑的手微微颤抖,姜姝在一旁吓得花容失色,唯恐乐羊真杀了周方,忙说:"乐将军万万不可,快快住手!"

乐羊是真想一剑杀了周方好解心头之恨,但他也清楚,真要一剑下去,周方就会血溅当场。他也会成为千古罪人,被史书所不齿。他现在已经完全相信周方就是中山国太子周东,但又能如何?除他之外,并无几人相信周方的真实身份。

乐羊缓缓地收回宝剑,冷笑一声:"周东,你不要太得意了,虽说魏王一时糊涂,听信了司马史的谗言要对韩国用兵,老夫就算是拼了这条老命,也会竭力阻止魏国和韩国开战。等从中山国传来你就是中山国太子周东的确切消息后,魏王和司马史都会幡然醒悟,会知道中了你的挑拨离间之计,到时你会死无葬身之地。"

周方哈哈大笑,毫无惧色:"乐将军,若我真是中山国太子周东,一旦中山国人知道我还在人世,必定会千方百计想要除掉我,说不定不等魏王和司马史将军动手,中山国的刺客就会取了我的人头。"

姜姝在一旁听得心惊肉跳,虽说她不敢完全肯定,但基本上已经可以确信周方就是中山国的太子周东!怪不得周方如此从容、如此气定神闲,想想也是,曾经的一国太子,曾指挥千军万马在战场上和魏军血战十几天的大将军,面对她和其他粮商,怎能不镇静自若?

姜姝心中既有惊喜也有失落,惊喜的是,她能认识周方并且赏识周方,可见她确实有过人的眼光;失落的是,周方若真是中山国太子,或许会轻视她,并且不会娶她为妻，毕竟地位相差悬殊。且周方又是亡国的太子，中山国不容他，魏国也要置他于死地。

到底该如何是好？姜妹心中悱恻缠绵，柔肠百结，一时难以决断。

"知道就好，若你能早些醒悟，主动承认了中山国太子身份，老夫可以向魏王求情饶你不死，还许你在魏国继续经商，如何？"乐羊心中一软，他怜惜周方是一个难得的人才，中山国之灭，罪不在周方，说起来周方也是受害者，他若能留在魏国一心为魏国效劳，也是一件大好事。

周方愣了一愣，假装想了一想："多谢乐将军抬爱，只是在下还不知道到底发生了什么事情，可否请乐将军告知？"

乐羊脸色一变，哼了一声："也不怕你知道，告诉你也无妨。老夫今日上殿，本来是想向魏王奏明你是中山国太子之事，不想还未开口，司马史老儿就以韩国军队越过边境进入魏国境内为由，请求魏王发兵攻韩。老夫坚决反对，此事必有蹊跷，背后定是有人故意推波助澜。老夫虽一再向魏王陈述利害关系，魏王却就是不听，非要下令兵发韩国，还任命司马运为先锋，让他戴罪立功。魏王如此英明之人，为何做出这样让人难以理解之事？"

周方暗暗摇头，乐羊一副痛心疾首的样子，确实是发自肺腑的忧国忧民，可惜的是，乐羊并不知道魏王心思。乐羊在魏国吞并中山国后，在魏王信心大增、雄心勃勃想要成为中原霸主之时，一再阻止魏王发兵，魏王不疑心乐羊居功自傲不想别人再立下比他还要显赫的战功才怪。

乐羊更不清楚的是，魏王甚是宠信司马史父子。司马运屠杀粮商之事，魏王未必就没有一丝耳闻，只不过魏王不想追究而已。乐羊非要将此事公之于众，让魏王骑虎难下。魏王对乐羊本来就有提防之心，乐羊一再让魏王难堪，魏王对乐羊的信任恐怕已经降到了冰点。

若不是乐羊还有灭掉中山国的功劳，还有魏王也不想让群臣认为他过河拆桥，恐怕此时的乐羊已经被打入冷宫了。

乐羊直视周方双眼，因过度气愤身体微微颤抖，带动胡子不停起伏："还不是因为你一直在背后怂恿司马父子欺上瞒下以蛊惑魏王，周东，你因中山国被灭怀恨在心，藏身魏国，就是为了灭掉魏国为中山国复仇，是也不是？"

周方心中暗喜，表面上却不动声色，魏王果然兵发韩国！他所料果然没错，司马史最终还是说服了魏王出兵，当然，和他在背后的策应不无关系，是韩军因粮草越境魏国才促使魏王痛下决心的。

让魏国出兵韩国只是第一步,切不可过于乐观。周方更清楚的是,一旦他中山国太子的身份暴露之后,魏王如何处置他,司马父子如何待他,还是未知,他极有可能没命。

不过现在也想不了那么多了,周方淡淡一笑:"既然乐将军一心认定我就是中山国太子周东,我也无话可说。好吧,就算我是中山国太子周东,说动司马父子蛊惑魏王出兵韩国,怎么是为了灭掉魏国了?莫非在乐将军眼中,魏国不是韩国的对手,和韩国开战,会被韩国吞并不成?"

"我……"乐羊被呛了一句,脸色一青,冷笑道,"你莫要诡辩,韩国不比中山国那么弱小,兵强马壮,虽不如魏国强盛,却也是万乘之国。"

"在万乘之国中,只有韩国最为弱小,魏王有心成为中原霸主,不先拿韩国开刀难道要率先攻打齐国不成?"周方退后一步,朝乐羊深施一礼,"在下承蒙乐将军收留,感激不尽。只是不可因公废私,若是在国家大事的见解上,在下和乐将军有不同之处,还请乐将军多多包涵,恕在下不能徇私赞同。"

"谁要你徇私了?"乐羊被周方突如其来的一番话弄晕了,"你到底要说什么?"

"我敬重乐将军的为人,灭掉中山国也确实是不世之功。但魏国人才济济,除了乐将军之外,还有王相国和司马将军等众多能臣良将。乐将军可灭中山,难道司马将军就不能吞并韩国?莫非乐将军一心阻止魏王东征南伐,是怕有人居功至伟,超过了乐将军的赫赫战功?"

乐羊哪里受得了周方如此嘲讽,当即大吼一声,再次拔剑在手,一剑就朝周方刺去。

"周兄快闪!"姜姝大惊,她看了出来乐羊这一次是下了狠手。

周方自然不会让乐羊刺到,闪身一边,刚刚站稳身形,乐羊的第二剑再次袭来,其势如电,杀气冲天。

可惜了,周方心中暗叹,乐羊一代名将,却失之于过于焦躁,怪不得不被魏王所喜,并非魏王偏爱司马父子,看来也有他自身的性格原因。

周方曾在沙场上身经百战,并不慌乱,再次闪开:"乐将军住手!就算在下有错,也要官府定罪,不劳乐将军当街动手。"

乐羊盛怒之下出剑,其实也并非真想杀了周方,虽说他是大将军,但当街杀人

193

也是死罪，只是实在气不过周方的污蔑，他就是要教训一下周方，好让他收敛几分。

不料周方躲闪之间，身法极为熟练不说，还有意轻描淡写地闪开，似乎嘲笑他剑法一般一样，他更是怒不可遏了，动了一丝伤人的念头。要让周方吃些苦头，才好让他长些记性，别再总是想着惹是生非。

一念及此，乐羊手法加快，出手如电，唰唰唰连刺三剑，直取周方的肩膀、大腿和胳膊等处。周方接连躲闪数下，身子一歪，脚步一晃，竟然摔倒在地。

"小心！"姜姝看得心惊肉跳，想要帮忙却又无从下手，只好在一旁急得团团转，"乐将军快快住手，切莫伤了周方！要是伤了他，我不会轻饶你！"

周方摔倒，乐羊剑到，眼见一剑就要刺中周方的肩膀之时，猛然空中传来一声破空的呼啸声，只听叮的一声，一支穿云箭倏忽射到，正中乐羊剑身。

穿云箭力道不可谓不强，却只是将乐羊的宝剑射偏，竟是没有完全弹开。剑的余势不减，划破了周方的肩膀。

"什么人？"乐羊心中一凛，好厉害的箭法，若不是他拿得紧，手中宝剑已经脱手而飞了。他感觉手腕隐隐发麻，胳膊微有酸意。

放眼魏国境内，有如此箭法、如此臂力之人，寥寥无几。

回身一看，一匹高头大马之上端坐一人，一脸得意，虽微有憔悴之意，却喜形于色，不是别人，正是司马运。

司马运身边有一男子左手缰绳右手持弓，他虎背熊腰，剑眉星目，臂长腰细，端坐马上，犹如一头巨熊。

周方不认识此人是谁，乐羊却是知道，不由得倒吸一口凉气，怎么是他？

公主魏任刚出生时，身患重病，宫中太医束手无策，眼见就要亡命之时，有人向魏王献计说太行山中有一处断天崖，深不见底。崖底有一株千年幽兰，可治百病。只是崖底不但崎岖难行，还有巨蟒出没。

为救魏任性命，魏王悬赏百金征集勇士。重赏之下必有勇夫，有一勇士自称董群，为救公主愿赴汤蹈火、万死不辞。

第四十五章
不可为而为之

　　董群天生神力,箭术无双,百发百中。他一人独闯崖底,力战巨蟒三天三夜,终于杀死巨蟒,摘下了千年幽兰。魏任服下后,果然即刻病愈。魏王大喜,赏董群百金,外加良田千顷。董群推辞不受,称愿终生追随公主左右,保护公主。

　　魏王准了,封董群为骠骑将军。

　　董群作为公主的贴身侍卫,轻易不会抛头露面,但只要是他出现之处,必有公主行踪。乐羊并不是惧怕董群,而是董群和司马运同时现身,可见司马运不但重新得到了魏王的宠信,还得到了公主的认可。

　　乐羊震惊过后,心中一片悲凉,他一心为了魏国,到头来却还是不被魏王信任,还是司马运小人得志!

　　司马运一脸惊愕,见周方胳膊上鲜血滴落,当即翻身下马,飞奔到周方身边:"周兄,你伤得可重?"

　　董群也一个箭步冲了过来,挡在了周方面前,冲乐羊肃然说道:"乐将军,奉公主之命,董某保护周方周公子安全。若有得罪之处,还请乐将军勿怪!"

　　言外之意,若是乐羊再敢动手,他就不客气了。

　　乐羊大感脸上无光,董群虽说有恩于公主,毕竟是个下人,一个下人对他这个灭掉中山国的上将军如此咄咄逼人,岂非欺人太甚?

　　不等乐羊说话,司马运撕掉自己衣袖,替周方包扎几下,冷冷说道:"乐将军这把年纪了,先是非要置我于死地,现在又想当街诛杀周方,真以为有了灭中山国的功劳就可以为所欲为了？乐将军，你老糊涂了！"

"我老糊涂了？"乐羊手指周方，"是你们糊涂了，被他蒙蔽了双眼，你们可知道他到底是谁？"

"我是中山国太子周东。"周方用牙一咬绑在衣袖上的衣角，朝司马运感激地点了点头，又风轻云淡地笑了，"司马兄，乐将军一再认为我就是中山国下落不明的太子周东，我若不承认，他便不依不饶，被他逼得实在没有法子，只好认了。乐将军，你猜对了，本太子就是周东。"

周方一本正经装模作样地当众说出，明明是真事，却又偏偏让人觉得无比滑稽。司马运先是一愣，随即哈哈大笑："乐将军不只是老糊涂了，还得了失心疯，周兄若是中山国的太子周东，我就是秦国的太子嬴杰了，哈哈哈哈。乐将军，以前我还敬重你几分，现今你公报私仇不说，还无理取闹、胡搅蛮缠，我定当向魏王上奏，治你一个妖言惑众之罪。"

"哈哈哈哈，你们真是一群有眼无珠之人，有一只豺狼在你们身边，你们却当他是好人。他就是得志便猖狂的中山狼。"乐羊怒极反笑，心中的悲愤无以言表，只好仰天长叹，"苍天哪，天要灭魏国，可惜老夫无能为力。"

不行，不能让周东真的毁了魏国，乐羊心中蓦然闪过杀意，哪怕真的杀了周东，他背负罪名，只要能救魏国于水火之中，也是值了。此时若是不乘机杀了周东，以后怕是再也没有机会了。想通此节，乐羊猛然转身对远处说道："公主驾到，未曾远迎，失礼，失礼！"

公主来了？司马运和董群同时回身，身后空空如也，哪里有公主半点影子，二人暗道不好，上当了。

在二人回身的刹那，乐羊暴起，一剑直取周方胸口，要的就是利剑穿心。司马运和董群上当，周方却没有上当，他无比清楚乐羊不会错过眼下唯一一次机会，一旦失去，将不会再有。

是以在乐羊纵身跃起的一刻，周方原地一转，躲到了董群身后。在乐羊的一剑堪堪刺到之际，他已经被董群黑塔一样的身子挡得严严实实。

一击不中，乐羊情知大势已去，却不甘心就此认输，当即抽剑回身，剑身一横，化刺为削，直取周方项上人头。

董群此时已经回身，盛怒之下，不及转身，抽出数支箭一挡，剑势势如破竹，连断四五支箭，在逼近周方脖子半尺之时才停下。

董群怒吼一声，飞起一脚踢向乐羊。乐羊功亏一篑，虽懊恼莫及，却也只能抽剑回身。董群逼退乐羊，弯弓搭箭，瞄准了乐羊的胸口。

"放箭！"司马运气得不行，拔剑在手，遥指乐羊，"董将军只管射死他，出了事情，由我一人承担！敢杀我司马运的恩人，就是和司马家为敌！"

"住手！"

就在董群即将射出致命一箭之时，公主清冷的声音远远传来，伴随着一阵马蹄车辇之声，公主的马车缓缓驶来。

董群收了箭，冲乐羊怒目而视。

乐羊心灰意冷，也不理会司马运和董群，更不多看周方一眼，趋步来到公主辇车面前，鞠躬一礼："公主殿下，周方乃是中山国太子周东，不出数日，便有确切消息从中山国传来，还望公主明鉴，不要被坏人糊弄。"

魏任冷冷打量乐羊几眼："乐将军的意思是，我和司马将军、司马运、董群都有眼无珠，只有你目光如炬，有识人之明了？"

"公主……"乐羊想要辩解几句，却被魏任挥手打断。

乐羊哪里知道魏任将刚才发生的一切尽收眼底，若非担心事情闹大不可收场，她真想让董群一箭射死乐羊。虽说乐羊举报司马运有功，也于她有利，让父王解除了她和司马运的婚约，但乐羊处处针对周方，又出言不逊，不由得她不十分恼火。

主要也是方才乐羊大失身份冲周方接连出手，险些杀死周方，让她对乐羊恨到了极点。魏任也曾怀疑过周方的身份，却从未想过他是中山国太子周东，开什么玩笑？堂堂的中山国太子周东会来魏国？周东又不傻，怎会来敌国藏身？去齐国或是燕国多好。

对于周方，魏任的感觉很是复杂，既对周方救她一命心存感激，又对周方帮过乐城有意促成她和乐城的好事大有好感。她希望周方可以帮她摆脱司马运，又不希望周方和司马运走近。

只是形势突变，让她始料不及的是，周方不但和司马运走近，还迅速成为姜家的座上宾。平心而论，她原本对周方虽没有男女之情，却有结交之心。能得乐城、司马运以及姜家共同赏识之人，绝非常人。她虽贵为公主，却因身为女子，有诸多事情身不由己，若能得到周方在背后策应，总要好上许多。

其实魏任并非没有想过，若是将乐城换成周方，她又何曾有如今的烦恼？周方论才貌胜过乐城，论智谋乐城更是远远无法与之相比，除了出身和来历不明之外，周方并无一处不如乐城。只是她很清楚，不管她如何赏识周方，她和周方之间绝无可能。即便是她不能嫁给乐城或司马运，也只能再从魏国的王孙公子之中由父王选定一人。

她是公主，是魏国的长公主！父王绝不允许她下嫁平民，何况周方还是个来历不明的商人，更重要的是周方还是中山国人。是以她将对周方的好感和喜欢深藏心底，不敢触动，更不敢任由喜欢生根发芽。但即便她刻意压制，还是难免在心中翻动。近来她一直不敢来见周方，怕见得多了，她会对周方真的动心。

有许多事情明知不可为而为之，是飞蛾扑火。从小在王宫长大，魏任知道该怎样隐藏自己的喜怒哀乐并且克制自己的情感，对她来说，有太多的事情不能做，有许多的话不能说。她只希望，周方可以在魏国一切安好，有了姜家的庇护，有了姜姝的照顾，他会在安邑安家，一心为魏国着想。

只是见到周方被乐羊逼得团团转，她还是难免怒火中烧并且心疼。再看到姜姝惊慌失措、一脸关切，她莫名地感觉到一阵阵的醋意。终究还是怕什么来什么，她怎么就克制不了对周方的喜欢呢？

是以魏任对乐羊的怒气中除了不满乐羊对周方大打出手外，还有醋意作怪。

魏任扫了周方一眼，见姜姝挽住了周方，微一点头，目光如冰地射向乐羊："乐将军一再阻止父王出兵韩国也就罢了，还敢当街杀人，莫非真的功高盖主，不把父王和我放在眼里了？"

此话一出，句句诛心，乐羊当即跪倒在地："公主殿下何出此言？老臣忠心耿耿，不曾有半分不臣之心。老臣原本是相国门客，蒙魏王不弃，才有立功机会，怎敢有丝毫不敬？公主殿下若是不信任老臣，老臣愿以死一证清白！"

"免了免了。"司马运一脸不屑地摆了摆手，"别动不动就拿死来要挟公主，若你真的血溅街头，你倒是落了一个慷慨赴死的名声，公主却背了一个逼死忠臣的骂名，你置公主于不义之地，是何居心？"

乐羊回身怒视司马运："司马小儿，老夫连死都死不痛快，你还想要老夫怎样？"

第四十六章
先声夺人

"哈哈,我要你怎样?我哪里敢要你堂堂的乐大将军怎样?倒是你乐大将军,指责公主和我有眼无珠,还要行凶杀人,你是要上天不成?"司马运才不肯放过乐羊,乐羊害得他坐牢十几日,险些丢掉性命,是不共戴天之仇,"想你一世英名,怎会做出如此不堪之事?你污蔑周方是中山国太子周东也就罢了,是不是还想说你是从周方口中得知我屠杀粮商之事?你的担当和君子之风何在?"

周方不顾伤痛,勉强起身,朝乐羊深施一礼:"在下落难魏国之初,承蒙乐将军收留,救命之恩,恩同再造。即便乐将军一剑斩杀了在下,在下也绝无怨言,不会还手。和救命之恩相比,不管说在下是中山国太子周东也好,或是司马公子屠杀粮商之事是在下告密也罢,在下都不会申辩的。"

周方以退为进,要的就是封死乐羊之口。好在乐羊虽痛恨周方,却也不肯说出司马运屠杀粮商之事是由周方告密的,一事归一事,他不会自毁声誉。只是周方先声夺人,在他看来等于是恶人先告状,不由得更加怒火攻心。

"周方,你不要得意忘形,不出数日,中山国就会来人当面揭穿你的真实身份,到时看你还有何话要说。"乐羊不想再纠缠下去,朝魏任施了一礼,"公主,恕老臣告退。"

"乐将军刺伤了周兄,连一句道歉的话都没有,就想转身走人?"司马运冷笑一声,嘴角泛起一丝轻蔑之意,"是乐将军太托大,自认周兄可以任由你宰割,还是你连公主也不放在眼里?"

"关公主何事？"乐羊再次怒了，"司马运，你是非要和老夫计较个没完？"

"不是我非要和乐将军计较，是乐将军差点害我死在狱中，我好不容易得以重见天日，不好好感谢一下乐将军怎么说得过去？"司马运上前一步，拦住了乐羊的去路，"况且，说起来周兄也算是公主和我的客人，你刺伤了公主的客人，说走就走，公主大度不和你计较，我偏要和你说道说道。"

"你要怎样？"乐羊知道今日别想轻松脱身了，将心一横，"大不了老夫向他赔个不是，再赔他一些钱财。"

"不用，怎敢劳乐将军赔不是？更不用乐将军出钱。"司马运得意地哈哈一笑，转身问周方，"周兄，此事交我全权处置，你可愿意？"

周方也有意打击一下乐羊的气焰，他也知道司马运对乐羊恨之入骨，不让他出了这口气也是不行，就微一点头："乐将军只是误伤了我，并不要紧，不要为难他。"

"放心好了，我怎敢为难乐将军？只有乐将军敢为难别人，哈哈。"司马运拍了拍周方的肩膀，朝他重重地点了点头，"我曾追随乐将军征战沙场，知道乐将军为人公正。乐将军虽是误伤周兄，周兄为人大度不加以追究，乐将军难道可以心安？"

"你到底要如何？"乐羊被司马运故弄玄虚弄得气急，"休要啰唆，快快讲来。"

司马运朝公主投去了征求的目光，公主微不可察地点了点头，他就更加大胆了："杀人偿命，欠债还钱，天经地义。乐将军刺了周兄一剑，让周兄还上一剑就公平了。周兄不忍心下手，就由我代劳。不过……若是乐将军怕疼不想被刺上一剑也可以，向周兄认错，并且收回之前对周兄的污蔑，承认是自己胡言乱语，事情就算过去了。"

两个条件，每一个都咄咄逼人，乐羊退无可退，一咬牙："也罢，错就错了，被刺上一剑也是应该。来！"

司马运哈哈一笑，也不客气，拔剑在手，一剑就刺向了乐羊的胳膊。剑一出手，周方一脸不忍，伸手阻止："不可伤了乐将军……"

司马运十分配合地只用剑身轻轻碰了乐羊胳膊一下，无奈摇头："罢了罢了，乐将军不仁，周兄却不能不义，他不忍伤你，我总不能拂他心意。"

乐羊血在上涌，被司马运和周方二人一个红脸一个白脸的配合激起了满腔怒火不说，还大感面上无光。他一个叱咤风云，曾率领雄兵无数的上将军，被两个后生晚辈轻视，又是在公主和姜姝的注视之下，当即拔出宝剑在左臂上用力地一划，立时血流如注。

"一人做事一人当,还你一剑!"乐羊也不包扎,飞身上马,扔下一句话扬长而去,"各位,待真相大白之日,且记住今日之事。"

"乐将军慢走,不送。"司马运冲乐羊的背影挥了挥手,"恐怕乐将军迟早会失望,就如魏王要出兵韩国。乐将军,小心着风。"

远远看到乐羊在马上顿了一顿,险些没有摔下马,离得远,都没有看到乐羊在停顿之时,大口吐了一口鲜血!急火攻心加怒气冲天,乐羊一口郁积之气激发了内伤。

姜姝目睹了公主和司马运对周方的维护,心中既欣慰又担心。欣慰的是,周方能得到二人不惜得罪乐羊也要保护周全的关照,可见周方在二人心目中的分量之重。担心的是,一旦周方的真实身份得以证实,他又该如何面对公主和司马运?

其实就姜姝而言,她已然相信周方就是中山国太子周东。以乐羊的为人,若无十足把握,绝对不会当众指出周方就是周东。只是对她来说,周方是不是周东、周东是不是中山国太子,并无不同,她赏识的是周方本人,喜欢的是周方这个人,和他的身世全无干系。

她只是担心若周方真是中山国太子周东,周方如何再在魏国立足?想到此处,她不无担心地看向了周方,关切、心疼、担忧,全部写在了脸上。

魏任将姜姝的表情尽收眼底,心底闪过一声长长的叹息。她和周方之间所爱隔山海,山海不可平,只能望洋兴叹了。不过和她明知不可为而不为的喜欢相比,姜姝对周方明知不可为而为之的爱,才是刻骨铭心的绝望。

或许在姜姝简单而天真的心思里,海有舟可渡,山有路可行。此爱越山海,山海皆可平。有时奋不顾身的一跃,要么粉身碎骨,要么望尽天涯路。只是,她没有奋不顾身一跃的勇气。

几人进了善信阁,坐定之后,芥子和小薇上茶。

见公主来到,芥子几次想要到公主面前以示亲近,被公主的随身丫鬟画儿挡开。画儿小声告诫芥子:"公主有令,以后你安心在善信阁侍奉周公子,不必再传信,也不用再回公主府了。"

芥子不知道哪里惹了公主不快,眼泪快要下来了,非想亲自和公主说些什么。魏任看出了芥子的迫切,故意当众说道:"周公子,不知芥子和传先,用得还顺手不?"

周方早就知道芥子和传先是公主的眼线,有些事情他故意让二人得知,有些事情就瞒过二人,他微笑点头:"二人眼到手到,很是勤快。眼下善信阁多了不少下人,公主可带二人回府,省得在善信阁委屈了他们。"

魏任微微一怔:"若是周公子觉得他二人碍手碍脚,我就带回他二人,随便打发了就是。"

"不过是两个下人,值当费这些口舌?"司马运急于说正事,不耐烦地挥了挥手,"你二人赶紧下去,别在这里碍眼。"

二人只好退下,司马运看了魏任一眼,意味深长地笑了笑:"公主,这二人还是随便打发了好,当个眼线都当不上,害得周兄想明说又不好开口。"

魏任脸色不变,不慌不忙:"之前我确实让二人留意周兄的一举一动,周方来自中山国,又被人疑心是中山国太子周东,留心他一些也在情理之中。今日之事后,就不必如此了。"

见魏任如此坦诚,周方也就不再隐瞒,笑道:"不知公主可有发现?"

姜姝眨动眼睛,见周方如此坦然说破此事,而公主也是从容不迫地面对,不由得深为周方的气量而赞叹。

魏任摇头一笑:"没有。一是周公子行事确实坦荡;二是周公子早就察觉到了传先和芥子有二心,凡事都有所提防。"

"哈哈。"周方放声一笑,"莫非公主真的信了乐将军之话,疑心我是中山国太子周东?"

魏任没有答话,一双美目在周方的脸上扫来扫去,既俏皮又可爱。司马运端起茶杯,借喝茶之时迅速瞄了周方和魏任一眼,笑了:"我在征战中山国时,曾在战场和周东有过一面之战,不过当时是黑夜,看不分明。说实话,周兄和周东确实有几分相似之处。"

周方坦然一笑,毫不畏惧地迎上了司马运探究的目光:"不止一人说过我和太子相似,甚至有人还说我是中山王遗落民间的私生子,只可惜中山王已死,再也无人可以认定此事的真假。不过我并不想当什么中山王的私生子,平白多了不相干的烦恼。"

第四十七章
投桃报李

姜姝忍不住插了一句:"小女子冒昧问上一问,假使周兄真是中山国太子周东,只是他忘记了自己是谁,公主和司马公子,又该如何待他?"

此话一出,不只周方一愣,魏任和司马运都为之一惊,二人对视一眼,不约而同地沉默了。

"若我真是中山国太子周东,怕是公主和司马兄都会和我绝交,再一刀杀之而后快,哈哈。"周方打破了沉默,自嘲地一笑,"毕竟我骗得他们好苦。姝妹妹之话,说不定也确有几分可能,我要真是忘记了自己是谁的周东,等我想起之后,可以请公主上奏魏王,愿为质子。"

"一个人怎么会忘了自己是谁?如此荒唐之事,不说也罢。"司马运摆了摆手,轻描淡写地揭过此事不提,"今日登门来访,一是感谢周兄相助,我才得以重见天日。救命之恩,当铭记五内。"

说完,司马运起身朝周方深施一礼。

周方忙还礼不受。

"二是还有一事要请周兄相助,此事,也事关公主终身大事。"司马运叹息一声,摇了摇头,"在下仰慕公主风姿已久,恨不能朝夕相伴。奈何造化弄人,一错再错。因乐羊老儿诬告,在下人狱,魏王震怒之下,解除了在下和公主的婚约。眼下为魏国大计,公主愿远嫁齐国。姜家在齐国人脉深厚,可知吕唐为人如何?"

原来魏王要将魏任许配给齐国太子吕唐?周方心中喟叹,生在帝王家,看似有

203

无数人羡慕不已的荣华富贵，其实不然，外人怎会得知更有诸多身不由己的苦衷？魏任端庄如玉，大度如器，却先许司马运又许吕唐，始终无法和她喜欢的乐城在一起。

魏王愿与齐国结亲，是拉拢安抚齐国之意，是缓兵之计。魏国北有赵国，西有秦国，东有韩国和齐国，南有楚国，七雄之中，魏国最为居中，被各诸侯强国围绕，若不是魏国强盛，早被吞并了。魏国虽强，好战必亡，但忘战必危，是以魏国只有不停地扩张，才能确保不被周围强国灭掉。

若按大局而论，魏国最该吞并的国家是赵国。魏、赵、韩原本一家，赵国位于魏国北面，完全阻挡了魏国北上东进西攻之路，若是吞下赵国，魏国再顺势灭掉韩国，东进齐国，大局可定。周方也明白一点，赵国太过强大，魏国不敢轻言开战，是以才借道赵国吞并中山国，也是为下一步攻赵做好准备。

中山国孤悬在外，是一块飞地，但中山国和魏国相互响应，可以夹击赵国。赵国在中山国被灭之后，也意识到了魏国所谋长远，后悔莫及。

周方之前之所以劝司马父子攻韩而不是攻赵，是时机不够成熟。如今魏、韩开战在即，魏王北面要提防赵国生事，东面要谨防齐国出兵。不过相比唇齿相依的赵国来说，十几年没有边境之争的赵、魏两国开战的可能性极小，而和中山国交好的齐国更有可能趁机生乱。

魏王以联姻换取齐国不会对魏国发兵，倒也不失为一条妙计，只是牺牲了魏任的幸福。周方不由得暗中摇头，最是人间寂寞事，来世莫生帝王家。

齐国太子吕唐和周方自幼相识，足以对吕唐、周方可谓了如指掌。吕唐虽比司马运好上一些，却生性好玩，行事随心所欲，不思进取，身为太子，从无接任王位执掌齐国之心，不是游山玩水就是打猎喝酒，要么和人醉卧林中三日不醒，要么和人吟诗作对数日不归。

齐王曾无比痛心吕唐的荒诞不经，无数次责骂管教均无济于事，后来也只能听之任之。好在吕唐虽好玩，却并不作恶，也无大过。

周方并不答话，看向了姜姝，姜姝沉吟片刻，说道："我对吕唐所知不多，据姜家粮商吕纪年吕伯所说，吕唐为人豪放，不修边幅，肆意放荡，倒也没有传出什么不好之事。"

姜姝的回答魏任不太满意，她转向周方："周公子在中山国时，定是听过吕唐之事，你且说说。"

周方想了一想才说："我确实对吕唐为人有所耳闻，不过都是道听途说的传闻，当不得真。吕唐行事随心所欲，喜欢饮酒作诗，又有修仙向道之心，为人倒是不差，只是少了一些应有的担当。"

"担当……"魏任喃喃低语，神情落寞而无奈，"生在帝王家，谁不是不想却又不能不有所担当？罢了罢了，既然父王心意已决，身为女子，终究要嫁人，嫁到齐国也好，远离魏国这个伤心之地，也算幸事了。"

魏任起身，朝周方盈盈一礼。周方惊慌，忙还礼不受，连称不敢。

魏任凄然一笑："世间真的有可以让人忘记自己是谁的失心药吗？若有，我倒想服上一丸，忘记前尘往事，就没有那么多苦恼了。周公子，半月之后，吕唐即来魏国迎亲，你我相识一场，从此天各一方，怕是再难相见了。"

这么快？周方无比惊愕地看向了司马运。司马运点了点头，一脸悲伤和不舍："王命难违！周兄想必也能猜到，魏国和韩国一旦开战，战事或许数月，或许经年，魏王此举也是为大局着想。"

周方可以看出，司马运对魏任远嫁齐国，并无太多不舍和担忧，他一心想娶魏任为妻，所图的不过是魏王的宠信，并不是他对魏任有多喜欢。也是，司马运所图的是权势和地位，儿女情长对他来说，不过是桥梁。

周方不知道该说些什么，只好后退一步，拱手一礼："在水一方，溯洄从之，道阻且长……唯愿公主此去齐国，与吕唐相敬如宾，牵魏国和齐国红绢，永结秦晋之好。"

魏任回想起与周方相识的种种，忽然鼻子一酸，眼圈一红，声音都颤抖了："可是真心话？"

司马运和姜姝都察觉到了魏任的异常，二人都面露愕然之色。

魏任不理会二人的惊愕，继续追问："周公子，你我相识以来，你可曾对我有过半分情意？"

周方身负国仇家恨，又藏身魏国，蒙魏任相救，对魏任怎敢有非分之想？只有感激之情，未尝有男女之意。只是他也明白，魏任和他相处久了，又因同仇敌忾，故而对他有依赖之心在所难免。

"承蒙公主抬爱，在下铭记公主救命之恩！"

魏任瞬间恢复了清醒，心中暗叹一声，收起了儿女情长，恢复了淡然之色："很好，知恩图报才是君子所为。周公子，魏国和韩国战事已启，正好有一件事情落在你的头上，需要你的鼎力相助。"

205

司马运和姜姝同时长舒一口气，周方回答得巧妙，公主也接得好，二人之间有些事情没有点破又轻轻揭过，从此风轻云淡，也是好事。

"敢不从命！"周方立时恭敬回应。

"还是粮草问题……"公主回身坐回座位，朝司马运点了点头，"父王让司马公子戴罪立功，还是担任运粮官，魏国经和中山国一战，粮草损耗严重，如今……"

"如今可以调集到的粮草，只够支撑半月。"司马运朝周方深施一礼，"在下的身家性命，全在周兄手中了。"

周方忙扶起司马运："司马兄言重了，粮草之事，我早有准备，不出半月，便可从齐国调来十万石粮草，可解一时之需。"

司马运顿时大喜："知我者，周兄也！此战若胜，当记周兄大功一件。"

"哈哈，司马兄过奖了，我只是商人，调来粮草，是要赚钱的，可不是要赠予司马兄。"周方半是玩笑半是认真。

司马运哈哈大笑："周兄是怕我欠账不给杀你赖账不成？有公主在此，我岂敢做出如此大逆不道之事？再者，你我情同手足，怎会杀你？况且乐羊污蔑我屠杀粮商之事，本是无中生有，我司马运岂是如此无耻之人？"

周方才不会被司马运的义正词严蒙蔽，屠杀粮商之事是确凿事实，司马运再抵赖也是无用，他比任何人都清楚当时发生了什么。

不过表面上他还是爽朗一笑："司马兄为人恩怨分明，我已经领教过了，相信司马兄的为人。"

"如此，我们就说定了？"司马运无比开心，压在他心头的粮草问题如巨石一样让他抬不起头来，虽说他也相信周方会帮他解决一些粮草，却万万没想到周方早有预备，并且足足准备了十万石粮草！

足够支撑三个月之久了！

更让他惊喜的是，周方准备的粮草已经整装待发，在第一批粮草耗尽之前就能赶上，当真是救命稻草！怎能不让他喜出望外。司马运抱住了周方的肩膀："周兄真乃我之福星也，认识周兄，是我今生最大幸事。即便周兄真是中山国太子周东，我也认了，那又如何？周兄不计前嫌肯帮我渡过难关，我自当投桃报李，助周兄在魏国建功立业……周兄，此时没有外人，你可以实话实说，你究竟是不是中山国太子周东？"

周方才不会兴奋之下说出自己的真实身份，能多瞒一天是一天，不可大意之下贻人口实，以致没有回旋的余地。

第四十八章

同进共退

　　周方摇头一笑，语焉不详地说道："听多了，我还真以为是忘了自己是谁的中山国太子周东，就经常回想从小到大的事情，好像没有过在王宫生活的经历，当然，或许真是不记得了也有可能，哈哈。"

　　如此模棱两可的回答让司马运很是无语，不过说实话，他现在也无心求证周方到底是不是周东。就他本心来说，周方不是周东最好；若真是，他也会不遗余力地保护周方。虽说他在吞并中山国之战中和周东有过交手，但时过境迁，周方也好周东也罢，如此帮他，就是他的至交好友。

　　魏任也是笑了一笑："如此就有劳周公子了。我就此告辞，山高水长，也不知何时才能相逢，各自珍重！"

　　周方送到门口，等公主的车辇走了许久才收回目光，对身边的司马运叹息一声："公主此去齐国，怕是很难再回魏国了。太子魏作人在中山国，公主又要前往齐国，魏王的一儿一女，都不在身边了……"

　　司马运点头说道："是呀，公主深明大义，为魏国拉拢齐国，不惜嫁与吕唐为妻。但愿她在齐国，一切遂意。魏王最喜欢的一儿一女如今都不在身边，怕是不用多久，就会调太子回魏国了。中山国虽然灭国，却还有中山国君臣藏身太行山中，说不定什么时候就要反戈一击。魏作身为太子，置身中山国君臣之中，终究危险……"顿了一顿，他压低了声音，小声问道，"周兄，大胆推测一下，太子若是不幸命丧中山国，魏王会再立谁为太子？"

周方为之一惊，如此大逆不道的话从司马运口中说出，为何他只是感到了惊讶而不是震惊，莫非在他的内心深处早就认定司马运此人野心极大？

魏王一共三儿两女：长子魏作，次子魏达，幼子魏至；长女魏任，次女魏意。魏作立为太子时年方十五，今年二十。次子魏达今年十五，幼子魏至刚刚两岁。长女魏任正是二八年华，次女魏意只有十岁。是以魏王虽子女众多，所能倚仗者唯有魏作和魏任二人。

"魏王家事，我不便评论。若论长幼排序，魏作之后就是魏达了。"周方知道司马运有意试探他一二，也就故意顺水推舟，"魏达今年也有十五岁了，也到了可以立储的年纪。"

"魏达？呵呵，嘿嘿，哈哈。"司马运一阵怪笑，一拉周方胳膊就和他回到了书房，姜姝亦步亦趋跟在二人身后，温婉低调，连话都不多说一句。

喝了一杯茶，司马运才又哈哈一笑："周兄你且说说，魏达和吕唐相比如何？"

周方摇头："我并不知道魏达为人，不好对比。"

"魏达不如吕唐的十分之一。"司马运重重地摇头，"吕唐虽不修边幅喜好游玩，却并无大错亦无大过。魏达则不同，他行事只凭好恶，从不在意他人生死。就连宫里的公公和宫女，被他害死的就有十几人之多。更可怕的是，他对治国理政全无兴趣，偏偏喜欢钻研酷刑和害人之法，人称魏小魔头……"

魏小魔头的说法周方有所耳闻，帝王之家子女众多，有不成器者也是常事，他故作惊讶："魏达竟是如此乖张性情？若果真如此，他确实没有储君之德。德薄而位尊，智小而谋大，力小而任重，鲜不及矣……"

"说得正是。"司马运重重地一放茶杯，一脸的忧心忡忡，"是以魏王应该早日让太子回到魏国，换人来接替魏作执掌中山国。"

周方眼前一亮，如此大好时机岂能错过，当即说道："司马兄一心为魏王着想，忠君之心，对天可表，让人敬佩。如今正是用人之际，魏作返回魏国，可以鼓舞士气。只是魏作回来，谁接替他为好？"

司马运嘿嘿一笑："若说接替魏作的最佳人选，非乐羊莫属。只是乐羊老儿处处刁难于我，我岂能向魏王举荐他执掌中山国？如此好事，还是要落在自己人头上才好。是以我想来想去，也只有魏达了。"

早在中山国被灭之时，就有人举荐乐羊任中山君，魏王没有答应，对乐羊魏王始终持有戒心，也是魏王不想封异姓为君之故。司马运故意这么一说，只不过是为了铺垫魏达。

周方渐渐摸到司马运的用意了："司马兄和魏达也有交情？"

"还算投机。"司马运得意地一笑，又故作神秘地压低了声音，"我和魏达并非一路人，只是不得不与之虚与委蛇，毕竟还有许多事情需要魏达抛头露面。"

"还是司马兄所虑长远，我要多向司马兄请教才好。"周方哈哈一笑，又十分配合地故作好奇地问道，"有什么事情需要魏达抛头露面才行？以司马兄在朝野的名气，登高一呼必定应者云集。"

"周兄过奖了，总有一些事情不方便自己抛头露面，魏达又喜欢惹是生非，且他又是魏王之子，不管犯了多大的过错，总有魏王照应，就不会是死罪。"司马运嘿嘿一阵干笑，回身看了姜姝一眼，迟疑片刻还是说道，"不瞒周兄，我正在谋划一件大事，这件大事的支点，正落在魏达身上。"

"怎么又和魏达有关了？眼下最要紧的事情不是对韩国用兵吗？魏达莫非还要随军出征不成？"周方忽然觉得司马运远比他想象中更深谋远虑，他挑起魏韩战争，一为削弱魏国实力，二为离间魏王和司马父子对乐羊的信任，三为救司马运，而司马运刚刚出狱才担任了运粮官就开始谋划大事，此人果然野心极大。

"这个嘛……"司马运再次看向了姜姝，欲言又止。

姜姝会意，起身告辞："小女子还有事情要忙，就不打扰二位了。"

周方伸手拦住姜姝："无妨，姝妹不必回避。司马兄，我二人之事，还多有仰仗姝妹之处。再者，我和姝妹亲密无间，并无不可谈之事。"

司马运点头说道："恭喜周兄和姝妹。"

姜姝莞尔一笑："恭喜什么？"

"司马兄是恭喜我二人以后会喜结连理。"周方取笑一句，又一脸认真地问道，"司马兄若是相信我和姝妹，但说无妨，我和姝妹会竭尽全力策应你的大计。"

司马运微一沉吟，心思浮沉片刻，下定了决心："好，自此以后，我与周兄、姝妹共进退！"

周方朝姜姝使了个眼色，二人一起朝司马运施了一礼："我二人愿与司马兄共进退！"

司马运哈哈一笑："好，好，好，今日我三人算是正式结盟了，日后共享荣华富贵！兵发韩国，原本魏王想定王之担任先锋官，家父举荐了魏达。"

让魏达担任先锋官，司马父子是在下一盘什么大棋？周方想了想："魏达不学无术，他怎会懂领兵之道？由他任先锋官，岂非要坏了大事？"

"怎会坏了大事？"司马运嘿嘿一笑，眼神中尽是狡黠之色，"我会让王之暗中辅佐魏达，让他旗开得胜，打赢第一仗。如今魏国和韩国边境，韩国只有少数兵马驻扎，且都不是精兵强将，魏国首战必胜。首战功劳，魏达等于是白白捡来的。"

"等魏达立功之后，魏王也好名正言顺委派魏达前去中山国接替魏作。否则魏达没有寸功，直接封为中山国君也难以服众。"司马运志得意满地笑了，"我既遂了魏王之心，又送了魏达一份大礼，还让魏作得以回到魏国，周兄，你说魏国和韩国一战，皆大欢喜，魏王、魏作还有魏达，都对我刮目相看，我在魏国的朝堂之上，更加稳如磐石了。"

司马运果然打得一手好算盘，怪不得魏王甚是宠信司马父子，司马父子深知魏王心意，处处为魏王着想，帮魏王暗中不着痕迹地拿掉麻烦，魏王不事事想着司马父子才怪。此事若成，司马运在魏国朝堂之上何止稳如磐石，简直就是炙手可热！

若是以前，周方也许会暗中阻挠司马运的计谋成功，但以眼下形势来看，司马父子坐大，却是难得的好事，不但有利于压制乐羊，让乐羊再难翻身，还可以借机让魏国局势乱上加乱，从而让他的复国大计更好地得以实施。

姜姝却微有忧色地说道："万一魏达首战大败，又该如何是好？"

"怎会打败仗？绝无可能！"司马运大摇其头，信心十足，"一切尽在掌握之中，韩国兵马只有五千余人，领兵者只是一个小小的偏将名苏主，我也认得他，并无过人之能，不会领兵打仗。魏达也无带兵之能，但他有王之辅佐，又有三万兵马，闭着眼睛都能打一场胜仗。"

"话虽如此，却还是不能掉以轻心。万一魏达兵败，怕是诸多过错都要算到司马兄身上了。"周方必须为司马运着想，魏达首战若败，必定会影响大局，"王之也没有领兵打仗的经验，他辅佐魏达，并无大用，还是要再派一名身经百战的将军为好。司马兄可有人选？"

第四十九章
步步为营

"还是周兄想得周到，我还是大意了一些。首战许胜不许败，若败，我会成为各方口诛笔伐之人。"司马运自然清楚，魏达若是败了，他首当其冲会被魏王责怪，乐羊必会拿此事大做文章，他重新入狱还是小事，说不好还会罪上加罪，丢了性命，不由得对周方无比感激，"周兄可有推荐之人？"

周方微一沉吟，漫不经心地看了姜姝一眼。姜姝会意，轻声说道："如今魏王心意已决，魏达任先锋官王之辅佐已是定局，若再派朝中一员大将同行，怕是魏达和王之都不会答应，他二人正想独当一面建功立业……"

周方顺势点头："是以若是再请魏王多委派一人与魏达、王之同行，魏王同意，魏达和王之也不会答应，不如暗中行事，寻找一个得力之人，跟随在魏达和王之二人左右，一来可以随时保护二人的安危，二来也可以在必要时为二人出谋划策。"

"好主意，妙计。"司马运大喜，随即又一脸落寞，摇头叹息，"如今人情淡薄，自我入狱之后，朝中大臣唯恐惹祸上身，对司马氏避之不及。想找一个可靠、可信之人暗中追随魏达和王之左右，竟然成了天大的难事！"

周方就是在等司马运这句话，他有意停顿半晌，站在窗前朝外面张望一会儿才说："我倒是有一个人选，只是不知司马兄是否认可？"

"谁？快快说来。"司马运按捺不住迫切之意，"周兄推荐的人选，必定是身经百战之人。"

"怕是要让司马兄失望了，此人并非身经百战的将军，甚至他并非朝堂之人，他只是一个小小的商人……"

"商人？"司马运微微皱眉，微露失望之色，"商人怎会懂得打仗？"

"乐羊将军以前也只是王黄相国的门客……"周方微微一笑，气定神闲，"身经百战者，未必旗开得胜。乐将军征战中山国之前，从无带兵经验，却一战成名。"

"快说说是谁。"司马运被周方说服了一大半。

"王木公。"

"王木公是何人？"司马运一下没想起来。

"王孙酒坊的东家。"周方双手背在身后，来回走了几步，"司马兄一定很是不解为何我会推举一个酒坊的东家，我只说三个理由：其一，王木公此人在魏国灭中山国一战中，从容逃脱不说，还不畏艰难险阻来到魏国，心志之坚，远超常人；其二，他在战火中毁容，并不怨天尤人，心志之强，远超常人；其三，来到魏国之后，和孙东者开了王孙酒坊，短短数月之内，王孙美酒声名远扬，还开了一家分店，心志之高，远超常人。有如此心性之人，他不管做任何事情，必会竭尽全力，且无事不成。"

司马运低头不语，他也起身在房中来回走动半晌，猛然下定了决心："我也见过王木公，对他印象颇深，也深知他能力出众，确实有与众不同之处。只是他是否愿意为你我所用？"

司马运嘴上没说，心中却在猜测为何周方会推举王木公，莫非真如乐羊所说，周方是中山国太子周东，而王木公和孙东者是他手下两员大将？若果真如此，他一旦重用了王木公，就和周方成了同一条战船之人，再也无法下船了。

只是……司马运只犹豫了片刻就有了决定，就算周方真是周东又能如何？魏王如何处置周方还是未知之事，何况相信有他和父亲出面，再加上魏达，魏王就算想杀周方也会改变主意。周方帮他、帮魏国殚精竭虑，功不可没，魏王也没理由再杀周方，毕竟中山国已经覆灭。

眼前危机不除，哪里还有日后？司马运不等周方回答，又问："我对周兄无比信任，还望周兄不要害我才好。"

周方当即拱手说道："周某此心对天可表，绝无半分害你之意，一心只是为了你我的大事可成。"

司马运紧紧抓住了周方的双手："周兄莫怪，毕竟事关重大，唯恐有半点闪失。"

"不会，司马兄考虑周到也是好事。不如这样，我这就让人请王木公过来，我二人当面问他，看他是否愿意助我二人一臂之力。"周方有意当面说个清楚，省得司马运疑心他在背后埋下伏笔。

"这……"司马运故作迟疑片刻，"就怕耽误周兄太多时间。"

"又不是外人，何来耽误时间一说？司马兄的事情就是我的事情。"周方大手一挥，"木恩，速去对面王孙酒坊请王孙二位掌柜前来。"

"是。"木恩应声而去。

再说乐羊胸中郁积难安，半路上吐了一口鲜血，风一吹，又受了风寒，回到家中就感觉浑身发烫，请了大夫，把脉看了舌苔，开了几服药服下，还不见好，反倒烧得更厉害了。

得知消息后，乐城和乐旦前来看望乐羊。见乐羊蜷缩在床上，眼窝眼见就陷了下去，胡须上还有残留的血渍。二人无比痛心，在得知乐羊吐血是因为周方之故，乐城血往上涌，拎起宝剑就要去找周方，被乐羊拦住了。

乐羊很清楚，乐城和乐旦加在一起，也不是周方的对手，何况周方还有一个司马运，他咳嗽几声，勉强支撑坐了起来："乐城、乐旦，你二人听爷爷一句话，不管爷爷出了什么事情，以后都不要找周方的麻烦……"

"为什么？"乐城咬牙切齿，"周方恩将仇报，害爷爷成了这个样子，我不杀了他难泄心头之恨。"

"爷爷，周方哥哥为何和公主、司马运一起刁难于你？他会不会是受了公主和司马运的胁迫？"乐旦不相信周方会如此刻薄对待爷爷。

"他哪里会受公主和司马运胁迫？分明是他蒙蔽了公主和司马运！"乐城紧握宝剑，手上青筋毕露，"周方此人，心深似海，狼子野心，总有一日我要让他百倍偿还！"

"爷爷再说一次，乐城，你和旦儿无论如何也不要去找周方寻仇，听到没有？"激动之下，乐羊一阵咳嗽，又吐出一口鲜血。

乐旦花容失色，痛哭失声。

"不许哭，不要哭，爷爷还没死！"乐羊一脸愠怒，怒吼一声，"乐家子孙，不论男女，都不可去找周方寻仇。你们不是周方的对手，无论智谋还是心机。周方若有一丝良心，不对你二人赶尽杀绝就谢天谢地了。"

乐城气得手中宝剑一挥，斩断了桌角："爷爷何出此言？孙儿不信拼了性命也不能除了周方！"

"周方虽然已经坐大，想要除他却是不难。不过不可鲁莽行事，不出数日，爷爷派去中山国的人就会回来，到时确定周方就是中山国的太子周东，不用你出面，魏王也不会轻饶了他。"乐羊眯着眼睛，连喘几口粗气，"就算有司马父子求情，魏王不肯杀了周方，周方也会有性命之虞。"

"魏王若是不杀周方，谁还敢对周方下手？"乐城不解。

"敢对周方下手的人多了……"乐羊自得地一笑，"中山王后季月、中山国君周西、中山国相国欧阳乐等人，都不想周方活在世上。他们若是知道周方尚在人世，会想方设法不惜一切代价除掉他。"

乐城一拳重重地砸在桌子上："还是爷爷看得透彻，想杀周方的人如此之多，何必非要我来动手？还是让他们自相残杀为好，哈哈。"他收起宝剑，轻松一笑，"爷爷不要再操心这些事情了，孙儿知道该怎么做了，只要中山国派人前来刺杀周方，孙儿只要不动声色地将周方的行踪告知来人即可。借他人之刀杀可恨之人，才是明智之人所为。"

"城儿所说正合我意。"乐羊欣慰地点了点头，他再清楚不过，乐城远非周方对手，前去挑衅只能自取其辱，甚至还会被周方所害，还好乐城也比以前有所提升，不再动不动就意气用事，"切记，以后不可再和周方、司马运正面为敌。爷爷老了，又不得魏王信任，你和旦儿更是没有入得了魏王之眼，虽说和公主有些交情，不过公主即将远嫁齐国，也不能庇护你二人了……"

乐羊越想越伤心，不由得悲从中来："都怪周东，若不是他活捉了乐风，乐风也不会被季月煮为肉羹，乐家也不会落魄如斯！你也不会被司马运欺压得如此之甚！"

乐城也被触动了伤心事，牙咬得咯吱直响："若周方真是周东，我和他便是有不共戴天的杀父之仇！"

乐旦心中悲伤遍地，却还是抱了最后一丝希望："就算周方哥哥是周东，父亲被杀一事，也不能全怪在周方身上。父亲是偷袭不成被周方活捉，战场之上，本来就是你死我活之事。况且周方捉拿父亲之后，并没有杀他，杀他的是中山国王后季月。"

"行了妹妹，不要再为周方开脱了。父亲就是因周方而死，若没有周方，父亲怎会被季月所杀？只要坐实了周方就是周东，我一定要想方设法杀了他，为父报仇！"乐城越想越是气愤难平，想当初周方在家中住了三月有余，若不是他施以援手，周方说不定早就惨死街头了，若周方真是周东，等于是他救了杀父仇人，让他懊恼不已。

第五十章
借机布局

王松和孙西敢正在院中一边酿酒一边谈论当下局势。

王松将劈好的木柴递给子良:"子良,你对乐城可是有意?"

子良扬手将木柴扔到了火炉之中,仰起小脸:"哼,乐城对我是有想法,我对他……还是算了,他是连公主都讨厌的人,谁会喜欢他?"

"话不能这么说……"王松呵呵一笑,转向孙西敢,"魏、韩开战,乐城可有上阵的机会?"

孙西敢擦了擦额头上的汗水,摇头一笑:"多半没有,乐羊失势,魏王连带对乐城也再无好感,怎么会还重用乐城?要我说,即便是重用王之,也不会让乐城上阵。"

"王之?"王松很是不解,"怎么会是王之?王之不过是一个油头粉面的书生,文不能执笔武不能持枪,他上阵不是送死吗?"

"这你就不懂了……"孙西敢不愧为中山国第一军师,他对魏国的朝堂之争看得比王松透彻多了,"魏王重用王之,并不是弃用乐城,也不是魏国无可用之人,而是王之是王黄之孙,再者,王之和司马运交好,也和魏达颇有交情。"

"魏达?魏王二王子?"王松转身看了子良一眼,子良正专心致志地烧火,对他和孙西敢的对话毫无兴趣,也是,子良心思简单,怎会听得懂朝堂之争?他又对孙西敢说道,"莫非魏王对魏达抱有期望不成?"

"依我看,魏王怕是要调魏作回魏国了,再委派魏达任中山国王。如此一来,身边有魏作可用，中山国还是魏姓为王，是两全之法。"孙西敢双手沾满泥水，不管不顾地在衣袖上抹了抹，"魏王再器重司马父子，也要有平衡之术。他既然不信任乐羊，乐羊失势，魏国武将中再无和司马父子抗衡之人，魏王也会唯恐司马父子坐大……"

"让魏作回国和司马父子抗衡？"王松摇了摇头，"魏作虽贵为太子，论领兵打仗，还是远不如司马父子。"

"哈哈，王兄你考虑问题还是太直来直去。魏作回来后，身为太子，必然要培植自己的势力。魏作和司马父子交情一般，却和王黄来往密切，还和周圣杰、马关十分投机，周圣杰和马关都是后起之秀，二人一文一武，颇有才能，魏王对二人也是青睐有加。魏作若是重用二人，魏王不加以阻拦，别人也不好说什么。到时明眼人谁都能看得出来魏王是有意放任魏作培植亲信，司马父子如此聪明之人，必会看出魏王此举是有意防范他二人，他二人自然会收敛几分。"

"真是麻烦，想要什么直接说不就成了？何必如此绕来绕去？"子良赌气似的扔了木柴，"我还是喜欢直来直去，不累人。怪不得父亲不愿意来安邑居住，只想一人待在深山老林，原来他是不喜欢这些人的虚伪和虚情假意。"

"哈哈，倒也不能说是虚情假意，朝堂之事，要有朝堂的规则，凡事太直接，有失朝堂威严。魏王身为魏国一国之君，行事既要公正，又要兼顾私心，也不容易。"孙西敢虽未当过国君，却也曾经身为中山国第一军师，知道有些事情过直则败，事缓则圆，"子良，若换了你是魏王，你该如何处置？"

子良不知道孙西敢是在考她，只当是真有此一问，歪头一想说道："直接调回魏作，公告众人，以后魏作辅佐朝政，无论大事小事都先由魏作处置。再告知司马父子，日后要收敛几分，不要过于张狂，更不要得意忘形。"

"哈哈，哈哈哈哈。"孙西敢和王松对视一眼，二人一起哈哈大笑。

"笑什么？难道我说得不对？"子良很不服气地哼了一声，"直截了当多好，绕来绕去难免让人误解，万一司马父子不解魏王之意，魏王岂不是白白浪费了一番折腾？"

"不解魏王之意者，如乐羊，现在快要赋闲在家了。"孙西敢微微一笑，"若魏王真如你所说直接告诫司马父子收敛几分，司马父子顺势提出辞官回家，你又该如何？"

"就让他们辞官好了，正好称心。"子良大大咧咧地一挥手。

"司马父子辞官之后，魏王用谁领兵打仗？朝中只有乐羊和司马父子堪当重任，其他人还不足以挑起大梁。"孙西敢语重心长地笑了笑，"子良，君王之道，也并非可以为所欲为，要有用人之道平衡之术，方可确保江山稳固。"

"麻烦，太过麻烦，还是酿酒省心省事，我还是只当一个酿酒卖酒的小二好了。"子良挥了挥手，又拿过一根木柴，认真烧起火来。

王松点头赞道："人难得有自知之明，知人者智，自知者明，子良，好好酿酒，有一日你也会成为酿酒大师。"

"王店家、孙店家！"

外面传来了木恩的呼唤声。王松和孙西敢听出了是木恩的声音，二人心中一惊，对视一眼，忙迎了出来。

"二位店家，我家公子请二位过去一趟。"木恩不敢多看王松伤痕密布的脸，心想如此丑陋之人，周公子为何总要和他见面？不怕做噩梦吗？

"你家公子找我二人何事？"孙西敢微一思忖，"有事尽管吩咐便是，何必我二人登门？我二人身份低微，难登大雅之堂。"

木恩答道："公子没说请二位是为了何事，所以还要劳烦二位了。"

孙西敢心中一沉，知道必有大事，悄然朝王松使了个眼色，言外之意是让王松少说多听，一切由他应对。王松性子简单，怕一时情急说错话就不好了。

二人来到善信阁，果然不出孙西敢猜想，当他看到司马运时，他就知道太子谋划的复国大计迈出了关键的第一步。

周方也不绕弯，当即说出了他和司马运商定之事。孙西敢和王松听完，二人表面上诚惶诚恐，心中却是掀起了滔天巨浪！

作为曾经叱咤沙场的两员大将，二人藏身于安邑屈身于酒坊，壮心未老热血仍在，没有一日不想重回战场建功立业。只是二人也清楚，复国大计容不得半点闪失，否则将会是灭顶之灾。毕竟太子如今十分弱小不说，还随时有性命之忧。

二人却怎么也没有想到，太子借势借力，竟是要让王松随魏达和王之出战韩国，如此接近魏达得以一窥魏军机密的妙计，除了太子还有何人可以想出？

王松几乎要按捺不住内心的跃跃欲试之情，想要一口应下！话未开口，即被孙西敢抢了先。

"承蒙司马公子和周公子抬举，小人感激不尽。只是小人毕竟只是商人，没有领兵打仗之能，虽有匹夫之勇、报国之心，也有几分小聪明，就怕误了国之大事，小人万死难辞其咎。"孙西敢半是推托半是自夸。

司马运原本对周方提议让王松随军辅佐魏达持姑且试之的态度，见到二人之后，又暗中观察一番，孙西敢自不用说，人高马大，气宇不凡，而面目狰狞的王松乍看之下有让人惊怖之感，若再细看，虎背熊腰、意态从容的他，竟颇有大将之风！

再听孙西敢一番不卑不亢之话，司马运蓦然对二人有了十足的信心。

"王木公，你意下如何？"司马运想听听王松的想法。

王松咳嗽一声，微微后退一步，弯腰施礼："小人虽只是一介商人，身份低微，却也有拳拳报国之心。若有机会上阵杀敌，愿一马当先，九死不悔。"

"勇气固然可嘉，可是……"周方不动声色地看了王松一眼，意味深长地说道，"你要辅佐魏达和王之，确保他二人首战必胜，不是要你逞匹夫之勇。你杀敌数人乃至数十人又有何用？若是先锋军首战不胜，魏军必士气大降，魏达也会无颜再见魏王。"

王松明白了周方之意，微一思索说道："小人知道了。小人会向魏达将军献计，以奇兵取胜。"

"如何出奇兵？"司马运一脸期待。

"虽说魏军来势汹汹，但就韩军而言，必然不会想到魏军真要和韩军开战。若是魏达将军听小人一言，用以三急三缓之计，必可取胜。"

"哪三急三缓？"司马运眼前一亮，"快快说来。"

王松领兵多年，对于兵法运用早就烂熟于心，他本想滔滔不绝说上一气，却听到孙西敢不经意地咳嗽一声，忙收起卖弄之心："酿酒之道有三急三缓之说，一是入水急，二是烧水急，三是下料急；三缓则是成酒缓、热酒缓、出酒缓。酿酒之法和用兵之道虽非一类，却也有相通之处。若是出兵韩国，一是调兵急，二是赶路急，三是扎营急……"

王松故意停顿片刻，司马运正听得入神，忙问："三缓又是……？"

"一是布阵缓，二是起营缓，三是开战缓。"

司马运十分不解："缓布阵、缓起营、缓开战，岂不是会坐失良机，等韩军援军一到，再开战就再无获胜把握了。"

难掩一脸失望之色，司马运叹息一声，转向周方："周兄，酿酒之人怎会懂行军打仗？怕是此计难成。"

第五十一章

并 非 如 此

"也是，是我考虑不周。"周方挥了挥手，一脸不耐，"你二人先退下吧。"

"司马公子、周公子，我的话还没有说完。"王松淡淡一笑，一脸镇静，"前三急是故布迷阵，让韩军误以为魏军一路奔袭而来，必有一场恶战，韩军必定会好整以暇，并且会以最快速度调集援军。但我大军到达之后，却又不急于出兵，韩军就会懈怠，是为缓兵之计。待韩军士气降到最低时，只派一支千人敢死队夜袭敌营，即可大获全胜。"

司马运先是一愣，低头想了一想，抬起头来时已经是一脸欢喜，他哈哈大笑："好一个三急三缓，好一个缓兵之计，好一个兵不厌诈！周兄，你果然眼光卓越，王兄可担此大任！"

"哈哈，也是托司马兄之福，我才识得王店家也是一个难得的人才。"周方也是心情大好，见姜妹在一旁掩口而笑，他微微点头，又冲王松说道，"王店家可是愿意帮司马公子这个忙前去辅佐魏达将军？此去会有凶险，说不定会战死沙场，你可要想好了……"

王松有意迟疑片刻，回身看了孙西敢一眼。孙西敢顿了一顿，支吾说道："不论是经商还是从军，都是下注，经商会有赔有赚，从军会有生有死，本是常事。经商若是赔了，可以从头再来。若是赚了，自然是应得的回报。从军若是战死，是命运不济，怪不得别人。若是打了胜仗……"

司马运听出了孙西敢的言外之意，哈哈一笑："若是战死，我赔你黄金三十斤。若是打了胜仗，许你一个前程如何？"

"什么前程？"孙西敢一脸贪婪之色，嘿嘿一笑，"司马公子莫怪，我是商人，商人做事必然会计较得失利益。"

司马运自然明白孙西敢的所指，若是王松只求一心报国他还心存疑虑，会觉得王松另有所图，孙西敢如此一说，他反倒安心了，当即哈哈一笑："自然是远大前程了，你们可以问问周公子，我司马运何时亏待过自己人？若真是胜了，王店家想要谋个一官半职不在话下，不管是在朝堂之上还是军中。"

周方乘机说道："司马兄，以我拙见，王店家有领军打仗之能，此战之后，不如就让他留在军中，也好日后和司马兄相互呼应……"

此话一出，司马运立刻心领神会地点头笑了："知我者，周兄也，好，就这么说定了。王店家，你还有什么疑问，尽管问来。"

王松鞠躬一礼："在下愿听从司马公子和周公子调遣，还望二位照应王孙酒坊的生意，善待孙店家。"

"小事，小事一桩，包在我身上了。"司马运开怀大笑。

当日王松就在司马运的安排下，潜入了军中，成为魏达身边的一名亲兵。由于他没有再和周方、孙西敢单独见面的机会，也就无从当面聆听二人的教诲。不过王松心中有数，知道他此行的目的有二：一是帮魏达打赢第一仗，二是借机留在军中，成为太子安插在魏军中的一柄利剑。

王松努力克制自己激动的心情，在军中多年，被迫无奈之下以卖酒为生，无时无刻不想重回战场。如今夙愿得偿，他在无人时流下了欣喜的泪水，发誓一定不负太子之托，暗中培植势力，以待在太子振臂一呼时，拍马响应。

王松是何许人也？身为中山国第一大将，虽落魄，本事还在。进入军营不久，很快就赢得了身边所有人的认可。他虽不如孙西敢八面玲珑，却也极有眼色，半天时间不到就入了魏达之眼。魏达虽生性顽劣，又有暴戾一面，却也毕竟是孩童心性，王松曾经率领千军万马，有治军之才，连哄带骗也能让魏达服帖。

孙西敢独自一人回到酒坊，先是坐下发了一会儿呆，又嘿嘿傻笑一气，才到后院帮子良继续酿酒。子良问起王松，他说王松参军入伍，恐怕暂时不会回来了，希望子良的父亲子与能来安邑城帮忙。子良很想念父亲，当即表示她愿意去请父亲出山。在征得了孙西敢同意后，她高兴地纵马而去。

孙西敢让人炒了几个菜，摆了几双筷子，一个人躲在房间中喝酒。先是敬了先王一杯,又敬了战死沙场的几万中山国将士,又敬忍辱负重的太子和只身深入军营的王松,每敬一杯他都流泪半晌,到最后自己喝得酩酊大醉,却又含笑而睡。

再说司马运告别周方,约好得胜之日再聚之后,周方送走司马运,回到书房,关上房门,一提衣摆,扑通一声跪倒在地。

"姝妹,我对你不起!"

姜姝却不慌不惊,坦然受了周方一拜,也不扶周方起来:"周兄终于肯说出你的真实身份了,还好我有耐心,要不非得被你坑死不可。"

周方知道他的身份即将被乐羊揭露,当务之急是先赢得姜姝谅解,有姜姝和姜家作为后盾,至少算是一条退路。

"姝妹,我也有不得已的苦衷,且听我慢慢道来。"姜姝生气也是正常,周方并不怪她,毕竟他骗得她好苦,而她对他却是坦诚相待,他无奈一笑,"能不能让我起来说话?青砖地面跪久了,腿疼。"

扑哧一声,姜姝被他的无赖逗笑了,笑过之后又努力板了脸:"我又没有让你下跪,你自己跪下就不能自己起来?"

一听此话,周方心中一块巨石落地,知道姜姝至少原谅了他一半。他刚一站起,身子一晃朝姜姝倒去。

姜姝大惊,伸手扶住周方:"你怎么了?"

周方乘势将姜姝抱在怀中,在她耳边低语:"姝妹,你莫要怪罪我不和你说真话,我身负血海深仇,又身份特殊,随时都有丢掉性命之忧,不和你说,也是为你着想,怕你被我所累。"

姜姝被周方倾情一抱,再被充满男子气息的他在耳畔喃喃低语,哪里还把持得住,身子一软就瘫倒在了周方怀中。虽说早就芳心暗许,但真被心上人环抱之时,她只觉如坠云端,连站的力气都没有了。

"你……你放开我。"姜姝想要推开周方,却觉得浑身软若无骨,"你好好说话就是,不要这样。"

周方偏不放开姜姝:"姝妹你想必也已经猜到了我是谁,不错,我正是中山国的太子周东,亡国的太子!战败的将军!毒杀父王的逆子!背负数万将士英魂的逃亡者!"

周方的每一句话都如重锤敲击在姜姝的心上,她心中一阵心疼加怜惜:"你何苦一个人背负这么重的担子?中山国亡国,又不是你一人之错!"

"是，可是数万将士却在我面前一个个死去，我无法心安！"周方压抑许久的情感终于融化在了姜姝的怀中，无数个日夜的伪装，无数次的担惊受怕，数不清的半夜惊醒，他无人诉说，只能压在心底，日复一日地成为一层厚厚的茧将他包裹，如今他终于得以释放，那些从来不敢与人言的秘密化成奔流的情感和热泪，"姝妹，你可知我有多少次在梦中吓醒，以为被人识破身份，利刃加身。我并不怕死，对我来说，死比活下去并且复国容易多了。可我若是死了，被毒杀的父王何时才能在九泉之下瞑目？被害死的数万将士的冤魂将何处安放？中山国的百姓，难不成要生生世世在魏国的欺压之下？"

男儿有泪不轻弹，只因未到伤心处，周方动情一哭，惹得姜姝鼻子一酸，顿时泪如雨下："其实我早就猜到你是中山国太子周东了，一直没有说破，也是不想让你难堪。对我来说，你是周方还是周东，并无关系，我喜欢的是你，又不是中山国太子之名。"

周方可以真切地感受到姜姝的真心实意，他放开姜姝，后退一步，深施一礼："多谢姝妹宽宏大量，我也知道姝妹是难得的女中豪杰，只是我身份没有披露之前，一切可以顺利推进。一旦被乐羊揭穿了来历，怕是在魏国无法立足了。"

"魏国无法立足，可以前去齐国。"姜姝忙扶起周方，"姜家在齐国人脉深广，可保你无虞。"

周方摇了摇头："我在身为中山国太子时，和齐国太子吕唐、公主田姜便十分交好。我若去齐国，在吕唐田姜的照应下，可确保安然无忧。"

"那你还有何担忧之事？"姜姝眼睛转了一转，"莫非是舍不得魏国的故人？"

"魏国故人众多，除了姝妹之外，还有公主和乐城、乐旦，最要紧的是，我的复国大计在魏国还算顺利，已然进展了一半，现在离开魏国，前功尽弃。"

原来周方念念不忘的是复国大计，姜姝身为女子，并无太多国仇家恨之想："去了齐国，借助齐国之力，不是进展更快？"

"并非如此。"周方想了一想，还是没有细说他的复国大计，并不是他不信任姜姝，而是一时半会儿说不明白，"我必须留在魏国才行，此事，还需姝妹鼎力相助才行。"

姜姝点头："要钱、要人，都不在话下。"

第五十二章
富 贵 荣 华

"跟我来。"周方领着姜姝出了书房,来到后院,从柴房的密道之中来到了姜姝闺房。

以前周方也没少路经闺房,姜姝也没有多想,方才有了肌肤之亲,忽然就有了旖旎之想,不由得脸一红,加快了脚步出了闺房。

周方哪里会想到姜姝会浮想联翩,他脚步不停,出了闺房,直朝东南方的姜望住处走去。因他在姜家出入多次,许多丫鬟和下人都认得他,不但没人阻拦,见到他之后还纷纷行礼,都视他为姜家未来的女婿。

姜姝虽不知周方意欲何为,此时也大概猜到周方是想和父亲见上一面。她紧跟在周方身后,心思浮沉不定,唯恐父亲得知真相后和周方划清界限。

就算父亲肯原谅周方,哥哥不原谅又该如何?姜姝一时想了许多,一抬头,父亲的房间到了。

门口站着姜望的贴身小厮耿小,耿小正要进门通报,见周方的身后跟着姜姝,就停下了脚步,故意大声说道:"小姐来了,家主正在喝茶,气色比前日好了许多。周公子也来了,有些日子没见了,近来是忙大事了?"

姜望在房里听到了耿小的话,朗声一笑:"周公子来了?快快进来,老夫正有事情找你。"

周方朝耿小笑了一笑,深为耿小不动声色的通报而赞赏,耿小还之一笑,不经意说了一句:"近来周公子来得少了,大公子也来得少了,也不知道忙些什么,总

223

是不见人影。家主年事高了，一个人有时会念叨念叨。"

周方假装没有听见，进了房间才发现果然有几分清冷之意，虽炭盆烧得火热，却并无几分人气，一张偌大的书桌之上摆了几盆珊瑚，还有一幅没有画完的画卷。

见周方到来，姜望哈哈一笑，上前一步挽住了周方的胳膊："贤侄可是有一些时日没有过来了，姝儿也是，天天过去善信阁和你见面，却不带你过来见我，莫非她以为只有她想见你，老夫就不想和你把酒言欢了？"

姜姝脸一红。

周方呵呵一笑："近来诸事缠身，未能多来看望姜公，是我之过。姜公身子近来可好了些？脸色倒是红润不少，却还是不宜过多饮酒，不如喝茶为好。"

"喝哪门子茶，喝酒！"姜望背手在房中踱了几步，大着嗓门说道，"你看我现在身子骨多结实，已经完全没事了，老当益壮。"

周方却总觉得哪里不对，围着姜望转了一转，又算了算："姜公搬到此处一月有余了？"

"一个月多十日，怎么了？"姜望兴致颇高，一口喝干杯中茶水，"老夫也以为少说也要等年后才能恢复，不想如此之快，倒是让人惊喜。"

周方想起耿小之话，心中闪过一丝疑问："近来姜公的饮食可否规律？可有食补？"

一边说，一边打量房间布置，并没有过多的装饰，干净整洁，连香都没有点，除了炭烧味道之外，连一丝药味都没有。

"饮食一向规律，吃得不少，食补也有，人参、灵芝每日必吃。"姜望有几分惊讶，"贤侄，老夫正想问你此事，为何老夫吃了许多补品，每日都觉得精神不错，但一旦睡下，却又总是睡不醒，醒来之后，还是觉得浑身乏力，等吃了东西后才有气力。睡下后又是乏力，如此反复十几日了。"

"姜公的食补用料都是谁置办的？"周方隐隐觉得似乎哪里出了差池，具体是什么，又无法抓住。

"都是姜远一手操办的。"姜望一愣，"怎么，有何不对之处？"

"没有。"周方才不会胡乱怀疑姜远什么，不知何故，却又忽然想起上次之事，"妙关大夫逃出姜府之后，一直没有下落？"

"没有。此事后来也就无人再提了，妙关本是哥哥领进的姜家，上次事败之后，妙关不知所终，哥哥向父亲认错，说他识人不明，父亲没有责怪他什么。"姜姝也不知周方为何忽然有此一问，"哥哥不提妙关，别人也不好提及，唯恐惹他不快……"

"妙关此人到底是何来历，姜公和姝妹可是知道？"周方愈加觉得其中有许多不明之处，他不好明说，毕竟只是猜测，以免被姜望和姜姝误以为他挑拨离间。

姜望摇头："老夫只见过妙关几面，对他的来历和为人，一无所知。姝儿也是一样，和他几乎没有来往。"他人老成精，看出了周方有话要说，"贤侄有话尽管说来，不必吞吞吐吐，老夫不会疑心你挑拨我和姜远的父子关系。"

周方没有说话，上前为姜望把脉，片刻之后"咦"了一声："姜公虚火过旺，脾气不足，不能再进补了，是虚不受补之症。"

姜姝也粗通医术："虚不受补？脾气过虚，越是进补越是耗费脾气。长此下去，气血不足，最终会虚耗而死……"

"怎么进补又不对了？"姜望不信周方之话，"除了睡眠不足没有精神之外，老夫并没有其他不适，姝儿切莫故作惊人之语。"

周方点了点头："姝妹言重了，姜公日后少吃一些大补的药材即可，多吃一些清淡饭菜，多喝茶水，少喝酒。"

"好了好了，你比大夫还要啰唆，哈哈。"姜望主要也是平时无人陪他，是以想和身边的人多多亲近，"贤侄，近来老夫读到一则乡野逸闻，说是一人死后三年又复活，说到了阴间之事，还说人死为鬼，做鬼很苦很累，鬼不喜欢人哭，不喜欢脏东西，你说此事是真是假？"

"姜公不问苍生问鬼神，是想修仙了。"周方哈哈一笑，"鬼神之说，自古有之，若说有，小侄未曾亲见。若说没有，小侄也不敢妄下定论。就如当初小侄人在中山国时，四面被诸侯国围绕，不知有海，只以为天下全是平地和高山。后来有一次随齐国太子吕唐前去齐国，亲见了东海之后，才知天下之大，无奇不有。"

姜姝一直担心周方该如何向父亲说到他身份之事，也唯恐父亲一说到鬼神、神仙之说，就没完没了。不想周方绝顶聪明，顺势而为，竟是引到了身世之上，她暗暗佩服周方的指东打西之计。

姜望哈哈一笑："是呀，老夫自幼在东海之滨长大，来到魏国之后和人说起东海之大，不知几万里，无人相信，都以为老夫信口开河。夏虫不可语于冰者，笃于时也；井蛙不可语于海者，拘于虚也；曲士不可语于道者，束于教也……后来老夫也懒得和人说了，许多人终其一生未出安邑一步，何况魏国，不知道有海、有山者大有人在，就如芸芸众生有人不信鬼神有人不知仙人……"话说一半他才想到什么,一愣之下顿住了,"什么什么,贤侄怎会认识齐国太子吕唐?"

周方欣慰一笑,姜望总算明白过来了:"不瞒姜公,小侄和吕唐自小相识,情同手足。"

"你……你到底是何许人也?"姜望自然知道若周方真是一名商人,或许现在可以和吕唐成为至交好友,但绝无可能自小相识并且情同手足,那么毫无疑问,周方并非商人,"你是王公贵族之子?"

"何止王公贵族,父亲,他是中山国太子周东!"姜姝趁机说出了周方身世。

"啊!"姜望惊得后退一步,手中茶杯失手落地,身子一晃,一屁股坐在了椅子上,"远儿曾说过周方身世多半大有来历,老夫还不信,不承想他竟是中山国的太子,这……这……这也太惊人了。不行,姝儿,中山国和魏国势不两立,姜家不能和周方联盟。"

"已经晚了。"姜姝没想到父亲如此胆小怕事,不过一想也就释然了,父亲毕竟年纪大了,一切求稳,不想姜家有任何闪失,想和周方划清界限也可以理解,是以她直截了当地说道,"姜家和周兄联盟已经是人所共知之事,即便现今再划清界限,也无人相信。与其自乱阵脚,还不如将计就计,索性和周兄联手干出一番惊天动地的大事岂不更好?"

"胡闹!姜家世代经商,从无野心,要做什么惊天动地的大事?你一介女子,哪里知道荣华不可常保的凶险。若是让魏王知道姜家和周方暗中勾结,姜家富贵难保。"姜望态度坚定,"不行,姜家从不介入朝堂之争,何况是两国之争。周方,不,周东,老夫希望你从此远离姜家,还姜家一个清静。"

周方淡淡一笑:"姜公若是以为小侄远离姜家,姜家便可得清静,小侄自然没有二话,转身离开就是。只是事情并非如此简单,想必姜公知道,所谓富贵是说既富且贵,姜家富则富矣,却富而不贵。眼前正有一个绝好的机会可以让姜家富贵两全,姜公若是错失,就太可惜了。"

姜望虽在朝堂之外心却在朝堂之上,对朝堂的一举一动无不了如指掌,想到了魏国兵发韩国,蓦然一惊:"你是说魏国和韩国开战之事?"

第五十三章

人生忽如梦，转眼春到冬

"正是。"周方点头，转向姜姝淡然一笑，"此事从头到尾姝妹都参与其中，她最是明白小侄为了姜家的富贵所做的一切。魏国和韩国开战，姜家功不可没。"

"啊？"姜望大惊失色，他只知道姜家有一批粮草运往韩国，并不知道到底发生了什么，忙问，"到底是怎么回事？"

周方朝姜姝点了点头："宋最押送粮草前去韩国，韩军来迎时，他又急忙返回了魏国。韩军以为宋最反悔，派兵来追。韩军深入魏国境内，魏国以韩军入侵为由，对韩国用兵。可以说，宋最以一人之力挑起了魏韩之战！"

"宋最为何如此？"姜望脸色灰白，他清楚，如此一来姜家想要置身事外再无可能，"他是受何人指使？肯定是你，周方，你为何要陷害姜家？你到底是何居心？姜家待你不薄，你为何要陷姜家于不仁不义之中？"

姜望脸色涨得通红，须发皆张，气得浑身发抖。

周方忙扶姜望坐下："姜公切勿动怒，且听小侄慢慢道来。"

姜望将头扭到一边："不听！从此刻起，老夫不再和你说上一句话！"

姜望如同孩童一样的心性让周方暗笑不止，他回视姜姝一眼，姜姝会意，上前轻敲姜望后背，周方则缓缓说道："姜家如今富可敌国，如日中天，姜公可是知道花未全开月未圆，正是意境最佳时的道理？有福不可享尽，有势不可使尽也正是同理。如日中天自然是好事，但日上中天之后，必然偏西。花全开之后，必会凋谢。月圆之后，便是亏。姜家若不在全盛之时居安思危，未雨绸缪，或许不出数年就会被慕容家、沈家超过。"

慕容家是指城东慕容成，慕容成本是燕国人氏，后来到魏国经商，依靠燕国的马匹、皮革、药材和矿石等特产而起家，生意遍布魏国、齐国、楚国和燕国，是魏国第二大富商。

沈家位于城西，家主沈然自小从赵国迁来魏国，经营木材、铁器、酒肆、客栈，是魏国第三大富商。

由于姜家位于城中，正好在慕容和沈家之间，又因姜家生意远超两家，是两家之和，因此魏人称为一姜两门，是指姜家一家可力敌慕容家和沈家两家。

姜家的生意之中，粮草生意占据三成左右，茶叶和车队也有三成，另外四成便是酒坊、布匹以及建造房屋，可以说，姜家、慕容家和沈家三家之中，姜家产业和官府最为疏远，不必在朝堂之上有背景和靠山，便可风生水起。除了粮草生意或许与官府打交道之外，其他生意都是和百姓息息相关。

慕容家和沈家则有所不同，慕容家的马匹、皮革和矿石，百姓所需不多，都是官府采购。沈家的木材、铁器也是一样。是以相比慕容家和沈家，姜家虽是首富，却最为超脱，能不和官府打交道就尽量避之。

正是因此，姜望自认可以远离朝堂，只管做自己的生意，不管朝堂之上的诸多是是非非。

不过姜望再是自认超脱，可以不理朝堂之事，却还是难以免俗，担心被慕容家和沈家超过，听了周方此话，不由得冷笑一声："慕容家和沈家两家加在一起，不及姜家一家，如何超过姜家？周方你不要危言耸听，不懂装懂。"

周方呵呵一笑："姜公有所不知，魏、韩两国开战，慕容家和沈家都会顺势而起，非但有望一举超过姜家，还会重创姜家。"

"怎么会？怎么可能？"姜望久经世事，亲见无数富翁以及君王浮沉，心知起伏乃人生常事，但眼前姜家江山稳固，慕容家和沈家想要一举超越，就如燕国一举灭掉赵国或魏国一样，绝无可能。

周方胸有成竹地一笑："姜公恐怕并不知道魏国攻打韩国，并非一时之计，而是长远之计，而韩国最终是否被魏国吞并并不重要，魏国也不会在韩国的战事上耗费太多时日，因为魏国最想吞并的还是……齐国！"

不理姜望惊愕的表情，周方继续说道："魏国称霸中原日久，却还是被韩国一分为二，东不能进西不能退，南有大楚北有强赵，看似无比强盛的魏国，实则比其他诸侯国更加危机重重，稍有不慎，会被赵齐或是赵楚夹击而亡。所谓生于忧患死于安乐，魏国若想确保立于不败之地，将齐国纳于版图之中是为上上之选。攻打韩国，只是虚晃一枪。和齐国联姻，也只是缓兵之计。"

姜望愕然的脸色渐渐变为赞同，他在齐国多年，深知齐国的优势所在，点了点头："韩国一是国土不大，二是没有天险，齐国东临大海，西接燕国和赵国、魏国，又有良田万顷，真要拿下了齐国，魏、齐连成一片，赵、燕两国当不战自乱。"

周方连连点头："正是正是，魏王志向高远，只是当下攻打齐国时机尚不成熟，挟灭中山国之威，明是征伐韩国，实则敲打其他诸侯国，以免他们轻举妄动。灭掉中山国之后，先后有齐国、赵国、秦国和楚国蠢蠢欲动，魏国四面树敌，只能各个击破。"

"就算你说的正合魏王大计，和慕容家、沈家又有何干系？"姜望算是听了出来，周方纵谈魏国和各诸侯国局势，头头是道，入木三分，他深为叹服，却并未想到和慕容、沈家以及姜家有什么相干之处。

周方颇有耐心，姜姝却忍不住了，急得一跺脚："父亲，怎么你还看不出来魏国此后几年会征战不断，不论是马匹还是皮革、木材、矿石还有铁器，所需甚大，慕容家和沈家会大发其财，而姜家则因此被两家远远甩在身后。"

姜望总算明白过来了几分，他一脸凝重，背负双手来到窗前，窗外暮色四合，灯光下，只在阴暗的背风角落隐约可见为数不多的残雪，他半晌无语，忽然叹息一声："冬去春来又一年，人生忽如梦，转眼春到冬。不复盛年景，只见残雪融。"他忽然转身直视周方，"周方，你如何能保住姜家首富之位？又如何确保你的身世被发现之后，不会被魏王所诛，也不会连累姜家？"

弦外之音就是他可以原谅周方，也可以继续和周方合作，只要周方确保姜家安然无事。

周方自得地笑了："魏王兵发韩国，必然是存了必胜之心，但谋事在人，成事在天，怕是魏王也不敢说一定可以大获全胜。是以小侄也不敢自夸确保姜家安然无事，但有一点，只要小侄从容过关，姜家必定会一切无忧不说，还会大发其财，不会被慕容家和沈家超越。"

姜望明白了周方的意思，呵呵一笑："毕竟你我相识一场，姝儿对你也青睐有加，姜家不会举报你，却也帮不了你什么。你能否过关，全在你自己本事。"

周方朝姜望深鞠一躬："小侄多谢姜公恩情，他日若有回报之时，定当千倍还之。小侄其实早有过关之法，只是还需一人相助才可确保万无一失。"

"你真有了过关之法？"姜姝实在想不出来周方有什么过关之法，在她看来，周方除非离开魏国前去齐国或是赵国、楚国，否则魏王必定不会饶他。

周方点头："魏王得知我是周东之后，必会将我拿下，朝中大臣除乐羊和我有血海深仇之外，其他人都并无干系，是以我的死活，全在魏王一念之间。而乐羊和司马父子不和，司马父子不管是于公于私，都会留我一命，我可以帮司马父子出谋划策，还可以帮他们在朝中的地位愈加稳固。此时魏王必然会犹豫不决，那么魏作的态度就至关重要了。"

"太子魏作？他不是远在中山国吗？"姜望如今真是两耳不闻窗外事。

"不出七日，魏作就会从中山国回到魏国，由魏达接替中山国君。"周方又不厌其烦地向姜望说了一遍为何司马运要举荐魏达担任征伐韩国的先锋官，魏王又如何既防范司马父子又要不着痕迹地调回魏作以制衡司马父子坐大，"魏作和我年龄相仿，他为人隐忍坚毅，和我有诸多相像之处。魏作必定不会放过我，因为他知我心意。能如此深入虎穴藏身安邑，必然所图深远，他能猜到我心存复国志，是以必会不遗余力地置我于死地。魏作和乐羊联手，有了魏作，朝中各位大臣只会作壁上观，附和魏王心意。司马父子再是力保，也是孤掌难鸣，此时，除非一人出面维护我，我才可安然过关。"

"谁？不是还有公主也会帮你？对了，还有齐国太子吕唐不日就会前来魏国迎娶公主，到时他也会帮你说话不是？"姜姝怕周方忘了吕唐之事。

周方摇头苦笑："吕唐是来迎娶魏国公主，他是齐国太子，就算为我说上几句，也难入得了魏王之耳，更何况魏作了？再者，公主得知我是中山国太子周东之后，会如何对我还不得而知，多半会恼羞成怒，到时她不落井下石就谢天谢地了。最好的结果就是她虽生气，却不想我被魏王处死，又不好开口向魏王求情，只好请吕唐出面。而吕唐和我情同手足，自然会向魏王求情，魏王权衡之下，会将我捉拿入狱。"

第五十四章
有始有终

姜望虽不关心朝堂，却见多世事，点头说道："周方所说合情合理，魏王将你下狱之后，既不处死你又不放你出来，任由你自生自灭。等魏作继位之后，是杀是放，由魏作处置。"

"姜公所言极是。"周方郑重其事地朝姜望再次深施一礼，"是以小侄能否全身而退，全由姜公一言而定。"

姜望连连摆手："老夫人微言轻，和魏作又素无交情，不能说服魏作，你找错人了。"

"小侄怎会找错人？小侄不会拿身家性命开玩笑。"周方后退一步，跪倒在地，"只要姜公出面，向一人恳求，请他在关键之时为小侄说话，小侄必会逃脱牢狱之灾。只要不入牢狱，小侄可保姜家无往而不利。"

"谁？"姜望惊问，扭头看向姜妹。姜妹摇头，意思是她也不知。

"相国王黄。"周方终于说出了他此来姜家的真正目的，"王相国为人持重，在魏王眼中是股肱之臣，深得魏王器重。若他开口，再加上司马父子之势，魏王必会高抬贵手，放我一条生路。"

"这……"姜望沉吟不语，面露难色，半晌才说，"老夫和王黄久未谋面，情义不再了。"

姜妹一脸担忧之色："周兄，你为何非要留在魏国不可？大可以一走了之。你即刻动身前去齐国，谁还能奈你何不成？"

"说得也是，你为何不走？"姜望也是十分不解。

"不瞒姜公，小侄留在魏国，原因有三：一是中山国被灭，小侄念念不忘复国大计，留在魏国，是为复国之事；二是和我生死相随的王松、孙西敢也在魏国，他二人为了复国，一人蹈火毁容一人吞炭毁声，如今王松又深入军营之中，若我一走了之，他二人定会拔剑而起，想要刺杀乐羊或是魏王，到时必会白白丢了性命；三是我加盟姜家，诸事进展顺利，若我放手不管，善后之事如何处置？岂不是辜负了姜公的信任和妹妹的托付？我不能为了保命一走了之。男儿当有所为有所不为，当数万将士一个个死在我眼前之时，身为中山国太子的周东也同时死去，现在的周方，是一个为了情义一诺千金的铮铮男儿！"

"好一个一诺千金的铮铮男儿！"姜望一时激动，一掌拍在了桌子上，上前扶起周方，"起来，贤侄，老夫当年和王黄因一事不和，一怒之下和他分道扬镳。今日为了你，老夫愿意登门向他赔罪，只希望他能为你向魏王求情。"

"多谢姜公！"周方眼睛湿润了，"小侄有一言相告，姜公不必登门向王相国赔罪，小侄出面请他到善信阁一聚，到时姜公前来和他假装不期而遇，岂不更好？"

"你能请动王黄？"

"不妨一试，若是不能，到时再请姜公出面也不迟。"周方一脸诚恳，又十分认真地说道，"还有一事，还望姜公务必听小侄一言。"

姜望对周方由震怒、震惊到重回好感，一是周方确实对他坦诚相待，对他有救命之恩；二是周方毕竟曾经贵为太子，对他依然礼遇有加，让他大感受用；三是周方确有男儿气概，敢作敢为，也正如姜妹所说，周方若是此时连夜潜逃，也无人能拿他如何，他却偏偏不走，是不想做一个有始无终的人。

姜望最为赏识有担当、有作为之人，周方的性子要强，遇事不慌，颇有他年轻时的风范，不由得对周方的好感又多了几分。

"请讲。"

"今日之事，还请姜公和妹妹不要对姜公子说起。"周方虽然觉得此话一开口必然会引起姜望不快，不过了安全起见，他犹豫一下，还是说了出来。

"为何？莫非你信不过远儿？"果然姜望面露不悦之色，"周公子此举何意？"

"姜公不要多心，小侄并无恶意，只是近来听闻姜公子多和朝堂中人走动，小侄并不知道他和何人交好，万一姜公子交友不慎，事先走漏了风声，小侄身陷囹圄还是小事，连累了姜家就是大事了。"周方站在姜家的立场上考虑问题，"毕竟姜公子并不知道朝堂之上水深水浅，也不清楚各人的立场，容易误入纷争之中，成为棋子。"

若周方只是一介商人，此话姜望自然不信，周方的真实身份却是中山国太子，深知朝堂争斗厉害，姜望不由得点头称是："说得也是，远儿从小远离朝堂，不知朝堂凶险……妹儿，近来远儿和朝堂中的何人来往过密？"

"我也不知。"姜妹摇头，想了一想，"自上次妙关走后，哥哥就经常早出晚归，很少在家，也不知道在外面忙些什么。问他，他也不说，问得多了，还不耐烦。"

"近来我也是很少见到远儿，只是听他说想要打开木材生意市场，其他事情也没有多过问。"姜望想起了什么，望向了周方，"贤侄可是听到了什么？"

周方确实听到了一些传闻，不是从司马运嘴中得知，而是从王松和孙西敢之处。王孙酒坊如今生意兴隆，四面八方的客人络绎不绝，有意无意中总能听到一些小道消息。有传闻说，姜远正和慕容成的儿子慕容庄走得近，有意联合慕容庄从沈家手中抢走木材生意。

还有一种说法是姜远正通过慕容庄和乐城交好，慕容庄和乐城从小一起长大，关系莫逆。不过周方并不想将听到的传闻悉数告知姜望，斟酌一下说道："确有传闻说姜公子在结交权贵，到底是结交何人，小侄不知。"

"这个逆子……"姜望剧烈咳嗽几声，一拍桌子，"老夫再三告诫他不要轻易去结交权贵，他偏偏不听，简直就是胡闹！他哪里知道权贵之间的纷争？老夫一定要好好教训一下这个不成器的逆子。"

"父亲，儿子又犯了什么错误让你如此动怒？"姜望话音刚落，外面传来了姜远三分怠慢七分懒散的声音，门帘一响，姜远推门而入，"妹妹和周公子都在，这么说，是趁我不在对我口诛笔伐了？父亲，儿子不管做什么都是一心为了姜家，莫非在父亲眼中，只有妹妹和周公子所做的事情才是正事，而儿子则是无所事事不学无术吗？"

姜望脸色由青变白，不由得怒极："混账，你为何不听老夫之话，非要去结交什么权贵？你哪里知道魏国朝堂之上的凶险？"

"父亲，魏国朝堂凶险，齐国朝堂就不凶险了？"姜远不屑地看了周方几眼，又斜了姜妹一眼，才又一本正经地冲姜望一拱手，"父亲在齐国朝堂折了羽翼，来到魏国后，一心经商远离朝堂，看似是明哲保身，其实是胆小怕事的无奈之举。姜家根基雄厚不假，但自从魏国灭了中山国后，形势大变，姜家再不思变通，不但会被慕容和沈家赶超，甚至连数十年的基业都有可能不保。儿子未雨绸缪，提前为姜家打通关系，怎么又成为不成器的逆子了？莫非像妹妹一样整日和周方吟诗作对，再花前月下风花雪月就是正事了？"

姜望怒不可遏，扬手打了姜远一个耳光："逆子！敢如此顶撞父亲，想要翻天不成？"

姜远目光阴冷如冰："儿子就算想翻天也是不敢，父亲从小宠爱妹妹，视妹妹为姜家传人，儿子也没有怨言。都是一奶同胞，血浓于水。可是父亲却如此倚重一个外人，一个不知身世、不知来历的丧家之犬，难道儿子连一个外人都不如？就算妹妹真的和他成亲，他也是姓周不姓姜！父亲，我身为姜家长子，本应接管姜家一应生意，你将三成交与周方，三成交与妹妹，只留四成给你的亲生儿子，我倒想问问，莫非我真不是你的亲生儿子？"

姜望身子一晃，站立不稳，幸亏周方眼疾手快，及时扶住了他，才没有跌倒。姜望颓然坐在了椅子上，一脸灰白："远儿，为父原本是想让你再多历练几年，待时机成熟时，再将姜家七成产业交与你的手中，妹儿只留三成作为嫁妆，你却如此急切要执掌姜家，真当为父老到不能动弹了不成？"

姜妹脸色苍白，眼泪在眼眶中打转，失望、无奈、懊恼令她如花的容颜蒙霜，她万万没有想到以前温文尔雅的哥哥一旦翻脸面目如此恐怖，竟是以为她要联手周方和他争夺姜家家产。

周方向前一步，轻抚姜妹后背，轻声安慰："不要紧，姜公子只是一时气话，不必当真。"

"周方你不要装腔作势了，我不是一时气话，我说的句句属实。"姜远转向周方，冷笑一声，眼中透出丝丝冷意和蔑视，"你借为父亲治病为由进入姜家，又利用妹妹对你的好感苦心经营，拿下了姜家粮草的经营权，成功地打入姜家内部，赢得了父亲和妹妹的信任，还让姜家上下视你为姜家的快婿。你如此煞费苦心，一开始我以为你所图的是姜家的家产，毕竟姜家是魏国首富，富可敌国，后来才知道，原来你的野心之大，让人不敢想象——你想复国！"

第五十五章
见 好 就 收

周方微微一笑，丝毫不慌乱："姜公子又是如何得知我有惊天的野心？是乐城所说还是慕容庄？"

姜远一愣，脱口而出："你怎么知道我和乐城、慕容庄有来往？好你个周方，你派人跟踪我？"

周方摇了摇头，淡然一笑："你想多了，姜公子，我可没有闲心派人跟踪你，你和乐城、慕容庄来往之事，安邑城中尽人皆知，并非什么秘密。你三人在茶馆、酒肆以及青楼流连，会有多少人目睹？你姜公子或许并无几人认识，不要忘了乐公子乐公子可是安邑城中的名人，还有慕容庄慕容公子，当年为争摘月楼花魁柳下舞一掷千金之事，引起安邑轰动，引发无数人围观，慕容公子也因此一战成名，时至今日，还有无数人传颂当时的盛况。慕容公子因一掷千金成名，乐公子因和司马公子争斗而出名，二人在安邑城中各负盛名，二人同时出现，想不引人注目都难。姜公子和他二人经常一起出入，怎会不被人指点？又怎会不被人挖出是何家子弟？"

姜远眼睛一斜、嘴巴一歪："那又如何？我行得正站得直，不怕背后有人非议。反倒是你，周方，不，应该叫你周东，堂堂的中山国太子周东，如今屈身姜家，藏身魏国，是想伺机刺杀魏王还是想复国？若不是乐公子识破你的身世，我还真以为你只是一个落难的商人。父亲、妹妹，你们不要再被周方蒙骗了，他不是什么粮草商人，他是中山国太子周东！"

姜远以为他的话会让父亲和妹妹当场震惊，不料话一出口，父亲和妹妹脸色平静，毫无惊讶之意，不由得愣住："怎么，你们已经知道了周方的真实身份？"

"你们既然已经知道了周方的真实身份，为何还要和他纠缠不清？"姜远更是气极，"非要被他害得姜家家破人亡才心甘不成？"

"不必说了，不必再说了。"姜望失望地摆了摆手。姜远自小既不如姜妹聪慧，又不如姜妹懂事，让他颇为失望。他后来有意多让姜远历练，以便早日成长起来好继承姜家家业，不承想长大后的姜远空腹高心，喜欢夸夸其谈却往往落不到实处，不但不被姜家各地的东家认可，就连下人也对姜远有轻视之意，让他越来越对姜远疏远，好在姜妹多次劝他对姜远多一些耐心，他才没有彻底放弃姜远。

没想到姜远如此没有远见，以为结识了乐城和慕容庄就可以进入权贵之门，以为和周方划清界限就可以让姜家不被连累，如此幼稚而简单的想法，足以说明时至今日姜远还没有成熟，行事还是欠考虑欠周全，不由得姜望大失所望："姜家和周方联盟之事，不必再提，姜家一诺千金，必不会毁约。不管是周方还是周东，姜家言必信，行必果。除非周方提出毁约，姜家断断不会做言而无信之人。"

周方及时接话说道："承蒙姜公抬爱，小侄既然执掌姜家粮草生意，眼下又正是多事之秋、关键之时，必不会就此放手不管。小侄定当竭尽全力，力保姜家生意更上一层楼。"

"说什么大话，你自身难保，还能力保姜家生意更上一层楼？你先能保命再说。"姜远对周方嗤之以鼻，"周方，若你现在退出姜家，和姜家一刀两断，我还敬你三分，否则，哼哼，我会和你没完。"

"我能否保命，是我的事情，不劳姜公子费心。"周方呵呵一笑，轻描淡写地双手背后，"我是不是中山国太子周东，姑且不论，就算是，也是我和魏王之事，和姜公子无关。姜公子只需知道我对姜家是一片真心即可。我的事情暂且放到一边，倒是有一个疑问，还请姜公子解答一二。"

"讲。"姜远趾高气扬地笑了笑，"本公子愿意为你指点江山。虽说你曾经贵为太子，现在却是落魄到委身姜家，落架的凤凰不如鸡，哈哈。"

姜远有一种胜利者的快感，曾经在他眼中高高在上、高不可攀的太子，如今却要向他讨教，而且还要依靠姜家为生，他获得了极大的心理满足。

周方能体会姜远的心态，他当年贵为太子时，也是从来不知民间疾苦，不知商人辛酸。亡国之后，落魄流离，他才知道世间还有如此多的酸甜苦辣。

姜妹对姜远怒目而视，想说什么却被周方阻止了，周方拱手一笑："姜公子是从哪里认识的妙关？"

"嗯？"姜远蓦然一愣，没想到周方话题倏忽转移到了千里之遥，和当下的谈话完全风马牛不相及，打了他一个措手不及，"时间太久，记不清了。"

"怎会记不清呢？姜公子是贵人多忘事，还是故意遗忘？妙关可是你请来姜府当门客的，他一身本事也是事先经过你的认可，若非如此，你怎会待他如贵宾？"周方哈哈一笑，笑声中有嘲讽之意，"相信不管是认识的地方还是时间，姜公子必定记得清清楚楚，恐怕就连现在妙关人在何处，姜公子也是心知肚明。"

姜远怫然变色："你血口喷人，胡说八道！妙关只是我在街头偶遇的一个江湖郎中，他恶行败露之后，连夜潜逃，现在人在何处，我怎会知道？说不定已经不在魏国了。"

"好，姑且信你所说，妙关只是你在街头偶遇的一个江湖郎中，一个江湖郎中怎会制作波斯香？你又怎会相信一个江湖郎中所制的波斯香有治疗之效？姜公子，你并非愚昧之人，为何做此愚昧之事？"周方步步紧逼，"我再问你，你又是如何得知妙关已经不在魏国了？"

"我……我……我当时觉得妙关口若悬河，说他曾在波斯住过一年，又见他确实在街头治好了几人的顽疾，就信了几分。我只是随口一说他说不定已经不在魏国了，并未肯定。"姜远闪烁其词，目光不敢直视姜望咄咄逼人的双眼，"周方，你恶人先告状，是想泼我脏水，是不是？你分明是想说我一心想害父亲，其心可诛。周方，你就是一头得志便猖狂的中山狼。不要以为你毒死了你的父亲就以为天下儿子都想毒杀父亲！"

周方朝姜望和姜姝施了一礼："还请姜公和妹妹不要怪罪在下，在下并无恶意，只是觉得姜公之病来得蹊跷，故有此一问。也是想为姜公子洗清嫌疑，还他一个清白。"又转身向姜远，"姜公子，在下未曾有半点怀疑你有心加害姜公，在下也并未毒杀父王。父王毒发身亡之时，在下已经人在魏国。"

"哼，巧舌如簧，狡辩！"

"还有最后一句话想问一下姜公子，姜公子可知妙关是何方人氏？"

"楚国人氏。"姜远不假思索地答道，又想了一想，"没错，就是楚国人氏。不过他自幼在韩国长大，也算半个韩国人了。"

"多谢姜公子实言相告。"周方躬身一礼，又转身对姜望说道，"姜公，你我约定之事，还请如常进行。"

姜望点头："放心。"

"小侄告辞了。"周方见好就收，也不多说什么，转身离开。

姜妹送到门外，小声问道："周兄莫非真的怀疑哥哥想要毒害父亲？"

"虽不敢确定，此事却无比蹊跷，只有找到妙关才能真相大白。"周方压低声音说道，"还有，切记不要再让姜公过多进补了，应缓缓补之，否则虚不受补，反倒过犹不及，最终坏事。"

"知道了。"姜妹嗔怪地白了周方一眼，"就知道关心别人之事，你都自身难保了，万一过不了关，你让我如何自处？周兄，听我一劝，不如先前去齐国暂避风头。"

"富贵险中求，当下的一关至关重要，过则局面大开，不过则一败涂地，生死两重天，正是男儿有所为有所不为之时。"周方一脸坚定，"妹妹不必再劝，我意已决，必不会再苟且偷生。"

"你……"姜妹眼泪快要下来了，跺了跺脚，"何必为了虚名而白白丢掉了性命？你即便不为自己着想，也要想一想我的今后……"

周方感觉到姜妹浓浓的爱意，不由得心中一暖，险些改变主意，忙深吸一口："还请妹妹见谅，我背负的国仇家恨太多，若是过不了此关，侥幸活下来，也是行尸走肉。你的深情厚谊，我铭记在心。此关若过，我必不负你。此关若是不过，你我来生再见！"

姜妹顿时泪如雨下："你为何如此执念？你我远离魏国，不管是赵国、齐国还是燕国，以姜家财力，足保我们一生衣食无忧，何必非要舍命一搏？"

"我的执念是要为父报仇、为死去的数万将士雪恨、为流离失所的中山国百姓安家复国。"周方长揖一礼，"愿来生不生帝王家，但今生之事，今生一定了结。"

"呵呵，嘿嘿，哈哈，好一番让人为之泪下的豪言壮语。"姜远推门出来，正好听到周方之话，见姜妹热泪长流，不由得心中不是滋味，"周方，你还要骗妹妹到几时？"

第五十六章
巧舌如簧

周方不理姜远的冷嘲热讽，直接问道："姜公子是还有话要说？"

姜远冷哼一声："不错，我思前想后觉得还是再叮嘱你几句为好……请借一步说话。"

"不必背着妹妹，你我之间，没有不可与人言之事。"周方示意姜姝一起，姜远无奈，只好跟在周方、姜姝身后，朝外面走了几十步。

"姜公子有事尽管吩咐。"周方站住，从容不迫地笑了一笑。

姜远左右看了看，确信无人才说："周方，你我相识一场，也算有缘，不必闹得如此之僵。我劝你赶紧离开魏国，三十六计走为上策，天下之大，除魏国之外，还有齐国、燕国、秦国，哪里不可以安身立命？"

"姜公子不必多说了，我心意已决，生死不论，一定要将未竟之事完成。"周方拱了拱手，"若姜公子没有别的事情，在下告辞了。"

"且慢。"姜远伸手拦住周方，踌躇片刻，吞吐问道，"妙关之事，你真是凭空猜测还是听到了什么？"

见姜远一脸心虚，周方反倒更加肯定了自己的猜测，他轻描淡写地一笑："只是凭空猜测，我又不认识妙关何许人也，姜公子不必多虑。姜公中毒之事，肯定是妙关一人所为，和你无关。不过姜公现在身子尚未痊愈，不可进补过多，切记。"

"知道了。"姜远恢复了一脸淡然之色，微一拱手，"走好，不送。"

姜姝想要送到门外，被周方拦下，善信阁近在咫尺。

周方走后，姜姝想要回房，被姜远叫住。二人走到后院，在一处亭子中坐下。

夜色降临了，姜远坐在一角，脸色半明半暗，在灯光的跳跃下阴晴不定。

"妹妹，你真相信周方所说，是我串通妙关想要毒害父亲？"姜远心中郁积难平。

"怎么会？不会的。再说周方也并没有说是你串通妙关所为，只是想查明妙关到底是何许人也、受何人指使。"姜姝幽幽叹息一声，"姜家这些年来不断扩张，明里暗里也得罪了不少人，有人背后使坏想要对父亲不利，也是正常，怎会扯到哥哥身上？"

"如此就好，如此就好！"姜远长舒了一口气，如释重负地笑了笑，"哥哥还想劝你一句，不要和周方走得过近，他危在旦夕之间，说不定明日一早就身首异处了。"

"周方不会有事，你也不用劝我什么，我和父亲一样，既然和周方联盟，就要一诺千金。"姜姝仰脸直视姜远，"我倒想劝劝你，不要和乐城、慕容庄走得过近。乐城还好，虽为人轻率浮躁，却并不坏。慕容庄则不一样，他诡计多端，为人轻浮险恶，狡猾多变，小心着了他的道儿。"

"我会着了他的道儿？妹妹你太小瞧哥哥了，哥哥只是借他之势结识乐城，再借乐城之势打开权贵之门罢了。"姜远气愤不平地冷笑一声，"我姜远何许人也？慕容庄又是什么角色，他岂能和我相提并论？就连乐城别看是名将之后，也不过是一个心浮气躁的黄口小儿罢了。你且等着，不用多久，哥哥就可以将二人玩弄于股掌之间。"

姜姝摇了摇头，哥哥还是和以前一样，过于轻视别人高估自己，很容易被人利用而不自知，怪不得父亲一直不喜欢哥哥，和父亲的沉稳从容相比，哥哥太肤浅、太不知天高地厚了。

"怎么，不信哥哥偏要信周方？"姜远忽然就火冒三丈，"妹妹你可知道周方是什么人？他先是被公主所救，后来又寄身于乐府，如今结交了司马父子，就和乐家一刀两断，甚至针锋相对，如此忘恩负义之人，你帮他何用？早晚被他所伤，他就是得志便猖狂的中山狼。"

姜姝脸色一沉，面露不悦："周方当初寄身于乐府，也是迫不得已。如今搬出乐府，自立门户，本是人之常情。当年乐羊不是还寄身于王黄府中？何况乐羊灭中山国在先，周方和他有不共戴天之仇，就算周方杀了乐羊也是君子所为。"

"你被周方迷惑，已经是非不分了。"姜远愤然起身，"哥哥最后再劝你一句，悬崖勒马。"

姜妹也站了起来，淡淡说道："妹妹也送哥哥一句话：君子坦荡荡，小人长戚戚。君子和而不同，小人同而不和。"

姜远脸色变了变，想说什么又咽了回去，最终拂袖而去。

姜妹站在亭中，望着姜远远去的背影消失在夜色之中，久久不动，任由寒风吹动她的秀发摇摆不停。

是夜，安邑城中许多人家挂起了无数灯笼，准备迎接新年的到来。屈指一算，原来已经是腊八了。

是夜，安邑城许多人难以入眠，魏国和韩国即将开战之事，牵动了无数人的关注。

司马府。

司马史坐在首位，轻抿了一口茶，放下茶杯："运儿，明日就要出征了，你一切准备妥当没有？"

司马运坐在左首，点头："不劳父亲牵挂，一切妥当。"

"如此就好。"司马史又转身向右首的男子，"王公子，你是第一次随军出战，不必担惊受怕，有运儿在，又有魏达将军担任先锋，定当旗开得胜。"

王之微一欠身："多谢司马将军，在下追随魏达将军左右，效犬马之劳，也想多和司马兄走动走动，愿和司马兄并肩作战。"

司马运呵呵一笑，摆了摆手："王兄不必过谦，你我情同手足，不分彼此。"

"真不是过谦，领兵打仗，我确实是外行，还要多向司马兄请教才是。"王之客气几句，话题一转，"如今风声越传越大，若周方真是中山国太子周东，司马兄还要和他联盟不成？"

"父亲的意思是……？"司马运并没有正面回答，而是将难题抛给了司马史。

司马史一开始也不相信乐羊所说，后来听说乐羊在善信阁门口大闹一番之后，不由得信了七分。以他对乐羊的了解，若非有七成把握，乐羊不会当着公主之面大闹，也不会失控。乐羊当众失态，可见他确认周方就是周东，确认周方藏身魏国图谋不轨。

沉吟片刻，司马史说道："按理说，若周方真是周东，将他绑了交与魏王，可立大功一件。"

"就是就是，在下也是这么想的。"王之迫不及待地表态，还想再强调几句什么,余光一扫,见司马运笑而不语,知道话多了,忙咳嗽一声,"不过在下年幼无知,不如司马将军用心深远,是以还请司马将军赐教。"

"说赐教就见外了,王公子,老夫和王相国多年同朝为官,政见相同,也算是至交好友,你和运儿情同莫逆,你我两家,本是一家。"司马史不惜自降身份,和王之套了几句近乎,才又回到正题上,"乐将军以为周方藏身魏国是图谋不轨,老夫却不这么看,周方前来魏国,是仰慕魏国强大,是臣服于魏王的文韬武略,只是他不敢公然向魏王投诚,只好等候时机。"

王之不由得暗暗叹服,姜还是老的辣,怪不得朝野上下都说司马史是老狐狸,果不其然,说话滴水不漏不说,还能颠倒黑白。乐羊认定周方藏身魏国是图谋不轨,经他一说,却成了周方一心向往魏王风采了,厉害,果然厉害。了得,当真了得。

司马史继续说道:"老夫不知乐羊为何非说周方图谋不轨,不过转念一想也可以理解,毕竟周方杀死了乐羊之子乐风,乐羊念念不忘为子报仇之事,见到周方在乐府住了数月有余而不自知,难免恼羞成怒,想借魏王之手除掉周方也在情理之中。只是乐将军太不为魏王考虑了,周方一个亡国的太子,不惜以身涉险来到魏国,臣服于魏王的风采之下,若魏王真听了乐羊谗言杀了周方,岂不是令天下有志之士齿冷心寒?魏国一向广纳贤士,难不成连一个被灭国的太子都容不下,还何谈成就霸业?乐羊是要置魏王于不仁不义,让天下人耻笑魏王心胸狭窄,没有容人之量⋯⋯"

王之倒吸一口凉气,幸亏他没有如实说出心中所想,他和乐羊的想法一样,要将周方一刀了结以永绝后患。但经司马史巧舌如簧一说,杀了周方反倒成了大逆不道之事,不由得他不愈加佩服司马史能言善辩。

"老夫说的也未必就符合常理,王公子,你且说说你的想法。"司马史不动声色地暗中观察王之,见王之脸色变幻不定,知道他内心波澜起伏,就有意试探他一二,"王相国又是如何看待此事?"

王之心里清楚司马史是想知道爷爷的真实想法,他微一思忖:"此事传开之后,爷爷不管是在人前还是人后,都未曾提及此事半字。在下也曾问过他一次,他笑而不语。"

真是一个老滑头,连自己的孙子也不相信,司马史暗骂一句,微微一笑:"王相国老成持重,凡事总要三思而后定,老夫应该多向王相国请教才是。"

王之客套几句,起身告辞。

王之走后,司马运一脸疑问:"父亲,刚才所说真是父亲的真实所想?"

第五十七章
一念之间

司马史点了点头："为父就是要告诉王之我的真实想法，好让他转告王黄，以便在周方身世之事揭穿之后，王黄也好在朝堂之上和我互为呼应。"

"魏王最终会如何处置周方？"司马运忧心忡忡，"虽说周方向我隐瞒了真实身世，不过他帮我不少，也算是救命之恩，且日后对他还多有仰仗之处。父亲，不管周方是何许人也，我还是希望他能安然无事，日后大事发生之时，他可以是我父子二人一大助力。"

"为父心中有数，若非为了日后长远计，为父也不会如此费尽心机力保他过关。"司马史抚须而立，凝神想了半晌才说，"周方此人，足智多谋，且又沉稳隐忍，若他真为我所用，可敌十万大军。只怕他还真有复国之心，就麻烦了。"

"倒也无妨，他想复的国是中山国，又不是魏国，且周方和齐国太子吕唐交好，据说早年周方还在燕国住过一些时日，在燕国也有故交，此人若是运用得当，堪当大用。"司马运眯起眼睛，微微一笑，"原本我一开始也怀疑周方来历不明，后来收了疑心，和他成了朋友。不承想还意外捡了宝，哈哈，可怜的乐羊养虎为患，如今想要除掉周方已经无能为力了。若当初他早早知道了周方身世，在乐府只需一服毒药就可以送周方归天。"

司马史摇了摇头，脸色凝重："切莫高兴过早，周方是宝还是隐患，眼下还不好说，魏王是杀是留周方，全在魏作一念之间。"

"魏王对魏作颇为器重，父亲所言极是。"司马运想了一想，"魏王想要调回魏作,派魏达前去中山国,我顺魏王之意举荐魏达前去征战韩国,以便立功好有封赏,此事也不知是好是坏。结交了魏达,却迎回了魏作,魏作对我父子二人,一向提防。"

"是好是坏谁也不好断定,无论你是否举荐魏达出征韩国,魏王一定会调回魏作,派魏达去中山国。与其无法阻止,不如顺势为之,也好落一个顺水人情。"司马史打了一个哈欠,"事在人为,魏作就未必一定会对周方敌视、对我父子二人提防。不过,若是魏作执意要打压我父子二人,为父另有办法让他坐不安稳太子之位。总之,为了大计,周方我们是保定了!"

王之回到家中,夜色虽深,他却没有睡意,来到院中散步,见爷爷书房的灯依然亮着,就推门进去。

王黄正在伏案看书,抬头见王之进来,瘦削的脸上泛现一丝凝祥的笑意:"之儿还没有睡下?"

"爷爷还在读书?"王之嗔怪说道,"每日处理那么多政事,已经够累了,爷爷还不早点休息,明日还要早朝。"

"曾子曰:'吾日三省吾身:为人谋而不忠乎?与朋友交而不信乎?传不习乎?'爷爷也要三省吾身才能安然入睡。"放下简策,王黄起身来到王之面前,"刚从外面回来?是去司马府了?"

年过六旬的王黄虽瘦小但精神却不错,在朝堂之上八面威风一人之下万人之上的相国,笑眯眯的样子却如同一位慈祥的邻家老人。

王之一晒:"爷爷怎么什么都知道?又被你猜中了。"

"近来,关于周方是中山国太子周东被传得满城风雨,爷爷想不知道都难。司马父子和周方交情颇深,你又和司马运来往密切,去司马府,司马史肯定问你爷爷对周方之事是何态度。"

"爷爷神机妙算,又说对了。"王之汗颜,嘿嘿一笑,"我都不用说了,反正爷爷什么都能猜到。"

"胡说,爷爷又不是神仙,怎么可能什么都知道?爷爷也是只知其一,不知其二。你且说说。"

"司马运倒是没说什么,司马将军说了不少,他想保下周方……"王之将司马史的话转述了一遍,"爷爷能不能告诉我你到底对周方是什么想法?"

"先说说你的想法。"王黄不动声色地笑了笑,坐回了座椅上,端起一杯茶水,慢条斯理地喝了一口，"爷爷倒要考考你，看你如何在纷乱的局势之中站好方位。"

"我……我没什么想法，爷爷说怎样就是怎样。爷爷若是没有态度，司马兄是什么立场，我就是什么立场。"王之懒得想太多，也是魏国朝堂的局势看似平静，实则一片混乱，各有算盘，他看不透每个人究竟是何想法。

"早晚你要靠自己的脑子来判断局势。"王黄敲了敲自己的脑袋，摇头一笑，"说难也难，说不难也不难，只要你看透了每一个人和周方是不是有交情、有瓜葛、有诉求，你就会明白每一个人的立场和倾向。依据他们的态度，再决定你的态度，把自己的真正想法隐藏在最后抛出，就可以保证立于不败之地了。"

"不明白。"王之摇了摇头，一脸无奈，"爷爷的学问太高深了，孙儿学不会。孙儿连察言观色都不会，何况去揣摩他人的所思所想，简直太难了。"

"你这孩子真是不长进。"王黄叹息一声，起身来到王之身前，敲了他脑袋一下，"你父亲离开得早，只留下你一根独苗，王家的重任，都压在你身上了，你若像乐城一样挑不起乐家的大梁，王家日后就会衰落下去。"

"爷爷何出此言？王家有爷爷在，自会春秋永盛。"王之想起早死的父亲，不由得叹息一声，"父亲当年究竟为何离家出走？"

王之父亲王左当年风华正茂时，突然离家出走，只留下尚在襁褓中的王之，没有留下只言片语，一走十几年音信全无，不知生死，是为王黄平生心中之痛。

王左玉树临风，才华横溢，十七岁时就被封为少卿，假以时日，位列上卿不在话下，甚至有望接替王黄成为相国。只是不知为何突然抛妻别子不辞而别，让人唏嘘不已。此事之后，王黄足足伤痛了一年之久。

王之自小没有见过父亲，长大后隐约听说父亲离家出走和爷爷有关，爷爷却从不提及此事。

王黄目光迷离半晌，重重地叹息一声："你父当年离家，个中缘由，一时难以说清，也许还是爷爷对他管教太严之故……罢了罢了，万事莫强求，一切顺其自然便是。等爷爷去世之后，王家是春秋永盛还是一蹶不振，也不过是身后事了，多想无用。"

"爷爷不用担心，孙儿日后努力长进就是了。"王之不忍看着爷爷悲伤失落，忙安慰几句，又说，"周方之事，爷爷到底是什么想法？"

王黄含蓄一笑："爷爷的想法，由周方而定。"

"怎么是由周方而定？"王之不明白。

245

"周方若想爷爷在魏王面前替他美言几句，必定会登门来访，或是请爷爷过去一叙。"王黄一副从容的姿态，自得地一笑。

"若他不登门来访呢？"

"若他不登门来访，他就是有眼无珠，不知魏国朝堂局势，那他被魏王斩草除根只能怪他自己太笨。"王黄推开了窗户，夜风吹了进来，冷气袭人，"以爷爷对周方的了解，他能够前来魏国藏身，必有过人之处。又能在乐羊府上住了数月有余而不暴露，绝非常人。若他不来王府，他就不是周方了。"

"爷爷何出此言？莫非爷爷认识周方不成？"王之十分惊奇爷爷的推断。

"爷爷和周方只见过一面，并无深交……"话说一半，忽听门外有人来报。

"相国，善信阁派人送来一封书信！"

"拿进来。"王黄得意地一笑，笑容中有一丝狡黠之色，尽显俏皮之意。

任谁也不会想到在朝堂之上高高在上、让人仰望的相国，会有如此孩童心性的一面。

下人递上了一封书信，王之凑过来要看，王黄却将他推开："周方写给爷爷的信，你不要看。"

王之无奈一笑："爷爷和孙儿还要分出彼此远近？"

王黄却不理他，自顾自地看完了书信，顺手扔进了炭盆之中。他闭目片刻，抚须而笑，过了半晌才嘿嘿一笑："明日早朝过后，前去善信阁。"

"爷爷要去见周方？为何不是周方前来登门拜访？他也太托大了。他是中山国的亡国太子，不是魏国太子！"王之气愤不平。

"你可知周方在信中说了什么？"王黄狡黠地一笑。

王之摇头。

王黄摇头晃脑地说道："信很短，只有寥寥数语——王相国敬启：昔有豫让漆涂身生吞炭，谋刺赵襄子未遂，拔剑击斩其衣，以示为主复仇，长叹'士为知己者死，女为悦己者容'后自尽。今有中山国亡国太子周东化名周方藏身魏国，既非谋刺又非复国，而是另有所图，周某本想登门拜访，唯恐飞短流长，故愿扫榻以待，恭候相国大驾，秉烛谈心。"

王之愕然："周方之信既无诚意又无新意，等于是什么都没说，爷爷为何还要亲自前去善信阁一趟？"

王黄大笑："知我者，周方也。周方深知爷爷一向好奇，他先是举了豫让之事，又自称并无不轨之心，难不成他藏身魏国就是为了当一名粮草商人？如今他身世事发，还能如此淡定从容，爷爷倒要看看，他到底有何倚仗、是何居心。"

"要来也是他来王府才对。"

"爷爷想通了，若是周方前来王府，反倒惹人非议，爷爷悄悄前去善信阁，可以避人耳目。"王黄像是捡了钱的孩童，乐呵呵地摆了摆手，"不早了，该休息了，明日还要早朝。"

第五十八章

心 量

是夜,乐府的东厢房灯火通明,乐城和慕容庄正在对弈。

一座十五连盏铜灯照得四下明亮无比,乐城举棋不定,目光在连盏铜灯上停留片刻,忽然落下了一枚棋子:"慕容兄可知这连盏铜灯是中山国所制?"

慕容庄生得唇红齿白,眉清目秀,尤其是一双眼睛顾盼之间,颇有妩媚之态,再加上手指纤细,竟有几分女子之姿。

"韩国以坚兵利器闻名天下,中山国以铜器精美独步各诸侯国,只可惜,坚兵利器可保国泰民安,精美铜器却抵挡不住魏国的滚滚铁蹄。"慕容庄说话的声音略显尖细,他轻舒兰花指,落下一子,"乐兄,你心不在焉,就要输了。"

"不下了,心烦。"乐城抓起了一把棋子扔在棋盘上,起身围着十五连盏铜灯转了一转,啧啧赞叹数声,"果然不同凡响,不但制作精美,无一处不精细雕琢,且所雕刻之物形神兼备,惟妙惟肖,犹如活物一般。"

慕容庄也扔了棋子,哈哈一笑:"乐兄还有心思把玩铜灯?在下佩服。乐将军病情如何了?"

"别提了,时好时坏,大夫说,爷爷的病是心病,只有心里的事情放下了,才能好。他心里的事情怎么能放下?周方一日不除,他一日难以心安。"一想起周方,乐城就气不打一处来,他重重地一拳打在桌子上,震得棋子散落一地,"周方真是无耻之徒,宵小之辈,乐家待他不薄,他却如此对乐家,真是忘恩负义的小人,是一头中山狼。"

慕容庄哈哈一笑："话不能这么说，乐兄，你可曾想过周方身为中山国太子，本来富贵荣华高高在上，落得如今的田地，又是拜何人所赐？若不是乐将军进犯中山国，周方何必以身涉险藏身魏国？他做他的中山国太子和中山国君多好。世间之事，一报还一报，丝毫不爽。"

"你！"乐城气得气短，"你还是不是我的至交好友？"

"当然是了，好友归好友，道理归道理。你不能无端埋怨周方，也不能是非不分。分清是非才能有公正之心，有了公正之心，才能冷静、理性地看清局势，不会做出后悔的事情。"慕容庄拍了拍乐城的肩膀，"乐兄你心思纯正，为人善良，只是过于浮躁，还需多历练历练，学学养气之道。不是我说你，有时你甚至还不如心浮气躁的姜远。"

"我哪里不如姜远了？姜远一介商人，岂能和我相提并论？"乐城气呼呼地一把推开慕容庄，"你到底是和姜远还是和我交情更深？"

慕容庄被乐城的孩子气逗乐了："乐城，你我相识十几年，我和姜远才认识多久？你是对你还是对我没有信心？不瞒你说，我和姜远交好，只是图他姜家的生意，对他本人，毫不喜欢，甚至还有几分厌恶。你知道为何？"

"不知道。"乐城将头扭到一边。

"姜远和你大不相同，你是简单直爽，他是心浮气躁。你是孩童心性，他是心机深沉。你是心思纯正，他是心思多变。你无害人之意，他有害人之心。你说换了是你，你愿意和谁交心？"慕容庄拿出一把折扇，假装扇了几下，又折起，"姜远和你我走近，所图有二：一是他不喜欢周方，想和我二人成为同盟，联手对付周方；二是他想借你我二人之力，敲开权贵之门。姜家虽是魏国首富，却因姜望远离朝堂，有意不结交权贵，是以姜家虽富却不贵。如今姜远想要既富且贵，不得其门而入，我二人便是他眼前最好的桥梁。"

"既然知道姜远是何许人也，为何还要和他来往？"乐城脸色缓和几分。

"圣人说，宁可得罪君子不可得罪小人，姜远这样的小人，虽成事不足但败事有余，我和他周旋，倒也不是怕得罪他。说实话，姜家虽身为魏国首富，只是表面繁华，就如这一场大雪，谁也不知道雪的下面埋的到底是财富还是枯草。姜望一世英名，眼见就要毁在姜远手中了。"

"怎讲？"乐城为之一惊。

"周方目光如炬，为何只接手姜家的粮草生意而不是其他？只因其他生意都快要被姜远亏空完了，哈哈，姜望还做着魏国首富的春秋大梦，殊不知，姜家已经金玉其外，败絮其中了。"慕容庄的笑声中有说不出来的得意和开心，"就在姜望病重之时，姜远接连和我做了几笔生意，每一笔都赔得血本无归，他还以为赚了不少，其实若真让他知道亏了多少，恐怕他连吐血的心都有了。"

"周方真有这么厉害，能看出姜家最赚钱的生意是粮草？"乐城才不关心姜远的亏空，只在意周方的眼光。

"平心而论，我其实挺佩服周方此人。"慕容庄点了点头，"他毕竟是中山国的太子，也曾养尊处优，高高在上，如今落得如此地步，却能忍辱负重，并且委身仇人之家，如如不动，真是了得。一旦时机到来，便一飞而起，绝不迟疑，如此隐忍、如此心性、如此决绝，必能成就大事。况且周方不论朝堂眼光还是经商策略，都高人一等，若有机会，我倒还真想结交他，和他共谋大事。"

"你要是敢和周方结交，我就和你割袍断义！"乐城怒容满面，"我和周方势不两立。"

"你看你，说过你多少次了，做事不要意气用事。周方还没有和你势不两立，你却反倒和他计较了？国仇家恨要是都记在乐将军身上，周方在乐府期间，只要一服毒药，乐府上下百十口人能有几人幸免？"慕容庄一拍乐城的肩膀，"凡事多想想别人的好，如此就平衡了。不瞒你说，此次周方若能过关，我一定会想方设法和他结交。"

"你肯定会失望，周方过不了关了。"乐城嘿嘿一笑，"今晚中山国会有人前来魏国，要见见周方。一旦坐实了周方的身世，魏王必然会将周方下狱处死。"

"我敢打赌，魏王不会下令处死周方。"慕容庄再次打开折扇，摇晃几下，"魏王顾及名声，不会处死周方，但或许会将周方打入大狱。不过我相信以周方的智谋，必会想好万全之策，有人会力保他无事。"

"哼哼哼，就算周方侥幸不被魏王处死，你以为他身份暴露之后，中山国还能留他？中山国王后和周西，一定会千方百计要他的命。"乐城哈哈一笑，"周方腹背受敌，内忧外患，没有活路可走了。他是咎由自取，到时他就是跪在我的面前，我也不会帮他分毫。"

"你说得也对，我怎么忽略了这一点……"慕容庄若有所思地点了点头，"想要除掉周方的人太多了，中山国上下，从王后、周西再到群臣，无一人不欲除之而后快，毕竟周方是中山国灭亡的罪魁祸首，还毒杀了中山国君，是弑父之人。"

乐城忍了忍，没忍住，还是说出了真相："外面传闻不是真相，真相是周方是被王后陷害，王后拒不发救兵，才让周方孤军奋战而全军覆没。当时王后和司马史约定，以数座城池和周方性命为代价换取魏国退兵。司马史未经和爷爷商议，就私下答应了王后。但在魏国灭掉了周方大军后，司马史反悔了，长驱直入灭掉了中山国。"

"啊？原来如此，原来周方蒙受了不白之冤，我还以为周方真是战败之后指使他人毒杀了中山国君，竟然不是。"慕容庄先是摇头，又连连点头，"如此更显周方的不凡了，蒙受了如此冤屈，还有复国之志，确实非同一般。不对，不对，周方是否知道司马史和王后的约定？若是知道，他怎会和司马父子结盟？"

"不知道周方是否知道，多半不知道。"乐城想了一想，忽然想起了什么，"不对，他是知道的。有一次爷爷有意试探他，说出了司马史和王后密谋之事，他当时听得清清楚楚。"

"不过再一想也可以理解，以周方的隐忍和用心，即便知道司马父子暗中勾结王后，他也会假装不知，事情已经过去，他要的是复国。只要有助于他的复国大计，不管是司马父子还是乐将军，他都会不计前嫌。"慕容庄知道得越多，越是佩服周方，他相信以他的心量无法做到如周方一样有容乃大，"乐兄，我劝你好好劝劝乐将军，一定要在魏王面前力保周方。周方此人留下，对乐家大有帮助。"

"决不。"乐城大摇其头，"周方就是中山狼，等他势大之后，必会血洗乐家以报灭国之仇。司马父子也是一样，周方狼子野心，总有一日会反咬一口，让司马父子死无葬身之地。司马父子现在需要周方，是为了对付乐家，早晚养虎为患。"

慕容庄想说什么，张了张嘴又咽了回去，摇头笑了笑："司马父子对此心知肚明，周方也清楚得很，他们联盟，都是与虎谋皮，只是谁能赢到最后，就看谁的本事更大了。"

251

第五十九章
此一时，彼一时

"咚咚咚……"传来了敲门声。

"什么事？"乐城眉毛一扬，流露不耐之色。

"乐公子，有人自称是中山国客人，深夜来访，家主已经睡下，小人特来禀报公子。"

"中山国客人？来得好快。"乐城面露喜色，一拉慕容庄胳膊，"正好慕容兄也在，走，随我一起迎接客人。"

已经三更了，慕容庄本想告辞，不过听到中山国来人，顿时来了兴致，当即跟随乐城出门迎接。

门口有一辆遮得严严实实的马车，一名车夫站立马前，见乐城和慕容庄出现，忙施一礼："小人罗道见过乐公子。"

"来者何人？"乐城昂起下巴，傲然问道，"本公子亲自来迎，怎么还不下车？"

车内传来一个衰老而低沉的声音，声音缓慢有力，且有几分傲慢："为何不是乐将军亲自来迎？"

乐城顿时火大："你是何人，值得爷爷亲自来迎？除非你是中山国国君周西。"

"他不是周西，他应该是中山国的老臣。"慕容庄听了出来，车内之人至少五旬开外。

乐城却不耐烦了："管他是谁，再不下车就请回吧，一个亡国之臣，还在乐府门前装腔作势，如此做派，不识时务。"

乐城转身要回，蓦然人影一闪，一人快如闪电挡在身前。她一身黑衣，头戴斗笠，斗笠上又有一层黑纱，就连手中所持宝剑也是通体黑色，犹如和夜色融为一体。若不仔细去看，很难发现眼前突然就站了一人。

她手中宝剑横在乐城面前，一开口就是一股彻骨寒意："再敢怠慢欧阳相国，要了你的狗命！"

虽剑未出鞘，却依然可以感觉到杀意森森。乐城后退一步，强自镇静："你、你是何人？敢在乐府行凶。来人，乱棍打死！"

乐府的仆从纷纷出来，手持木棍，将黑衣女子团团围住。

"幔陀，不得胡闹！"车中人闷喝一声，掀帘下车，来到乐城面前，"阁下一定是乐城乐公子了？老朽欧阳乐。"

乐城漫不经心地看了欧阳乐一眼，压根就没想起来欧阳乐是谁，目光依然停留在眼前的黑衣女子身上："你叫幔陀？是何方人氏？有没有成亲？"

慕容庄背过脸去，乐城也太无礼、太不合时宜了，见到中山国一人之下万人之上的相国欧阳乐不见礼也就算了，还敢调戏杀意森森的女剑客，他什么时候才能长大，有些正形？

话刚说完，幔陀手中剑鞘一翻，啪的一声清脆声响，结结实实打了乐城一个耳光。

"你敢打我？"乐城勃然大怒，扬手打向幔陀。只不过他的手法和幔陀相比太慢了，手刚刚一动，幔陀身子一晃，就闪身到了他的身后，手中宝剑出鞘，漆黑如墨的剑身就抵在了乐城项上。

"再动上一动，让你血溅当场！"幔陀的声音中透露出一股如同隆冬深夜从厚厚的雪山之中传来的冷漠。

"幔陀，不得无礼！"欧阳乐向前一步，忙推开幔陀宝剑，朝乐城拱手一礼，"幔陀粗鲁无礼，不知礼仪，还请乐公子勿怪。她从小生长在山野之间，行事随心所欲，疏于管教，惊吓到了乐公子，能罪，能罪。"

慕容庄忙说："乐公子，欧阳相国是中山国的相国，他不远千里亲自来到魏国，应该以礼相待。"

"不敢不敢，亡国之臣，怎敢劳公子大驾！"欧阳乐收起傲慢之意，一脸恭敬和谦卑笑容，"老朽是以乐将军故交身份前来拜会乐将军，虽冒失，却有足够的诚意。"

253

欧阳乐？乐城才想了起来，忙回了一礼："原来是欧阳相国，失礼，失礼。爷爷身体不适，已经睡下，故我来迎接。快快请进！"

乐城错开一步，朝幔陀看了一眼，虽看不清幔陀长相，却依稀可见她曼妙的身材和瘦削的双肩，周身上下无一处不精致，宛如一幅山水画，让人流连忘返。

幔陀轻巧一跳，闪到一边，看也不看乐城一眼，走到了欧阳乐的身后。

到了书房，乐城让人上茶。众人落座之后，幔陀抱剑站立在了欧阳乐的身后。

乐城和慕容庄此时才看清欧阳乐的长相，鹤发童颜，仙风道骨，须发皆白，飘然若仙，竟似神仙中人。乐城也算见多识广之人，还是不由得暗暗叫了一声好。

就连慕容庄也是暗自赞叹。

"不知欧阳相国连夜来访，所为何事？"乐城多半猜到了欧阳乐亲自前来魏国是为了周方，却还是故意有此一问。

"老朽是为了太子周东而来。"欧阳乐故作镇静地说出周东的名字，内心却早已掀起了惊涛骇浪！

在周方画像传到中山国时，躲在太行山深处的中山国君臣，正在励精图治，图谋复国大计。奈何魏国灭掉了中山国后，虽未对中山国君臣赶尽杀绝，却占领了都城灵寿，还将中山国仅存的军队编入了魏军之中。

中山国君臣数千人加上随从不过万余人，藏身在太行山深处，开垦荒地，织布建屋，蓄养牲畜，周西也学越王勾践卧薪尝胆，和王后商议农兵结合，白天务农，晚上练兵，等候时机打败魏国，光复中山国。

包括王后和周西在内，所有人都将仇恨对准周东，若不是周东刚愎自用，非要力战魏国，早早议和，中山国也不会亡国。周东非但不知悔改，还在兵败之后，指使他人下毒毒死先王。

周东就是中山国的千古罪人！

在中山国君臣复国的斗志中，有一半是因为对周东仇恨的怒火，反倒对魏国的怒火并没有多少。魏作任中山君以来，采取了安抚政策，只驻军在灵寿城，各地官员仍以中山人为主，税收减半，鼓励农耕和生产，并没有多少中山国百姓因灭国而家破人亡。再加上魏作连逃往太行山的中山国君臣都没有追杀，任由他们从容逃走，是故中山国百姓对魏军的惧怕心理渐渐退却，安心过起了日子。

为了鼓舞士气，王后和周西现身说法，声泪俱下指责周东种种滔天罪恶，中山国百姓并不知道周东之事，但在中山国群臣心目之中，周东刚愎自用、弑父、叛逃的形象深入人心。而周东在逃亡路上不知所终，生死未卜，所有人都认定周东肯定罪大恶极已经不在人世了。

突然有人从魏国而来，手持周东画像向群臣打听此人是否是中山国太子周东。欧阳乐正和王后议事，听闻此事后，当即让人抓来手持画像之人。一问之下得知，此人是受乐羊将军所托，前来中山国求证一名流落到魏国的名叫周方的人是否就是中山国太子周东。

一见画像，几人顿时目瞪口呆！

不管是太后季月还是中山国国君周西，就连欧阳乐在内，也认定周东已死。也是，周东所带大军数万人无一幸存，周东又怎可能逃出生天？就算周东侥幸得以活命，他又能去何处？

万万没想到，周东不但没有死，还去了灭掉中山国的魏国，甚至还居住在了乐羊家中数月没有被乐羊认出。更让人难以置信的是，周东还结识了公主、魏国第一富商姜望之女以并为司马父子的座上宾！

司马父子？太后季月大吃一惊，她和司马史暗中勾结试图谋害周东之事一旦公开，她将身败名裂不说，恐怕连毒害先王之事也会被一并揭穿，到时群臣反目，她和周西将无处容身。

怎么办？季月当即和欧阳乐密谋一番，决定让欧阳乐亲自前往魏国一趟，和乐羊、司马父子见上一面，就如何处置周东之事达成共识。

季月的想法很简单直接，周东必须死。若是魏王不下令处死周东，就由中山国的正义之士为民除害。太行山深处有一座山名叫翠屏山，山中有一隐士名叫幔越，幔越有女名幔陀，幔陀深得幔越真传，从小翻山越岭，敏捷灵活赛猿，又剑法轻巧如风，常在山中助人，人称幔陀仙子。

幔越有一次坠落悬崖，身受重伤，被周西所救。周西开口相求，幔越一口答应，让女儿幔陀追随欧阳乐左右前去魏国，伺机杀掉周东，为中山国百姓除害。

欧阳乐和幔陀日夜兼程，悄然来到安邑城中。本想先见司马父子，不料听说司马父子和周东如今关系无比密切，就转道前往乐府，先拜会了乐羊再说。

不想先见到了乐城，欧阳乐虽微有失望，却还是庆幸来对了地方。因为乐城的一句话让他汗流浃背，险些没为自己的英明抉择而鼓掌叫好。

"欧阳相国是为了周东而来？为何没有先去司马府？"乐城摇头晃脑地笑了一笑，"当初欧阳相国可是和司马将军约定以周东性命换魏国退兵，按说应当先登司马将军之门才对。不过若是欧阳相国先去了司马府，此刻说不定已经身首异处了。"

"此话怎讲？"欧阳乐暗暗心惊，却又故作镇静，"司马将军和老朽也是故交，为何要取老朽性命？"

第六十章
风起云涌

"因为此一时,彼一时。"

乐城站了起来,背起双手在房中来回走了几步,故作高深:"当时司马将军为取胜,和欧阳相国联手,是为形势所迫,此一时也。如今欧阳相国要取周东性命,司马将军却要力保周东周全,彼一时也。中山国已然被灭,对司马将军来说,欧阳相国不过是一个亡国的相国,并无用处。周东则不同了,周东既是公主赏识之人,又是司马运的救命恩人,还是姜家的座上宾和乘龙快婿,更可以帮司马父子在朝堂之上地位稳固。相比之下,欧阳相国如此多事且多余,司马将军一刀杀了你,将你埋在后院,又有何人得知?"

慕容庄连连点头:"乐公子所言极是,如今对司马父子而言,保周东就是保他二人的地位,也幸亏欧阳相国先来乐府。"

"侥幸,侥幸。"欧阳乐擦了一把冷汗,谄媚一笑,"老朽前来魏国一事,还望乐公子和慕容公子保密,不要让外人得知才好。"

幔陀轻蔑地哼了一声:"欧阳相国若是怕司马父子,我这就去杀了他们,以绝后患。"

"司马将军府可不是说去就能去的地方。"乐城笑了,"幔陀姑娘,你武艺再高强,也是双拳难敌四手,司马将军府兵士众多,还有弩箭营,到时万箭齐发,就算你能上天入地,也难逃天罗地网的箭雨。"

"我偏不信。"幔陀艺高人胆大,她从未见过漫天箭雨的恐怖,故自信满满。

"要不要在乐府弩箭营的箭雨下试上一试?"乐城半是玩笑半是认真地说。

"好。"

"万万不可。"欧阳乐吓了一跳,他可是见识过万箭齐发的威力,忙劝幔陀打消念头,"幔陀,切不可逞强。你随老朽前来魏国,当一切以老朽命令行事,不可乱来。"

"是。"幔陀不敢违抗欧阳乐命令。

"何时可以见到乐将军?"欧阳乐急于和乐羊商议一番。

"明日,今日太晚了,爷爷已经睡下,不便再叫醒他。他上次被周东气得吐血,身子大不如前了。"乐城咬牙说道,"既然欧阳相国带来了刺客幔陀,接下来也就好办了。爷爷明日早朝会向魏王奏明周东之事,魏王若杀周东,自然一切皆大欢喜。若是魏王不杀周东,就由幔陀杀之,也算是为魏国和中山国除害了。"欧阳乐连连点头:"老朽也正是此意。"

慕容庄忽然问了幔陀一句:"幔陀姑娘,你认识周东?可是知道周东为人,还是只是听说过周东弑父叛国?"

幔陀冷冷地看了慕容庄一眼:"我不认识周东,也不曾见过他,他弑父叛国之事,尽人皆知,难道还有假不成?"

"有些事情,耳闻和目见都未必是实,何况是道听途说了,哈哈。"慕容庄朝欧阳乐和幔陀拱手一礼,"幔陀姑娘,不要辜负了自己的一身本事,可以沉下心来静一静,也可以多走走、多看看、多听听。好,我言尽于此,欧阳相国、幔陀姑娘,在下告辞!"

欧阳乐脸色不善,等慕容庄走后才说:"乐公子,慕容公子方才一番话是何意?他不是你的至交吗?"

"至交是至交,只是我和他在有些事情上,看法不尽相同。"乐城苦笑一笑,摆了摆手,"无妨,他决定不了大局。"

是夜,周东回到善信阁后,早早就休息了。安邑城内的风起云涌,他虽未看到,却也能猜到一二。不过他却睡得香甜,一觉到了天亮。

天刚亮,孙西敢和子良就登门了。

见孙西敢一脸慌张的样子,周东不觉好笑,不慌不忙地坐定之后才问:"出了何事如此慌张?当年大军压境,也不见你如此失态。"

孙西敢朝子良点了点头,子良道:"我昨晚骑马回山,请父亲出山。半路上偶遇一辆来自中山国的马车,车上一人,是欧阳乐!"

"欧阳乐?"周东一惊之下,顿时站了起来,"怎会是他?你怎么知道是他?"

子良对周东大惊小怪的样子颇为惊讶,不以为然地笑了笑:"欧阳乐有什么了不起的?我怎么就不能知道是他了?不是我知道他,是父亲认得他。父亲还认得和他同行的一个女侠名叫幔陀的……"

周东不知道幔陀,也不关心幔陀是何许人也,又问:"令尊为何会认得欧阳乐?"

孙西敢插嘴说道:"回公子,子与当年曾在中山国打猎,在中山国颇有一些人脉,认得欧阳乐也不足为奇。欧阳乐此来魏国,定是为了公子身世而来。"

"周公子是什么身世?"子良一脸好奇地打量周东几眼,"以前见你,觉得你貌不惊人,普普通通。现在却好像变了一个人似的,多了一些沉稳大气,像是一个……"

"像是什么?"周东有意舒缓心情,轻轻一笑。

"像是一个指挥千军万马的将军。"子良嘻嘻一笑,吐了吐舌头,"我瞎说的,公子可不要当真。你就是一个粮商,可不是真的将军,千万别当自己是将军,万一惹了事情不要怪我。"

"子良,你回酒坊陪陪你的父亲。"孙西敢挥手让子良退下,等子良的身影消失在门口才说,"属下方才派人打探一番,欧阳乐的马车没有前去司马府,而是去了乐府。"

周东点了点头,心情不免有了几分沉重:"没想到欧阳乐会亲自前来魏国,中山国有人非要置我于死地不可。母后、弟弟,你们真的就不顾及一点儿骨肉情深,为了一个灭亡的中山国,也要非除掉我不可?"

孙西敢理解周东悲怆的心情,想说什么却又无从说起,人间最悲哀的事情就是亲情的背叛、骨肉的相残,只是生在帝王之家,亲情不过是刀尖上一闪而过的光芒,而且还是森森寒光,又或是清晨的白霜,阳光一照,就不知消融在了何方。

好在周东很快就平复了心情,他深吸一口气:"欧阳乐前去乐府,想必要和乐羊商议如何说服魏王除掉我。无妨,多一个欧阳乐也不怕,只要王相国明日如期而至,魏王就不会拿我怎样。"

"欧阳乐此来,并非只此一事,他还带了幔陀前来。"孙西敢小心翼翼地再次抛出了幔陀,他比周东更加清醒,与魏王杀掉周东还要顾及名声、还要唯恐天下贤士寒心不同的是，幔陀只要想杀，顷刻之间便会利剑出鞘。

幔陀才是最大的危险、最致命的隐患。

"幔陀……"周东立刻明白了什么，"刺客？"

"正是。"孙西敢脸色凝重，犹如夜幕之中的浓雾，"幔陀此人，武艺深不可测，其父幔越，更是有天下第一高手之称。相传幔越早年受教于一名叫善来的隐士。善来此人究竟是谁，无人得知，只是知道他有上天入地之能。据说天下刺客皆出自善来门下，其中又以幔越为第一。幔陀是幔越之女，幔越一身武艺尽数传与幔陀，幔陀天下无敌手。"

"哪里有天下无敌手之人？不过是乡野传闻罢了，当不得真。"周东原本还紧张了几分，一听到幔陀来历如此神奇，顿时轻描淡写地笑了，"你一说幔越我倒是想起来了，当年我还身为太子时，有人向我推举此人，盛赞此人武功天下第一，若是招他任教军中，可保中山军天下无敌。我一笑置之，用兵之道在于智谋、在于布局，不在于蛮力。"

"话虽如此，可是用兵之道和刺客之道并不相同。幔陀只要抓住机会，一击得手击杀了太子，不管她是逃走还是被拿下，她已然胜了。匹夫以命搏命，如太子一般尊贵之人，和她一命换一命，太不值了。"孙西敢蓦然下定了决心，"从今日起，属下命子与时刻追随太子左右，以保太子平安。"

"不要再叫我太子。"周东摆了摆手，"也不必让子与时刻保护我的周全，幔陀不敢在光天化日之下，在魏国行刺于我。"

"太……公子，此事万万不可大意。"孙西敢见周东不以为意，心下着急，"若公子不许子与追随左右，我便片刻不离开公子半步。"

孙西敢人高马大太招摇了，还不如子与不显山、不露水，周东只好妥协了："好，好，且依你。不过我可有言在先，等幔陀离开之后，子与也不用再寸步不离我左右了。"

"公子，乐公子、乐小姐、慕容公子来访。"木恩来报。

"公子，公主来访！"传先来报。

"公子，姜公子、姜小姐来访！"小薇来报。

"公子，司马公子、王公子来访！"芥子来报。

周东和孙西敢对视一眼，山雨欲来风满楼，今日众人会聚一堂，莫非都是来看他最后结局是怎样的？

愣了片刻，周东忙快步如飞迎出了门外。

门外车马连成一片，无比喧嚣，引得路人频频张望。最前面的一辆辇车，正是公主的座驾。

第六十一章
周东不死，天下不安

公主座驾后面，有七匹高头大马，都是皮毛鲜亮、膘肥体壮的骏马，单从马匹不难看出，马上之人非富即贵。

周东当即向前一步，躬身施礼："参见公主。"又朝司马运几人一一拱手见礼。

公主缓步下车，漫不经心地看了周东身后的孙西敢一眼："周公子还有闲情雅致喝酒？"

周东微微一笑："幡幡瓠叶，采之亨之。君子有酒，酌言尝之……"

公主微叹一声，目光幽怨而无奈："或以其酒，不以其浆。鞙鞙佩璲，不以其长。维天有汉，监亦有光。跂彼织女，终日七襄。虽则七襄，不成报章。睆彼牵牛，不以服箱。东有启明，西有长庚。有捄天毕，载施之行……"

这是《诗经·小雅》中的一首诗，描写的是织女无心织绢，呆坐在织布机旁一心思念银河对岸的牵牛郎。周东心下黯然，想起公主即将出发远行，知道公主不舍故国和故人。

司马运本想等公主和周东寒暄完毕再上前说话，却按捺不住性子，一提缰绳，和王之同时下马来到周东面前，拱手说道："周兄，奉魏王之命，我和王兄即刻启程随军出征，特来向你告别。"

王之面无表情，淡淡说道："爷爷让我转告你一句话……"

此话一出，乐城、乐旦和慕容庄以及姜妹、姜远顿时侧耳聆听。

"请讲。"

"将欲翕之，必固张之。将欲弱之，必固强之。将欲废之，必固兴之……"王之说完，转身上马，冷冷瞥了周东一眼，"周东，你好自为之。"

第一次有人当众叫出周东名字，周东淡然一笑，既不慌张也不解释："谨记王相国言教。"心中却是明了，王黄让王之当众送他《道德经》的名句，后面却故意省略了一句"将欲夺之，必固与之"，言外之意是向他暗示想要从别人手中夺取什么，就要先给别人什么。

司马运哈哈一笑："各位，周兄不管是周方还是周东，都是在下至交，谁若为难周兄，就是为难在下。在下一向记仇，又喜欢报复，是以各位可要想好了是否要和周兄过不去。在下虽人在军中，心思却在周兄身上。在下与家父会不惜一切代价力保周兄周全，各位，告辞！等在下凯旋时，若是听到有人对周兄不利，哼哼，呵呵，在下会新账旧账一起算个清楚……"

望着司马运和王之远去的身影，乐城冷哼一声，转身对慕容庄说道："小人得志。"

慕容庄没接乐城的话，朝姜远拱了拱手，呵呵一笑："姜兄也来凑凑热闹？今日善信阁可以说是高朋满座，贵宾如云了，也不知道周兄是不是欢迎？"

"蓬荜生辉，求之不得。"周东哈哈一笑，"今日对周某来说，也许是生死攸关的一天。各位齐聚善信阁，正好可以看一场好戏，哈哈……请！"

姜远神色不定，目光在公主、乐城、慕容庄的身上巡视，实在想不明白为何慕容庄也和乐城一起前来善信阁，不是说好慕容庄躲在幕后，不参与周东之事吗？他的目光又在乐城脸上停留片刻，乐城回应了他一个心领神会的眼神。

众人心思各异，却谁也没有说破，依次进了善信阁。阳光正好，公主提议就在院中的假山亭中喝茶。

落座之后，周东亲自将茶饼灼成赤色，然后打碎成末，过筛入壶煎煮，加上调料，然后煮透，为每人倒上一杯："如今煮茶刚刚兴起，我手艺生疏，若是不好喝，各位请多包涵。"

公主先饮了一杯，点头赞道："虽味道略苦，却苦尽甘来，周公子的煮茶之技，可以出师了。"

"公主太好说话了，周公子之茶，分明只苦不甜，入口如药，回味更苦上三分，分明是火候不到，技艺不精。"乐城放下茶杯，将杯中余茶倒在地上，"如此苦茶，不喝也罢。"

"就是，就是，太苦了，毫无乐趣可言。"姜远也和乐城一样，倒掉了余茶。

公主饶有兴趣地看向了乐旦："旦妹妹觉得如何？"

乐旦微微抿了一小口，吐了吐舌头，摇了摇头："苦，不好喝。"

慕容庄喝了一口，微微闭目片刻，摇头晃脑地一笑："有生有死，有苦有乐，以苦为乐，苦中作乐，好茶，好味道。"

众人都看向了姜姝，姜姝嫣然一笑，一口喝干杯中茶："只要是周兄所煮之茶，不管是苦是甜，我都会一饮而尽，是为同甘共苦！"

"好一个同甘共苦！"公主朝姜姝投去赞许的目光，目光中有羡慕、有欣慰，也有一丝不甘和无奈，"多想我也和姜小姐一样，不管苦乐都义无反顾。虽有苦有乐，总是好过不喜不悲如同树木一样。"

周东深情地看了姜姝一眼，心中大为安定，他也听出了公主话中的离别之意和不甘，有心劝她几句，勉强一笑："公主为魏国百姓远赴齐国，日后当为齐国王后，母仪天下，为齐国百姓称颂，怎会是不喜不悲？"

"天地不仁，以万物为刍狗，圣人不仁，以百姓为刍狗……我非圣人，只是一名小女子，只想与所爱的人在一起，看天地悠悠，观沧海日出，如此足矣。"

"公主和吕唐太子在一起，也可以看天地悠悠、观沧海日出，吕唐太子是率性而为的性子……"乐城以为公主所说的所爱之人是他，不由得一时感伤，却又想安慰公主一番，"都怪我无能，不能入得了魏王之眼，有愧公主的一番情意。来，上酒。"

孙西敢早就备好美酒，立时就递了上来。

乐城将酒杯举过头顶："一杯敬天地，一杯敬魏王，一杯敬公主，一杯敬过往！"

"慢！"公主挥手制止了乐城，"乐城，你不必如此，我的离愁别绪并非因你。以前我曾心仪于你，后来对你渐渐失望，就对你断了念想。"

乐城愕然，酒杯举在半空，喝也不是放也不是，目光落在周东脸上，顿时惊道："公主是因为他而对我断了念想？"

公主毫不犹豫地点了点头："正是。当我发现喜欢上周东后，我告诫自己，我是公主，而他只是一介商人，所爱隔了山海，山海不可翻越。而当我知道他的真正身份是中山国的太子周东时，有那么一瞬间，我甚至觉得我和周东已经没有身份、地位上的悬殊，我们门当户对，我们是天作之合……"

风轻轻吹过，所有人都默然不语。公主的声音低沉又轻柔，就如春天里的第一缕春风，动人心弦，只是带了冬去春来的欣喜之外，又有一丝恋恋不舍的感伤。

"然而造化弄人，周东是太子不假，却是亡国的太子，是被魏国所灭的中山国的太子，而且他还身负国仇家恨，和魏国势不两立，有不共戴天之仇。"公主凄然一笑，"知我者，谓我心忧；不知我者，谓我何求。悠悠苍天，此何人哉？"

公主蓦然站了起来，伸手："酒来！"

孙西敢迟疑一下，还是递上了酒。

公主一饮而尽杯中酒，扬手扔了杯子，杯子摔在假山上即刻粉碎："为什么我身为公主，连一件自己遂意的事情都无法做到？为什么想和自己所爱的人在一起那么难？为什么好不容易遇到一个心仪之人，先是和他身份悬殊而不能在一起，身份相对了，却又是仇人？上天是要有意捉弄我不成？我到底做错了什么？"

公主悲怆的呐喊在风中飘荡，在每一个人的心头回响。只是烟花易冷，声音易碎，很快就消散一空。

周东想站起劝公主几句，姜姝微微摇头，示意他不要。姜姝清楚，公主只是想在临走之前，在所有人面前倾诉心事，因为一旦远嫁齐国，恐怕与在座各人，再难见上一面了。

人生在世，山海相隔，不是死别，就是生离，姜姝想起她小时候从齐国前来魏国，哭得悲恸欲绝，和孩童时的伙伴分别至今，再也没有见上一面，也不知今生是否还能再见。而公主嫁吕唐为妻，待吕唐继位之后，便是王后。身为王后，更不可能离开齐国，即便是回魏国省亲也是不能。

周东无动于衷，乐城却坐不住了，他拍案而起："周东，你当初为什么不战死沙场以身殉国？为何非要来魏国害人？你先是害了我和妹妹，又害了爷爷，现在还害了公主，你真是一个十恶不赦的中山狼。今日朝堂之上，爷爷一定会请魏王下令将你处死。你一死，中山国无忧，魏国安宁！庆父不死，鲁难未已。周东不死，天下不安。"

"我一人身系天下安危，乐公子，你太高抬我了。"周东坦然一笑，朝公主和乐旦分别施了一礼，"在下初来魏国之时，身负重伤，若非公主和旦妹相救，在下已经不在人世了，救命之恩，铭记五内！"

又朝乐城躬身："在下也蒙乐公子照应，又得乐将军允许在乐府养伤，大恩大德，没齿难忘！"

第六十二章
物 是 人 非

随后，周东又分别朝姜姝和姜远拱手一礼："承蒙姝妹和姜公子抬爱，在下得以执掌姜家粮草生意，虽未一举大胜，却也算打开了局面，不负二位及姜公重托。"他微一停顿，又朝王宫方向拱手，"周某自来魏国之后，除养伤之时不能依靠自力之外，伤好之后，所作所为都是在为魏王分忧、为魏国百姓谋福。中山国虽被魏国所灭，我身为太子，若说心中无恨也是骗人。只是自从来到魏国之后，心中坦然了许多。和魏国相比，中山国弱小积贫不说，还昼夜笙歌，重文轻武，马放南山，最终死于安乐。若不是被魏国所灭，早晚也会被燕国、赵国或是齐国吞并。痛定思痛，周某对魏王再无怨念，如今天下纷争，本来就是强者凌弱，想当年中山国也是戎狄之地，后先王立国，效法周礼，改姓姬姓和周姓，才立于诸侯国之林。"

"现中山国已灭，我已经不再是中山国太子，中山国归属于魏国，两国一体，只愿当魏国一小民，日出而作，日落而息。若是魏王赏识，也愿效力朝堂，助大魏早日一统天下。"周东又朝众人一一作礼，"初来魏国之时，为求保命，隐瞒了身世，虽有不得已苦衷，却也是有意为之，诸位若是怪罪，在下愿受处罚。魏王若是不肯容我，是杀是驱逐出魏国，在下绝无怨言！"

"公主殿下……"周东又朝公主深情一瞥，"感谢公主错爱，在下愧不敢当。齐国太子吕唐和在下自小相识，他虽有荒唐事，却非荒唐人，一定会善待公主。愿公主与吕唐相敬如宾，白头偕老！"

"旦妹，你的照顾之恩、关怀之谊，若我得以活命，日后定当报答。若无机会，容我来世再报。"周东说到动情处，眼中泪花闪动，今日索性一并将事情全部说清，"姝妹，我已然得知与我有婚姻之约的中山女子已经嫁与他人，若我过了此关，愿娶你为妻，今生与你不离不弃。"

姜姝悲喜交加："风雨如晦，鸡鸣不已。既见君子，云胡不喜？周兄，小女子愿与你厮守一生。"

乐旦哪里还把持得住，泣不成声："周东哥哥你不要死，你不能死！青青子衿，悠悠我心。纵我不往，子宁不嗣音？青青子佩，悠悠我思。纵我不往，子宁不来？周东哥哥，我恨你。"

慕容庄大为感慨："既见君子，云胡不喜？周兄真君子也，在下与你相见恨晚，请受在下一拜！"

周东忙还礼说道："慕容兄过誉了，在下只不过尽了人之常情。中山国被灭之初，在下一心报仇雪恨，以仇恨立志。来魏国之时，曾一心想要刺杀了魏王，为死去的无数中山将士和百姓讨还公道。也曾对乐将军动过杀心。后来慢慢想通了许多事情，一个人不能总是心中充满仇恨，仇恨可以立志，仇恨却不可以复国！"

"这么说，你藏身魏国，还是一心为了复国？"乐城自以为抓住了周东话中的漏洞，冷笑一声，"是以你伺机刺杀魏王搅动魏国朝堂，借机复兴中山国之志一直未变？"

"谋反之罪，罪不可赦！"姜远脸色一寒，"既然你承认了你就是中山国太子周东，又声称有谋反之心，周东，我将你报官押送官府，不算冤枉你吧？"

"你敢动周东一根手指试试？"姜姝勃然大怒，起身来到周东身前，"我和他同生共死，哥哥，你想他死，我也不活。"

周东轻轻一揽姜姝肩膀，淡然一笑："姝妹不要惊慌，姜公子只是一句玩笑。我承认我就是前中山国太子周东，如今中山国亡国，哪里还有太子？我也说过我当初曾有刺杀魏王之心和复国之志，只是如今形势大变，我也想开了，只想安心当一名魏国百姓，若是魏王需要，愿为魏国冲锋陷阵，万死不辞！"

"佩服，实在是佩服，堂堂的中山国太子，竟是如此一个两面三刀之人，哈哈，周东，直到今天我才算看清你的为人。"乐城的笑声中充满了失望和悲怆，还有嘲笑，"今日我来，是要和你做一个了断，你我之间所有的恩怨，至此一笔勾销。从此以后，你我形同陌路，互不相识。你可以用尽一切手段为难于我，我也会不遗余力让你身败名裂，从此无法在魏国立足！"

267

姜远被姜姝一吓，本不敢再挑衅周东，见乐城如此坚决果断，他也鼓起了勇气，向前一步："周东，不管父亲和妹妹对你如何，我姜远自今日起也和你一刀两断，你我从此以后互不相干！"

乐城和姜远对视一眼，二人齐齐看向慕容庄，等慕容庄表态。

慕容庄嘿嘿一笑，摇了摇扇子，又觉得大冬天的天气太冷，不合时宜，就又收起扇子："你们看我做什么？我和周兄本来就素不相识，今日冒昧登门已经十分唐突了，再和周东划清界限岂不是自讨没趣？我原本和周东就互不相干，是以就不多此一举了！"

说完，慕容庄朝周东施了一礼，哈哈一笑："周兄，若你过得了此关，可否交在下这个朋友？哈哈，莫怪在下势利，若你过不了此关，要么在牢狱中终老此生，要么人头落地，我想和你结交也无从说起。"

周东早就听说过慕容庄之名，传说中的慕容庄是一个人面桃花、行事随心所欲之人，今日一见，人面桃花不假，行事却和传说中大有出入。虽说势利，却势利得坦诚，他不由得一笑："若还留得此命，一定和慕容兄好好相聚一次。"

"好，就这么说定了。"慕容庄再次拱手，"过关之事，就只能靠你自己，我帮不了你。此时我也觉得还是远离你为好，万一被你所累，也是殃及池鱼，告辞！"

慕容庄说走就走，毫不犹豫转身离开，只留给了乐城和姜远几人一个义无反顾的背影。

姜远愣了愣，想明白了什么，赶紧起身："慕容兄等等我，我和你一起走。"走了几步才想起不打招呼就跑不太礼貌，忙回身冲公主和乐城拱了拱手，飞一般跑了。

公主摇了摇头，语气不无鄙夷之意："既知周东命运未卜，甚或会被连累，又无胆识，何必非要来善信阁一趟？岂不是自取其辱？乐城你也是，还不赶紧离开？万一被前来捉拿周东之人误以为是同党也一并抓走，你得有多冤枉。"

乐城背负双手，昂首挺胸："我才不怕，爷爷此时正在朝堂之上向魏王奏明此事，如无意外，不用多久，宫中就会来人抓走周东。我来善信阁是为看守周东，以防他伺机潜逃。"

"周东若想逃走，几日前就可以从容离开魏国，即便昨晚连夜出逃，此时也差不多到了魏齐边境了。"公主漠然地看了乐城一眼，如同看一个可怜的失败者一样，"周东有所为而有所不为，是个有担当、有气节的男儿。乐城，你觉得就凭你，想要看住周东，就可以看得住吗？"

"我……"乐城哑然，不敢反驳公主，虽气犹不平，还是哼了一声，"公主如此偏向周东，为何不在魏王面前为周东美言几句，好让魏王不杀周东？"

"你怎知父王非杀周东不可？"公主冷笑了，"父王心意，你怎能猜到？莫说是你，就连乐将军怕是也只知其一，不知其二。"

公主想说的是，最能猜透父王心意之人，非司马父子莫属，否则父王也不会如此宠信司马父子，甚至为了让司马运戴罪立功，不惜发动对韩国之战，可见父王是有多离不开司马父子。若乐城有司马父子一半的心机，能让父王将一半的宠信转移到他的身上，他也不会时至今日仍然一事无成。

就连乐羊也是，以灭中山国之功，当之无愧为当朝第一功臣，如今却几乎成为边缘人，因阻止父王攻打齐国之事，被父王耿耿于怀，又因司马父子的谗言，让父王深信乐羊是不想别人居功其上。

公主一句话正中乐城心事，他长叹一声："奸臣当道，忠臣难当，魏王昏庸，对爷爷过于冷落，让爷爷郁积在胸，以至于久久成病！"

本来公主也同情乐羊，认为父王过于偏信司马父子，有时也在父王面前替乐羊和乐城说上几句好话。只是在周东之事上，乐羊和乐城过于偏执，尤其是乐城，不但偏执而且过于自以为是，只有一腔愤怒而不会从全局看待一件事情，为人既无城府又无格局。

她原以为乐城只是在周东一事上过于气愤才不能冷静，不想他竟然当众说父王昏庸，公主在心中对乐城失望透顶之余，顿时勃然大怒，当即摔了杯子："大胆乐城，敢非议魏王，信不信治你一个欺君罔上之罪？"

乐城和魏任从小一起长大，青梅竹马，虽有身份差异，却相处融洽，魏任也从未摆出公主身份高高在上，是以乐城虽敬魏任是公主，有时在魏任面前随意而轻松，并没有时刻牢记公主和他身份、地位的差距。

第六十三章
生 死 两 重 天

今日公主勃然一怒,是自他认识公主以来从未见过的雷霆一怒,他顿时愕然,愕然过后终于意识到他和公主两小无猜的友情至此已然全部结束,从此变成了君臣关系。他黯然神伤,他曾经在意的一切、曾经欢乐的时光、曾经无忧无虑的生活,都随着周东的到来而结束。

为什么?为什么周东的出现破坏了他的一切?为什么周东害得他和公主形同陌路、害得爷爷吐血,难道周东非要夺走他的一切不成?乐城双眼冒火,恨不得将周东烧成灰烬。

乐旦忙一拉乐城的衣袖,躬身施礼:"公主恕罪,哥哥也是一时情急,口不择言,并无非议魏王之心,还望公主殿下饶他一次!"

公主不由得一阵心酸,见以前情同姐妹的乐旦俯首称臣,再想起即将远嫁齐国,从此天各一方,不由得悲从中来,潸然泪下:"罢了罢了,我也当不了几日魏国的公主了,你们也不必唯唯诺诺,担惊受怕。父王此时一心扑在魏、韩两国交战之事上,顾不上理会我等这些小事。"

"多谢公主殿下宽宏大量。"乐旦示意乐城赶紧向公主谢恩,乐城却很不情愿地拱了拱手,一脸伤心和失望地转身就走。

"哥哥你去哪里?"乐旦喊住了乐城。

"我去外面透透气,这里实在太沉闷了,喘不过气来。"乐城挥了挥手,"也许是冬去春来,旧貌换新颜了。"

望着乐城萧索失落的背影，乐旦也禁不住一阵心寒，忽然有了一种物是人非的凄凉，她回身看了看周东、公主和姜妹，觉得她再留下来也是多余，就朝公主施了一礼，又深深地看了周东一眼，转身追乐城而去。

周东叹息一声："都怪我，若不是我的出现，公主和乐城、乐旦也不会闹成这个样子，公主若有气，就请发到我的身上。"

公主摆了摆手："不怪你，怎么能怪你？长大，总是需要付出快乐和分别的代价。不能总停留在无忧无虑的孩童之时，总要为父王为魏国分忧。周公子，请坐，我还有话要和你说。"

周东依言坐下，原本热闹的善信阁此时安静了许多，他的心境也平静了下来，坐在公主面前，见公主一脸淡定，无喜无悲，他就知道公主在心里已经埋葬了她的过去，要面对以后了。

"以我对父王的了解，他不会杀你。"公主的目光有几分迷离，越过周东的肩膀，望向了后方，声音也有几分飘忽，"只是，他也不会轻饶你。父王疑心极重，即便有司马父子力保你，他也不会相信你藏身魏国而没有谋反之心。"

"我能猜到一二。"周东点头。

"你能猜到一二，却猜不到最终影响父王决定的一个人是谁。"公主决定帮周东最后一次，谁让他曾走进了她的心里，"不是司马父子，也不是乐羊以及王相国，而是我的哥哥魏作。"

其实周东早已清楚魏王最信任的人是太子魏作，只是听公主说出，心中还是十分感动，公主待他不薄！

"可是太子远在中山国……"

"父王有意调哥哥回魏国辅佐他处理朝政。"公主无奈地摇了摇头，"我虽身为公主，毕竟是女流之辈，并不想过多参与朝政，只是迫不得已，总要知道一些才行。其实父王对司马父子既偏爱宠信又有所提防，让哥哥回来，就是想让哥哥制衡二人，培植势力。父王并不信任乐羊，却又不想看到司马父子一家独大，君王之术，向来讲究平衡之道。"

又想起了什么，忽然自嘲地笑了："周公子肯定会笑我班门弄斧，你曾经身为中山国太子，对于朝堂之争，比我更有远见卓识。只是魏国形势，我比你更清楚一些。"

"是，是，在下感谢公主赐教。"

"你我之间，非要一直如此生疏不可？"公主幽怨地看了周东一眼，又想起姜姝还在身边，不由得羞涩一笑，"姜小姐莫要取笑于我，我初识周东，正是父王非要将我许配给司马运之时，而乐城又束手无策，周东为我出谋划策，一心帮我，我便对他有了依赖之心。"

"周兄也是在姜家有难之时加盟姜家，救了家父一命，又帮了姜家许多，我也是被他的为人和才华折服。"姜姝赧然一笑，"小女子还没有感谢公主救了周兄一命，若非公主，他此时早已不在人世了。"

"他若是不在人世，也就不会伤许多人的心了。"公主斜了周东一眼，又觉得失言，摇了摇头，"宁愿伤心，还是愿意让他活下来。"

停顿一下，公主又回到了正题："是以周东之命，其实在哥哥一念之间。好在哥哥此时还远在中山国，要等魏达得胜之后，父王才会派他前去中山接替哥哥，如此算来，哥哥最快也要半月才能回来。我……恐怕是等不到哥哥回来了。"

姜姝问出了她最关心的问题："今日朝堂之上，乐羊乐将军是否会向魏王奏明周东之事？"

"会。"公主肯定地点了点头，"乐将军早就怀疑周东的身世，如今证据确凿，他志在必得，必会全力以赴。"

"好……"姜姝忧心忡忡地看向了周东，"朝堂之上会不会有人替他开脱？"

"会，不过只有一人，司马史！"公主也是面有忧色，"司马运带兵出征，就只有司马史一人会力保周东了。其他大臣，要么明哲保身，要么观望，都会看父王眼色行事。"

公主所说和周东推测相差无几，周东表面上镇静，其实心中还是不免隐隐担忧，毕竟生死两重天，万一魏王一时动摇，动了杀心，说不定派人前来善信阁，当场就将他斩杀，连辩解的机会都没有。

公主猜到了周东心中所想："我此来善信阁，在此坐镇，就是担心万一父王派人前来杀你，有我在，也好为你争取到和父王当面辩解的机会。"

"多谢公主大恩大德！"姜姝忙起身朝魏任盈盈一拜，至此她才算真正体会到了公主的良苦用心以及公主对周东至深的情意，心中无比感动。周东得公主青睐和庇护，是周东莫大的福分。

"姝妹不必如此，说来魏国灭中山国，我身为魏国公主，总是觉得亏欠周东太多。说到底还是父王害得周东家破人亡，我能帮他一些，也算是替父王还债了。"

"周东可在？周东何在？"

门外突然传来了喧闹声，以及木恩和传先愤怒的回应声。

"周公子不在！"

"你们是谁？如此无礼，怎么能闯进来！"

"站住！哎呀，光天化日之下，还敢打人！来人呀，来人呀，有人打人了！"是传先声嘶力竭的声音。

"你们到底是谁？什么，是来抓周公子的人？你们可有官府公文？"

姜姝怫然变色，魏王真派人前来抓周东了？她当即起身，要向外走。

"姝妹且慢。"公主起身拦住了她，"还是我去更为妥当。"

周东和姜姝跟在了公主身后，三人才走几步，迎面来了一群人。为首者甲胄锃亮，腰间佩刀，气宇轩昂，他对迎面走来的公主视而不见，直接来到周东面前，将周东双手缚在身后："周东，你身为中山国太子，藏身魏国，图谋不轨，今奉魏王之命，特来拿你！跟我走！"

姜姝花容失色，想要据理力争，却被来人身后的士兵拦下。公主也是脸色大变，向前一步，厉声呵斥："尔等是谁人所派？你又是何人？"

来人理也不理公主，继续押着周东就走。周东既不慌乱也不反抗，乖乖地跟着他就要走。公主和姜姝同时怒了，二人一个拉住周东左臂，一个拉住右臂，硬生生阻止了周东前进的脚步。

来人看了看公主又看了看姜姝，哈哈大笑："好你个周东，藏身魏国，也不是全无收获，竟有两名如此貌美的女子为你拼命，就算死，你也是值了。"

周东笑了笑："不许胡说，你什么时候能改了你胡闹的毛病，你就可以担当重任了。"

公主和姜姝面面相觑，不知道到底发生了什么事情，周东怎么还和来人说笑了，莫非他们认识？

来人一拳打在周东的肩膀："要说胡闹我哪里比得了你？你把中山国胡闹没了，还不算完，又跑来魏国胡闹，难不成你觉得没有人会识破你的身世？就不怕魏王一刀杀了你？"

"魏王英明盖世，才不会杀我。我更怕中山国派人刺杀我。"

"魏王英明盖世？周兄，你什么时候眼瞎心也瞎了？魏王昏庸无道，亲小人远贤臣，灭中山攻韩，若不是齐国强大，他连齐国也想吞并了。打不过就嫁女，非要嫁什么公主给我，你见过任公主没有？万一长得奇丑无比，我是笑纳还是婉拒？笑纳的话，亏了自己；婉拒的话，父王不快，魏王也不喜，真是愁人。"

什么？公主瞪大了眼睛，前来抓周东之人难道是齐国太子吕唐？姜姝也是莫名其妙地愣了愣，看向了周东。

来人左看看公主，右看看姜姝，叹息一声："周兄，你一个亡国的太子，落魄如斯，居然还有如此两位绝色的女子相伴，你是该埋怨上天不公呢还是要感谢天道好还？若是任公主有其中一人的一半容貌，我也就认命了，勉为其难地娶了她便是。"

公主被气笑了，扑哧一乐："你当公主是你想要就要不想要就可以不要的，你以为你是何许人也？"

"我是何许人也？周兄，你和她们说说我究竟是谁。"来人努力挺起了胸膛，摆出一副趾高气扬的样子，斜了公主和姜姝一眼，"不过若是两人之中只能选一个的话，我选她不选你。"

他指向了姜姝。

公主又气又笑："周兄，他到底是谁？"又看向来人，"还有，你为什么选她不选我？"

不等周东回答，来人戏谑地一笑，抢先说道："因为你话太多，我一向喜欢少言寡语、温婉贤淑的女子。"

"你是认为本公主不温婉贤淑了？"公主脸色一寒，一脸怒气，"你私闯民宅，胡乱抓人不说，还顶撞公主，该当死罪！来人，拿下！"

周东忙向前一步来到公主和来人中间："公主，他就是前来魏国迎亲的齐国太子吕唐！"

吕唐也是一脸讶色："你、你、你就是任公主？啊，啊，好，好，倒是比我想象中好了不少，至少不丑。不对，可以说还算说得过去。公主在上，吕唐有礼了。"

吕唐朝公主拱手一礼。

公主却没有还礼，淡然打量了吕唐两眼："你身为齐国太子，为何一身魏国士兵打扮？莫非你是想在魏国入伍，为魏王效命战场？"

周东摇头一笑，公主有意在气势上压吕唐一头，吕唐以堂堂太子之尊，怎会入伍魏军，明显是要羞辱吕唐。

吕唐却毫不为意，摇头晃脑地一笑："若能在魏军入伍当一名小小的士兵，可以随心所欲逍遥几天，试试倒也无妨。不过眼下没有空闲，只能等以后再说了。"

周东无奈一笑，吕唐也不是没有听出公主的弦外之音，他只是装傻且懒得计较而已："你怎么提前到了魏国？"

吕唐眼睛一瞪，嗔怪周东："还不都是因为你？要不是听说你藏身魏国，有被魏王捉拿杀掉的可能，我一路上游山玩水，走走停停，再晚上十天半个月来魏国多好。可惜交友不慎，你出了这么大的纰漏，我不赶紧过来看看你的笑话也心里过意不去，就快马加鞭赶了过来。快到善信阁时，遇到了几名士兵，说是奉乐将军之命前来看管你。我就让我的手下拿下了他们，又换上了他们的衣服，来吓吓你……"

姜姝掩口而笑，早就听闻齐国太子吕唐荒唐，没想到他比传说中还要荒唐几分。

公主怒气未消："你虽是齐国太子，在魏国却不能仗势欺人。"

"那又怎样？"吕唐脖子一梗、胸膛一挺，"你且让你父王连我也一起抓了正好，我才不想当什么太子，到大牢中住上一些时日倒也不错。"

"以为不敢抓你不成？"公主眉毛一挑。

吕唐仰天一笑："抓我容易，放我却难。齐国五十万大军，随时西进，乘魏国攻韩之时，拿下魏国几十座城池，不在话下。"

"哼，小小齐国，也敢进犯魏国，管叫你们有来无回。"

"有来无回？公主久居深宫之中，不知世道艰难，魏国攻占中山国，粮草耗尽，又要出兵韩国，粮草已然告急。此时正有一批救命粮草从齐国运来魏国，若是我被魏国所抓，随粮草前来魏国的就不是商人而是齐国大军了。到时粮草落入齐军手中，又有五十万齐军压境，敢问公主殿下，魏国如何应对？"

公主一时语塞，正无言以对时，忽听外面传来了喧闹声，片刻间，一群人冲了进来，为首者气势汹汹，正是乐城。

乐城身后一人，衣衫不整，手指吕唐："就是他，就是他不但打人还剥了我们衣服。"

乐城嘿嘿一笑，手一挥："把他拿下，连带周东一起带走！"

公主大惊："乐城，你敢！"

乐城傲然朝王宫方向拱了拱手："回公主殿下，在下奉魏王之命，前来捉拿周东！"

话未说完，乐城身后的士兵已经拿下了吕唐和周东，不顾公主阻拦，将二人带走了。

公主愣了片刻，回身对一脸焦急的姜姝咬牙说道："走，和我一起进宫！"

275

第六十四章
退无可退

魏王脸色不善地坐在王座之上,目光在王公大臣的脸上缓缓扫过,最后停留在了闭目养神的王黄脸上。

"相国有何高见,不妨说说,寡人听他们吵闹,都要烦死了。"魏王眼中闪过不悦之色,却又尽量让语气舒缓几分,"乐将军执意要杀掉周东,司马将军却要力保周东,并以身家性命担保周东不会作乱,你又是何意?"

王黄微微睁开微闭的双眼,躬身说道:"大王,诸位大臣所说,都各有高见,老臣一时也是脑子乱成一团。既然大王派人去捉拿周东,等他来后,当面问个清楚,岂不更好?魏国连中山国都灭了,总要让亡国的太子可以开口说话方显大王气量。"

王黄心中暗道,并非老夫不登门拜访,实在是事发突然,来不及先和你商议了,周东,等你上殿之后,一切看你如何应对了。

"大王不可。"乐羊出列,拱手说道,"周东一个亡国太子,藏身魏国本来就有不轨之心,让他上殿,有损大王威仪。"

"怎么就有损大王威仪了?"司马史冷笑一声,声音中有说不出来的轻蔑和嘲讽,"乐将军为何总是如此心胸狭窄?大王志在天下,有一统七国之心,却容不下一个小小的中山国的亡国太子?"

"周东若是亡国之后坦然前来魏国求见大王,甘为魏国百姓,大王岂会不容他?他是兵败亡国之后,暗中藏身魏国,在乐府养伤数月有余,始终没有透露半句身世不说,还百般隐瞒,若说他没有包藏祸心,谁会相信?"

"乐将军……"司马史缓步来到乐羊左侧，上下打量了乐羊几眼，满是怜悯之意，"你灭了中山国，害周东家破人亡，周东来到魏国，无意中寄居在你府上时，他敢说他是中山国的太子周东吗？换了是你，你会如何？"

"我自然会坦诚说出自己的真实身世……"乐羊微有几分心虚，声音不由得低了几分，"司马将军此话何意？莫非是指责老夫灭掉中山国是不仁不义之举了？"

司马史自然知道乐羊此话是有意祸水东引，吞并中山国是魏王之意，他才不会上当，嘿嘿一笑："中山国亡国是中山国咎由自取，明知自身弱小却还昼夜笙歌，不亡于魏国也会亡于他国。若只是实力不济，亡国也非周东一人之过，周东也不会指责乐将军什么。只不过中山国亡国之后，周东险些丧命不说，还被诬陷为毒死中山先王的凶手，周东自然愤恨难平，将一腔怒气发泄在乐将军身上，也是人之常情。乐将军不要只怪罪周东向你隐瞒了身世，应该庆幸周东未在居于乐府之时，对乐府上下下毒，也算是他光明磊落了。"

朝堂之上顿时一片议论之声。

虽说司马史的话看似无理取闹，却又有几分道理在内，但偏偏又有几分刺耳，不由人不众说纷纭。众人七嘴八舌一吵，魏王又眉头一皱，颇为不耐地说道："怎么又吵起来了？好啦好啦，都不要说了，寡人倒要听听周东怎么说。"

"周东怎么还不到？"

"大王，乐将军之孙乐城已经亲自前去捉拿周东了。"王黄忙及时进言，他的目光迅速和司马史交流一下，"多半半个时辰就会到了。"

司马史会意，微不可察地点了点头："大王既然想听听周东如何辩解，乐将军，你赶紧派人去告知乐城，别让他途中动用私刑杀了周东，来一个死无对证才是真的有损大王威仪，有伤魏国国威。"

"司马史你不要血口喷人！"乐羊气得胸口隐隐作痛，他旧伤未好，又因过于气愤而气血翻滚，险些一口鲜血喷出，"乐城自幼家教甚严，从圣人言教，从不乱来，更不像一些人一般滥杀无辜。"

司马史冷冷一笑："乐将军想说运儿滥杀无辜不妨直说，在大王和各位王公大臣面前，也不怕和你说清楚。运儿屠杀粮商一事，虽说在你捏造的人证和物证之下，坐实了罪名，但老夫想问问各位王公大臣，若换了是你，在杀死粮商取粮就可大获全胜、不杀粮商取粮就前功尽弃的抉择时，会何去何从？是几名粮商的性命重要，还是魏国的胜利重要？以几名粮商之命，换取魏国吞并中山国之胜，换取魏国十几万将士的性命，孰轻孰重？"

司马史的话掷地有声，声音在朝堂上嗡嗡作响，回荡不断，萦绕在每一个人的心头。所有人都赫然变色，面面相觑，不知该如何回答。

尽管人人知道司马史之言颇有狡辩之意，却又无从反驳，都在想，若真是换了自己，也许会做出比司马运更疯狂的事情。

毕竟事关自身荣誉使命以及魏国成败大事！

年过四旬的魏王正值壮年，他身材高大，高高在上，颌下胡须浓密而明亮，若不是国字脸过于威严而肃然，远远望去，倒真如一个美髯公。

"司马史你颠倒黑白。"乐羊反倒被气笑了，放声大笑，笑声在朝堂之上回荡，"司马运完全可以收购粮商粮草，为何非要杀人越货？"

"将在外，君命有所不受。战场之上，形势瞬息万变，原本运儿也想如约付款给粮商，不想却意外发现，粮商之中有中山国和韩国的细作。"既然颠倒黑白，索性颠倒到底，司马史也回应乐羊以大笑，"若是让粮商收钱走人，势必会暴露魏军粮草不足之事，传到中山国后，中山军民必定会誓死反抗，到时谁胜谁负还未可知！一时妇人之仁，置十几万魏国将士的性命于不顾，乐将军，你是宁肯杀错不肯放过，还是为了一个仁慈之名而放走粮商？"

"你……"乐羊被逼到了退无可退之地，只觉一股浊气憋闷在胸中，想说什么，张了张嘴，却无法说出口。

"大王，周东及其党羽带到！"

"传！"魏王忙下了旨意。

宫正庄韦尖细的嗓音蓦然响起，朝堂之上如同刮过一股狂风，瞬间安静了下来。

庄韦是魏王的近臣，进宫多年，深得魏王信任，是宫中第一近臣。他和王黄私交甚好，和王黄一样，只忠心魏王一人，从不和王公大臣来往过密。

乐羊和司马史同时为之一惊，周东及其党羽？周东的党羽是谁？乐羊和司马史你看看我，我看看你，一时都迷惑了。

二人同时回头一望……

一行人在宫正洛古的带领下，缓缓上殿。洛古的身后，昂首挺胸的为首一人正是乐城。

乐城上殿次数不多，每次来都唯唯诺诺，战战兢兢，只有今天一脸傲然，终于扬眉吐气了一次。他的身后跟着一人，低头走路，看似垂头丧气，却脚步轻松，浑然没有即将被处死的担惊受怕。

众人的目光纷纷落到了他的身上，都窃窃私语，猜测他就是传说的中山国太子周东！

不错，正是周东。

周东的身后还有两名女子，当前一人众人都识，正是当朝任公主。任公主身后的女子，婷婷如莲，温婉如玉，风摆杨柳，依依如风，当真是绝代风姿。

此女子是谁？众人都惊呆了，为何要让一名女子上殿？除了王后和公主，朝堂之上还从未有过女子登堂入室之事！

乐羊却是认出了女子正是姜姝！他脸色一变，正要向魏王上奏，却见姜姝的身后还跟着一人，正东张西望、贼眉鼠眼地看个不停，顿时勃然大怒，上前一步揪住了他的衣领。

"你是何人？来到朝堂之上还敢如此无礼，来人，乱棍打出去！"

乐羊作为魏国的上将军，一言既出，立刻有宫正上前拦住了此人。此人毫无惧色，一把推开宫正，昂然说道："谁敢打我？小心让你人头落地！"

乐羊方才被司马史气得不轻。又见周东上殿一副气定神闲的样子，更是气愤难消。更可气的是，一个无名小辈上殿也就算了，还一副鬼鬼祟祟的样子。他满腔的怒火终于找到了一个发泄口。

让乐羊万万没有想到的是，对方竟然如此嚣张，他更加无法忍受。但不等他有所动作，对方却一把抓住了他的手腕，用力一翻，想要将他拿下。

乐羊虽年过六旬，毕竟是身经百战的上将军，岂能被对方一手反制？当即后退半步，手腕翻转，反手抓住了对方的双手。

以乐羊的身手，自认将对方反手拿下易如反掌，他做好了对方反抗手上加力的准备。不料不等他发力，对方突然一头栽倒在地！

乐羊顿时愣住，不对呀，他还没有用力对方怎么就摔倒了？不，不是摔倒，是栽倒，头碰在地上的声音无比响亮。

"哎呀，哎哟，痛死我了！"来人倒在地上后，打了几个滚，又浑身发抖，声嘶力竭地喊道，"乐将军打人了，乐将军当着魏王和王公大臣之面，殴打齐国太子吕唐！"

乐羊本想上前一步将对方拎起，不让对方当众耍赖，却怎么也没有想到，如此无赖之人竟是堂堂的齐国太子吕唐，他几乎不敢相信自己的耳朵！

第六十五章
剑拔弩张

"齐国太子吕唐？"

"什么？前来迎娶公主的齐国太子？"

"乐将军打了齐国太子？"

"乐将军怎能如此莽撞！"

"真真有损大魏威仪！"

"唐太子不仅仅是齐国太子，还是魏国驸马！"

乐羊呆立当场，不知道该如何是好。吕唐在地上打了一个滚，抱住了他的大腿。他愣得连推开吕唐都忘了。

吕唐乘人不注意朝周东狡黠地一笑，放声大哭："大王你要为我做主呀，我不远千里来到魏国，奉父王之命前来迎娶公主，先是被乐城当成周东党羽拿下，又被乐羊当众摔倒，现在我头疼欲裂，不知道是不是摔坏了脑袋。此事要是传到齐国，大王，我可不敢保证父王会不会一时气急兵发魏国！"

乐羊险些没有气歪鼻子，吕唐如此叫嚣分明是恶人先告状不说，还有意威逼魏王就范，他用力踢开吕唐，上前几步跪倒在地："大王明鉴，老臣并无伤人之意，是他自己摔倒在先……"

"乐将军……"魏王实在看不下去了，拉长了声调，"你为官多年，也立下过赫赫战功，怎么今日如此不堪？你到底想要干什么？"

乐羊听出了魏王语气中的不耐之意，心中暗叫不好，他怎会知道好不容易说动了魏王抓来周东对质，乐城却如此不懂事，连带抓来了公主以及……吕唐！吕唐早不来晚不来，偏偏此时来，还和周东一起上殿，第一个回合就打了他一个措手不及不说，吕唐又是如此无赖荒唐之人，他不由得大感无奈。

"大王，老臣并不知他就是齐国太子吕唐，也并没有摔他，是他自己耍赖……"乐羊爱惜名声，想要摘清自己，却不知他越说魏王的脸色越难看，"再者吕唐身为齐国太子，如此泼皮无赖……"

"够了！"魏王脸色一寒，衣袖一挥，怒气冲冲地说道，"你让乐城前去抓来周东，乐城，寡人问你，为何连公主、吕唐还有姜姝也一起抓来了？"

众人怦然而惊，原来和公主同样绝色的女子竟是魏国赫赫有名的富翁姜望之女。更让众人疑惑的是，魏王深居宫中，怎会认识姜姝？

乐城本来昂首挺胸，自信满满，自我感觉良好，总算是扬眉吐气了一次，正得意扬扬时，被魏王冷不丁威严地质问，顿时气焰全消，忙跪倒在地，连连磕头。

"大王息怒，臣原本奉命捉拿逆贼周东，不想公主非要一同跟来，还有吕唐太子以及姜姝小姐。公主有令，臣不敢不从……"乐城诚惶诚恐一脸惊受怕，"还望大王明鉴。"

魏王冷哼一声："任儿，为何胡闹？"

魏任恭恭敬敬地施了一个大礼，跪倒在地。周东、姜姝也依次跪下，倒是吕唐从地上爬了起来，躬身施礼。

平日魏任虽贵为公主，却很少上殿，今日是第一次在朝堂之上当众向魏王行此大礼。魏任抬起头来时，魏王吃了一惊，魏任已是泪流满面。

"任儿……"

"父王，女儿即将远行，一拜，感谢父王的养育之恩。"魏任随后又是一拜，"二拜，感恩父王多年的教诲，女儿在得以成人之际，还知礼仪懂大势。"

随后起身，再次深深跪拜："三拜，女儿别无所求，愿不要分毫嫁妆，只身前去齐国，只求父王饶过周东！"

周东心中一沉，公主对他情深义重，当众保他本是好心，只是如此做法有逼迫魏王之嫌，以魏王为人，反倒会适得其反。

果不其然，魏王本来还既惊讶又感动魏任的举动，听此一言，顿时脸色大变。

"任儿为父王分忧，父王感念在心。周东之事，是朝堂之事，你身为女子，就不要多说什么了，还不退下？"魏王摆了摆手，微有不耐之色，"况且你以嫁妆换周东，本就不妥，周东身为中山国太子，岂你区区嫁妆可以相提并论？"

魏任还想再说什么，周东忙上前一拉魏任衣袖，摇了摇头，暗示她不必如此。魏任咬了咬嘴唇，眼中有晶莹的东西在闪动，过了好一会儿她才用力点了点头。

"你可是中山国太子周东？"魏王轻轻咳嗽一声，目光直视俯首低眉的周东，"抬起头来。"

周东慢慢抬头，放眼望去，阳光从窗外斜斜射来，落在魏王瘦削但坚毅的脸上，一半明亮一半阴暗，再加上大殿上弥漫的香雾，有一种让人目眩的感觉。

周东是第一次见到魏王，身为中山国太子时，他早就听说过魏王威名。魏国在七国之中虽不如燕国地域宽广，不如齐国富饶，不如赵国兵强马壮，但魏国却是公认的中原强国之一，被赵国、韩国、楚国、秦国四个强国环绕，始终立于不败之地，足见魏国国力之强。

魏国和中山国原本不和，而中山国和齐国、燕国交好，是以周东小时候去过齐国和燕国，甚至还到过秦国，也见过齐王、燕王，却从未来过魏国，更未见过魏王。

从懂事时起，周东就被告知中山国最大的威胁来自魏国，魏国灭中山国之心一直未死。只是当时周东年少无知，长大后又醉生梦死，直到灭国之后，被母后陷害，险些丧命，他才痛定思痛，向死求生，太子周东已死，魏国百姓周方重生。

虽说是第一次见到魏王，因和公主魏任关系密切之故，和魏任有几分相似的魏王威严十足，却也并没有传说中的暴戾之气，反倒慈眉善目，犹如一个慈祥的老者。

不过周东也清楚，人不可貌相，就如司马运虽长得俊美，为人处世事事周全，却心狠手辣，行事坚决果断并且残忍。

周东恭敬地答道："回大王，在下不是中山国太子周东……"

"周东，你还敢狡辩不成？"乐羊见周东当众否认，顿时气极，拿出一封书信，"大王，老臣有欧阳乐亲笔书信为证！"

宫正庄韦接过乐羊手中的书信，呈了上去。

朝堂之上鸦雀无声，所有人的目光都射向了魏王。魏王轻轻展开书信，只看了一眼顿时脸色大变。

"哼！胆大妄为！"

魏王重重的冷哼声如一阵飓风扫过了每一个人的心头，魏任脸色瞬间惨白，她太了解父王了，若非震怒，父王不会发出如此沉闷的哼声。

信上到底写了什么？没想到乐羊还有这样的"撒手锏"，他什么时候和欧阳乐有来往了？魏任朝乐羊投去了复杂并且满含深意的一瞥。

司马史也是脸色大变，欧阳乐亲笔书信指证周方是周东并不可怕，可怕的是，万一欧阳乐捏造事实，随便编造周东藏身魏国有包藏祸心之阴谋就麻烦大了，他一颗心顿时高高提起，更有满心疑惑，欧阳乐和乐羊到底只是书信来往，还是暗中会面？

就连王黄也是心头一凛，眼皮抬了抬，朝周东看去。周东察觉到了王黄关切的目光，回身看了一眼王黄，二人目光迅速交流了一下。

姜姝忧心忡忡地轻轻一拉吕唐，吕唐朝姜姝微微点了点头，满不在乎地对宫正庄韦喊道："宫正何在？本太子自齐国远来魏国迎亲，上殿之后，难不成连一个座位都没有？"

魏王其实并非有意疏忽吕唐，而是吕唐上殿之后的举止太荒唐，他有意视而不见，就是想略过此事不提，否则众目睽睽之下让大臣看着吕唐出丑，他也大感面上无光。

不料吕唐竟不会意，还大大咧咧地当众要座。按照规矩，齐国太子来到魏国，理应有赐座的待遇。即便吕唐不是来迎娶任公主，只凭他齐国太子身份，也要礼遇有加。

好在吕唐只是在召唤宫正，魏王就假装没有听见，既不理会也不反对，洛古眼睛一瞪，尖着嗓子说道："朝堂之上，不得放肆……"

还是庄韦有眼色，不动声色地看了洛古一眼，洛古被庄韦阴沉并且内容丰富的眼神点醒，当即打了一个激灵，忙闭了嘴巴，手脚麻利地搬来一张凳子，放到了王黄的身侧。

吕唐却哈哈一笑，搬过凳子放在了跪在地上的周东旁边，顺势坐了下来，还拍了拍周东的肩膀，笑道："周兄，有我在，不要怕，大不了一拍两散，跟我回齐国，看谁能奈你何？"

周东回身无奈一笑，低声说道："吕兄你少说几句，眼下正是要紧之时。我要是想要保命，早就逃离了魏国，也不必等到现在。"

"傻得可笑。"吕唐摇了摇头，一脸忧虑，"魏王为人喜怒无常，生杀全在一念间，即便有我在，也未必一定能保你不死。你又何必非要上殿和他说个清楚？再说此事能说得清楚吗？按照你以前的性子，早就躲得远远的，为何现在变成了如此坚决？"

不等周东说话，魏王一拍椅子站了起来，扬手扔了书信，怒气冲冲地喊道："周东，你对魏国灭了中山国一事怀恨在心，藏身魏国，伺机刺杀本王，想要搅乱魏国局势复兴中山国，可是属实？"

第六十六章

危在旦夕

周东也清楚现在他的身份之争已经尘埃落定,无人再怀疑他身为中山国太子的身世,现在看来,乐羊也准备充足,拿出了欧阳乐的书信想要对他当头一击。因魏王最为忌讳谋反,何况他又是被魏国所灭的中山国太子。

别说是魏王了,换了齐国、赵国或是燕国灭了中山国,他藏身其中任何一国,国君都会疑心他有复国之心。

"大王,欧阳乐之信,可否容我一观?"周东虽然很想立时说个清楚,却还是耐住了性子。

魏王正在气头上,欧阳乐信中言之凿凿,将周东说得一文不值,周东不但在身为中山国太子时荒淫无道,俾昼作夜沉湎酒色,还在指挥中山军和魏军作战时,每夜都要三个女人作陪。兵败之后,先潜逃回了中山国,毒死了先王,才逃往了魏国。如此无耻之人,弑父杀君,没有礼义廉耻,不必听他说些什么,直接杀之即可。

魏王平生最为痛恨弑父杀君之人,盛怒之下,他哪里还想听周东说话,当即吩咐下去:"来人,将周东拖出门外,斩首示众!"

此话一出,一众皆惊!

乐羊当即向前一步:"大王英明!"

乐城也是喜形于色,朝吕唐和姜姝得意地一笑:"大王才不会被尔等蒙骗。"

魏任大惊,当即起身:"父王不可!"

司马史也连忙说道:"大王,且听周东说些什么再杀不迟!不让周东自辩而杀之，恐会寒了天下贤士之心。"

王黄本来微眯的眼睛也蓦然睁开，吐出了长长的一口浊气，拉长了声调："望大王三思而后行，切莫意气用事。"

魏王却谁的话也不听，大喝一声："武士何在？"

四名武士昂首阔步上殿，二话不说抓起了周东，转身就走。周东也不反抗，任由武士将他拖拉而去。

"父王！"魏任起身，再次跪拜在地，"周东杀不得。"

"为何杀不得？"魏王眼神阴冷如冰，"魏国之内，还有寡人杀不得之人？任儿，你且退下。"

魏任眼见武士拖着周东走到了大殿门口，情急之下，跑向了门口，拦住了武士。吕唐也慌了，不再安坐凳子之上，也冲过去拦住了武士。

可惜的是，一脸冷峻、目中无人的武士不管是公主还是太子，一律不予理睬，推开二人继续前进。眼见周东就要被拖出门外，一旦出门，周东人头落地，就算齐国举全国之兵征伐魏国，周东也不能复活。

吕唐终于慌乱了："魏王，周东若是被魏国所杀，我便毁婚不说，还举齐国之兵进攻魏国。"

魏王哈哈大笑："吕唐贤侄，若是你父王说出这番话，我还信上几分，换了你，哈哈，不过是信口雌黄。还不快快闪开，莫要为了周东而影响了魏、齐两国的手足情谊。"

"魏王是欺负我现在还不是齐王不成？"吕唐一改以前的荒唐笑容，脸色一阴，严肃而认真地说道，"若今日你杀了周东，等我接任齐王之日，就是齐国兵发魏国之时。"

"等你当上了齐王再说此话不迟。"魏王不耐烦地挥了挥手，"斩了，斩了。"

"大王可知欧阳乐为何要修书一封，非要置我于死地？"周东在迈出大门的一刻，猛然站住，回身远远看了魏王一眼，"大王你上当了，哈哈。"

若是周东声嘶力竭为自己辩护，魏王盛怒之下，必定听不进去。周东却说魏王上了欧阳乐之当，魏王好奇心瞬间点燃："且慢。"

武士停下了脚步。

"寡人上了欧阳乐之当？周东，此话何意？"

"欧阳乐一心想置我于死地，却又没有杀我之力，才使出了借刀杀人之计，让大王杀我。大王落了一个不能容人的恶名,而欧阳乐却更会嘲笑大王被他玩弄于股掌之间。"

"胡说,寡人怎会如此昏庸无能?"魏王怒了,"带回来,寡人倒要问个清楚,寡人是如何被欧阳乐玩弄于股掌之间的。"

司马史暗中擦了一把汗,暗道好险,险些前功尽弃,没想到乐羊的大杀招还真是厉害,若不是周东及时应变,今日就成周东的祭日了。

乐羊却是一脸懊恼,没能一鼓作气杀了周东,让周东有了喘息的机会,他心中一沉,深知周东口才的他忽然有了一种不祥的预感。一旦周东开口,颠倒黑白还是小事,天花乱坠甚至蛊惑魏王都有可能。

再想起周东深得公主信任以及司马史力保,还有态度暧昧不清的王黄,乐羊心生悲哀,他再清楚不过,只要周东让魏王改变主意,魏王饶周东不死的话,他就再也没有机会除掉周东了。

而周东得势之后,不用想,必然会和司马史父子联手对他下手,他已经是垂暮之年,倒也不怕什么,只是乐城和乐旦年纪还小,又远非周东和司马史父子的对手,难料会被二人害得多惨。

想到此处,乐羊心中蓦然迸发出一个强烈的念头,再不除掉周东就真的没有机会了,现在杀掉周东,或许魏王一时震怒,会将他下狱,就算将他处死他也认了,总好过周东过关之后,将乐家连根拔起。

乐羊一咬牙,拼了,他闪到一边,等武士押送周东经过身边之时,他猝然发作,拔出武士佩刀,一刀就朝周东的脖颈砍去。

这一刀若是砍实了,周东就会人头落地!

周东也没有想到乐羊会大胆到在大殿之上,当着魏王之面对他下手。等他察觉到危险时,已然躲闪不及。不由得喟叹一声,不想千辛万苦等来今日,却还是被乐羊伺机得手,难道他的复国大计就此毁在乐羊之手?

魏任只来得及惊呼一声:"乐羊将军,你……"

众人之中,只有魏任和吕唐离得最近,吕唐也反应不及,情急之下只伸手一推,却没有推动乐羊,反倒脚步一晃,险些自己摔倒。

王黄"啊"了一声,闭上了眼睛。

正当所有人都惊恐地看着乐羊一刀砍向周东的脖颈之时,都以为周东此次必定在劫难逃之时,突然,尖锐的破空呼啸之声凭空响起,一支穿云箭如电闪般射来,寒光一闪，正中乐羊的右臂。

乐羊手中之刀堪堪在周东脖颈半尺之时，突然失去了力道，歪斜着落下。但余势未减，还是朝周东脖颈落下。即便是失去了大部分力道，一刀落下，周东也得身受重伤。

周东在听到箭声之时，身子便猛然朝前一扑，乐羊手腕一松之际，刀落的势头就减弱几分，刀背一翻，落在了周东的肩膀之上。

乐羊力道惊人，且他手持的武士刀刀背很厚，是专门用来砍人的，十分沉重，尽管只是刀身落在周东肩膀之上，周东也觉得一股大力从天而降，本来他就是朝前俯冲之势，如此大力一压，他哪里还能站立，猛然朝前一扑，轰然倒地。

虽摔得很狼狈，周东却大为庆幸，他要的就是一头栽倒好躲过乐羊的夺命一刀，摔得再惨、再难堪，也好过丢了性命。

乐羊一刀落空，不及回身，尖锐的破空之声再次响起，他本想一不做二不休反手再来一刀结了周东性命，以永绝后患，但在听到身后的破空之声后，暗自喟叹一声，知道他若是再补上一刀，必定会被身后的第二箭命中后心。

几乎没有犹豫，乐羊再次反手一刀，翻转刀身，刀尖直直朝周东后背刺去。众人都看得清清楚楚，不由得心中一凛，乐羊是拼了自己性命不要也会取了周东性命！

只是乐羊先机已失，周东躲过了乐羊的第一次偷袭，不会再给乐羊第二次机会，他就地打了一个滚，转身一脚踢在了乐羊的腿上。

乐羊身子一歪，还没来得及倒下，第二箭已然射到，一箭正中左肩。

箭的力道过大，一箭深入肩膀，近乎穿透。乐羊上下失守，再也站立不稳，朝侧方倒下。

不过乐羊毕竟是乐羊，眼见就要倒地之时，手中武士刀一横，支在了地上，强撑着不让自己倒下。身在朝堂之上，当着魏王和群臣之面摔倒，太过丢人。

不料乐羊刚刚用刀支住，吕唐及时赶到，一脚飞出，正中刀背。乐羊顿时失衡，双手乱抓，一头栽倒在地。

吕唐还不解气，一步迈出，脚下一晃，摔倒在乐羊身上。更巧的是，还坐在了乐羊的头上。

乐羊肩膀中箭，摔在地上时，又碰到了箭身，他痛得倒吸一口凉气，强忍着不叫出声音。双手支地，想要站起，却感觉身上的吕唐体重如山，竟然动弹不得。

288

吕唐气不过乐羊一心想置周东于死地的决绝，恨得牙根痒痒，才不会放过乐羊，他跳了起来，又猛然一屁股坐下，正好坐在箭伤之上。

乐羊闷哼一声，还是紧咬牙关，不让自己叫出声来。吕唐将乐羊坐在身下，看到乐羊痛得扭曲的脸，心里乐开了花，伸手拉过周东，让周东也坐在了乐羊身上。

两个人骑坐在乐羊身上，乐羊哪里还撑得住，完全趴在了地上。吕唐还不满意，伸手抓住了箭羽，用力一转，嘿嘿一笑，硬生生将箭拔了出来。

第六十七章

反手一击

"啊!"

乐羊再是咬牙坚持,还是忍不住痛呼出声,声音之大,朝堂之上每一个人都听得清清楚楚!

司马史眼中闪过一丝狞笑,小声地说了一句:"自作自受!"

王黄摇了摇头,对身边的上卿公孙由悲情地说道:"敬人者,人恒敬之。辱人者,人恒辱之。何必呢?乐将军到底年纪大了。"

魏任眼中闪过不忍之色,不过还是没能忍住,掩口一笑。确实也是乐羊被吕唐和周东坐在身上的样子太狼狈、太滑稽了,而乐羊刚刚悍不惧死也要杀死周东的狠绝让她无比愤恨。

"放肆!"

"胡闹!"

"堂堂上将军,岂容尔等如此辱没,快快起来!"

几名和乐羊关系不错的公卿以及将军见状,纷纷开口斥责吕唐和周东。

一系列的变故太过突然,就连魏王也是一脸愕然,过了半响才对愣在当场的武士说道:"还不退下,一群废物!"

几名武士从未经历过如此古怪之事,都呆在了当场,一时竟不知如何是好了。魏王金口一开,如遇大赦,忙捡起乐羊扔在地上的武士刀,狼狈退出大殿。

"吕唐、周东,你二人起来,不要坐在乐将军身上了,成何体统!"魏王虽然对吕唐的无赖大感无奈,却也对刚才乐羊非要杀死周东之举心生厌恶,不由得对刚才一时冲动要将周东斩首之事微有悔意,也为乐羊落得如此下场既好笑又觉得罪有应得。他朝殿外看了看:"何人如此无法无天,敢在大殿之上暗箭伤人?"

"大王恕罪!"一人从殿外冲了进来,跌倒在地,"末将保护公主心切,未经大王允许就在大殿之上放箭,死罪,死罪,请大王惩处!"

正是公主的侍卫董群。

其实在破空的箭声响起之时,周东就猜到了是董群之箭。上次董群飞箭救他一次,此次又是他及时出手,董群救他两次,日后一定要厚报董群的救命之恩。尽管周东也知道,董群一者是为了公主,二者也是看不惯乐羊的为人。

"大王,臣请诛董群!"

谁也没有想到的是,司马史站了出来,慷慨激昂地说道:"董群无视王权国法,在大殿之上动武,按律当斩!大殿之上,除了大王之外,谁敢动刀动枪,都是死罪。"

一开始众人都以为司马史真的是针对董群,听到最后才恍然大悟,司马史明指董群,真正的刀光所指之人,却是乐羊!

乐羊才是在大殿上拔刀相向,要杀死周东之人。

王黄暗暗摇头,司马史和乐羊真是不死不休的对头,只要寻得机会,二人都会毫不犹豫地置对方于死地。只是司马史为了除掉乐羊,还拉了董群下水,怕是公主不会同意。

不少人的目光看向了公主。

公主却不动声色,原地站立不动,眼神淡然,似乎司马史请斩董群和她毫不相干一样。

周东一拉吕唐,从乐羊身上站了起来,吕唐还有几分不愿。周东后退一步,朝乐羊拱手一礼:"乐将军,得罪了。我曾蒙乐城相救,又在乐府住过一些时日,乐家于我有大恩。你想要取我性命,可以光明正大地向我提出,何必非要在朝堂之上当着魏王之面拔刀相向?不但有惊扰魏王和王公大臣之嫌,万一血溅大殿之上,也是不祥之事。"

"周东,你不要假仁假义满嘴道德了,你就是一个背信弃义、虚伪至极的小人。"乐羊在洛古的搀扶下,勉强站了起来,伤口之处鲜血直流,洞穿的伤口赫然有一个大洞,十分恐怖,"若能一命换一命,我一定要杀了你,以保魏国安宁。"

周东淡然说道:"乐将军言重了,千万不要有如此大逆不道的想法。我只是魏国一平民,魏国安宁系于魏王一身,乐将军如此高抬在下,置魏王于何地?"他又转向魏王,"大王,方才我说我不是中山国太子周东,并非戏言。中山国未灭之前,我确实是中山国太子周东。灭国之后,我来到魏国,安心在安邑经营粮草生意,只是魏国一小民。"

"大王,不要听周东的假话,他最会蛊惑人心了,啊……"乐羊想要阻止周东。

吕唐本来站在乐羊身后,乐羊一开口,他眉头一皱,脚步一动,身子朝前一扑,右手伸出,正好按在了乐羊的伤口之上。乐羊吃痛,痛呼一声,后面的话就再也说不出口了。

"快请大夫为乐将军医治。"司马史朝吕唐投去赞许的目光,点头示意,又忙吩咐洛古,"还不赶紧扶乐将军下去,非要等他血尽而死不成?"

洛古胆小,迟疑着看向了庄韦。庄韦早就看出了魏王对乐羊的不耐,挥了挥手:"下去,下去吧。"

乐羊不肯下殿,庄韦咳嗽一声:"乐将军先保了性命再说,命丢了,就什么也没有了。乐城,还不赶紧扶你爷爷去诊治。"

一连串的事情发生时,乐城惊呆在场,除了张大嘴巴惊愕之外,站立原地动都未动一下。若非魏任早就对乐城失望透顶,会再次被他的蠢笨气到。

乐城如梦方醒,忙不迭上前扶住乐羊,眼泪都流了出来:"爷爷,我们不争了,大不了辞官回家,几亩薄田度日,也好落一个自在。"

若不是在大殿之上,乐羊恨不得一拳将乐城打倒在地。乐城太不争气了,事已至此,他还天真地认为可以全身而退?真是幼稚得可笑。现在已经是不死不休之局,就如在战场上两军对垒之时,向前冲锋或许还有一条生路,后退,必死无疑。

乐羊紧紧抓住乐城的胳膊:"城儿,万一爷爷……你一定要记住爷爷的话,不要和周东、司马运为敌。如果他们为难你,记得去求周东,不要去找司马运。"

"爷爷,我……"

"噗!"乐羊知道大势已去,无数努力付诸流水不说,还被魏王嫌弃,他很清楚他已经无力回天,周东的死活已经不在他的掌控之中,而周东一旦得势,必会将魏国搅得天翻地覆,他越想越气愤,胸中似乎有一团火在熊熊燃烧,再也压制不住,一口鲜血喷了出来,喷了乐城一身。

"爷爷!"乐城悲不可抑,放声大哭,"爷爷,我们真的不争了。"

乐城转身跪倒在地，连连磕头："大王，爷爷请辞上将军之职，愿回家务农。"

魏王本想追究乐羊对周东拔刀相向之事，不管乐羊是出于何种想法，未经允许就敢在大殿之上擅自杀人，是对王权的严重挑衅。但眼下形势突变，乐羊身受重伤不说，还吐了鲜血，又有乐城倾情一哭，魏王不由得心软了，摆了摆手："先扶乐将军下去疗伤。"

"大王……"乐城还想再说什么，却被洛古拉了起来。

"不要惹怒了大王，赶紧走。"洛古在乐城耳边小声说了一句，"小心小命难保。"

乐城瞬间清醒过来，回身恶狠狠地瞪了周东一眼："周东，从今以后，你我势不两立。"

周东点头，一脸坚定："你曾救我一命，我也曾在乐府养伤，乐将军两次杀我，我也侥幸躲过，并未还手，也算是还了救命之恩。日后相见，我和乐将军不共戴天！"

灭国之恨再次涌上心头，周东脸上浮现出前所未有的坚毅，曾经的太子身份和指挥千军万马的将军气势回归，一瞬间迸发的舍我其谁的气息，让乐城为之一滞！

周东和乐城离得近，二人的小声对话并无外人听到。等乐城扶走了乐羊，周东再次转身跪下："魏王，小民斗胆问上一句，若是小民有复国之心，为何不和中山国旧臣暗中联系，却只是一个人在安邑开了一家粮店聊以度日？更让小民不解的是，乐将军为何会有欧阳乐的书信？他身为魏国上将军，和亡国的相国私下书信来往或是私会，到底意欲何为？"

这一番话句句诛心，即便乐羊在场，怕是也难以回答。魏王听了，默然无语，过了一会儿才说："周东，你真的甘心在魏国当一名粮商？"

"魏王，中山国已灭，且中山国已经没有了我的容身之处，我栖身魏国，得魏国庇护，夫复何求？"周东一脸恳切，"我初来魏国，隐瞒自己身世，也是人之常情，是保命之举。虽然我也听闻魏王胸怀天下，有容人之量，却还是担心有小人、奸臣蒙蔽魏王。魏王可知乐将军手中的欧阳乐书信从何而来？"

魏王摇头。

乐羊遭受重创，吐血离开，原本支持乐羊的大臣要么心寒，要么心惊，要么明哲保身，此时几乎再无开口之人，形势逆转直下，似乎周东胜利在望。

"欧阳乐此时正在乐府。"

293

"什么？"

"怎么会？乐将军此举何意？为何要和中山国相国欧阳乐私会？"

"乐将军到底想干什么？"

群臣顿时为之大惊，一时议论纷纷。

"乐将军怕是对没有被封为中山王耿耿于怀，私会欧阳乐，说不定是为了里应外合，好复兴中山国。"司马史是何许人也，周东抛出了如此可以将乐羊一军的消息，他不乘势而上岂不错失良机，"自己想要复国，却偏偏要推到别人身上，贼喊捉贼，正是做贼心虚的表现。"

第六十八章
不期而遇

虽说魏王并不信任乐羊，却也不相信乐羊有复兴中山国之心："司马将军切莫信口开河，乐将军私会欧阳乐，多半还是因为周东之事。"

周东当即说道："魏王，欧阳乐远道而来，只去了乐府而不见其他王公大臣，是为失礼。不如请他来朝堂，当面问个清楚，岂不更好？"

"说得也是。"魏王心中也是起了一丝疑心，"来人，速去乐府带来欧阳乐。"

立刻有人领命而去。

司马史眼睛转了几转，心中闪过一丝不安。他当年和欧阳乐私下约定，以周东性命和数座城池为代价，换取周东的全军覆没和魏军退兵，事后他并没有履行诺言，而是一鼓作气灭掉了中山国，此事周东应该已经知晓，却从未和他提及。

他倒是不怕周东质问，而是不想和欧阳乐当面对质，万一欧阳乐当众说出此事，有损他的清名。一时心中焦急，不由得看向了周东。

周东朝司马史微微一笑，小声说道："司马将军不必担忧，将军和欧阳乐约定之事，我已经释然，不再放在心上。两国交战，兵不厌诈，当时各为其主，也是应当。欧阳乐也不会当众说出此事，毕竟事关自身名誉以及母后和周西声誉。"

周东如此一说，司马史大为心安，朝周东点了点头："今日之后，老夫愿和周公子携手共进。"

"承蒙司马将军抬爱，在下敢不从命？"周东拱手一礼。

"大王，我身为齐国太子，可以赐座，是礼仪之道。周东是被魏国所灭的中山

295

国太子,若魏王也赐座,更显魏王心胸宽广,天下一家。"吕唐嘻嘻一笑,及时奉送了一大顶高帽,"本太子在齐国时,父王也常说,魏国自从魏王继位以来,国力日渐增强,短短十余年间就成为中原第一强国。"

王黄微眯的双眼猛然睁大几分,看似漫不经心地看了吕唐一眼,眼中却多了审视和惊讶的内容。原以为吕唐行事荒唐,胸无大志,刚才一番话,分明又是一个颇有智谋,很会审时度势之人。他不由得暗想,若是谁真当吕唐是一个无赖胡闹之人,怕是要吃亏了。

吕唐之话,魏王十分受用,齐国是七国之中最为富裕的一国,得齐王一夸,他不免有几分沾沾自喜,当即点头:"贤侄所言极是,是寡人疏忽了,来人,给周东赐座。"

"不对,不对。"吕唐见周东想要谢恩,忙朝他使了个眼色,阻止了周东说话,他半是调侃半是认真,"大王称我为贤侄,称周东却直呼其名,分明有远近亲疏之意。大王胸怀天下,应当一视同仁,如此区分,岂不让天下人笑话大王?"

魏王被吕唐说得无言以对,只好咳嗽一声:"来人,给周东贤侄赐座。"

"谢大王。"周东及时谢恩,就势坐在了吕唐的身边。

"周东……咳咳,周贤侄,魏国灭了中山国,若说你对魏国没有怀恨之心,寡人不信。你委身乐府、藏身魏国,敢说没有丝毫报仇复国之心?"魏王还是心存疑虑,想要问个明白。

身为君王,最不容忍之事就是臣子谋逆,所以历来谋反之事都是灭门死罪,绝无赦免的可能。周东心知若他不能解答魏王心中担忧之事,还是难免被魏王下狱。

"大王,中山国被灭之初,我心中仇恨如滔天火焰,冲天而起。复国之志就像滔滔江水,连绵不绝。后无意中住在了乐府,有数次和乐将军单独相处时,曾有过杀死乐将军为死去的数万中山将士报仇的想法,也无时无刻不想重回中山国,率领中山男儿浴血奋战,将魏军赶出中山国……"

周东冷眼观察魏王脸色,见魏王神情逐渐冷峻,眼神中多了冷漠和杀意,知道时机成熟,就随即话锋一转:"只是后来发生了许多事情,让我慢慢地改变了主意,放下了仇恨也放弃了复国之心。"

"发生了什么事情?"魏王慢条斯理地插了一句,语气中有了几分质疑。

"和公主的相识,和乐城、乐旦也成为好友,再和姜妹姜小姐引为知己,和司马运司马公子结为至交,再到经营姜家粮草生意,我从一个亡国之后本该殉国的太子侥幸得以活命不说，还在魏国有了知己和安身立命之本，也算是周某之大幸，我还有何奢求？我时常想起我身为太子时昼夜饮酒为乐，从来不知百姓疾苦，而中山国本来弱小，却只知制造精美青铜器皿享受而不知兴农强国，即便不被魏国吞并，早晚也会被齐国、燕国或是秦国灭掉。如今天下局势，本就弱肉强食，所谓匹夫无罪，怀璧其罪，中山国灭国罪不在魏国，而在中山国不知自强！"

周东一番话掷地有声，一时大殿之上可听落针，静得吓人。谁也没有想到周东有如此见解，非但合情合理，更入木三分，让人不得不相信他的话是肺腑之言。

周东继续说道："中山国被灭之后，太子魏作身为中山国君，体恤百姓，爱护民生，中山百姓安居乐业，既没有家破人亡，又没有丧国之痛。若我一心只想复国而不顾百姓所想，复国不过是换一个君王，流血牺牲、家破人亡的还是百姓。天地不仁，以万物为刍狗。圣人不仁，以百姓为刍狗。我毕竟不是圣人，是凡人，还是不忍再看到百姓流离失所，看到生灵涂炭。只要百姓生活和美，并不怀念中山王，中山国姓周还是姓魏，又有何不同？原本晋国也是无比强大，三家分晋之后，魏、赵、韩三国百姓，如今谁还记得晋文公？"

王黄轻笑一声，插嘴说道："这么说来，周公子就一心想在魏国安心当一名粮商了？"

周东听出了王黄的言外之意，施礼答道："回相国，若是魏国承平，在下安心当一名粮商也没什么。如今战事已起，魏国正是用人之际，若是大王不弃，在下愿为魏国效劳。"

魏王意味深长地看了周东一眼，呵呵一笑："周贤侄愿为魏国效力，是要入朝为官，还是要冲锋陷阵？"

诸侯争霸之时，各国之间虽有战争，敌友身份却也经常互换，并且也各有质子在对方手中。就连各国将帅，也时而为敌，时而为友，是以周东主动提出要为魏国效力，也并不突兀。

魏任及时向前一步："父王，以周兄才能，若能为魏国效力，还是入朝为官最为合适。"

"不不不，周兄此言差矣。"吕唐又横插一刀，站了起来，"以周兄之才，到齐国为官才是正经。我可许诺你为少卿，待我继位之后，上卿不在话下。"

吕唐真心不想让周东留在魏国，跟他回到齐国，至少可保性命无虞。留在魏国，就算过了眼前这关，以后随时还可能有生命危险。他想不通为什么周东非要留在魏国，是心有不甘还是想要复国？不管是哪一种，到了齐国至少比在魏国的龙潭虎穴之中更安全。所谓留得青山在，不怕没柴烧，为何非要明知山有虎偏向虎山行？

"多谢吕兄厚意，只是身在魏国，我并无背井离乡之感。若是到了齐国，就有了异地他乡的漂泊之意。若大王不嫌弃，我还是愿意待在魏国。"周东朝魏王深施一礼，"还请大王成全。"

"父王……"公主深知周东是将对中山国的情意转移到了对魏国之上，他人在魏国，想回中山国随时可以成行，若是到了齐国，便是登天难事了，她再次向魏王开口求情，"父王是容得下天下之人，怎会容不下周东？且周东真心愿意留在魏国，还望父王成全。"

至此，魏王对周东虽说还没有完全信任，疑虑却也消了大半："寡人怎会容不下周东？周贤侄，你若愿入朝为官，寡人可封你为司农。"

"谢大王。"周东当即谢恩，却又说道，"只是我和姜家有约在先，要先帮姜家完成一件事情，多则一年，少则半年。君子一言，驷马难追，还请大王成全我君子之约。"

魏王点头称赞："有所为而有所不为，方为大丈夫也。好，寡人准了。"

"欧阳乐带到。"

殿外传来了洛古的声音。

"带上来。"魏王传旨下去后，坐回到座椅上。

众人回身一看，鹤发童颜的欧阳乐在洛古的引领下，缓步走进了大殿。司马史顿时眯起了双眼，下意识后退一步，心中没来由地一阵慌张。

王黄微微侧身，斜着眼瞄了欧阳乐一眼，嘴角慢慢泛起一丝嘲弄的笑意。欧阳乐本来正低头走路，察觉到王黄意味深长的目光，抬头看了王黄一眼，愣了一愣，在王黄身边时，停顿了一下。

王黄小声说了一句："欧阳相国，中山国被灭，全因私心。今日事成事败，也全在一念之间。慎言，慎言！"

欧阳乐疑惑地看了王黄一眼，不明白王黄的话是何意，张嘴想要问上一句时，王黄却闭目转身，不再理会他。

欧阳乐摇了摇头，刚走两步，一抬头，正和周东四目相对！

第六十九章
对 策

来之前,欧阳乐还心存侥幸,或许周东已经被魏王拿下,下了大狱,他就不必面对周东了。不料,周东非但没有下狱,还安然坐在了大殿之上,他顿时暗道不妙,周东似乎过关了。

乐羊遭受重创,正在宫中疗伤还未回府,到底大殿之上发生了什么事情,欧阳乐还一无所知。宫中来人请他上殿,他还以为是乐羊占据了上风,让他上殿和周东对质,当众揭穿周东真实身份,是以兴冲冲来了。现在忽然觉得哪里不对,乐羊不见,乐城也不在,且大殿之上还隐有血渍,所有人都对他侧目而视,他心中闪过了强烈的不安和不祥之感。

算来和周东一别也半年有余了,欧阳乐以为周东真的战死在了沙场,在听到周东不但安在还在魏国风生水起之后,他就一直担心不知何时周东会一剑割下他的项上人头!

有几次午夜梦中惊醒,欧阳乐恍惚间以为周东站在床前,吓得他大汗淋漓。他也曾无数次设想和周东见面时的情景,却怎么也没有想,会和周东在魏国的朝堂大殿之上不期而遇!

欧阳乐强自镇静,用力挤出了一丝笑容,又觉得不对,周东弑父叛国,他何必怕他?更不用向他示弱,当即又板起面孔,从鼻孔中哼了一声,说道:"太子殿下安坐在魏国的朝堂之上,可曾想起中山国的先王和死去的数万将士?"

周东在身为中山国太子时,对欧阳乐极为推崇,推崇之中,还有一丝敬畏之意。在他小时，欧阳乐曾教他启蒙。后和欧阳乐之女欧阳玉姬订下婚约，欧阳乐既是相国又是岳父。

只不过周东怎么也想不通，欧阳乐为何会串通母后非要置他于死地？欧阳乐到底是出于何种目的？他已然是一人之下万人之上的相国，即便助周西上位，也不过还是相国之位，再将欧阳玉姬嫁与周西，也和嫁与他成为王后并无不同，欧阳乐为何还宁愿赔上数万将士性命也要将他害死？

周东真想当面问个清楚，可以说，背后害他之人中，母后他虽然痛恨，却不能杀之，周西可以囚禁，也难下杀手，只有欧阳乐可以痛下杀手，以报当年之仇。若不是和欧阳乐在大殿之上相遇，在别处狭路相逢的话，他说不定难压胸中怒火，上前一剑就会了结了欧阳乐的性命。

只是当着魏王和魏国一众大臣之面，周东只能强忍胸中的冲天火焰："欧阳相国拒不发兵，让数万将士血战而死，是为失信；污蔑是我毒杀了父王，是为失礼；又将欧阳玉姬嫁与周西，是为失义。如此言而无信、不仁不义之人，还有何脸面活在世上？数万将士的忠魂泉下有知，早晚会找你索命。"

欧阳乐蓦然打了一个寒战，却依然嘴硬："血口喷人，通敌叛国、弑父叛逃，都是你一人所为，你再狡辩也是无用。"

"通敌叛国？弑父叛逃？"周东怒极反笑，目光飘向了司马史，"欧阳乐，我来魏国之后，先是住在乐府，又和司马运司马公子交情莫逆，到底是谁通敌叛国，究竟是何人毒杀父王，人人看得清清楚楚，你敢当着大王之面将当时之事再说一遍吗？"

欧阳乐顺着周东的目光望向了司马史，司马史似笑非笑地回应了欧阳乐一个意味深长的眼神，并伸出一根手指在嘴上轻轻一划，言外之意是让欧阳乐不要乱说。

欧阳乐想起乐城对他的告诫，心中大跳，莫非周东真和司马史结盟了？果真如此的话，他今日一定要在魏王面前谨言慎行了，否则一着不慎，极有可能会有灭顶之灾。

不过……欧阳乐猛然想到一件事情，不由得心中大跳，若是能借机除掉周东之余，再扳倒司马史，也算是不虚此行了。相比乐羊，反复无常、见利忘义的司马史才是心腹大患。他瞬间有了决定，回应了司马史一个心领神会的眼神。

来到大殿正中，欧阳乐跪倒在地："中山国罪臣欧阳乐参见大王。"

"起来说话。"魏王暗中打量欧阳乐几眼，不由得暗叫一声好，如此仙风道骨之人，放眼魏国也是十分稀有，不由得对欧阳乐大生好感，"欧阳先生原本是哪里人？"

"回大王，罪臣本是赵国人，后到中山国为相。"欧阳乐是何许人也，听出了魏王对他的赏识，顿时底气足了几分，"罪臣原本修仙学道，后蒙先王不顾舟车劳顿三顾罪臣于太行山中，遂追随先王。"

"怪不得欧阳先生如此风骨，竟真是修仙学道之人。"魏王眼前一亮，下了台阶来到欧阳乐面前，"欧阳先生对修仙学道可有心得？"

众人面面相觑，魏王为何不问正事问起了修仙学道的怪论，群臣不由得诧异。

"惭愧，惭愧，罪臣当年醉心于修仙学道，入朝之后，荒废了不少……"欧阳乐正要接着说下去，余光一扫，发现魏王面露不快之色，顿时心中明了，又回到了正题之上，"不过虽然勤于政事而疏于修仙，却也没有完全放下学道，也算是有一些粗浅的心得。"

"哦……"魏王顿时面露喜色，"快说来听听。"

周东和魏任对视一眼，魏任无奈地摇了摇头，又摆了摆手。近年来，魏王虽一心扩张版图，却也不忘修仙学道，想要江山和长生兼得。

欧阳乐心中暗喜，若能说动魏王，赢得魏王好感和信任，接下来的事情就好办多了。

"大王，修仙学道，在于清心寡欲，在于顺应四时，在于仁慈博爱，在于应运而为……"欧阳乐不无得意地瞥了周东一眼，继续侃侃而谈，"所谓吉人天相，人善天助，以大王之悟性和运势，修成仙道指日可待。"

"当真？"魏王顿时大喜。

"在大王面前不敢戏言。"欧阳乐恭敬地答道，目光一斜看向了周东，"既然修仙学道，便要彰显正义，替天行道。大王当惩恶扬善，为天下人楷模。"

"替天行道？"魏王微微一怔，"何为替天行道？"

"天道无亲，常与善人。天道即人道，故圣人说，天行有常，不为尧存，不为桀亡。应之以治则吉，应之以乱则凶……大王心善，不忍处死周东，是为善人，但大王又是上天之子，为天放牧万民，当有替天行道之心。"欧阳乐一步步诱导魏王。

魏王心思渐动："如何替天行道？"

"杀周东以昭告天下，让万民心存敬畏，不敢弑父叛国、不敢心存暴戾，让百姓敬天、敬地、敬大王，铭记天网恢恢疏而不漏之理，方是修仙之道！"欧阳乐掷地有声，一揖到底，"罪臣恳请大王杀周东以告慰天下。"

群臣哗然。

公主气极，按捺不住性子，冲过来就要质问欧阳乐，却被吕唐挡下。吕唐摇头一笑："莫急，莫急，此事是周东和欧阳乐的恩怨，理应由周东自行了结，外人不宜插手。"

"我恨不得杀了欧阳乐以泄心头之恨。"公主恨得咬牙切齿，"从未见过如此厚颜无耻之人，明明是他陷害周东、是他叛国毒杀中山王，却栽赃到别人头上，还说得振振有词。"

吕唐淡然一笑："天不为人之恶寒也辍冬，地不为人之恶辽远也辍广，君子不为小人之匈匈也辍行。天有常道矣，地有常数矣，君子有常体矣……任他胡言乱语，真相总会大白，何况周东也不是等闲之辈。"

"可是……"公主还是心有不甘，就想上前慷慨激昂一番，要当场辩驳得欧阳乐哑口无言。

"公主殿下少安毋躁。"王黄身子微微一错，挡在了公主面前，他的笑容一如既往地含蓄和玩味，"周公子若是过不了欧阳乐一关，就算你替他挡下，以后他还是会败阵。想要成就大事，总有一些难关要自己撑过来。"

公主很不喜欢王黄总是一副洞察世事的老练，觉得他老气横秋，是非不分，从来都是含混不清的立场，事事以父王的意志为第一，是一个没有原则的墙头草。

"万一他撑不过呢？"公主想推开王黄，王黄耐人寻味的笑容让人很不舒服。

王黄轻轻一错身，闪到了一边："若是周东撑不过眼下的一关，他也不值得公主殿下倾力相助。自助者，天助之。"

公主蓦然愣住，想说什么却又无从说起，吕唐乘机说道："我和周东情同手足，也不上前助阵，并不是我不关心他的死活，而是此事只能靠他自己才能应对。我等上前助力，反倒会乱了他的阵脚。"

姜姝自上殿之后，一直没有说话，此时才抬头小声说道："公主殿下，太子所言极是。欧阳乐之女欧阳玉姬曾是他的未婚妻，后嫁与周西。"

公主明白了什么，点了点头："周东和欧阳乐不只有国仇，还有家恨。也罢，由他自己过关也好。"

周东听到了几人的对话，回身冲几人淡然一笑："多谢各位关心，欧阳乐既然送上门来，不让他留在魏国，也对不起他如此年纪还要奔波千里的辛苦！"

第七十章

天道王道人道

魏王淡然地看向了周东:"周东,你可有话要说?"

"大王,在下有一事不明,还请大王示下。"周东不慌不忙地拱手一礼,又朝欧阳乐点了点头,"也请欧阳相国不吝赐教。"

魏王点了点头:"讲。"

"何谓天道?何谓王道?何谓人道?"

魏王微一思忖:"《易·谦》有云,谦亨,天道下济而光明。《庄子·庚桑楚》又说,夫春气发而百草生,正得秋而万宝成。夫春与秋,岂无得而然哉?天道已行矣。所谓天道,是上天运行之道也。"

欧阳乐及时拍马说道:"大王高明。"

"为政者强,取民者安,聚敛者亡。故王者富民,霸者富士,仅存之国富大夫……"魏王点了点头,"故寡人以为,所谓王道,富民富士之道。"

"所谓人道,乃是亲亲、尊尊、长长、男女之有别,人道之大者也。"魏王自得一笑,"周东,寡人虽才疏学浅,却也不是不读书之人。以天道而论,寡人应当饶你一命。以王道而言,寡人应当将你下狱。若是落在人道,寡人为天下百姓计,应当杀你以告慰冤魂。你且说说,寡人应当如何处置你?"

周东深施一礼:"大王,在下对天道、王道和人道有不同见解,不知大王可否容在下一辩?"

欧阳乐忙说:"大王,天道无言,不必和周东无谓争辩,杀之以告慰天下,方显大王替天行道之威。"

"欧阳乐！"周东冷笑一声，"既然天道无言，大王杀我如何是替天行道？留我，天道无言。杀我，天道无言。是留是杀，天道都是无言，又从何判断对错？"

"你……"欧阳乐顿时语塞，脸涨得通红，还想再说什么，周东却不再给他机会。

"大王，老子有云，道可道，非常道。名可名，非常名。又云，道生一，一生二，二生三，三生万物。可见道之一说，虚无缥缈，不可说，又可说。不可想，又可想。既生万物，又在万物之中。故在下以为，所谓天道，在上，为天地之运行；在中，为君王之王道；在下，为世间之人道。天道、王道和人道，乃是一道。"

"一派胡言！"

"无稽之谈！"

"简直是大逆不道、奇谈怪论！"

"如此说法闻所未闻，倒也有几分新奇，只是一时不敢苟同。"

周东话音刚落，立时大殿之上一片议论之声，多数是指责周东的说法过于出格。

周东并不理会群臣的议论之声，却见魏王一脸不满，他就知道魏王并不喜欢他的说法，果然，魏王冷哼一声："周东，莫要故作惊人之语。"

"大王，在下不敢。"周东忙恭敬一礼，"富民富士之道并非王道，实为霸道。"

嘴上说不敢，却还继续否定魏王之话，魏王顿时脸色大变："你敢说寡人的王道是不讲理的霸道？周东，真以为寡人不敢杀你不成？"

"大王杀我，则是霸道，不杀我，才是王道。"周东毫无惧意，"彼王者不然，仁眇天下，义眇天下，威眇天下。仁眇天下，故天下莫不亲也；义眇天下，故天下莫不贵也；威眇天下，故天下莫敢敌也……"

魏王脸色稍霁，点头："说下去。"

"以不敌之威，辅服人之道，故不战而胜，不攻而得，甲兵不劳而天下服，是知王道者也。知此三具者，欲王而王，欲霸而霸，欲强而强矣。"周东淡淡一笑，"真正的王道不是强势压人，而是以仁、以义、以威而让天下臣服，天下臣服而归顺，才是真正的王道。"

魏王赞许："你再说说，何谓人道？"

"孟子云，大人者，言不必信，行不必果，惟义所在。又说，仁，人之心也；义，人之道也。故人道为仁道，也是义道。"周东见魏王态度大为松动，当即乘胜追击,"人道即人心之道,人心向善,推崇仁义,天道也是向善,王道以仁义威势立道,故天道、王道和人道,本是一道,又有何不对?"

"你、你、你,强词夺理,胡说八道。"欧阳乐见大好局势被周东一番话又扭转了风向,魏王明显动摇,不由得大为惊慌,就想再次说动魏王。

周东是不会再给他任何机会了:"魏王吞并中山国,中山国弱小却不知自强,是为天道。封太子魏作为中山国君,中山百姓安居乐业,不受侵犯,是为王道。中山国亡国太子周东流亡到魏国,蒙大王收留,不但得以活命,还在魏国有了安身立命之本,是为人道。请问大王,天道、王道和人道,三道本是一道,又何错之有?"

周东见魏王微微动容,知道魏王心思大动,当即趁热打铁,转向了欧阳乐:"欧阳乐,你身为中山国相国,在魏国来犯之时,通敌叛国,有背天道。在将士血战之时,拒不发兵,还鼓动母后废掉太子,后又毒死先王,有违王道;灭国之后,不安心辅佐中山国君和王后,不一心安邦定国,偏要偷偷跑到魏国来搬弄是非,要置你的太子于死地,且还毁掉我和欧阳玉姬的婚约,有失人道。一个人若是有背天道、有违王道、有失人道,就不配再生在天地之间,还谈何修仙?"

"何况修仙之道,本是顺天而行应运而为,你事事逆天,连人道都不能周全,还想白日飞升,岂非痴心妄想?"周东步步紧逼,向前一步,离欧阳乐只有半尺之遥,"更何况若要成仙,先要清心寡欲,行善积德,如你一般精心算计又包藏祸心,总想杀人夺命,莫说成仙,怕是连做人都不够资格,只能做鬼了。"

"你、你、你……"欧阳乐气得浑身发抖。

"你什么你?"周东转身对魏王说道,"大王有所不知,欧阳乐不远千里前来中山国,既不拜会大王,又不知会司马将军,却暗中私会乐羊乐将军。乐将军本是中山国人,大王本有意封乐将军为中山王,后改封了太子魏作。乐羊将军对此毫无怨言,私下密会欧阳乐,万一被欧阳乐巧舌如簧说动,毁了乐羊将军一世英名事小,让乐羊将军对大王心怀不满,君臣之间有了芥蒂事大。"

欧阳乐大惊失色:"大王不要听周东挑拨离间之话,罪臣来魏国并不是为了鼓动乐将军对大王不满,是为了周东藏身魏国之事而来。原本罪臣是想先到司马将军家中……"

司马史总算等到了机会,当即向前一步:"大王,臣有话要说。"

"讲。"魏王脸色愈加阴沉了几分。

"臣在征伐中山国时,担任乐羊将军副将。欧阳相国与臣密信约定,以周东全军覆没和三座城池为代价，换取魏军退兵。臣和乐羊将军商议之后，答应了欧阳相国的条件。所谓兵不厌诈，两军交战，攻心为上，且臣并不敢肯定欧阳相国所提交换条件是缓兵之计还是真心要置周东于死地。"司马史心知此时若不说出真相，怕是再无时机了，他虎视眈眈地看向了欧阳乐，对不起了欧阳相国，若不是你一心想借魏王之手杀死周东，老夫也不会落井下石，是你自作自受。

"后来周东大军兵败，周东孤立无援，臣才知道欧阳相国所提交换条件是真心之举，便与乐羊将军商议待周东全军覆没之后，一举攻入灵寿城，灭亡中山国。乐羊将军还有几分犹豫，说是不能言而无信。臣劝乐羊将军，君子与君子一诺，驷马难追，和出卖自己太子的叛国之人还有什么信诺可言？谁又敢说欧阳相国不会在我们退兵之时杀我们一个措手不及？乐羊将军才下定决心，灭亡中山国。"

欧阳乐想要反驳司马史，却偏偏司马史说的全是实情，只是立场和出发点不同，对他的评价便是一天一地。他几乎站立不稳，想要抓住司马史的衣领质问他当时他二人是如何信誓旦旦地一心要置周东于死地，又是如何对对方无比信任，怎么转眼间成了他是出卖太子的叛国之人了？司马史伶牙俐齿，颠倒黑白，他当初真是瞎了眼才和司马史联手。

只是欧阳乐悔之晚矣，司马史既然开弓就不会再有回头箭，他不出手还好，一出手就不能让欧阳乐有还手之机："后中山国被灭，欧阳乐同中山王一同逃往太行山。再后传来了中山王的死讯，并有传闻说是中山王被周东毒死，呵呵，周东率军与魏军在滹沱河边交战数十日，最后全军覆没，若非战死沙场，便是远走他乡，周东怎会回到中山国再冲中山王下毒？即便他不知真相回到中山国，也会被欧阳乐和王后所杀，怎么还有机会毒杀中山王？况且中山王对周东一向偏爱，周东又不是傻子，他要下毒也是要毒死王后和欧阳乐才对。"

欧阳乐手指司马史："司马史……你血口喷人，你颠倒黑白，你搬弄是非，你胡说八道……"

图书在版编目（CIP）数据

朝堂 / 何常在著. -- 北京：中国友谊出版公司，2020.6
ISBN 978-7-5057-4602-2

Ⅰ.①朝… Ⅱ.①何… Ⅲ.①长篇小说—中国—当代 Ⅳ.①I247.5

中国版本图书馆CIP数据核字(2019)第031193号

书名	朝堂
作者	何常在
出版	中国友谊出版公司
发行	中国友谊出版公司
经销	新华书店
印刷	三河市冀华印务有限公司
规格	700×980毫米　16开 19.5印张　340千字
版次	2020年6月第1版
印次	2020年6月第1次印刷
书号	ISBN 978-7-5057-4602-2
定价	49.80元
地址	北京市朝阳区西坝河南里17号楼
邮编	100028
电话	（010）64678009

如发现图书质量问题，可联系调换。质量投诉电话：010-82069336